Zum Buch:

Ihr Kopf war wie benebelt; wie herrlich, wie ergreifend musste es sein, völlig verschwitzt und verschmutzt auf dem nassen Gras des Stadions zu stehen, den dröhnenden Jubel der 65 000 Zuschauer im Ohr zu haben und zu wissen, dass die Welt,
buchstäblich die ganze Welt!, in diesem Moment auf einen schaute?
»3:2 für Deutschland, fünf Minuten vor dem Spielende!«, brüllte der Kommentator völlig außer sich. »Halten Sie mich für verrückt, halten Sie mich für übergeschnappt …! Aus! Aus! Aus! Aus! Das Spiel ist aus.«
Die Fernsehkameras schwenkten von den Spielern, die sich in den Armen lagen,
zum Publikum, das tobend weiße Taschentücher schwenkte.
Luise ließ sich von ihren Brüdern umarmen, aufgelöst und lachend, und betupfte
sich die Augen. Deutschland war Weltmeister.

Zur Autorin:

Juliana Weinberg wurde in Neustadt an der Weinstraße geboren. Sie schreibt Bücher, seit sie acht Jahre alt ist. Außerdem interessiert sie sich für fremde Sprachen
und Kulturen. Gemeinsam mit ihrem Mann und ihren drei Kindern lebt sie im
Pfälzerwald.

JULIANA WEINBERG

Der Traum vom Tor

ROMAN

HarperCollins

1. Auflage 2024
Originalausgabe
© 2024 by HarperCollins in der
Verlagsgruppe HarperCollins Deutschland GmbH, Hamburg
Umschlaggestaltung von Rothfos & Gabler
Umschlagabbildung von picture-alliance/ dpa | Günter Bratke
Gesetzt aus der Minion
von GGP Media GmbH, Pößneck
Druck und Bindung von GGP Media GmbH, Pößneck
Printed in Germany
ISBN 978-3-365-00615-3
www.harpercollins.de

»Den Vereinen wird untersagt, Frauen aufzunehmen oder ihnen Sportplätze zur Verfügung zu stellen. Im Kampf um den Ball verschwindet die weibliche Anmut, Körper und Seele erleiden unweigerlich Schaden und das Zurschaustellen des Körpers verletzt Schicklichkeit und Anstand.«

Deutscher Fußballbund 1955

Prolog

KAISERSLAUTERN, 4. JULI 1954

»Deutschland im Endspiel, das ist eine Riesensensation, das ist ein echtes Fußballwunder.« Die Stimme des Kommentators Herbert Zimmermann tönte empathisch aus dem flimmernden Fernsehgerät, das den Mittelpunkt der guten Stube bildete. Nur an besonderen Feiertagen hielt man sich hier auf, das war bei Nachbarsfamilie Stolle nicht anders als in Luises eigener Familie. Sie rutschte ein Stück auf dem maisgelb bezogenen, auf dünnen Holzbeinen stehenden Sofa nach vorne, um ans Buffet zu gelangen.

Nachbarin Stolle hatte sich nicht lumpen lassen und reichlich aufgetan. Auf dem niedrigen Tisch in Nierenform standen Platten mit gefüllten Eiern und Doppeldeckern aus runden Pumpernickelscheiben, aus denen der Kräuterfrischkäse quoll, sowie Schüsseln voll kaltem Nudelsalat und Knabbergebäck. Die Kinder der Stolles, Klaus und Cordula, hockten im Schneidersitz zwischen den zahlreichen Gästen und kauten knackend eine Salzlette nach der anderen. Da Stolles einen Gemischtwarenladen besaßen, der sich nur drei Häuser weiter von Luises bescheidenem Elternhaus in der Weidenstraße befand, konnten sie sich großzügig zeigen, auch wenn die Zeiten noch immer hart waren. Als Einzige in der engen Gasse besaßen sie einen Fernseher, und es war Ehrensache, dass sämtliche Anwohner heute eingeladen waren, um das Endspiel der Fußballweltmeisterschaft zu sehen.

Deutschland im Endspiel der Fußballweltmeisterschaft! Man vermochte es kaum zu glauben, hatte die deutsche Elf doch in der Gruppenphase zuvor gegen die Ungarn verloren, die als unbesiegbar galten.

»Hol dir den Ball, komm schon!«, rief Stolle, das feiste Gesicht rot angelaufen vor Aufregung, als Kapitän Fritz Walter den Ball anvisierte. In der guten Stube wurde es laut, man feuerte Walter an und erhob die Bowlegläser auf ihn. Als Sohn der Stadt genoss er besondere Beliebtheit unter den Zuschauern.

»Das sind meine!« Luise schlug ihrem um ein Jahr jüngeren Bruder Peter auf die Finger, als er sich an ihren Trauben vergreifen wollte, die von einem monströsen Käseigel stammten. »Hol dir selbst was.«

In der guten Stube war es stickig und aufgeheizt, obwohl Frau Stolle die Fenster weit geöffnet hatte. Draußen war es totenstill, kein Laut drang herein. Natürlich, ganz Deutschland saß gebannt vor den Bildschirmen. Die Luft knisterte vor Spannung, Luise war nicht die Einzige, die kaum wagte zu atmen.

»Sei keine Zicke. Hier ist einfach zu wenig Platz.« Ächzend schob sich Peter nach vorne, um über die Köpfe einiger Jugendlicher von gegenüber ans Buffet zu gelangen. Mindestens dreißig Menschen hielten sich im Raum auf, drängten sich auf dem Sofa, auf den Sesseln aus rotem Lederimitat, auf Hockern oder auf dem Teppich. Der Bruder belud seinen Teller und schlang gierig mehrere mit Wurstsalat gefüllte Tomaten hinunter, was ihm einen mahnenden Blick der Mutter einbrachte.

Luise starrte auf den Fernsehapparat. Obwohl der Bildschirm klein war, erkannte sie deutlich, dass es im Wankdorf-Stadion in Bern regnete. Dicke Tropfen prasselten auf die Hüte der männlichen Zuschauer, durchweichten die Kopftücher der Frauen. Es sah nicht gut aus, bereits nach acht Minuten schossen die Ungarn ihr zweites Tor.

»Sollte das Spiel nicht unterbrochen und verschoben werden, so wie es regnet?«, fragte Mutter unbedarft, was ihr lediglich ein Schnauben einbrachte.

»Die Jungs sind ja nicht aus Zucker«, brummte Georg, mit vierundzwanzig Jahren Luises ältester Bruder. Er saß vornübergebeugt, die Hände baumelten über den gespreizten Oberschenkeln, und schaute versunken auf das schwarz-weiße Geflimmer.

»Tor für Deutschland, es steht nur noch 2:1!« Herbert Zimmermanns Stimme erklang enthusiastisch aus dem Off, und wie für die Mannschaft in Bern gab es für ein, zwei Minuten auch in der Weidenstraße kein Halten mehr. Alle sprangen auf, bejubelten den Halbstürmer Max Morlock, prosteten sich zu, die Kinder und Jugendlichen gaben ein begeistertes Siegesgeheul von sich.

Über Georgs Schulter hinweg, der sie stürmisch umarmte, blickte Luise sehnsüchtig auf den Bildschirm. Es musste herrlich sein, dem Wetter zu trotzen, die Feuchtigkeit und den Wind auf den Wangen zu spüren, zu rennen, bis die Lungen brannten, und nach dem Ball zu jagen. In diesem Moment beneidete sie die Fußballspieler, zu gerne hätte sie es ihnen gleichgetan, statt in ihrem weißen, rot gepunkteten Sonntagskleid mit dem weit ausgestellten Rock, unter dem der Petticoat knisterte, artig auf dem Sofa zu sitzen. Sicher, sie liebte es, sich herauszuputzen, aber heute war einer der Tage, an denen sie mehr wollte, als ein adrettes Püppchen zu sein. Sie wollte rennen, ihren Körper, jeden Muskel spüren.

Peter drängte sich erneut an ihr vorbei, um sich einen Pumpernickelberg vom Buffet zu holen, und rempelte sie dabei unsanft mit dem Ellenbogen an, sodass sich das mit Himbeersirup gesüßte Wasser, an dem sie gerade nippte, über ihr Kleid ergoss.

»Pass doch auf, du Trampel.« Ärgerlich wischte sie an dem rosaroten Fleck herum, der sich auf ihrer Brust ausbreitete. Der

Bruder schenkte ihr keinen weiteren Blick, denn in diesem Augenblick fiel durch Rahn das zweite Tor für Deutschland.

»2:2! Gleichstand!« Die versammelte Nachbarschaft raste im Überschwang des Triumphs. Luises ruiniertes Kleid war vergessen, sie umklammerte wie im Fieber Peters Arm, rief, flehte, trampelte mit den Füßen, blickte in die verzückten, siegessicheren Gesichter ringsum. Selbst Mutter stand neben der Verwunderung darüber, dass ein simples Spiel mit einem Mal eine Sache von nationaler Wichtigkeit geworden war, die Anspannung ins Gesicht geschrieben.

Keiner der Nachbarn saß mehr, alle hatten sich erhoben und feuerten im weiteren Verlauf des Spiels mit blitzenden Augen die deutschen Spieler an, allen voran natürlich Fritz Walter, Werner Liebrich, Horst Eckel, Werner Kohlmeyer und Ottmar Walter, die Söhne der Stadt. Aus der pfälzischen Provinz auf den internationalen Fußballrasen, das sollte erst mal jemand nachmachen!

»Kommt, Jungs, noch ein Tor, noch ein Tor!«, brüllte Luises nächstälterer Bruder Ulrich mit erhobener Siegerfaust, und der achtjährige Klaus Stolle skandierte: »Deutschland vor, noch ein Tor!«

Die Angst, den Ungarn könne in der letzten Viertelstunde ein weiteres Tor gelingen und sie würden den Sieg davontragen, schwebte wie ein übler Geruch in der Stube. Luises Käse-Trauben-Spieß verharrte ungegessen in der Luft.

»Sechs Minuten noch im Wankdorf-Stadion in Bern, keiner wankt, der Regen prasselt unaufhörlich hernieder … Eine Fußball-Weltmeisterschaft ist alle vier Jahre, und wann sieht man ein solches Endspiel, so ausgeglichen, so packend!« Die Worte Herbert Zimmermanns überschlugen sich fast. »Jetzt Deutschland am linken Flügel durch Schäfer. Schäfers Zuspiel zu Morlock wird von den Ungarn abgewehrt – und Bozsik, immer wieder Bozsik, der rechte Läufer der Ungarn am Ball. Er hat den Ball –

verloren diesmal, gegen Schäfer. Schäfer nach innen geflankt. Kopfball – abgewehrt. Aus dem Hintergrund müsste Rahn schießen ...«

Außer dem Brechen der Salzletten, die die kleine Cordula nervös in sich hineinstopfte, war kein Laut zu vernehmen. Die Zeit schien stillzustehen. In Luises Ohren rauschte es, als befände sie sich unter Wasser. Noch wenige Minuten bis zum Schlusspfiff. Minuten, die darüber entscheiden würden, ob Deutschland untergehen oder seine Schwingen zu einem unfassbaren Sieg emporheben würde.

»... Rahn schießt – Tooor! Tooor! Tooor! Tooor!«

Eine Sekunde herrschte die Stille eines bevorstehenden Erdbebens in der Stube, dann brandete aus allen Ecken ein noch nie erlebter Jubel hoch, die Nachbarn fielen sich in die Arme, klopften sich auf den Rücken, imitierten wie trunken Zimmermanns »Tooor! Tooor! Tooor!«, kippten die Schnäpschen, die Hausherr Stolle mit Tränen in den Augen servierte. Seine Hand zitterte so stark, dass er die Hälfte der kostbaren Flüssigkeit auf den Teppich verschüttete, aber seine Frau war selbst zu bewegt von den tumultartigen Szenen, die sich gerade auf dem Bildschirm abspielten, um zu schimpfen.

Auch Luise bekam einen Schnaps, der brennend ihre Kehle hinunterrann. Ihr Kopf war wie benebelt; wie herrlich, wie ergreifend musste es sein, völlig verschwitzt und verschmutzt auf dem nassen Gras des Stadions zu stehen, den dröhnenden Jubel der 65 000 Zuschauer im Ohr zu haben und zu wissen, dass die Welt, buchstäblich die ganze Welt!, in diesem Moment auf einen schaute?

»3:2 für Deutschland, fünf Minuten vor dem Spielende!«, brüllte der Kommentator völlig außer sich. »Halten Sie mich für verrückt, halten Sie mich für übergeschnappt ...! Aus! Aus! Aus! Aus! Das Spiel ist aus.«

Die Fernsehkameras schwenkten von den Spielern, die sich in den Armen lagen, zum Publikum, das tobend weiße Taschentücher schwenkte.

Luise ließ sich von ihren Brüdern umarmen, aufgelöst und lachend, und betupfte sich die Augen. Deutschland war Weltmeister.

Stolle gab eine weitere Runde Schnaps aus. »Freunde – wir sind wieder wer in der Welt.«

Eine Frau hat zwei Lebensfragen:
Was soll ich anziehen und was soll ich kochen?

Dr. Oetker-Werbung für Pudding, 1950er Jahre

Kapitel 1

KAISERSLAUTERN, AUGUST 1954

Luise hasste die Samstagvormittage. Eigentlich müsste die Aussicht auf das vor ihr liegende Wochenende sie aufmuntern, doch bevor dieses anbrach, galt es, die kleine Schneiderei, in der sie angestellt war, auf Vordermann zu bringen. Die Meisterin, Frau Nagelschmidt, eine resolute Mittfünfzigerin in engem taubengrauen Tweedrock, bei dem die Nähte spannten, trieb ihre drei jungen Mitarbeiterinnen allerdings nicht nur dazu an, in der Nähstube zu fegen und aufzuräumen, sondern trug ihnen allerlei Tätigkeiten auf, die so gar nichts mit dem Beruflichen zu tun hatten.

Margrit, mit ihren neunzehn Jahren um ein Jahr älter als Luise, steckte ihren kurz geschnittenen hellbraunen Haarschopf durch die Badezimmertür. »Jetzt lässt sie mich wieder den Wochenendeinkauf für sie und ihren Männe erledigen. Davon steht nichts in meinem Arbeitsvertrag.« Dann blickte sie mitleidig zu Luise, die eine groß geblümte Kittelschürze trug und gerade einen Spritzer Ata auf ein Baumwolltuch gab, um das Waschbecken zu putzen. »Na ja, vielleicht sollte ich mich nicht beschweren, einzukaufen ist immer noch besser, als das herrschaftliche Privatbad zu schrubben.«

»Du sagst es.« Verbissen rieb Luise mit dem Tuch über das helle Porzellan des Waschbeckens, auf dessen Rand ein Zahnputzbecher mit zwei Zahnbürsten stand, die dem Ehepaar Nagelschmidt gehörten. »Sei froh, dass du die Älteste von uns dreien bist und das Privileg besitzt, zum Laden an der Ecke gehen zu dürfen.«

»Mach dir nichts draus, Luise, Catrin hat es noch schlimmer erwischt. Sie muss die Betten frisch überziehen.« Kichernd drehte Margrit sich auf dem niedrigen Absatz ihrer Ballerinas herum, und gleich darauf hörte Luise die Haustür zuschlagen.

Seufzend öffnete sie das Fenster, durch das blütengetränkte, warme Sommerluft strich, die ihr Gesicht liebkoste, und klopfte den plüschigen Toilettenvorleger aus. Manchmal schüttete sie ihrer Familie ihr Herz über die unliebsamen Arbeiten aus, die die Nagelschmidt ihnen aufbrummte, stieß dort aber auf wenig Verständnis.

»Lehrjahre sind keine Herrenjahre«, pflegte ihr ältester Bruder Georg mit ernster Miene zu dozieren, worauf sie ihm jedes Mal einen empörten Rippenstoß verpasste. Sie war mit ihren achtzehn Jahren kein Lehrling mehr, sondern hatte vor wenigen Monaten die Gesellenprüfung bestanden.

Dass sie ausgerechnet Schneiderin geworden war, war ein Zufall. Nach der Schulzeit hatte sie sich nicht so recht für einen Beruf entscheiden können, sodass Georg sie kurzerhand bei Anita Nagelschmidt in der Beethovenstraße in die Lehre gegeben hatte. Nachdem der Vater nicht aus Russland zurückgekehrt war, nahm der Bruder seit Kriegsende die Position des Familienoberhauptes ein, und was er sagte, war Gesetz, nicht zuletzt aufgrund der Autorität, die er als junger Polizist an den Tag zu legen wusste.

Im Grunde bereitete Luise das Nähen Spaß, denn wie jede junge Frau interessierte sie sich für Mode, aber an Tagen wie diesem konnte sie es kaum erwarten, der Nagelschmidt'schen Wohnung mit der angegliederten Nähstube zu entkommen, sich Vaters altes, rostiges Fahrrad zu schnappen und kräftig in die Pedale zu treten, um nach Hause zu fahren.

Zwanzig Minuten noch, dann würden aus dem Kofferradio, das Frau Nagelschmidt von morgens bis abends laufen ließ, die Zwölf-Uhr-Nachrichten ertönen, und sie wäre erlöst.

Nach einem letzten Blick in den Badezimmerspiegel – ihre Wangen waren von den sommerlichen Temperaturen gerötet, ihre kurzen rotblonden Haare mit dem gewellten Pony, das sie sich in Anlehnung an Audrey Hepburn hatte schneiden lassen, zerzaust – trat sie zu der Meisterin in die Stube. »Fertig.«

»Ich auch.« Catrin, die als einziges Mädchen aus Luises Freundeskreis noch einen langen, geflochtenen Zopf trug, der etwas altbacken anmutete, tauchte aus dem Schlafzimmer auf.

»Und ich bin auch wieder da.« Mit einem spitzenbesetzten Taschentuch tupfte Margrit sich die Schweißperlen von der Stirn, während sie drei prall gefüllte Einkaufsbeutel auf dem Teppich abstellte. »*Röstfein* war aus, aber ich habe gesehen, dass Sie im Vorratsschrank noch Muckefuck stehen haben.«

»Ich mag es nicht, wenn ihr Mädchen meine Vorratskammer inspiziert.« Anita Nagelschmidt schürzte die Lippen, wirklich böse war sie aber nicht. Die von grauen Fäden durchzogenen Wasserwellen auf ihrem Kopf hingen ihr schlapp über die Ohren, die aufgeheizten Temperaturen setzten ihnen allen zu.

»Dürfen wir Feierabend machen, Chefin?«, fragte Margrit, die meistens die Sprecherinnenrolle übernahm. »Wir haben alles erledigt.«

Luise band die Bänder ihrer Kittelschürze auf, doch die unwirsche Ansage Anita Nagelschmidts ließ sie in der Bewegung innehalten. »Das wäre ja noch schöner. Immerhin ist es erst zwanzig vor zwölf. Ich bezahle euch nicht fürs Nichtstun.«

Luise, die in Gedanken bereits auf ihrem Fahrrad saß und zu beiden Seiten die Häuser an sich vorbeiziehen sah, fiel in sich zusammen. »Aber Chefin, es gibt nichts mehr zu tun.«

Sie wechselte einen verdrossenen Blick mit Catrin, die an den

Rüschen ihrer Schürze zupfte. Konnte die Nagelschmidt nicht mal fünf gerade sein lassen? Bestimmt dachte sie sich nun wieder eine unnütze Beschäftigung aus, um ihnen keine Minute mehr Freizeit zu gönnen.

Suchend sah die Meisterin sich um, mit den Händen ihren Rock glattstreichend, der über dem Bauch unvorteilhafte Falten schlug. »Setzt euch noch mal an den Nähtisch, Mädchen, aber flugs! Faulenzen könnt ihr das ganze Wochenende noch. Nehmt euch die Schachteln mit den Knöpfen und dem Garn vor und sortiert alles farblich.«

Die Mädchen stöhnten auf, gehorchten aber und setzten sich finster guckend an den länglichen Holztisch mit den Nähmaschinen, während die Meisterin in ihrer Küche verschwand.

»Die geizige Kuh«, flüsterte Margrit, die mit lang ausgestreckten Beinen auf ihrem Stuhl flegelte. Die Knöpfe, die in allen Formen und Größen – aus Perlmutt, aus Hirschhorn, Holz oder Metall – in Blechdosen lagen, ließ sie lediglich durch die Finger rinnen, statt sie zu sortieren. »Bei dem herrlichen Wetter heute hätte sie wirklich ein Auge zudrücken können. Wollen wir heute Abend was unternehmen?«

Catrin hielt einen Moment inne, blaue Garnrollen ordentlich nebeneinander in ein Kästchen zu legen. »Da bin ich auf jeden Fall dabei!«

»Was schwebt euch vor?« Luise zog Stecknadeln mit bunten Köpfchen aus den prallen Nadelkissen, um sie gleich darauf an anderer Stelle wieder hineinzustecken. Eine ebenso sinnvolle Aufgabe wie das Sortieren von Faden und Knöpfen. Mit ihren Freundinnen hatte sie meistens Spaß – allerdings war am Samstagabend auch zu Hause immer etwas los. Mit drei Brüdern, die oft Freunde mitbrachten, fand die Party sozusagen in der eigenen Stube statt. *Halbstarke*, nannte Nachbarin Stolle die Bekannten und Kollegen von Georg, Ulrich und Peter, die auf ihren

Motorrollern geräuschvoll durch die enge Gasse knatterten und die Musik in der Küche laut aufdrehten.

»Wir könnten in die neue Milchbar in der Eisenbahnstraße gehen«, schlug Catrin vor. »Die haben die neuesten Schlager auf der Jukebox.«

»Eine Milchbar? Um Eis zu essen oder Limonade zu trinken?« Margrit rümpfte die Nase. »Wir sind doch keine Volksschüler mehr.«

»Wir könnten uns schon am Nachmittag treffen und eine Radtour an den Vogelwoog machen. Wir können ein Picknick machen und die Füße ins Wasser hängen. Das muss bei der Hitze herrlich erfrischend sein.« Sie saßen in der Schneiderei schon den ganzen Tag an ihren Nähmaschinen, Luise verspürte wenig Lust, in ihrer Freizeit in einer Milchbar oder einem der aus dem Boden sprießenden italienischen Eiscafés zu sitzen. Um wie viel schöner wäre es, sich zu bewegen, zu spüren, dass man jung und lebendig war!

»Das können wir noch tun, wenn wir alt sind, dreißig oder so.« Margrit stützte das Kinn auf den Ellenbogen und schaute verträumt aus dem Fenster. »Wie wäre es, wenn wir tanzen gingen?«

Catrin wickelte mit gesenktem Blick himmelblaues Garn auf eine Spule. »Würde ich gerne, falls mein Vater es erlaubt. Ihr wisst, seit er aus der Gefangenschaft zurück ist, ist er an manchen Tagen so unnahbar und streng und behandelt mich wie ein kleines Kind.«

»Du wirst ihn schon irgendwie rumkriegen.« Margrit warf der jüngeren Kollegin lediglich einen knappen Blick zu. »Und du, Luise?«

»Ich bin mit von der Partie.« Tanzen war um einiges besser, als auf einem der hohen Hocker in der Milchbar zu kauern und nichts anderes zu tun, als mit dem Strohhalm an einem Getränk zu saugen.

»Abgemacht.« Margrit nickte zufrieden, dann schloss sie die Deckel der Knopfkisten und sah demonstrativ zu der großen Uhr, die über der Tür hing. Noch zehn Minuten bis Feierabend.

»Nicht trödeln.« Anita Nagelschmidt erschien mit einer dampfenden Tasse Früchtetee, der herb aromatische Duft hing wie eine Wolke in der Stube. Wie man bei dem Wetter ein solch heißes Getränk zu sich nehmen konnte, war Luise ein Rätsel.

Ein spitzer Schrei riss sie aus ihren Gedanken.

Die Meisterin war gerade im Begriff gewesen, sich mit dem Tee auf ihren angestammten Stuhl am Nähtisch zu setzen, schnellte jedoch sofort wieder hoch, das Gesicht schmerzhaft verzogen. Hektisch stellte sie die Tasse ab und rieb sich mit beiden Händen über den Hintern. »Was zum …«

»Was ist mit Ihnen, Chefin?« Margrits Miene spiegelte nichts als unschuldige Sorge. Catrin lief rot an, während Luise rasch einen Husten vortäuschte, um ihr Lachen zu verbergen. Margrit hatte es faustdick hinter den Ohren. Offenbar hatte sie wieder ihren üblichen Streich abgezogen und das Sitzkissen der Meisterin mit Stecknadeln versehen, die sich dieser nun äußerst unangenehm in den Allerwertesten bohrten. Wie Igelstacheln schauten die roten, blauen und gelben Köpfchen aus dem Stoff ihres Rockes hervor.

»Ich habe mich versehentlich auf ein paar Nadeln gesetzt«, jammerte Anita Nagelschmidt und griff wild um sich. In ihrer Aufregung erhaschte sie kaum eine der Nadeln, es wirkte, als schlüge sie sich selbst auf den Hintern. Der Anblick war zu komisch. Luise biss sich auf die Lippen, um nicht hervorzuprusten.

»Nun helft mir schon, statt Maulaffen feilzuhalten«, fuhr die Chefin sie alle drei an.

Luise und Catrin beeilten sich, ihr zu Hilfe zu kommen und die spitzen Nähutensilien zu entfernen, während Margrit aufreizend langsam die Schachteln mit den Knöpfen ins Regal räumte.

»Ich muss wohl besser aufpassen, mein Zeug nicht überall herumliegen zu lassen.« Nachdem sie von ihrer Qual erlöst worden war, sank Anita Nagelschmidt auf das nun nadelfreie Sitzkissen. Erschöpft winkte sie mit der Hand. »Macht Feierabend und geht nach Hause, Mädchen, die letzten fünf Minuten schenke ich euch. Man muss ja nicht überkorrekt sein mit der Zeit.«

Wie wohltuend es war, der stickigen Nähstube zu entkommen und nach Hause zu radeln! Die Mittagssonne stand hoch am azurblauen Himmel und brannte auf ihren Haaren, doch das hinderte Luise nicht daran, sich kräftig ins Zeug zu legen, um voranzukommen. Die Häuser zu beiden Seiten der breiten Mannheimer Straße flogen nur so an ihr vorbei. Es war Sommer, es war Wochenende, und sie war gesund und unternehmungslustig. Manchmal war das Leben einfach herrlich.

Als sie in die Weidenstraße einbog, musste sie einen großen Schlenker um Klaus Stolle und einige andere Nachbarjungen fahren, die mit einem bereits reichlich abgenutzten Lederball auf dem in der Hitze flimmernden Asphalt kickten.

»He, nicht so stürmisch!« In letzter Sekunde wich sie dem Ball aus, der auf sie zu donnerte, und hielt an. »Du bist nicht Helmut Rahn, Klaus!«

Der sommersprossige Junge grinste sie an und strich sich mit einer schmutzigen Hand durch die verstrubbelten Haare. »Aber bald, Luise! Ich trainiere jeden Tag, um in den FCK aufgenommen zu werden, wenn ich groß bin.«

Luise schmunzelte und stieg vom Rad. Nach der gewonnenen Weltmeisterschaft vor einigen Wochen träumte jedes Kind der Stadt, ja, wahrscheinlich ganz Deutschlands, davon, einmal in den Fußball-Olymp aufzusteigen wie die Nationalelf. Und dass der Verein ihrer Provinzstadt gleich fünf Weltmeister hervorgebracht hatte, war noch immer unglaublich. »Das ist prima,

Klaus. Aber du solltest noch ein bisschen an deiner Treffsicherheit üben.«

»Er kann nicht Weltmeister werden, er muss später mal unseren Laden übernehmen«, ließ sich Cordula vernehmen, die in einem gebügelten altrosa Kleid mit aufgestickten Blumen auf einem Mäuerchen saß und den Jungen zusah. Makellos, wie aus dem Ei gepellt. So wie man es von einem Mädchen erwartete.

Luises Herz zog sich bei ihrem Anblick zusammen. »Was ist mir dir, Cordula? Willst du nicht mitspielen?«

»Nein.« Trotzig schabte die Siebenjährige mit der Spitze ihrer glänzend polierten Schuhe über ein paar Gräser, die aus dem aufgebrochenen Asphalt wucherten. »Mutti sagt, ich soll mich nicht dreckig machen.«

Impulsiv wollte Luise zu einer Erwiderung ansetzen, brach dann aber ab und sagte lediglich: »Schade.« Ihre eigene Mutter und Georg schärften ihr immer ein, sich nicht in anderer Leute Angelegenheiten einzumischen. Und sie hatten ja recht – auf der Straße zu toben, sich schmutzig zu machen und zu raufen war nun einmal das Vorrecht der Jungs, auch wenn ihr das gehörig gegen den Strich ging.

Zum Glück hängte Herr Stolle in diesem Moment das Geschlossen-Schild in die Glastür seines Ladens, und Frau Stolle rief die Kinder zum Mittagessen. Der Duft nach Eintopf schwebte über die Straße, und als Luise ihr Fahrrad weiterschob, drangen ihr noch weitere Gerüche in die Nase, nach würzigen Bratkartoffeln und allerlei Gemüse. Es war halb eins, in der Weidenstraße ging man zu Tisch. Aus den Fenstern der dicht an dicht stehenden kleinen Häuser vernahm man das Klappern von Besteck und leise Unterhaltungen. Da es überall in der Straße sehr hellhörig war – einige Gebäude teilten sich eine Hauswand –, bekam man mehr von den Tischgesprächen der Nachbarn mit, als einem manchmal lieb war, hier und da untermalt von den Klängen eines Radios.

Im handtuchgroßen Vorgarten der Pfeifers stellte Luise ihr Fahrrad ab. Das Haus war windschief, alles sah auf seltsame Art verzogen aus, vom Dach mit dem krummen Schornstein bis zu der Haustür, die sich nur durch Trick siebzehn öffnen ließ. Als Kind hatte sie es immer mit einem Hexenhäuschen verglichen, genauso wenig Platz bot es auch. Als einziges Mädchen genoss sie das Privileg, eine winzige Kammer ihr Eigen zu nennen, während ihre Brüder sich ein Zimmer teilen mussten. Mutter schlief in der guten Stube, die eh nur an Feiertagen genutzt wurde.

»Hallo, Mutti. Ich habe einen Bärenhunger.« Luise wollte bereits auf die schmale Eckbank rutschen, doch Edith Pfeifer hielt sie am Arm zurück.

»Hände waschen, Fräulein.«

Luise verdrehte die Augen. »Bis ich das erledigt habe, hat Peter schon die ganzen Kartoffeln verdrückt.«

Der jüngere Bruder, der wenig elegant auf der Bank lümmelte, grinste sie schadenfroh an. »Als Mann stehen mir auch mehr Kalorien zu, ob's dir gefällt oder nicht.«

»Mann?« Luise lachte spöttisch auf und hielt sich die Hände unter den angenehm kalten Strahl des Wasserhahns. »Du bist eher eine halbe Portion. Du gehst sogar noch zur Schule.«

So ganz konnte sie es noch immer nicht verwinden, dass Peter als der Jüngste in der Familie das Albert-Schweitzer-Gymnasium besuchen durfte, während bei ihr eine höhere Schullaufbahn von vornherein ausgeschlossen worden war. Das Geld war knapp, wie Georg und Ulrich, der in einer Schreinerei arbeitete, musste sie zum Haushalt beitragen. Für das Nesthäkchen galten anscheinend andere Regeln. Außerdem war sogar Mutter, die ihrer einzigen Tochter gerne mal den einen oder anderen kleinen Sonderwunsch erlaubte, dagegen gewesen, dass Luise weiterhin zur Schule ging. »Du wirst doch sowieso einmal heiraten«, hatte es geheißen.

»Streitet nicht, Kinder.« Edith Pfeifer wirkte müde, natürlich, sie war nach ihrer Putzstelle sofort nach Hause geeilt, um zu kochen. Nach den schweren Kriegsjahren, in denen sie vier Kinder allein hatte durchbringen müssen, und dem Verlust ihres Mannes sah sie ausgezehrt aus, die rosigen Wangen waren seit Langem verschwunden, stattdessen wirkte sie fahl, und dunkle Schatten lagen unter den Augen.

Luise warf Peter hinter dem Rücken ihrer Mutter einen bedeutungsvollen Blick zu, woraufhin er ihr die Zunge herausstreckte und sich einen Berg Kartoffeln auf den Teller türmte.

»Wo Georg und Ulrich nur bleiben?«, wunderte sich Edith kurze Zeit später, als Peter bereits seine dritte Portion verschlungen hatte und Anstalten machte, sich noch einmal nachzunehmen. Sie zog ihm die Schüssel weg. »Das reicht jetzt, Junge. Es muss noch was für deine Brüder übrig bleiben.«

In diesem Moment vernahmen sie von draußen das Brummen eines Motors. Es kam äußerst selten vor, dass sich ein Auto in die enge Gasse verirrte. Luise sprang auf, zog die pfefferminzgrünen Vorhänge beiseite und spähte aus dem Fenster.

»Ein Lieferwagen! Georg und Ulrich steigen aus! Was zerren sie da heraus? Es sieht aus wie …«

Vor Neugierde hielt sie nichts mehr im Haus, und sie lief nach draußen, gefolgt von Peter und Mutter.

Georg und Ulrich wuchteten ein riesiges weißes Ungetüm aus dem Laderaum des Wagens, wobei sie kurz innehielten und sich mit den Hemdsärmeln über die schweißbesetzte Stirn wischten. »Mannomann, das Ding ist wirklich kein Leichtgewicht.«

Edith stützte sich fassungslos gegen den Rahmen der Haustür, die daraufhin ein verstörendes langgezogenes Quietschen von sich gab. »Was ist das?«

»Was glaubst du denn, Mutti?« Peter packte mit an und half seinen Brüdern, das quaderförmige Stück über den kurzen Weg durch den Vorgarten zu tragen. »Ein Kühlschrank ist es, Halleluja, endlich zieht der Fortschritt bei der Familie Pfeifer ein!«

Unter Luises Haut kribbelte es vor Aufregung. Ein Kühlschrank! Unglaublich. Stolles und die Nagelschmidt besaßen bereits ein solches Teil, aber die waren ja auch erheblich betuchter als die eigene Familie. Bisher waren technische Errungenschaften wie ein Kühlschrank, ein Staubsauger oder eine moderne Waschmaschine mit einer Glastür zum bequemen Befüllen an der Vorderfront undenkbar gewesen. Die Geräte kosteten schließlich ein Vermögen.

»Wo habt ihr den Kühlschrank her? Wieso habt ihr uns vorher nichts verraten? Wie viel hat er gekostet?«, sprudelte es aus ihr hervor, während sie den Brüdern Platz machte, damit sie das kostbare Teil durch die Haustür bugsieren und in der Küche abstellen konnten. »Und woher ist der Lieferwagen?«

»Mal sachte, Schwesterchen. Gib uns einen Moment.« Georg lehnte sich schnaufend gegen die Neuerwerbung. Sein blasses Gesicht war von der Anstrengung rot angelaufen, Ulrich und Peter rangen ebenfalls um Atem. Während Luise den Kühlschrank inspizierte, befüllte Mutter geistesgegenwärtig drei Gläser mit Wasser für ihre durstigen Söhne.

»Danke, Mutti.« Georg trank das Glas in einem einzigen Zug aus. »Der Kühlschrank sollte eine Überraschung für dich sein, deswegen haben wir nichts verraten. Den Lieferwagen habe ich mir von einem Kollegen ausgeliehen, den bringe ich nachher gleich zurück. Gefällt dir die Überraschung, Mutti?«

Edith strich mit der Hand unschlüssig über die weiße, etwas staubige Oberfläche des Küchengeräts. »Ich weiß nicht … Brauchen wir so etwas Neumodisches überhaupt? Verbraucht der Kühlschrank nicht zu viel Strom? Bisher sind wir ohne ausgekommen. Und war er nicht viel zu teuer?«

Ulrich, der genauso rotblond war wie Luise und ihr äußerlich am meisten glich, stöhnte auf. »Mutti! Du bist doch nicht von vorgestern! Man muss mit der Zeit gehen. Ist es nicht toll, wenn wir unsere Getränke kühlen können oder du die Essensreste, vor allem, wenn es so heiß ist wie jetzt?«

»Außerdem – es ist ein Frigor!«, verkündete Peter und schlug mit der flachen Hand triumphierend auf den Kühlschrank. »Ein Frigor, stell dir das mal vor!«

»Und?« Luise blieb unbeeindruckt. War nicht ein Kühlschrank wie der andere? »Ist das was Besonderes?«

»Aber natürlich. Du dumme Pute kannst das nicht wissen.« Peter hob den Deckel der Eckbank und zog eine seiner Fußball-zeitschriften hervor, um darin zu blättern. »Hier, schau mal.«

Widerstrebend blickte Luise auf einen Artikel, in dem es um Geschenke ging, die Fritz Walter, der Kapitän der deutschen Fußballnationalmannschaft, nach dem Sieg an die Spieler verteilt hatte.

»Der gute Fritz hat nach der WM allen Weltmeistern einen Frigor geschickt! Und wir haben jetzt auch einen.« Peter riss ihr die Zeitschrift aus der Hand, verstaute sie wieder im Fach unter der Eckbank und ließ die Sitzfläche laut zufallen.

Wider Willen war Luise ein wenig stolz darauf, den gleichen Kühlschrank zu besitzen wie die Fußballweltmeister. Das war schon eine großartige Sache.

»Ihr habt mir immer noch nicht gesagt, wie viel das gute Stück gekostet hat.« Edith ließ sich auf ihren Stuhl fallen, als fehle ihr die Kraft, noch weiter herumzustehen.

»Nur sechshundert Mark, Mutti«, sprach Georg beschwichtigend auf sie ein.

Edith griff sich ans Herz. »Nur … sechshundert Mark? Habt ihr den Verstand verloren? Wie um Himmels willen …«

»Mach dir keine Sorgen, Mutti.« Ulrich setzte sich neben sie und streichelte ihr beruhigend die Hand. »Erstens verdienen wir alle Geld und können zusammenlegen, außer dem kleinen Prinzen …« Er warf Peter, der schief grinste, einen nachsichtigen Blick zu. »Zweitens hat Georg Ratenzahlung vereinbart. Vierundzwanzig Monatsraten à fünfundzwanzig Mark. Das kriegen wir locker hin.«

»Dein Wort in Gottes Ohr«, murmelte Edith. Dann schien sie sich zu berappeln und stand auf, um mit energischen Bewegungen die Teller Georgs und Ulrichs zu befüllen. »Nun setzt euch, ihr beiden, und esst. Ihr habt eine anstrengende Woche hinter euch. Ach, und – danke. Danke, meine Lieben.«

Nach dem Essen half Luise ihrer Mutter, das Geschirr zu spülen, Wäsche zu waschen und das Haus zu putzen, wobei sie aus dem Gähnen nicht mehr herauskam. Gab es etwas Öderes, als sich um derlei nervtötende Angelegenheiten zu kümmern? Noch dazu war es nach der Putzorgie bei der Nagelschmidt bereits das zweite Mal an diesem Tag, dass sie den Lappen schwang.

Georg und Ulrich brachten den Lieferwagen zurück, und Peter lag derweil auf seinem Bett im Jungenzimmer und hörte Musik – *Shake, Rattle and Roll* von Bill Haley –, während er offiziell Lateinvokabeln paukte. Luise stieß mit dem Besen in die Küchenecken vor und schnaubte verdrossen, wusste doch die ganze Familie, wie faul der Bruder war und dass er für die Schule keinen Finger rührte, sodass er gerade immer so durchkam.

Auch am Nachmittag noch, als sie sich nach getaner Arbeit durchgeschwitzt in ihre kleine Kammer zurückzog, schallte Rock 'n Roll durchs Haus. Gut, dass sie erst für den Abend verabredet war, sie wäre viel zu ausgelaugt gewesen, um jetzt gleich aufzubrechen. Heimlich hatte sie Peters Fußballzeitschrift aus der Eckbank stibitzt und sog die Artikel darin in sich auf. Die Fußballspieler waren durchaus patente Erscheinungen. Ob sie einen der Kaiserslauterer einmal persönlich treffen würde, möglich wäre es ja durchaus? Sie träumte davon, dass Werner Liebrich, dieser gut aussehende Fußballgott mit dem markanten Gesicht und den welligen rotblonden Haaren, unverhofft durch die Tür der Schneiderei schneien würde, um … Ja, warum sollte er das tun? Nun, er könnte sich zum Beispiel ein maßgeschneidertes Hemd anfertigen lassen oder einen Anzug oder … Noch während sie im Geiste ein fiktives Gespräch mit Liebrich führte, döste sie weg.

Am Abend schloss sie ihren alten Drahtesel an einem Laternenpfahl vor dem Tanzcafé *Wiegeschritt* in der Kerststraße an und richtete ihren vom Fahren zerdrückten pfirsichfarbenen Rock. Catrin wartete bereits; schüchtern hielt sie sich im Schatten einer Platane auf, durch deren Äste orange glühendes Licht fiel, das bald schon sanfteren Tönen weichen würde. Motorroller mit Halbstarken, die den Mädchen freche Bemerkungen zuriefen, dröhnten durch die Straße, ein alter Herr mit Hut und Spazierstock drehte sich empört nach ihnen um und beschwerte sich über die Lärmbelästigung, bis sie endlich abebbte.

»Du siehst toll aus.« Ehrfürchtig betrachtete Catrin Luises weit schwingende Rockbahnen. »Das hast du selbst genäht, oder?«

»Natürlich.« Luise zupfte eine Falte zurecht. Der Petticoat, den sie unter dem glänzenden Stoff trug, war steif, hatte sie ihn doch zu Hause in Zuckerwasser getränkt, damit er möglichst ausladend blieb. Diesen Trick hatte sie Margrit zu verdanken, die regelmäßig die *Brigitte* las, die vor drei Monaten erstmals erschienen war. »Die Nagelschmidt bezahlt uns ja leider nicht genug, um im Kaufhaus einzukaufen.«

»Da kommt Margrit.« Catrin, die mit ihrer Flechtfrisur ein wenig bieder wirkte, was sie durch ihr limonengelb gestreiftes Sommerkleid und die Ballerinas wieder wettmachte, blickte der Dritten im Bunde entgegen. »Zu spät wie immer.«

»Warum steht ihr hier herum wie bestellt und nicht abgeholt?« Margrits Erscheinungsbild stellte das ihrer Kolleginnen mühelos in den Schatten. Sie trug nicht nur einen, sondern gleich zwei

Petticoats übereinander, sodass ihr weißes Kleid mit dem breiten Gürtel um die schmale Taille wie ein aufgespannter Regenschirm wirkte. Die kurzen hellbraunen Haare hatte sie zu geschmeidigen Locken geformt, und an ihren Ohrläppchen schimmerten matte Perlen. »Lasst uns reingehen.«

Luise und Catrin warfen sich einen amüsierten Blick zu und betraten das Lokal. Es roch durchdringend nach Parfum, Schweiß und Bier. Blauer Dunst waberte wie von einer Nebelmaschine abgefeuert durch den Raum, denn die am Tresen lehnenden jungen Männer rauchten eine Zigarette nach der anderen, während sie nach Damen Ausschau hielten, die als Tanzpartnerin oder mehr infrage kamen. Ein Quintett, bestehend aus Musikern in schwarzen Anzügen und Schlips, spielte gerade *Verzeih', mon ami,* und die Tanzfläche begann sich mit Paaren zu füllen, die gemächlichen Slowfox tanzten.

»Einen Gin Fizz!«, rief Margrit einem befrackten Kellner zu, der geschäftig an dem runden Tischchen vorbeieilte, um das sie sich drängten. »Und ihr, Mädels?«

»Eine Coca-Cola reicht mir.« Ulrich würde es sicherlich nicht gutheißen, wenn er Luise nachher abholte und sie beschwipst vorfand, von Georgs Reaktion ganz zu schweigen. Ihre Brüder wachten äußerst besorgt über ihre Tugend, manchmal fragte sie sich, ob ihr Vater genauso streng mit ihr gewesen wäre, würde er noch leben. Der Verzicht auf Alkohol fiel ihr allerdings nicht schwer; in erster Linie wollte sie tanzen und ein bisschen Spaß haben.

»Mir auch«, fiel Catrin sogleich ein.

Margrit verzog das Gesicht, als habe sie es mit bockigen Ziegen zu tun. »Kinder, Kinder, was seid ihr für Spaßbremsen! Lasst euch doch mal ein bisschen gehen, ist es nicht schon schlimm genug, dass wir tagaus, tagein von der Nagelschmidt und unseren Familien gegängelt werden?«

»Was hat Alkohol mit Spaß zu tun? Tanzen kann ich auch, wenn ich Cola trinke, dann wird mir wenigstens nicht so schnell schwindlig bei den Drehungen.« Luise bemerkte über Margrits Kopf hinweg, wie sich ein junger Mann in dunkelblauer Denimhose näherte. Die sogenannte »Cowboyhose« gab es erst seit Kurzem zu kaufen, sie galt als Symbol der Lässigkeit und Rebellion gleichermaßen. Georg hätte sich niemals in solch einem Stück sehen lassen, aber als Polizist verkörperte er ja sowieso Recht und Ordnung und musste selbst in seiner Freizeit respekteinflößend daherkommen. »Ich glaube, dein Typ wird verlangt, Margrit.«

Die Kollegin schnellte herum und unterzog den Mann einer ungenierten Musterung. »Hm, ja, ganz okay.«

Luise und Catrin verbargen ein belustigtes Grinsen, als der Mann, er mochte wohl Anfang zwanzig sein, sich andeutungsweise vor Margrit verbeugte und sie auf die Tanzfläche zog. Vergessen war ihr Gin Fizz, den der Kellner zusammen mit der Cola auf den Tisch stellte.

Auch Luise und Catrin wurden bald aufgefordert und bewegten sich zu *Ich tanze mit dir in den Himmel hinein*. Erst eine ganze Weile später trafen sie wieder alle drei an ihrem Tisch ein, um durstig ihre Getränke hinunterzustürzen. Der beißende Geruch nach Nikotin hing in ihren Kleidern, und ihre mit so viel Mühe frisierten Haare waren feucht an den Ansätzen und klebten an ihren Schläfen.

»Heute Abend ist zum ersten Mal seit Langem wieder passables Heiratsmaterial vorhanden«, schrie Margrit über die Klänge des Quintetts hinweg, dass sie jemand an den Nebentischen hören konnte, interessierte sie wenig. »Der Erste, mit dem ich getanzt habe, erwies sich als Langweiler, trotz der todschicken Cowboyhose. Der Zweite zwar auch, denn er quasselte ununterbrochen von seinem Auto, aber wenigstens besitzt er eins, stellt euch das nur vor! Ein Mann mit Auto! Himmlisch.«

Luise wischte sich lachend über die Stirn. »Meine Güte, denkst du an nichts anderes als daran, den passenden Mann fürs Leben zu finden? Ich dachte, wir wären lediglich zum Vergnügen hier.«

Margrit rollte die stark geschminkten Augen. »Natürlich bin ich in erster Linie darauf aus, einen guten Fang zu machen. Und ihr solltet das ebenfalls tun. Besteht euer Lebensziel etwa darin, jahrelang bei der Nagelschmidt zu schuften und ihre Wohnung zu putzen?«

»Nein, aber …« Luise nippte an ihrer Cola, die inzwischen recht lauwarm schmeckte. Wenn sie ehrlich war, hatte sie bisher noch nicht großartig über ihre Zukunft nachgedacht. Irgendwann würde sie heiraten und Kinder bekommen, was sollte sie sonst tun?, aber sie war doch noch so jung, und es fühlte sich gut an, von Mutter umsorgt zu werden und mit den Geschwistern zusammenzuleben, alle unter einem Dach, auch wenn die Brüder für ihren Geschmack manchmal zu fürsorglich waren und ihr Vorschriften machten. »Ich meine, so weit kommt's noch, dass ein Tanzabend in Arbeit ausartet und ich die anwesenden Herren der Schöpfung auf ihre Ehetauglichkeit überprüfe.«

Catrin nickte so heftig, dass einige Haarsträhnen, die sich beim Tanzen aus ihrer Flechtfrisur gelöst hatten, hin und her flogen. »Meine Mutter sagt, ich bin noch viel zu jung zum Heiraten.«

»Du vielleicht, mit deinen süßen Siebzehn bist du ja wirklich noch ein Baby.« Margrit schnippte mit den Fingern, um den Kellner auf sich aufmerksam zu machen. »Bei mir sieht die Sache schon anders aus, werde du erst mal neunzehn, dann sprechen wir uns wieder.«

Von hinten näherte sich ein weiterer junger Mann mit verwegener Schmalzlocke über der Stirn und Lederjacke, der sich grinsend vor ihr verbeugte. Damit war die Diskussion unter den Freundinnen schlagartig beendet, und Margrit verschwand strahlend auf der Tanzfläche, die immer voller wurde. Das Orchester spielte *Plim-Plim! Plum-Plum* von Peter Alexander. Kurzerhand zog Luise Catrin zwischen die Tanzenden, und auch sie schoben sich hin und her und bewegten sich im Takt, Schulter an Schulter mit den anderen Gästen. Was scherte es Luise, dass sie mit der Freundin tanzen musste statt mit einem feschen Jungen, ihre Freude an der Musik und der Herumhopserei wurde dadurch kein bisschen geschmälert. Das Licht der roten Glühbirnen, die von der niedrigen Holzdecke strahlten, badete die Szene in warmem Schein. Die Pflichten der hinter ihr liegenden Arbeitswoche blätterten von ihr ab wie alter Rost, und sie fühlte sich leicht und frei.

Ulrich wartete bereits, als sie erhitzt und mit Blasen an den Füßen – Catrin war ihr im Tanzgetümmel zudem ein paar Mal schmerzhaft auf die Zehen getreten – aus dem *Wiegeschritt* trat. Er stand gegen den Stamm der Platane gelehnt, rauchte eine Zigarette und trat ungeduldig von einem Bein aufs andere.

»Du hättest mich wirklich nicht abholen müssen«, versicherte sie, nachdem sie das Schloss aufgeschlossen hatte und ihr Fahrrad die Straße entlangschob. Ulrich ging gemächlich neben ihr her, die Hände in den Hosentaschen vergraben. »Ich hätte problemlos allein nach Hause fahren können.«

»Kommt nicht in die Tüte.« Ulrich kickte einen Kieselstein vom Trottoir. »Wir Brüder sind für dich verantwortlich, nur über meine Leiche würden wir dich zu so später Stunde allein durch die Stadt radeln lassen. Stell dir vor, was dabei passieren könnte!«

»Was denn?«, fragte Luise herausfordernd.

Ulrich brummte. »Das willst du gar nicht so genau wissen.«

Es war noch nicht ganz dunkel, noch zeigte der Himmel jene tiefe tintenblaue Färbung, die er an solch klaren, warmen

Sommerabenden präsentierte. Die Fenster in den umliegenden Häusern waren weit geöffnet, aus vielen Wohnstuben hörte man ein Radio. Die Finsternis lauerte bereits an den Rändern des Horizonts, und die Stadt würde bald in saumseliger Stille schlafen.

»Und was habt ihr heute Abend getrieben?«

»Marlene ist rübergekommen, sie und Georg haben stundenlang ihre Hochzeit durchdiskutiert.« Ulrich klang desinteressiert, die seit Langem geplante Festlichkeit war ihm nicht wichtig. Georg und Marlene, die in einer Bäckerei arbeitete, waren bereits seit Monaten verlobt, aber sie wollten erst noch ein wenig sparen, bevor sie den endgültigen Schritt wagten. »Sie wollen jetzt doch unseren Dachboden ausbauen, um sich nach der Hochzeit darin einzuquartieren. Das ist für sie am billigsten.«

»Du meine Güte, dann wird's eng im Hause Pfeifer.« Luise schob das Fahrrad an einigen Mülltonnen vorbei, die mitten auf dem Gehweg standen.

»Elsbeth war auch da – das heißt, sie ist noch da, genau wie Marlene. Wir Männer haben Fußball gespielt, und die Frauen haben uns zugeschaut.«

Irrte sie sich, oder überzog eine verräterische Röte Ulrichs glattrasierte Wangen? In der zunehmenden Dunkelheit vermochte sie es nicht richtig zu erkennen, aber ihr als kleiner Schwester konnte man nichts vormachen.

»Elsbeth, soso«, sagte sie genüsslich. »Sie tritt in letzter Zeit öfter auf den Plan, oder?«

Ihr Bruder stellte sofort seine Stacheln auf. »Na und, was dagegen?«

»Nö.« Luise lächelte in sich hinein. »Ich hoffe nur, sie klebt von nun an nicht unaufhörlich an dir, so wie deine letzte Flamme, wie hieß sie doch gleich? Hilde oder Heide? Die sprach ja nach einer Woche von Heirat.«

»Keine Angst, ich hab Elsbeth sofort ausgebremst. Zuerst muss Georg unter die Haube, das habe ich ihr klipp und klar zu verstehen gegeben.«

Sie bogen von der breiten, alleenartigen Mannheimer Straße in die Weidenstraße ein, und sofort empfing sie die Intimität der kleinen Gasse. Einige wenige Laternen warfen gelbe Lichtpfützen auf den maroden Asphalt, trotzdem war es nicht so ruhig, wie Luise erwartet hatte. Georg und Peter sowie einige andere Jugendliche und junge Männer aus der Nachbarschaft kickten einen Lederball umher, der von der Finsternis verschluckt wurde, bis er wieder durch den Lichtkegel einer Lampe rollte. Spielte im Moment ganz Deutschland Fußball? In ihrer Straße zumindest war das der Fall, am Mittag waren es die Kinder gewesen, die sich damit vergnügt hatten, nun die Erwachsenen.

»Sie spielen ja immer noch, ein nächtliches Spiel …« Luise hielt inne, beide Hände am Lenker, und sog die Atmosphäre wie einen Zaubertrank in sich auf. Die Rufe und Pfiffe der Spieler, die von Hauswand zu Hauswand schallten, die geröteten, nassgeschwitzten Gesichter, die starken, sehnigen Körper, die sich mit vollem Einsatz darum bemühten, den Ball zu bekommen, die Rempeleien, Tricksereien … Marlene und Elsbeth, die mit einem Glas Eistee in den Händen grazil auf einem niedrigen Mäuerchen saßen, in ihren gepunkteten Kleidern makellos wie Schaufensterpuppen … Luise war, als würde sie sich einen Film anschauen, der in prächtigsten Farben und verheißungsvollen Bildern ein Sommermärchen malte.

»Tor! Tor!«, brüllte Georg, nachdem er den Ball gegen die Hauswand der Stolles geschossen hatte, wobei er das Schaufenster des Krämerladens knapp verfehlte.

»Verdammter Mist!« Erwin Neumer, der dürre Junggeselle, der in Nummer zehn wohnte – er arbeitete in der Pfaff Nähmaschinenfabrik –, trat vor Wut gegen die Stelle, die der Ball berührt hatte, während Marlene und Elsbeth die Pfeifer-Jungs begeistert anfeuerten.

»Gleich noch mal drauf aufs Tor, ihr schafft das!«

»Ich bin auch wieder dabei!« Ulrich zog sich sein Hemd über den Kopf und warf sich im weißen Unterhemd ins Getümmel. Da ging ein Ruck durch Luise. Achtlos ließ sie ihr Fahrrad im Pfeifer'schen Vorgarten auf den sandigen Pfad fallen, lief durch die weit geöffnete Haustür und kramte im Schuhschrank nach den uralten, ausgetretenen Turnschuhen von Peter, die sie in ihrer Schulzeit im Sportunterricht getragen hatte, tauschte diese gegen ihre Ballerinas und stürmte hinaus. Voller Tatendrang mischte sie sich unter ihre Brüder und Nachbarn.

Georg prallte gegen sie, als er versuchte, Erwin den Ball abzuluchsen. »Was soll das, Schwesterherz?«

»Na, ich spiele mit.« Ihr feiner Rock samt in Zuckerwasser getränktem Petticoat interessierte sie in diesem Augenblick wenig, sollten die Sachen doch schmutzig werden. Morgen hätte sie genug Zeit zum Waschen.

»Du?« Georg brach in schallendes Gelächter aus, ließ sie aber gewähren und schoss Manfred aus Nummer zwölf geschickt den Ball weg. Der Schuss bekam solchen Schwung, dass das abgenutzte Lederteil weit flog. Luise sah ihre Chance gekommen, preschte hinterher, wehrte durch eine gekonnte Drehung Peter ab, der ihr dicht auf den Fersen war, und zielte aufs provisorische Tor.

»Tor!« Sie riss die Arme hoch, verwirrt über ihren Erfolg, mit dem sie nicht gerechnet hatte.

Marlene und Elsbeth auf dem Mäuerchen kicherten verhalten. »Na, du bist ja ein echtes Fräuleinwunder«, spottete Marlene und nippte geziert an ihrem Eistee.

»Ich wette, ihr würdet am liebsten auch mitspielen«, versetzte Luise gutmütig und strich sich die zerzausten Haare aus der Stirn.

Elsbeth verdrehte die Augen, als habe Luise etwas völlig Schwachsinniges von sich gegeben. »In hundert Jahren nicht, das kannst du mir glauben. An deiner Stelle würde ich lieber aufpassen, mir nicht das Kleid zu ruinieren, statt wie ein Mannweib über die staubige Straße zu rennen.«

Luise zuckte die Achseln. *Mannweib*, Ulrichs neue Eroberung hatte sie wohl nicht mehr alle! Manche Menschen wussten einfach nicht, wie man sich amüsierte.

In diesem Moment wurden im Stockwerk über dem Gemischtwarenhandel die Fensterläden aufgestoßen, und Stolles entrüstetes Gesicht erschien, umrahmt von Dunkelheit. »Was soll dieses Spektakel? Die Frau und ich liegen schon seit einer halben Stunde im Bett und warten, dass das Remmidemmi aufhört, aber jetzt reicht es mir! Nach Hause mit euch, aber dalli!«

»Entschuldigung, Herr Stolle«, murmelte Luise, und die anderen schoben eine zerknirschte Bitte um Verzeihung hinterher. Ihre Siegeslaune hatte einen Dämpfer erhalten. Vielleicht war es doch nicht die beste Idee, spät am Abend auf der Straße Fußball zu spielen, aber es machte solchen Spaß, und ein Tor geschossen hatte sie auch! Peter war ganz grün vor Neid.

»Entschuldigung, Entschuldigung! Davon kann ich mir nichts kaufen, wenn ihr meine Scheibe einwerft.« Stolle redete sich in Rage. »Geht ins Bett, so wie es sich um diese Zeit gehört!«

Der Zauber der Augustnacht war gebrochen. Marlene und Elsbeth erhoben sich von dem Mäuerchen und wischten sich den Staub von den Röcken, und die Jungs versammelten sich, um sich zu verabschieden.

»Ich habe ein Tor geschossen«, flüsterte Luise mit glänzenden Augen, als sie, von Peter flankiert, ins Haus ging. Georg und Ulrich hakten ihre Freundinnen ein und machten sich auf den Weg, um sie nach Hause zu begleiten.

Luise konnte es noch immer kaum glauben. So mussten sich

die Nationalspieler in Bern gefühlt haben, so euphorisch, von ihrem eigenen Können durchdrungen.

»Jaja,«, spottete Peter. »Du Fußball-As, du.« Sie setzten sich nebeneinander auf die schmale Holzbank beim Eingang, um sich die Schuhe auszuziehen. Ihre Mutter schien bereits zu schlafen, in der nachlassenden Wärme des Tages ächzten die Holzbalken des alten Gemäuers, ein vertrautes Geräusch, das nach Zuhause klang.

»Neidisch?«, zog Luise ihn auf.

»Ach was.« Peter erhob sich im Funzellicht der spärlichen Flurbeleuchtung und schaute aus seiner stattlichen Höhe auf sie herab, er war mindestens einen Kopf größer als sie. »Sagen wir es mal so: Ein blindes Huhn findet auch mal ein Korn.«

»Spar dir deinen Spott, damit willst du nur darüber hinwegtäuschen, dass ich besser gespielt habe als du.« Luise lachte ihm ins Gesicht, dann lief sie barfuß die steile Stiege hinauf in ihre kleine Kammer. Dort öffnete sie das winzige Fenster und schaute sehnsüchtig hinauf in den schwarzen Himmel, an dem die Sterne blinkten wie Glühwürmchen. War das da nicht eine Sternschnuppe, die wie Goldregen herabstürzte? Schnell, sie musste sich etwas wünschen, gewiss würde es in Erfüllung gehen … Sie stützte die Ellbogen auf das Fensterbrett und grübelte. Was sollte sie sich nur wünschen? Die samtene Nacht schien so voller Verheißung, voller Versprechen, Möglichkeiten … Eine unbekannte Unruhe ergriff sie, prickelte in ihr wie Ahoi-Brause. Was würde das Leben ihr bringen?

Eine gute Hausfrau kennt immer ihren Platz.

Aus: Ratgeber für die gute Hausfrau, 1950er Jahre

Kapitel 2

Luise rührte mit dem Löffel die dickflüssige vanillegelbe Masse um und atmete genüsslich den zuckrigen Duft ein, der dem Topf entstieg.

»Wie lange braucht der Pudding noch?« Peter schaute ihr über die Schulter und versuchte, einen Finger in die süße Versuchung zu stecken, um ihn abzulecken. Aber Luise war schneller als er und schlug ihm mit dem Löffel auf die Hand.

»Aufhören! Wenn du mich weiterhin nervst, bekommst du gar nichts ab.«

Peter rieb empört seine Hand. »Stell dich nicht so an und mach hinne. Es wird schon keine Stunden brauchen, den Pudding zu kochen, ist doch ein Fertigprodukt von Dr. Oetker. Du hast ihn uns als Nachtisch für den Sonntagmittag versprochen, also steht er uns zu, und wir haben noch was vor, wie du weißt.«

Luise rührte stoisch weiter. Natürlich wusste sie, dass ihre Brüder mit ein paar Freunden und Kollegen in den Park wollten, um auf einer der dortigen Wiesen Fußball zu spielen. Eigentlich wäre sie gerne mitgegangen, aber Mutter saß mit einem ganzen Korb voll löchriger Männersocken auf der Eckbank, und sie konnte sie schlecht alleine stopfen lassen. »Rede nicht so viel, ich will die Sendung hören.« Im Radio wurde gerade ein Interview mit Horst Eckel, einem der Kaiserslauterer Weltmeister, gesendet, und sie hörte aufmerksam zu, um sich von ihrem Frust, nicht wie die Geschwister in den Park gehen zu können und die warme Augustsonne auf ihren nackten Armen zu spüren, abzulenken.

»Was für ein Gefühl war es, als in den letzten Minuten des Endspiels klar wurde, dass Deutschland gesiegt hatte? Dass Sie Weltmeister werden würden?«, drang die souveräne Stimme des Moderators aus dem kleinen Gerät, das zwischen Pfannen und Schüsseln auf einem Regalbrett stand.

»Zum Abendessen sind wir wieder da, Mutti.« Georg saß neben Mutter auf der Bank und wartete wie Peter und Ulrich auf den Pudding. »Darf Marlene dazustoßen? Ich kann sie erst heute Abend sehen, da sie den ganzen Tag auf Verwandtenbesuch ist.«

»Natürlich.« Edith Pfeifer begann, sich nach Marlenes Verwandtschaftsverhältnissen zu erkundigen, und Luise stellte das Radio lauter. Dass in dieser Familie aber auch immer mehrere Leute gleichzeitig sprechen mussten! Nie konnte man sich in Ruhe eine Rundfunksendung anhören, mochte sie einen noch so sehr interessieren.

»Am Anfang haben wir gar nicht so richtig realisiert, dass wir Weltmeister waren«, erzählte Horst Eckel bedächtig. »Wir dachten: Naja, dann haben wir das Endspiel eben gewonnen. Am Abend nach dem Spiel haben wir es eigentlich gar nicht so sehr krachen lassen.«

»Du, Luise, so langsam könnte der Pudding wirklich mal fertig werden«, drängte Georg und schob ungeduldig seine noch ungefüllte Dessertschale hin und her. »Robert, mein Kollege von der Wache, müsste jeden Moment hier sein, er möchte mit uns in den Park und …«

»Ich kann nicht hexen.« Luise verdrehte die Augen und stellte den Lautstärkeregler noch höher. »Das nächste Mal kocht ihr euch euren Pudding selbst.«

»So weit kommt's noch.« Peter schlug sich grölend auf die Oberschenkel. »Kochen ist deine Lebensaufgabe, nicht unsere.«

»Nun ärgert mir das arme Luischen nicht allzu sehr.« Mutter mischte sich selten in die geschwisterlichen Streitigkeiten ein, nun sah sie sich offenbar gezwungen, ein Machtwort zu sprechen. »Schluss jetzt, Jungs!«

Luise schob den Topf vom Herd und nahm einen Schöpflöffel aus dem mit weißem Schleiflack verzierten Küchenschrank, um den Pudding zu verteilen. »Erst als wir einen Tag nach dem Endspiel mit einem eigens für uns bereitgestellten Zug von Bern nach Deutschland zurückfuhren, dem *Weltmeisterzug,* wie die Aufschrift lautete, dämmerte uns, dass wir großen Bahnhof bekommen würden. Schon in München empfingen uns Zehntausende mit ohrenbetäubendem Jubel und Applaus, und so ging es weiter. Selbst im kleinsten Dorf, durch das wir fuhren, drängten sich unzählige Menschen auf die Gleise, um uns durch die Fenster Geschenke zu überreichen oder uns um Autogramme zu bitten. An manchen Bahnhöfen wollten wir aussteigen und uns die Beine vertreten, doch das war unmöglich, so sehr pressten sich die Menschenmassen von außen gegen die Zugtüren. Es war unglaublich. Es war das Aufregendste, was ich jemals erlebt habe. Und erst da, wirklich erst in diesen Momenten, wurde uns klar, was es bedeutete, Fußballweltmeister zu sein.«

Luise war so sehr in den Bericht Horst Eckels vertieft, dass sie gar nicht bemerkte, dass ihre Brüder den Pudding inzwischen fast völlig verputzt hatten.

»Luise, schnapp dir deinen Teil, sonst gehst du leer aus«, rief Mutter, und sie erwachte aus ihrer Versunkenheit.

»Das wäre ja noch schöner.« Rasch schob sie Peter auf der Eckbank unsanft zur Seite und quetschte sich neben ihn, um ihre Dessertschale mit dem kläglichen Rest zu füllen. Wer drei Brüder hatte, durfte nicht zimperlich sein. »Da stehe ich ewig am Herd, und zum Schluss schaue ich in die Röhre. Das könnte euch so passen.«

»Ob das deiner schlanken Linie guttut?«, zog Peter sie auf.

»Was ist mit deiner?«, gab sie zurück und fixierte das weiße, zugegebenermaßen nicht sehr üppige Stück Bauch, das unter seinem hochgerutschten T-Shirt durchblitzte.

»Wir trainieren uns die Kalorien im Park ab. Aber nimm noch ein bisschen von mir, wir können gern teilen.« Georg schob ihr friedfertig seinen letzten Rest Pudding hin, doch in dem Moment läutete es an der Haustür. »Ah, das wird Robert sein.«

Kurz darauf kam er mit seinem Freund in die kleine Wohnküche zurück. »Mutti, das ist mein Kollege Robert König. Er ist mein neuer Partner, wir gehen zusammen auf Streife.«

»Guten Tag, Herr König.« Edith Pfeifer erhob sich und goss dem Gast rasch ein Glas Wasser aus der Karaffe an. »Sie sehen aus, als könnten Sie es gebrauchen. Schrecklich heiß draußen, nicht wahr?«

Luise leckte ihren Löffel ab und musterte den Neuankömmling neugierig. Er sah aus, als habe er bereits ein schweißtreibendes Fußballspiel hinter sich, denn seine braunen, akkurat geschnittenen Haare waren feucht, und unter den Achseln seines karierten Kurzarmhemdes prangten dunkle Flecken.

»Da haben Sie recht, Frau Pfeifer.« Robert König trank durstig. »Allerdings bin ich nicht nur wegen der Hitze so derangiert, sondern vor allem, weil mein Moped unterwegs den Geist aufgegeben hat. Ein Reifen ist geplatzt, es gab einen heftigen Knall.«

Der junge Polizist wirkte sehr niedergeschlagen, weshalb Luise sofort Mitgefühl mit ihm empfand.

»Mann, das ist übel.« Georg kratzte sich unschlüssig am Kopf. »Kickst du trotzdem eine Runde im Park mit uns, oder …«

»Nein, daraus wird wohl nichts.« Dankbar nahm Robert König ein weiteres Glas Wasser von Edith entgegen. »Ich werde mich wohl daran machen, meinen fahrbaren Untersatz wieder heimzuschieben, damit ich ihn morgen früh gleich in die Werkstatt bringen kann.«

»Können wir dir helfen?«

»Nö, geht ihr ruhig Fußball spielen, wir sehen uns morgen auf der Wache.«

Georg schien erleichtert, keine Hilfsdienste leisten zu müssen, zumal Ulrich und Peter bereits ihre an den Schnürsenkeln zusammengebundenen Turnschuhe über die Schultern geworfen hatten und aufbruchbereit waren. »Na dann, bis morgen, altes Haus.«

Nachdem die Haustür knarrend hinter den Brüdern zugefallen war, bot Edith Robert an, sich frischzumachen, bevor er den Rückweg antrat, was er gerne annahm.

Luise, die an der Spüle die Puddingschüsseln auswusch, trat ein Stück zur Seite, um Robert Platz zu machen, und sah zu, wie er seine Hände unter das kalte Wasser hielt. Er hatte schöne Hände mit feingliedrigen Fingern und gepflegten Nägeln, und unter seinen zum Glück unaufdringlichen Schweißgeruch mischte sich ein Hauch Kräuterseife. Wahrscheinlich sollte sie ihm nicht so offensichtlich zusehen, aber er war ganz anders als ihre groben Brüder, und das zog sie an.

»Danke, Frau Pfeifer.« Er trocknete seine Hände an einem Küchentuch ab, sah dabei jedoch nicht Mutter, sondern Luise an und lächelte ihr zu. Es war ein offenes, warmes Lächeln, und der Blick aus seinen blaugrünen Augen war aufmerksam und schien sie ergründen zu wollen. Anders als bei ihren Brüdern, die sie zuweilen für einen Einrichtungsgegenstand zu halten schienen, fühlte sie sich wahrgenommen. »Dann breche ich mal wieder auf.«

»Ich begleite Herrn König nach draußen«, rief Luise ihrer Mutter zu und warf den nassen Lappen in die Spüle.

Über dem Vorgarten und der stillen Straße, die im Sonntagsschlummer lag, stand die Hitze. Die Blumen zwischen der Haustür und dem klapprigen Tor ließen die Köpfe hängen, und das ohnehin spärliche Gras war vertrocknet.

Robert sah zum Himmel hoch, der sich wie eine strahlend blaue Glocke über die Stadt wölbte. »Ein kräftiger Regenguss wäre mal wieder gut.«

»Stimmt, es hat schon länger nicht mehr geregnet.« Sie biss sich auf die Lippen; sehr geistreich kam sie wohl nicht gerade rüber, andererseits war intelligente Konversation nichts, was ein junger Mann von einem Mädchen erwartete, so viel wusste sie von ihren Brüdern. »Ein ... ein schönes Moped haben Sie da«, setzte sie hinzu, bemüht, das Gespräch noch etwas in die Länge zu ziehen. Sie mochte Robert, er hatte etwas so Erwachsenes und Seriöses an sich, außerdem: Wer plauderte nicht lieber mit einem attraktiven jungen Polizisten, statt in der stickigen Wohnküche Schüsseln zu schrubben und Strümpfe zu flicken?

»Nicht wahr?« Sein Gesicht hellte sich auf, er schien sich über ihr Interesse zu freuen. »Ein Miele K50, Baujahr 1953. Natürlich gebraucht gekauft, aber ich finde, es sieht recht flott aus.«

»Ja.« Mit der Hand strich sie über den rostroten Rahmen. Komfortabler als ihr alter Drahtesel, der noch von vor dem Krieg stammte, war das Gefährt allemal. Ob man sich als Beifahrer auf den Gepäckträger setzen konnte? Es musste herrlich sein, im Rausch der Geschwindigkeit durch die Straßen zu jagen. »Wo wohnen Sie denn?« Errötend fügte sie hinzu: »Ich meine, müssen Sie das Moped weit schieben?«

»Zum Glück nicht, ich wohne hinter dem Hauptfriedhof, das schaffe ich noch.« Er lächelte ihr zu und legte die Hände auf den Lenker. »Na dann ... ich wünsche Ihnen noch einen schönen Sonntag.«

»Danke.« Sie hörte die Enttäuschung in ihrer eigenen Stimme. Gleich würde er sich davonmachen, und sie dürfte sich wieder der Hausarbeit widmen. Gab es etwas Öderes? »Vielleicht ... vielleicht kommen Sie am nächsten Sonntag wieder vorbei ... um Georg zu besuchen, oder am Samstag oder ...«

Liebe Güte, sie klang so richtig, richtig verzweifelt. Aber was sollte sie tun? Die Langeweile fraß sie gerade auf, doch davon abgesehen wünschte sie sich tatsächlich, Robert König wiederzusehen. Er machte sie neugierig, denn er besaß eine derart liebenswürdige Ausstrahlung, die ihren Brüdern völlig abging.

War das ein Grinsen, das über seine gleichmäßigen Züge huschte? Aber noch bevor sie seine Miene deuten konnte, wandte er sich ab, beugte sich über den niedrigen Zaun des Vorgartens, pflückte eine tintenblaue Hortensie und überreichte sie ihr treuherzig.

»Für Sie, Fräulein Luise.«

»Danke«, stammelte sie mit brennenden Wangen und schnupperte an den süßlich duftenden Blüten. Eine Blume aus dem Vorgarten der Nachbarn zu klauen, galt das als romantisch? Luise war da etwas unschlüssig, besaß sie doch keinerlei Erfahrung auf diesem Gebiet. Margrit würde ihr morgen nähere Auskunft erteilen können.

»Gerne komme ich nächsten Samstag. Dürfte ich Sie dann zu einem Spaziergang einladen?« Wieder lächelte er, auf diese entwaffnende, selbstbewusste Weise.

»Na klar, ich meine, ja, gerne.«

»Schön.« Erneut legte er die Hände auf den Lenker des Mopeds, und mit einem Ruck schob er es an. »Dann bis nächstes Wochenende.«

»Bis dann.« Sie hob eine Hand zum Gruß, sah ihm nach, wie er die menschenleere Gasse entlangging, gebeugt und mit angespannten Muskeln das Fahrzeug vorwärtsbewegend, und lief dann leichtfüßig nach drinnen, die Hortensie an die Brust gedrückt.

Die Nähmaschinen summten und ratterten, und während Luise das Fußpedal betätigte, klebten ihre Finger an dem dicken grauen

Wollstoff, den sie gerade säumte. In der Nähstube war es stickig und heiß, hoffentlich würden die hochsommerlichen Temperaturen bald etwas abkühlen. Lange konnte es nicht mehr dauern, dann würde der Frühherbst einziehen; heute war der erste Tag, an dem Luise und ihre Kolleginnen Herbstgarderobe anfertigten, die Zeit der luftigen Sommerkleider und seidigen Röcke schien vorbei, zumindest in ihrem Metier.

»Bald heißt es *O sole mio* nicht mehr nur von der Schallplatte.« Frau Professor Winterstein, eine langjährige Stammkundin mittleren Alters, stand mit ausgebreiteten Armen mitten im Raum und versuchte sich nicht zu rühren, während Anita Nagelschmidt ihr das Kostüm absteckte, dessen Rohentwurf sich an ihren korpulenten Körper schmiegte. Der Stoff war scharlachrot und biss sich unvorteilhaft mit der äußerst gesunden Gesichtsfarbe der Frau. »Reinhold und ich träumen schon so lange von Capri, und in zwei Wochen ist es endlich so weit. Wer hätte vor wenigen Jahren gedacht, dass es uns so bald wieder so gut gehen würde? Urlaub in Italien! Ein Traum. Und zum Glück konnten Sie mich noch für ein oder zwei nette Reisekostüme dazwischenschieben, meine liebe Frau Nagelschmidt.«

»Aber immer doch, Frau Professor.« Die Worte der Schneiderin waren kaum zu verstehen, denn sie hatte sich einige Stecknadeln zwischen die Lippen geschoben.

»Italien …«, raunte Margrit am Nähtisch sehnsüchtig. »Dahin würde ich auch liebend gern reisen. Aber unsereins kann nur von Ferien auf dem Campingplatz träumen.«

Luise und Catrin seufzten zustimmend. Keine der drei jungen Frauen war jemals in die Ferien gefahren, obwohl es im Nachkriegsdeutschland immer mehr in Mode kam, zu verreisen und ein bisschen was von der Welt zu sehen. Die Nachbarsfamilie Stolle fuhr seit zwei Jahren jeden Juli in den Schwarzwald, aber selbst das war für Luise unerreichbar.

»*Wenn bei Capri die rote Sonne im Meer versinkt …*«, begann Frau Winterstein zur Erheiterung der Mädchen zu singen.

Anita Nagelschmidt befestigte die letzte Stecknadel an dem Kostümentwurf und begutachtete das schreiend rote Kleidungsstück mit Kennerblick. »Sie sehen wunderbar aus, meine Liebe, auf Capri werden Sie gewiss Furore machen. Der Schnitt schmeichelt Ihrer Figur, und die Farbe wirkt schön flott. Wie wäre es mit einem Gigolo, um auf Ihren Urlaub anzustoßen?«

»Da sage ich nicht Nein.« Die Kundin betrachtete sich in dem Ganzkörperspiegel, der an der Wand hing, und strich mit den Händen an ihren breiten Hüften herab, wobei ihr jungmädchenhaftes Kichern nicht so ganz mit ihrer matronenhaften Statur harmonierte.

»Catrin, bring uns zwei Gigolos«, wies Frau Nagelschmidt ihre jüngste Angestellte beschwingt an. Großzügig überhörte sie das Prusten der drei Mädchen, munterte die Aussicht auf einen Piccolo, in dessen Genuss nur die Stammkundschaft kam, sie doch wie immer auf. Luise war in ihren drei Jahren in der Schneiderei noch nicht dahintergekommen, ob die Nagelschmidt tatsächlich nicht wusste, wie das prickelige Getränk hieß, oder ob sie es mit dem ihr ganz eigenen Humor einfach lustig fand, den Namen zu verballhornen.

»Sofort, Frau Nagelschmidt.« Augenscheinlich froh, sich die Beine vertreten zu dürfen, schob Catrin ihren Stuhl zurück und lief in die Küche, um gleich darauf mit zwei Piccolo-Fläschchen und Sektflöten zurückzukommen.

Während die beiden Damen es sich schmecken ließen und die Frau Professor von Capri schwärmte, als habe sie dort bereits ihr halbes Leben verbracht, beugte sich Margrit, die gerade eine biedere weiße Bluse mit steifem Kragen unter der Maschine hatte, verschwörerisch vor. »A propos Gigolo – wann steigt dein Rendezvous mit dem Freund deines Bruders, Luise?«

»Am Samstag. Er holt mich von der Arbeit ab.« Luises Wangen glühten, was nicht nur dem Backofenklima in der Nähstube geschuldet war. Im Nachhinein fragte sie sich, was sie dazu bewogen hatte, sich Robert König förmlich aufzudrängen – fühlte er sich nun vielleicht verpflichtet, sie auszuführen? Auf der anderen Seite erweckte er nicht den Eindruck, nicht zu wissen, was er wollte, also musste sie sich wahrscheinlich keine allzu großen Gedanken machen.

»Wohin soll es gehen?« Margrit fixierte sie über ihre Nähmaschine hinweg, während sie einen Faden mit den Zähnen abbiss, was die Chefin verabscheute; aber diese plauderte noch immer angeregt mit der Stammkundin, dem ausgelassenen Gelächter nach, das zu ihnen drang, hatten beide bereits einen gewissen Alkoholpegel im Blut. »Ich hoffe, er lässt sich was Schönes einfallen. Wenn ich an Ernst denke, mit dem ich letztens ein Stelldichein hatte – ich wäre vor Langeweile fast gestorben. Einmal ums Viertel spazieren und anschließend eine Limonade vom Kiosk trinken, das war seine Vorstellung von einem gelungenen Abend. Ich glaube, durch den großen Frauenüberschuss seit dem Krieg denken manche Herren der Schöpfung, sie müssten sich für uns nicht mehr ins Zeug legen. Da ist er bei mir aber schief gewickelt.«

Luise lächelte. »So einfallslos ist Robert nicht. Über Georg haben wir kleine Briefe ausgetauscht und vereinbart, dass wir ein Picknick am See machen, er steuert die Getränke bei, und ich backe einen Kuchen und besorge ein paar Knabbersachen.«

»Das hört sich gut an.« Catrin sog Luises Worte förmlich in sich auf. »Überaus romantisch. Bist du sehr verliebt in ihn?«

»Verliebt?« Luise zog den dicken Wollstoff unter der Nähmaschine hervor und runzelte die Stirn. Um Himmels willen, wer dachte denn bei einem harmlosen Picknick gleich an Verliebtheit? Die Vorstellung, mit den Füßen ein wenig im angenehm kühlen Wasser des Vogelwoog zu planschen, erweckte weit größere Vorfreude in ihr als die Aussicht, vielleicht geküsst zu werden. »Ich kenne Robert kaum. Wir haben uns ein einziges Mal unterhalten, mehr nicht.«

»Gefühle sind ohnehin nebensächlich.« Margrit nahm zwei Hirschhornknöpfe aus einer der Blechschachteln, um sie an die Manschetten der Bluse zu nähen. »Es geht eher darum, was der Kandidat zu bieten hat. Und da er ein Moped besitzt, sieht es bei diesem Robert ja nicht allzu schlecht aus.«

»Du bist immer so furchtbar prosaisch, Margrit.« Catrin warf sich ihren geflochtenen Zopf über die Schulter. Luise schmunzelte. Die eine Freundin träumte von der großen Liebe, während die andere für ihr junges Alter bereits ziemlich abgeklärt war. Sie selbst befand sich wahrscheinlich irgendwo dazwischen, wo genau, wusste sie nicht. Auf jeden Fall freute sie sich auf den Ausflug mit Robert, ihr ältester Bruder hatte ihr gönnerhaft seinen Segen dazu erteilt.

»Robert ist ein anständiger Kerl«, hatte Georg am Abend zuvor beim Essen verkündet. »Im Beruf ist er zuverlässig und gewissenhaft, und im Umgang mit Damen ist er ein Kavalier.«

»Wieso Damen?«, hatte Peter es sich nicht verkneifen können zu flachsen. »Du willst unsere Luise wohl nicht ernsthaft als solche bezeichnen?«

»Sei still, du Knalltüte«, hatte Luise ihn angefahren, »und im Übrigen verbitte ich mir, dass ihr meine Verabredung mit Robert schon im Vorfeld zerpflückt. Habt ihr keine anderen Themen? Ich mache auch kein großes Gewese, wenn du dich mit Marlene triffst oder du mit Elsbeth, Ulrich.«

»Das ist etwas anderes, Schwesterherz«, hatte Georg erwartungsgemäß gekontert. »Wir sind für dich verantwortlich, seit Vater tot ist.«

Luise hatte verdrossen die leeren Suppenteller abgeräumt und sie geräuschvoll in die Spüle gestellt. »Ich kann es kaum erwarten, volljährig zu werden. Nur noch drei Jahre.« Aber Ironie war an ihre Brüder verschwendet.

»Ich bin überhaupt nicht prosaisch, Kleine«, setzte Margrit Catrin entgegen, und Luise tauchte wieder aus ihren Gedanken an den Vortag auf. »Eher praktisch. Was wirst du anziehen, Luise? Ich rate dir, dir Robert zu schnappen. Ein Polizist hat ein gutes, regelmäßiges Einkommen. Als Frau eines Beamten auf Lebenszeit hast du ausgesorgt. Ade Nagelschmidt«, fügte sie gedämpfter hinzu, aber das wäre nicht nötig gewesen, da sich die Chefin und ihre Stammkundin gerade lautstark mit Anekdoten aus früheren Zeiten überboten, während sie den Piccolo leerten.

»Meine Güte, Margrit. Ich bin lediglich zu einem Picknick eingeladen, und du hörst schon die Hochzeitsglocken läuten. Vielleicht solltest du dich mit Robert treffen, wenn dir die Versorgung durch einen Ehemann so wichtig ist.«

»Irgendwann wirst du aus deiner kindlichen Naivität erwachen und an meine Worte denken«, orakelte Margrit.

Luise zog es vor, das Gespräch nicht weiterzuführen, und warf einen Blick auf die Uhr. Wie so oft konnte sie den Feierabend kaum erwarten, fühlte sie sich auch heute wieder wie eingesperrt in der engen Nähstube. Sobald die Nagelschmidt sie gehen ließe, würde sie sich ihr Fahrrad schnappen und noch eine Runde durch die Stadt drehen, bevor sie den Heimweg antrat. Sicher, Mutter brauchte ihre Hilfe bei der Zubereitung des Abendessens, aber in ihr brannte der Drang nach Freiheit, nach frischer Luft. Sie war nicht dafür geschaffen, den ganzen Tag an einem Tisch zu sitzen und lediglich ihre Hände zu beschäftigen. Sie wusste, im Winter würde es wieder besser werden, wenn es draußen stürmte, schneite und eisig kalt war, hielt sie es drinnen besser aus. Aber noch war Sommer, das hohe Gras duftete so süß und frisch, und die Rosen streckten ihre samtigen Blütenblätter dem Licht entgegen.

»Tschüs, bis morgen«, rief sie ihren Freundinnen eilig zu, als sie nach dem allabendlichen Aufräumen – die Nagelschmidt hatte nicht wie sonst mit Anweisungen um sich geworfen, sie war zu angeschickert – aus dem Haus traten.

»Warte, Luise, wollten wir uns nicht noch ein Eis holen?« Catrin kramte in ihrem Portemonnaie nach ein paar Münzen, doch Luise saß bereits auf dem Sattel ihres Fahrrads.

»Ein anderes Mal.«

Und schon radelte sie davon und ließ die Beethovenstraße mit den dicht aneinandergedrängten Häusern hinter sich. Das starke Brennen der Sonne ließ mittlerweile etwas nach, es war angenehm warm. Auf den Dächern glühte das Abendlicht orangefarben auf, und aus jedem Hinterhof vernahm Luise Gelächter und den Aufprall von Bällen gegen Wände und Mauern. Ganz klar, auch nach diesem Arbeitstag stellte Fußball die Freizeitbeschäftigung Nummer eins dar, was sonst?

Es tat gut, ihre vom vielen Sitzen verkrampften Muskeln zu lockern und kräftig in die Pedale zu treten. Sie ließ die bewohnten Straßen hinter sich und strampelte den Betzenberg hinter dem Hauptbahnhof hinauf, wobei sie ganz schön ins Schwitzen geriet. Hier war es stiller als in der Stadt, und sie stieg ab und schob das Fahrrad unter den Bäumen hindurch, die lange Schatten warfen. Vögel tirilierten in den dichten, saftig grünen Blätterdächern, durch die man den Himmel nur erahnen konnte. Ihr schlechtes Gewissen darüber, dass sie eigentlich zu Hause sein und sich an den Vorbereitungen für das Essen beteiligen sollte, verstummte für einen Moment. Dies war ein wunderschönes Fleckchen Erde, und sie genoss es, einmal ganz für sich zu sein.

Sie entfernte sich immer weiter von der Stadt, und ehe sie sich versah, stand sie vor dem Fußballstadion auf dem höchsten Punkt des Berges. Obwohl sie seit ihrer Geburt in Kaiserslautern lebte, war sie noch nie hier vorbeigekommen, im Gegensatz zu ihren Brüdern, die sich bereits manches Spiel mit Fritz Walter, Werner Liebrich und Co. angesehen hatten.

Neugierig schob sie ihr Fahrrad näher heran. Das Stadion hatte riesige Ausmaße, eine gepflegte Wiese bildete den Mittelpunkt, darum herum erhoben sich die Ränge für die Zuschauer. Verträumt schloss sie die Augen und stellte sich vor, wie die Spieler des 1. FC Kaiserslautern über den Rasen jagten, während unzählige Zuschauer auf der Tribüne saßen und sie begeistert anfeuerten. Die Vorstellung war so lebendig, dass sie die lauten Stimmen im Ohr hatte, die bunten Tücher vor sich sah, die wie leuchtende Tupfer durch die Luft geschwenkt wurden ... Ehe sie sich versah, hatte sie ihr Fahrrad im Gestrüpp abgelegt, das das Stadion umgab, schlüpfte durch ein Loch im Zaun und blieb dann wie angewurzelt stehen.

In der Ferne bemerkte sie eine Mannschaft, die offenbar am Trainieren war. Sollte es tatsächlich wahr sein, war sie ihren Idolen, den Akteuren des Wunders von Bern, so nah?

Ihre Gedanken überschlugen sich, ihr Herz pochte. Ob sie sich nähern, die Spieler um ein Autogramm bitten sollte? Der Gedanke war so aufregend, dass bunte Punkte vor ihren Augen zu tanzen begannen. Ihre Brüder würden Augen machen, wenn sie mit einer Signatur von Fritz Walter, Horst Eckel oder Werner Liebrich nach Hause käme!

Sie beschloss, sich erst mal auf die Tribüne zu setzen und ein wenig zuzusehen. Kaum hatte sie sich einen Platz gesucht und ihre Handtasche auf die raue Holzbank neben sich gelegt, überlief sie erneut eine heiße Welle der Erregung. War das denn die Möglichkeit? Das waren ja Frauen, die da trainierten!

Sie rutschte auf der Bank nach vorne und reckte den Kopf, um nichts zu verpassen. Der Trainer, ein blonder junger Mann in schwarzer Sporthose, erklärte den Spielerinnen eine Übung und sie nickten einhellig, während sie auf sein Geheiß hin bunte Hütchen in einer langen Linie auf dem Gras anordneten. Luise verstand nicht alles, was gesprochen wurde, sie war ein Stück zu weit weg, doch ein paar Satzfetzen drangen an ihr Ohr.

»Nicht mit der Schuhspitze kicken, sondern mit der Fußinnenseite, immer im Slalom um die Markierungen herum!«

Gebannt verfolgte Luise, wie die Frauen der Aufgabe nachkamen. Der Trainer war offenbar der Einzige, der Stollenschuhe trug, die Spielerinnen schienen ihr Schuhwerk danach ausgewählt zu haben, was der Schuhschrank zu Hause gerade hergegeben hatte; die meisten hatten dünne Segeltuchschuhe an, dazu kurze Freizeithosen, eine gar einen geblümten Rock. Das war offensichtlich nicht sehr bequem, der dünne Stoff wickelte sich beim Laufen um ihre Beine.

»Prima, Marion, weiter so!«, rief der Trainer, ein junges Mädchen ermunterte er mit: »Ruhig mit etwas mehr Schwung, Vera, damit der Ball von der Stelle kommt.«

Luise sah noch eine ganze Weile selbstversunken zu und stellte sich vor, wie es wäre, selbst da unten zu trainieren. Die Frauen schienen eine harmonische, nette Truppe zu bilden, manchmal lachten sie, wenn ein Schuss danebenging, und der Trainer fiel ein und gab ihnen Tipps. Einmal sah er zu Luise hoch und lächelte ihr zu, soweit sie das von ihrem erhöhten Platz aus zu sehen vermochte. Sie lief rot an, wobei sie nicht wusste, wieso. Zuschauen war ja nicht verboten. Trotzdem beschlich sie das Gefühl, Zeugin einer ganz besonderen Situation zu sein. Eine Frauenfußballmannschaft! Sie hatte noch nie davon gehört.

Plötzlich fiel ihr ein, dass sie seit mindestens einer Dreiviertelstunde zu Hause sein sollte, Mutter fragte sich gewiss, wo sie blieb, und hatte sich ohne Hilfe ans Kochen für die hungrige Schar gemacht. Erneut überkam sie das schlechte Gewissen, wie egoistisch von ihr, so die Zeit zu vergessen. Ohne einen weiteren Blick auf das muntere Treiben auf dem Rasen sprang sie auf und lief zu ihrem Fahrrad, auch wenn sie das eben Erlebte den ganzen Abend nicht losließ.

Robert wandte den Kopf zu ihr um und lachte sie mit seinen regelmäßigen weißen Zähnen vergnügt an. »Na, ist es dir zu schnell oder hältst du es aus?«

»Zu schnell?«, rief Luise gegen den Fahrtwind an. »Von mir aus kannst du ruhig noch einen Zahn zulegen.«

Es war ungewohnt, die Arme um die Taille eines Mannes zu legen und sich an ihm festzuhalten, während das Moped die Straßen entlangfuhr. Den Rock klemmte sie sich zwischen die Oberschenkel, damit er im Fahrtwind nicht hochwehte. Zu Beginn, als Robert sie unter den beeindruckten Blicken von Margrit und Catrin vor der Schneiderei abgeholt hatte, waren ihre Hände feucht vor Nervosität gewesen, mittlerweile genoss sie die Fahrt jedoch zu sehr, um sich von ihrem Gefühlschaos verwirren zu lassen.

»Zimperlich bist nicht.« Seine Worte wurden vom Brummen eines entgegenkommenden Autos verschluckt, Luise erahnte sie mehr, als dass sie sie verstanden hätte. »Das gefällt mir.«

Die Stadt hatten sie bereits seit einiger Zeit hinter sich gelassen und fuhren nun über sanfte Hügel dem Wald entgegen, in dem der See lag. Hier war es nicht so heiß wie im Zentrum, und Luise genoss die Wärme, die die nackte Haut ihrer Arme liebkoste und sich auf ihren Rücken legte. Die Gegend wurde einsamer, nur gelegentlich passierten sie Spaziergänger mit Rucksäcken oder Liebespaare, die Hand in Hand die Wege entlangflanierten.

Schließlich kam der Vogelwoog in Sicht, klar wie ein dunkler, glänzender Spiegel ruhte die Wasseroberfläche unter den Baumkronen, die majestätisch still ihre Blätterbaldachine ausbreiteten. Als Robert den Motor des Mopeds abstellte, vernahm man nichts außer dem leisen Plätschern des Wassers und dem gelegentlichen Summen von Insekten. Es roch nach feuchter Erde und Moos, und Luise konnte es kaum erwarten, die Picknickdecke, die Robert mitgebracht hatte, so nah wie möglich am Ufer auszubreiten.

»Es ist schön hier.« Verzaubert betrachtete sie eine Libelle, die steif in der Luft zu stehen schien, bevor sie anmutig davonschwebte.

»Nicht wahr? Wunderschön.« Roberts Blick hing so intensiv an ihr, dass sich ihr der Eindruck aufdrängte, er meine nicht die Landschaft, sondern sie selbst. Verlegen hockte sie sich auf die Decke und streifte ihre Ballerinas von den Füßen. Sie hatte am Morgen eines ihrer schönsten Kleidungsstücke aus dem Schrank gezogen, einen knielangen Tellerrock aus skandinavisch blauer, gelb gepunkteter Baumwolle, den sie aus einem Stoffrest, den ihr die Nagelschmidt in einem seltenen Anflug von Großzügigkeit geschenkt hatte, zu Beginn des Sommers genäht hatte. Der Petticoat darunter würde beim etwas unbequemen Sitzen auf der Decke sicherlich zerdrückt werden, doch das störte sie nicht. Der Ausflug war viel zu aufregend, das Gefühl, mit einem Mann allein zu sein, der nicht ihr Bruder war, viel zu neu, als dass sie sich darüber den Kopf zerbrochen hätte.

Robert nahm eine Flasche Wasser aus der Gepäcktasche des Mopeds und goss zwei Becher ein.

»Du hast sogar an Gläser gedacht!« Staunend nahm Luise ihr Wasser entgegen, und sie prosteten sich zu. »Schau, ich habe einen Kalten Hund zubereitet. Von Backen kann man nicht sprechen, er muss ja nur im Kühlschrank fest werden. Gut, dass wir seit Neuestem einen Frigor haben.« Etwas leiser fügte sie hinzu: »Georg hat mir erzählt, dass Kalter Hund dein Lieblingskuchen ist.«

»Ja, das stimmt.« Seine blaugrünen Augen umschlossen sie für einen Moment, schienen den See und den Wald auszublenden und nur sie zu sehen, sodass ihr Magen einen Purzelbaum schlug. Sie musste sich erst an das Gefühl gewöhnen, in der Aufmerksamkeit eines Mannes zu stehen. »Wie ich sehe, hast du Informationen über mich eingeholt.«

»Natürlich.« Ihr Tonfall klang leicht und strafte den Herzschlag, der in ihrer Brust trommelte, Lügen. Mit gesenktem Blick schnitt sie Robert eine Scheibe Kalten Hund ab und reichte sie ihm auf einer Serviette, bevor sie Obstschnitzen und Salzstangen auf einem Teller anordnete. »Man muss doch wissen, mit wem man es zu tun hat, oder? Außerdem ist Georg recht auskunftsfreudig.«

Robert biss von seinem Kuchen ab und seufzte genussvoll. »Das kann man wohl sagen. Auf der Wache nennen wir ihn die *Klatschbase*. Aber mal im Ernst, Luise, ich beneide euch um eure große, lebhafte Familie. Ich höre gern zu, wenn Georg von euch erzählt, besonders von dir. Es klingt immer so liebevoll. Aus seinen Geschichten höre ich heraus, dass du Temperament hast, das mag ich sehr.«

Es war bereits das zweite Mal, seit sie aufgebrochen waren, dass er erwähnte, was ihm an ihr gefiel, und wieder schlingerte ihr Magen, als wirbele sie rasend schnell wie auf einem Karussell umher.

»Bei drei Brüdern muss ich resolut sein, um mich durchsetzen zu können. Sonst würden sie mich gnadenlos unterbuttern.« Luise knabberte an einer Apfelschnitze, auch wenn sie eigentlich zu aufgewühlt war, um zu essen.

Eine ganze Weile verzehrten sie einträchtig das Picknick, lauschten dem Knacken von Zweigen und Rinde im Unterholz und beobachteten die Schmetterlinge, die über das Wasser taumelten. Ein zitronengelb-schwarz gemusterter Schwalbenschwanz ließ sich ganz in Luises Nähe flügelschlagend auf einem langen Grashalm nieder, und sie beobachtete ihn, bis er sich wieder erhob und davonflog. Furcht kroch in ihr hoch, das Schweigen würde allmählich unangenehm werden, deshalb durchforstete sie ihr Gehirn nach Gesprächsstoff. Zum Glück fiel ihr das Naheliegende ein.

»Was ist mit deiner Familie? Hast du Geschwister?«

Robert stopfte sich den letzten Rest seines Kuchenstücks in den Mund und ließ sich von Luise bereitwillig ein weiteres geben. »Nein, leider nicht. Es gab einen Bruder, er starb aber bald nach der Geburt am plötzlichen Kindstod. Meine Mutter hat sich nie richtig davon erholt.« Er räusperte sich. »Umso mehr stand ich als einziger Sohn immer im Mittelpunkt. Mutters ganze Fürsorge galt mir, selbst heute noch, wo ich gestandener Polizist bin.«

»Es muss schön sein, wenn sich alles um einen dreht«, überlegte Luise laut, »aber auch anstrengend, stelle ich mir vor. Wahrscheinlich sogar etwas langweilig.«

Er lachte, und sie schämte sich augenblicklich für ihre so unbedacht-naiv hingeworfene Äußerung. Sie musste versuchen, sich etwas erwachsener zu geben. Margrit hätte mit ernster Konversation sicher überhaupt keine Probleme, vielleicht sollte sie bei ihr ein wenig Nachhilfe nehmen.

»Du hast recht, es ist etwas langweilig«, echote er heiter. Er legte sich rücklings auf die Decke und stützte sich auf die Ellenbogen, wobei er sie noch immer mit einem so warmen Blick festhielt, als könne er sich nicht sattsehen an ihr.

»Und dein Vater?«, fragte sie rasch. »Lebt er noch?«

Robert schüttelte den Kopf. »Er ist '44 in Russland gefallen.«

»Meiner fiel '41.« Luise umschlang die angezogenen Knie mit den Armen und bettete den Kopf darauf. Die sinnlosen Tode einer ganzen Vätergeneration dämpften die Stimmung, doch sie war einfach zu ungeübt im Umgang mit dem männlichen Geschlecht, um auf Teufel komm raus zu flirten, wie Margrit dies tat.

Hatte sie Robert durch die Frage nach seinem Vater traurig gemacht? Aus dem Augenwinkel spähte sie zu ihm und bemerkte, dass er sich wieder aufsetzte und näher an sie rückte.

Oh je, was kam nun? Behände griff sie nach einem Stück reifer Birne und biss hinein, wobei ihr klebrige Flüssigkeit über das Kinn lief. Großartig, dachte sie und mühte sich reichlich unelegant damit ab, den Saft mit der anderen Hand aufzufangen.

Robert streckte ihr ein blütenweißes, sorgfältig gebügeltes Taschentuch hin, und sie tupfte sich ungelenk das Kinn ab.

»Danke«, murmelte sie, den Mund noch voller Birne. Peter hatte recht, wenn er sie immer als Trampel bezeichnete.

»Keine Ursache.« Seine Worte waren nurmehr ein Flüstern, als er ihr noch näher kam, ihr das Tuch aus der Hand nahm und einen letzten Rest Birnensaft abtupfte, so sehr auf seine Aufgabe konzentriert, als sei er ein Wissenschaftler bei einem Laborversuch. »Du bist so hübsch …«

Sanft berührte er eine ihrer kurzen rotblonden Locken und strich mit dem Zeigefinger zart die Kontur ihres Gesichts nach. Dass sie glühte vor Verlegenheit, schien er nicht wahrzunehmen, vielleicht fand er dies auch entzückend.

Mit einem Satz rutschte Luise weg und sprang auf die Beine. »Ich … ich … Wollten wir nicht noch ein wenig ins Wasser? Es ist so warm und …«

Ihr war, als müsse sie sterben vor Peinlichkeit. Hatte sich in der Geschichte der Menschheit jemals eine Frau vor ihr dermaßen plump und unbedarft angestellt, wenn es um ein Rendezvous mit einem zugegeben sehr gut aussehenden und, was noch viel wichtiger war, liebenswerten Mann ging? Aber ihr Instinkt hatte ihr, sie wusste nicht, warum, zur Flucht geraten, und da stand sie nun, drei Meter von Robert entfernt, der Kopf hochrot, schwitzend vor Unbehagen und mit von der Birne verklebten Händen, und starrte auf einen unbestimmten Fleck hinter ihm.

»Gute Idee.« Robert ließ sich nicht anmerken, ob ihr abrupter Rückzug ihn brüskierte, sondern blieb gelassen, lächelte sogar. Er zog seine Socken aus, stopfte sie in seine glänzend schwarz polierten Schuhe, die neben ihren auf der Picknickdecke standen, und krempelte sich die Hosenbeine hoch. »Zeit für ein bisschen Abkühlung.«

Luise wartete keine Sekunde, stapfte ins seichte Wasser und spürte, wie es frisch und klar ihre Füße umspülte. Sie wusch sich den Birnensaft von den Händen, und bald ließ auch das Lodern ihres Gesichts nach, und ihr Magen beruhigte sich. Robert stolzierte wie ein Storch in den See, bemüht, seine Hose nicht zu durchnässen.

Puh, das war ja noch mal gut gegangen! Die Situation schien gerettet. Und da Luise nicht wie ein Rentner-Ehepaar brav Wassertreten wollte, spritzte sie Robert ein wenig nass. Zunächst schaute er sie nur überrascht an, schien ihren plötzlichen Ausbruch an Übermut nicht einordnen zu können, aber dann tat er es ihr nach und klatschte mit der Hand aufs Wasser, dass die Tropfen nur so stoben.

»Hör auf!«, kreischte sie, als ein Schwall kalten Wassers sie am Oberschenkel traf und ihr Rock samt Petticoat feucht an ihr klebte, zahlte ihm seine Kühnheit jedoch sofort heim, indem sie mit den Beinen strampelte, sodass sich eine ganze Fontäne über ihn ergoss.

»Hör selber auf!« Mit einem breiten Grinsen jagte er ihr nach, bis sie der Länge nach ins Wasser fiel und prustete. Er reichte ihr seine starke Hand und zog sie hoch.

»Genug gehabt?« Augenzwinkernd geleitete er sie aus dem See. »Ich habe noch eine Überraschung im Gepäck, ich glaube, jetzt wäre der richtige Zeitpunkt dafür.«

»Welche?«, fragte sie neugierig und strich sich die nassen Haare aus dem Gesicht. Ihre Kleider glichen einem Schwamm, der sich mit Feuchtigkeit vollgesogen hatte, sie fühlte sich nackt und verletzlich, aber das war egal, es war den Spaß wert gewesen.

Sie ließen sich wieder auf der Decke nieder, große feuchte Flecken hinterlassend, und Robert zauberte eine kleine Flasche Sekt hervor.

»Meine Güte, ein Gigolo!« Mit Luises Beherrschung war es nun vollends vorbei, sie warf den Kopf in den Nacken und gluckste vor Lachen.

»Was?« Robert stimmte in ihre Belustigung ein, auch wenn ihm ein Fragezeichen ins Gesicht geschrieben stand. Rasch erzählte sie ihm von Anita Nagelschmidts Lieblingsgetränk, das sie nur ausgewählten Kundinnen kredenzte.

»Na, dann prost. Deine Chefin weiß schon, was gut ist, oder?« Robert stieß mit ihr an, und sie nippten an ihrem Piccolo und sahen andächtig auf den See. Die Nachmittagssonne stahl sich durch das grüne Blättergewirr und malte gleißende Lichtkreise auf das Wasser. Luise bemerkte eine Ameisenherde, die in einer langen Linie ihren Ballerinas entgegensteuerte, aber das Gefühl des prickelnden Sekts in ihrer Kehle war zu berauschend, als dass sie sich daran gestört hätte.

»Und ob sie das weiß. Irgendwann werde ich ein eigenes Schneideratelier haben, und dann gibt es täglich einen Gigolo!«

»Möchtest du das? Ich meine, dein eigenes Atelier haben?« Robert schien der Sekt nicht so zu Kopf zu steigen wie ihr, natürlich, als Mann besaß er mehr Übung mit Alkohol. Er fixierte ihre Lippen, als stelle er sich vor, sie zu küssen.

Sollte er doch einen Versuch wagen, mittlerweile war ihr so leicht und schwerelos zumute, als fliege sie. »Keine Ahnung. So weit voraus denke ich nicht.«

Er legte den Arm um sie, der ziemlich nass und klamm war, und sie lehnte sich an ihn und schaute durch die Baumkrone über ihnen in den samtblauen Himmel. Robert roch nach Seewasser und süßem Sekt, und sie hatte das Gefühl, ihn an diesem Tag ein gutes Stück besser kennengelernt zu haben. Er war aufmerksam und konnte gut zuhören. Sie hatte nichts dagegen, ihn weiterhin zu treffen. Seine dunklen Wimpern unter den halb geschlossenen Augen warfen lange Schatten auf sein Gesicht, und sein Körper, der sie stützte, war trotz der Feuchtigkeit kräftig und warm.

»Hm, du fühlst dich an wie eine Flussratte.« Sie schloss ebenfalls die Lider und hing dem Geschmack des Piccolos nach, der in ihrer Kehle kribbelte.

»Du auch. Meine kleine Flussratte.« Er küsste sie auf den Scheitel, der allmählich in der Sonne trocknete.

Die Berührung war so schön und unaufdringlich und dennoch so innig, dass sich ihr Herz noch ein Stück weiter öffnete, wie einer der Schmetterlinge über dem See, die ihre Flügel ausbreiteten. »Vor ein paar Tagen bin ich mit dem Fahrrad auf den Betzenberg gefahren«, vertraute sie ihm an. Daheim hatte sie nichts von ihrem Erlebnis erzählt, zum einen war es schwer, inmitten ihrer lauten Brüderschar zu Wort zu kommen, zum anderen wollte sie das Gefühl bewahren, eine Erinnerung ganz für sich allein zu haben, nicht teilen zu müssen. Bis jetzt. »Ich habe eine Gruppe Frauen beobachtet, die Fußball gespielt hat. Sie haben richtig organisiert gewirkt, zumindest hatten sie einen Trainer.«

Robert stellte seine Flasche ab und nahm seinen Arm von Luises Schultern, um sie besser ansehen zu können. »Was? Frauen, die Fußball spielen? Um Gottes willen.«

Er lachte, und mit einem Mal verflog ihre vom Sekt beschwingte Laune, sodass ihr die Lust verging, weiter auszuholen. Was war denn das für eine seltsame Reaktion? Allem, was sie im Laufe des Nachmittags erzählt hatte, war er mit Interesse begegnet, dieses kurze Abtun ihrer Geschichte versetzte ihr nun einen

Stich. Aber wahrscheinlich war er nur erstaunt, so wie sie selbst auch, als sie die Frauen beim Training entdeckt hatte. Denn wer hatte jemals von Frauen gehört, die in einem Fußballstadion trainierten, ja, einen richtigen Trainer, wie Männer ihn besaßen, an der Seite hatten?

Fußball ist kein Frauensport. Wir werden uns mit dieser
Angelegenheit nie ernsthaft beschäftigen.

Dr. Peco Bauwens, Präsident des Deutschen Fußballbundes
1950–1962

Kapitel 3

»Nun erzähl schon endlich mal von deinem Rendezvous.«

Die drei Freundinnen hatten Mittagspause, und nachdem sie im Hinterhof der Schneiderei ihre mitgebrachten Butterbrote verzehrt hatten, waren sie noch ein bisschen durch die Stadt geschlendert. An einem Kiosk hatten Luise und Catrin sich ein Eis gegönnt, Margrit eine Sinalco.

»Da gibt es nicht viel zu erzählen.« Luise schleckte einen Tropfen Erdbeereis auf, der an ihrer Waffel herabtropfte, und streckte weit die Beine von sich, die in türkisfarbenen Caprihosen steckten. Die Nagelschmidt betonte immer, dass man als Schneiderin stets mit der neuesten Mode gehen musste; für sie selbst schien das nicht zu gelten, wenn man ihre grauen Röcke betrachtete, die ihre dralle Figur wie eine Wurstpelle umhüllten.

Die jungen Frauen saßen in der Mittagssonne auf dem Rand des Fackelbrunnens. Klares Wasser ergoss sich in einer meterhohen Fontäne aus der oberen Schale, während die mittlere Schale mit Fischen verziert war, den Wappentieren der Stadt, die Wasser in die untere Rundung spuckten.

»Hat er dich wenigstens geküsst?« Margrit nippte an ihrer Limonade und beäugte Luise über den Flaschenhals hinweg mit Kennerblick. »Sag mir nicht, ihr seid wie Brüderchen und Schwesterchen um den See flaniert, ohne auf Tuchfühlung zu gehen. Enttäusch mich nicht, Luise, ich habe dir so viele Tipps gegeben.«

Luise lachte und streckte ihr Gesicht der Sonne entgegen. »Er hat den Arm um mich gelegt, reicht das? Und am Ende hat mich eine Ameise in den Fuß gebissen, da war es mit Romantik ohnehin vorbei. Die Stelle wurde feuerrot und brannte höllisch.« Sie hob ihren Fuß hoch und deutete auf eine kleine Blase. »Bei meiner hellen Haut verheilt das nicht so schnell.«

»Hat Robert sich wenigstens um dich gekümmert?« Catrin, die ihr langes blondes Haar heute zu einem hohen Pferdeschwanz gebunden trug, musterte die kleine Verletzung so entsetzt, als habe Luise eine ansteckende Krankheit.

»Hat er.« Luise ließ das Schokoladeneis auf der Zunge zergehen. Es schmeckte himmlisch, süß und sommerlich, weckte Vorstellungen von Bootsausflügen und Campingplätzen. »Er hat den Biss mit einem nassen Tuch gekühlt.«

»Ich finde es schon etwas merkwürdig, dass der Ameisenbiss deine eindrücklichste Erinnerung an das Rendezvous ist.« Margrit wischte einen Wassertropfen von ihrer Waffelpiqué-Bluse, den die leichte Brise zu ihr hergeweht hatte.

Luise zuckte die Schultern. »Was willst du hören?« Über ihre Gefühlsverwirrung, die das Picknick am Vogelwoog bei ihr hinterlassen hatte, mochte sie mit den Freundinnen lieber nicht sprechen; noch vermochte sie ihre widerstreitenden Empfindungen nicht in Worte zu kleiden. Samstagnacht und den ganzen Sonntag hatte sie in einer Trance verbracht, in der sie das Stelldichein Revue passieren ließ und versuchte, es zu bewerten. Robert war unheimlich liebenswert und zuvorkommend, auf jeden Fall, und sie hatte sich in seiner Gegenwart sehr wohlgefühlt. Reichte das nicht fürs Erste? Wieso bedrängte Margrit sie damit, dass da mehr sein müsse?

»Ich finde es romantisch, dass er dich verarztet hat. Bei einem Mann will man sich doch beschützt fühlen.« Trotz Catrins reichlich kindlichen Tonfalls rutschte Margrit keine spöttische Bemerkung heraus, wahrscheinlich dachte sie ähnlich. Lediglich Luise verdrehte hinter ihrer Eiswaffel die Augen. Beschützt fühlen, pah. Sie lebte mit drei Männern zusammen, oft hatte sie das Gefühl, sie müsse *sie* beschützen. Wenn es um einen blutenden Finger oder die Männergrippe ging, verfielen ihre Brüder regelmäßig wieder ins Kleinkindalter, und sie musste Rettungssanitäterin spielen und beruhigende Worte sprechen.

»Leider habe ich mir am See meinen guten Rock ruiniert. Ihr wisst schon, den aus dem blauen Baumwollstoff, den die Nagelschmidt mir überlassen hat. Er wurde triefend nass, und obwohl ich ihn zu Hause sofort gewaschen habe, war er nicht mehr zu retten. Das schöne Stück.« Der Verlust des Rockes war sehr schmerzhaft für Luise. Sie hatte Stunden daran genäht und sich immer sehr in dem weit ausgestellten Stück gefallen, dessen frische Farbe ihren Teint strahlen ließ.

»Bist du mit dem Rock ins Wasser oder was?« Margrit pustete über den dicken Glasrand ihrer Sinalco-Flasche, sodass ein schauriger, heulender Laut entstand, der wie ein Nebelhorn klang.

»Ja, so in etwa. Wir wollten nur ein bisschen mit den Füßen in den See, aber dann konnte ich es nicht sein lassen und habe Robert nassgespritzt. Und schon war die schönste Wasserschlacht im Gange, und ich bin dann in voller Montur ins Wasser gefallen.«

Catrin kicherte, doch Margrit sah Luise an, als zweifle sie an ihrer geistigen Gesundheit. »Sag mal, wie blöd kann man sich denn anstellen? Warum seid ihr in euren Kleidern ins Wasser? Wieso hast du keinen Badeanzug dabeigehabt, wie es jeder normale Mensch getan hätte?«

Ja, wieso nicht? Luise konnte nicht genau sagen, was sie davon abgehalten hatte, für alle Fälle ihren Badeanzug einzupacken. Vielleicht war dies aus einem diffusen Gefühl der Unsicherheit heraus geschehen – sie war einfach noch nicht so weit gewesen, so spärlich bekleidet vor Robert herumzuhüpfen.

»Es war nur von einem Picknick die Rede, nicht von schwimmen gehen«, erklärte sie defensiv. »Ich bin davon ausgegangen, dass wir höchstens unsere Füße ein bisschen ins Wasser hängen.«

Margrit schnaubte, während Catrin auf ihre Armbanduhr schaute und erschrocken aufsprang. »Es ist schon nach zwei! Wir müssen zurück, die Nagelschmidt wird toben.«

Luise verspürte zwar wenig Lust, in die Nähstube zurückzukehren – es war heute so schwül, dass sie am Stuhl festkleben würde –, aber wenigstens würde dies ihrem unerquicklichen Gespräch ein Ende setzen. Außerdem zogen ihre Gedanken wie die weißen Schäfchenwolken am Himmel gerade weiter zu einem Thema, das sie weitaus mehr beschäftigte als der Ausflug an den Vogelwoog.

»Hört mal, Mädels«, begann sie, während sie den Weg zurück in die Beethovenstraße einschlugen. »Ich habe letzte Woche ein paar Frauen gesehen, die im Stadion auf dem Betzenberg Fußball trainiert haben. Nach der Arbeit würde ich gerne noch mal vorbeiradeln, um ein bisschen zuzuschauen. Habt ihr Lust, mitzukommen?«

»Fußball?« Catrin sah sie mit weit aufgerissenen kornblumenblauen Augen an. »Ich verstehe nicht … Das ist doch nur etwas für Männer …?«

»Offensichtlich nicht«, versetzte Luise ungeduldig.

»Da bin ich aber ausnahmsweise mal ganz Catrins Meinung.« Energischen Schrittes ging Margrit voran. »Frauen, die Fußball gespielt haben? Bist du dir sicher? Hast du dich vielleicht verguckt?«

»Ich weiß schon, was ich gesehen habe, meine Augen funktionieren noch ganz gut.«

»Selbst wenn es stimmt, was du sagst, Luise … Mich bekommen da keine zehn Pferde hin. Was soll ich da?«

»Ich möchte nur ein bisschen zuschauen.« Luises Stimmung sank. Herrje, was war so ungewöhnlich daran, eine Weile auf der Tribüne des Stadions zu sitzen und zuzusehen, welche Übungen der Trainer mit den Frauen durchführte? »Aber wenn ihr nicht wollt, gehe ich alleine hin. Ich dachte nur, es würde Spaß machen, uns das gemeinsam anzuschauen.«

»Nichts für ungut, Luise.« Margrit schlug einen versöhnlicheren Tonfall an. »Aber ich glaube nicht, dass es sehr unterhaltsam wäre, Frauen zu beobachten, die sich im Schlamm wälzen und einem Ball hinterherhecheln, bis ihnen die Zunge aus dem Hals hängt.«

»Aber wenn Fritz und Otmar Walter, Werner Liebrich, Horst Eckel und Werner Kohlmeyer dem Ball hinterherhecheln, bis ihnen die Zunge auf die Schuhspitzen hängt, würdest du zusehen, stimmt's?«

»Natürlich«, gab Margrit ungerührt zurück, »das sind schließlich Weltmeister! Tolle Männer, die Großes geleistet haben!«

»Frauen können auch Fußball spielen. Ich habe letztens, als ich mit meinen Brüdern und Nachbarn auf der Straße gespielt habe, ebenfalls ein Tor geschossen! Ich, als Frau!«

»Ich weiß nicht«, meldete sich Catrin zaghaft zu Wort. »Ich hätte Angst, mich zu verletzen. Der Ball sieht so furchtbar hart aus.«

»Bist du aus Papier?«, murrte Luise, doch dann ließ sie es auf sich beruhen. Sie würde heute Abend allein zum Stadion radeln.

Um ihre Mutter nicht wieder mit den Vorbereitungen des Abendessens allein zu lassen, hatte sie Edith am Morgen Bescheid gegeben, dass sie später kommen würde, wobei sie den Grund dafür im Unklaren gelassen hatte. »Ich möchte nach der Arbeit noch kurz eine Runde mit dem Fahrrad drehen«, hatte sie vage gesagt. »Warte bitte mit dem Essen, wir kochen gemeinsam, wenn ich zu Hause bin.«

Edith Pfeifer hatte jedoch energisch den Kopf geschüttelt. »Ist schon gut, Luischen, mach du in Ruhe deine kleine Radtour, das wird dir guttun. Du kannst nicht den ganzen Tag über der Nähmaschine sitzen, du bekommst noch einen ganz krummen Rücken davon. Ich bereite rasch eine Tütensuppe zu, Stolles haben viele Geschmacksrichtungen davon zur Auswahl. Zum Glück haben wir Frauen ja heutzutage mehr Möglichkeiten als früher, eine warme Mahlzeit auf den Tisch zu bringen, ohne stundenlang in der Küche stehen zu müssen.«

»Danke, Mutti.« Liebevoll hatte Luise ihre Mutter auf die Wange geküsst, wobei sie sich fest vorgenommen hatte, am Folgetag so zeitig wie möglich heimzukehren, um eine gehaltvollere Mahlzeit als eine Tütensuppe auf den Tisch zu bringen.

Nachdem Anita Nagelschmidt die Tür der Schneiderin hinter ihren Angestellten geschlossen hatte, verabschiedete sich Luise rasch von Margrit und Catrin, bestieg ihr Fahrrad und machte sich auf den Weg zum Betzenberg. Feierabendstimmung lag in der Luft. Überall sah man Spaziergänger, die die letzten Augusttage nutzten, um noch ein wenig Sommer in sich aufzusaugen, das Gefühl der Leichtigkeit für den nahenden Herbst zu speichern. Auf den weniger befahrenen Straßen kickten kleine Jungen begeistert mit Bällen, im Notfall auch mit Blechdosen, die scheppernd gegen Wände und Mauern schlugen.

Wie in der Woche zuvor stellte Luise ihr Fahrrad ab und stieg durch die Öffnung im Zaun, um auf das Gelände des Stadions zu gelangen. Der sonnenwarme Geruch des frisch gemähten Grases kitzelte ihr in der Nase, und sie spürte die weiche Erde unter ihren Füßen. In der Ferne entdeckte sie ein paar winzige Gestalten, die sich behände bewegten, und als sie näher kam, erfüllte sie heiße Freude. Es handelte sich um dieselben Frauen wie letzten Montag, der junge Trainer war ebenfalls zugegen. Ein Netz, gefüllt mit federgrauen Lederbällen, lag neben ihnen.

Sie bezog ihren Platz auf der Tribüne und beugte sich weit nach vorne, um nichts zu verpassen. Die Spielerinnen umringten den Trainer und hörten aufmerksam seinen Erklärungen zu.

»Heute machen wir ein paar Übungen für die Defensive.« Zum Glück stand der Wind heute günstig, sodass die Worte zu ihr getragen wurden und sie fast alles verstand. Die Stimme des Trainers klang ruhig und warm. »Die erste Übung dient gleichzeitig dem Aufwärmen. Ihr stellt euch paarweise gegenüber und spielt euch den Ball zu.« Er nahm einen Ball aus dem Netz und demonstrierte die Aufgabe. Seine Bewegungen waren geschmeidig und mühelos. »Wenn der Ball auf euch zukommt, bewegt ihr euch nah an ihm dran nach hinten, also rückwärts. Dabei dreht ihr euren Körper immer wieder und wechselt zwischen Vorder- und Hinterbein.«

Luises Augen hingen an ihm, als er sich rückwärts über den Rasen bewegte, ganz in seinem Element. »Diese Übung sorgt für Beweglichkeit der Hüfte und fördert die Beinarbeit. Dann mal los, die Damen!«

Die Frauen fanden sich paarweise zusammen, und Luise beobachtete fasziniert, wie sie sich die Bälle zupassten, und dann ertappte sie sich dabei, wie sie auch ihre Füße bewegte, als bewege sie einen imaginären Ball.

»Hallo!« Sie war so in ihre Trockenübung vertieft, dass sie gar nicht bemerkt hatte, dass der Trainer ein gutes Stück näher gekommen war und zu ihr aufsah. Sofort hielt sie die Füße still und presste ihre Knöchel aneinander.

»Hallo«, gab sie unsicher zurück.

»Ich habe Sie letzte Woche schon gesehen. Möchten Sie mitspielen?«

Mitspielen? Luise verdrehte unschlüssig die Träger ihrer Handtasche. Ja, sicher, sie wollte schon gerne mitspielen, aber ...

Sie hatte keine passende Kleidung, in Caprihose und Ballerinas spielte es sich nicht bequem, außerdem hatte sie nicht viel Zeit, und … Die Angst vor ihrer eigenen Courage überfiel sie kalt aus dem Hinterhalt.

»Danke, aber ich schaue erst mal nur zu …«

»Wie Sie möchten.« Der Trainer schaute freundlich zu ihr hoch. Aus der Nähe ähnelte er ein wenig Werner Liebrich, ihrem persönlichen Fußballgott; er hatte genauso blonde gewellte Haare – auch wenn ihm der Rotstich fehlte – und eine ebenso athletische Statur, was ihn sehr anziehend wirken ließ. »Aber Sie dürfen gerne zu uns stoßen, wir haben noch Plätze frei im *FC Petticoat*.«

»*FC Petticoat*?« Luise lachte, und er fiel mit ein. »Was ist das denn für ein Name für einen Fußballclub?«

»Naja, da es um Frauenfußball geht, dachten wir, wir geben uns einen lustigen Namen. Auf jeden Fall hat er Wiedererkennungswert.«

»Das stimmt wohl. Ist die Frauengruppe offiziell dem FC Kaiserslautern angegliedert?«

»I wo.« Der junge Mann machte eine wegwerfende Handbewegung. »Die berühmten Herren lassen uns aus reiner Gutmütigkeit ein bisschen auf ihrem heiligen Rasen spielen, wir sind aber völlig unabhängig.«

»Ach so.«

Der Trainer fing gekonnt einen Ball auf, den eine Spielerin zu weit geschossen hatte, und warf ihn in hohem Bogen zurück. »Ich muss wieder. Überlegen Sie es sich. Denn Sie interessieren sich für Fußball, nicht wahr? Das habe ich auf den ersten Blick erkannt.«

»Ja, schon.« Luise stand auf. »Mal sehen.« Sie musste nun wirklich nach Hause, die Tütensuppe wartete. Zudem hatte die Begegnung auf dem Fußballfeld sie so sehr aufgewühlt, dass sie erst einmal ihre Gedanken ordnen musste. Ein Frauenfußballclub, war das nicht ein wahr gewordener Traum? Sie sehnte sich so sehr danach, ein Teil der munteren Truppe zu werden, dass es in ihrem Innern schmerzhaft zog.

»Maggi Fertigsuppe?« Peter, der mit breit aufgestützten Ellenbogen am Abendbrottisch saß, verzog unwillig das Gesicht, als Luise reichlich erhitzt von ihrem Heimweg eintraf. »Wieso kommst du so spät? Warum hast du Mutti nicht geholfen, was Gescheites zu kochen?«

»Nicht streiten, Kinder.« Edith Pfeifer legte die Küchenschürze ab und bat alle zu Tisch. »Es war ein langer Tag für uns alle.«

»Wenn du nicht aufhörst, rumzumosern, gibt es morgen kalte Küche«, zischte Luise ihrem jüngsten Bruder zu und gab ihm einen Schubs, damit er auf der Bank weiterrutschte und ihr Platz machte. Da Georgs Verlobte Marlene heute zu Gast war, war es eng.

»Ich kann Ihnen abends gerne ab und zu zur Hand gehen, Frau Pfeifer, wenn es bei Luise zeitlich knapp wird.« Marlene betonte das *zeitlich knapp* so bedeutungsschwer, als wolle sie andeuten, Luise trödele nach der Arbeit herum, um sich vor dem Kochen zu drücken. Mit kerzengerade durchgedrücktem Rücken saß sie in ihrem pastellgelben ärmellosen Kleid und den falschen Perlen zwischen Georg und Ulrich, die kurzen braunen Haare in große, unnatürlich akkurate Locken gelegt.

Meine Güte, du hast es aber nötig, dich bei deiner Schwiegermutter in spe ins Zeug zu legen, dachte Luise verdrossen.

»Danke, meine Liebe, aber das heben wir uns für die Zeit nach der Hochzeit auf, wenn du richtig bei uns wohnst«, erwiderte Edith freundlich. »Vorerst bist du einfach unser Gast.«

Georg warf seiner künftigen Braut einen verliebten Blick zu, und eine Weile vernahm man nur das Klappern der Löffel. Luise fasste sich ein Herz. Sie musste das Thema Fußball anschneiden, und zwar besser sofort, wo die Stimmung im Hause Pfeifer so friedlich war; zwar hatte sie darüber nachgedacht, ihr Geheimnis zu hüten, aber auf Dauer würde das nicht gehen. Bereits in dem Moment, in dem der junge Trainer sie im Stadion gefragt hatte, ob sie nicht mitspielen wolle, war ihre Entscheidung gefallen, auch wenn es ihr viel zu kühn erschienen wäre, sofort den Rasen zu betreten und loszulegen. Wohl oder übel musste sie der Familie berichten, warum sie von nun an jeden Montag reichlich verspätet nach Hause kommen würde. Hoffentlich mutete sie Mutti damit nicht zu viel Arbeit zu; für die ganze Meute zu kochen war anstrengend, zumal sie ja noch ihre diversen Putzstellen hatte.

»Stellt euch vor, auf dem Betzenberg gibt es eine Frauenfußballgruppe. Hab ich zufällig gesehen, als ich vorbeigeradelt bin. Die waren richtig gut.« Sie bemühte sich, ihrer Stimme einen möglichst unbefangenen Tonfall zu verleihen, während sie unbewusst ein Stück Brot mit den Fingern zerkrümelte.

»Was?« Georg sah sie so irritiert an, als habe sie erzählt, dass ein Mensch auf dem Mond gelandet sei. »Eine Frauenfußballgruppe? Da hast du dich wohl verguckt, so was gibt's nicht.«

Warum zweifelten alle daran, dass es diese Gruppe tatsächlich gab? War es so außergewöhnlich, dass Frauen eine Ballsportart betrieben?

»Warum sollte es so etwas nicht geben?« Sie maß ihren ältesten Bruder mit einem kühlen Blick. »Im Krieg, als die Männer alle fort waren, haben Frauen in Fabriken geschuftet, ja, sie haben sogar Unternehmen geführt! Warum sollten sie nicht in der Lage sein, ein Ballspiel zu bewältigen?«

Georg schüttelte den Kopf. »Zum Glück leben wir wieder in normalen Zeiten, in denen Frauen sich auf weibliche Tätigkeiten beschränken dürfen.«

»Das muss ein Bild für Götter gewesen sein – Mädels in Turnhosen, die linkisch einem Ball hinterherstolpern.« Klar, Peter musste das Ganze wieder ins Lächerliche ziehen, am liebsten hätte sie ihm eine kräftige Ohrfeige verpasst.

»Wieso linkisch? Wir Frauen sind schon in der Lage, geradeaus zu laufen.«

Peter lachte höhnisch, und nun schaltete sich Ulrich in das Gespräch ein. »Mich wundert es, dass es den Frauen erlaubt ist, auf dem Betzenberg zu trainieren. Es sei denn, sie tun es heimlich.«

Luise sah ihn empört an. »Nein, sie haben die Erlaubnis des FCK, das hat mir der Trainer versichert.«

»Kinder, keine Aufregung«, fiel Edith beschwichtigend ein. »Esst, sonst wird die Suppe kalt.«

»Und das wäre schade, die Tütensuppe ist ja so ein Genuss«, konnte Peter sich nicht verkneifen zu sagen. Mutter drohte ihm scherzhaft mit dem Zeigefinger.

»Du hast sogar mit dem Trainer gesprochen?« Ulrich hielt Luise seinen Teller hin, um sich Suppe nachfüllen zu lassen. »Da hast du aber nichts anbrennen lassen.«

»Reden ist nicht verboten.« Wenn sie geahnt hätte, dass sie eine nervtötende Grundsatzdiskussion anstieß, hätte sie wahrscheinlich nicht mit dem Thema angefangen; musste in dieser Familie alles bis aufs kleinste Detail zerpflückt werden?

»Ich würde Elsbeth schön was erzählen, wenn sie auf einem Fußballfeld rumhüpfen würde.« Ulrich stieß seinen Löffel in die Suppe, als wolle er nach Erdöl bohren. »Etwas Unweiblicheres gibt es nicht. Wie kann man eine Frau hübsch finden, die in klobigen Schuhen und Sporthose herumrennt, dabei womöglich brüllt wie ein Mann und ihre Mitspielerinnen anrempelt, um ihnen rabiat den Ball abzuluchsen?«

»Finde ich auch.« War ja klar, dass Georg sich der Meinung des Bruders sofort anschloss. »Da geht die ganze weibliche Anmut verloren. Man will doch keine Frau, die sich wie ein Mann aufführt.«

»Es würde mir im Traum nicht einfallen, Fußball zu spielen.«
Marlene legte geziert ihren Löffel ab. »Das ist ein Männersport.
Und so brutal, wie es da manchmal zugeht, kann das auch nicht
gesund sein für uns Frauen.«

»Das sehe ich genauso, Schatz.« Georg nickte heftig, augenscheinlich froh, dass seine Braut nicht so verstörende Ansichten
hegte wie seine Schwester. Luise schaute immer finsterer drein.
»Beim Fußball kann es zu heftigen Verletzungen kommen, Bluter-
güssen, Beinbrüchen, Gehirnerschütterungen und was weiß ich
noch alles … Dafür ist der weibliche Körper nun wirklich zu zart.«

»Am Ende wird die Frau unfruchtbar und kann keine Kinder
mehr bekommen«, warf Marlene aufgeregt ein.

Luise konnte ihr beifallheischendes Gerede kaum noch ertragen. War das ernsthaft Marlenes Meinung oder wollte sie sich nur
bei Georg anbiedern und ihm zeigen, wie sehr sie mit ihm auf
einer Linie war? »So ein Schwachsinn. Spielst du mit den Füßen
oder mit den Eierstöcken?«

Mit einem Mal herrschte eine Totenstille am Tisch, sogar das
Geklapper des Bestecks verstummte. Luise lief rot an, natürlich
wusste sie, dass sie ein gewaltiges Tabu gebrochen hatte, und das
willentlich: Eine Frau sprach nie, niemals! über die weiblichen
Fortpflanzungsorgane, schon gar nicht in Gegenwart von Männern.

»Jetzt hast du den Bogen überspannt, meine Liebe.« Das war
selbstverständlich Georg, der sich in der Rolle des Familienober-
haupts als Wächter der Sitten betrachtete. Mit stählernem Blick
musterte er sie, als erwarte er eine Entschuldigung von ihr, doch
dazu würde sie sich nicht herablassen. Was hatte sie denn Schlimmes gesagt? Stoisch riss sie einen Brocken Brot ab und stopfte ihn
in sich hinein.

»Ich mag es nicht, wenn ihr beim Essen streitet, Kinder.« Edith
fixierte die Suppenterrine in der Mitte des Tisches. »Im Übrigen

kann ich nichts Verwerfliches daran finden, wenn Frauen Fußball spielen, ist nicht ein Sport wie jeder andere? So viele junge Frauen arbeiten heutzutage, da brauchen sie einen körperlichen Ausgleich, und Fußballspielen an der frischen Luft ist dazu bestimmt genauso geeignet wie Federball oder Gymnastik.«

Georg setzte mit umwölkter Stirn zu einer heftigen Erwiderung an, aber Marlene legte ihm sanft die Hand auf den Arm und brachte ihn damit zum Schweigen. Luise lächelte ihre Mutter über den Tisch hinweg dankbar an; auf Mutti war Verlass, sie hatte ihre einzige Tochter noch nie im Stich gelassen. Trotzdem beschloss sie, das Thema nun auf sich beruhen zu lassen. Wenn allein die Erwähnung der Frauengruppe auf dem Betzenberg eine solche Empörung unter den Brüdern hervorrief, wie würden sie erst auf ihren Entschluss reagieren, sich der Truppe anzuschließen? Nein, das behielt sie lieber noch ein Weilchen für sich. Die Vorfreude, sich nächste Woche im Stadion einzufinden und mitzuspielen, überrollte sie wie eine heiße Welle.

Wir empfehlen Schwimmen, Leichtathletik, Turnen oder Skilaufen. Das sind eher frauliche Betätigungen.

Max Morlock, Fußball-Weltmeister von 1954

Kapitel 4

Anita Nagelschmidt, die heute ein nicht sehr figurschmeichelndes graues Etuikleid mit weiß abgesetztem Kragen trug, stolperte über eine große, abgenutzte Tasche, die in dem kleinen Flur zwischen Nähstube und Privatküche lag, dort, wo die Angestellten ihre Handtaschen an Haken hängten. »Meine Güte, Mädchen, wem gehört dieses Ungetüm? Will eine von euch verreisen?«

»Schön wär's«, murmelte Margrit, die wie ihre Kolleginnen am Nähtisch saß und Knöpfe an eine blau gepunktete Langarmbluse nähte, die eine Neukundin, eine angehende Sekretärin, in Auftrag gegeben hatte.

Luise sprang auf. »Das ist meine!« Eilig lief sie in den kleinen Zwischenraum und versuchte, die Tasche platzsparend in die Ecke zu schieben.

Die Chefin beobachtete sie argwöhnisch. »Was führst du im Schilde, Mädchen?«

»Gar nichts, was soll ich denn im Schilde führen, Frau Nagelschmidt?« Um nichts in der Welt würde sie der Schneiderin erzählen, dass sie Sportkleidung, ein Handtuch und eine Blechflasche mit Wasser dabeihatte, wollte sie doch sofort nach Feierabend zu ihrem ersten Fußballtraining radeln. So wie sie ihre Vorgesetzte kannte, würde diese nicht mit Missbilligung sparen.

Sie kehrte an den Nähtisch zurück und beugte sich wieder über ihre Maschine, mit der sie gerade die Beine einer Hose säumte, nachdem sie diese zuvor gekürzt hatte. Die Kundin hatte das Kleidungsstück im Kaufhaus gekauft, aber es war zu lang.

»Was ist in der Tasche?«, flüsterte Catrin, die ihre blonden Haare zu einem aufwändigen Haarkranz geflochten trug, neugierig.

»Was schon? Sportsachen, ich geh nach der Arbeit zum ersten Mal zum Fußballtraining, weißt du nicht mehr?« Es war nicht leicht gewesen, passende Kleidung zu finden; schließlich hatte sie im Jungenzimmer ganz hinten im Schrank eine kurze Turnhose aus verschossenem Stoff gefunden, die keiner mehr trug, dazu hatte sie die alten Turnschuhe eingepackt, die noch aus ihrer Schulzeit stammten. Sie hatten immer ein wenig gedrückt, hatten sie doch ursprünglich Peter gehört, als er zwölf oder dreizehn Jahre alt gewesen war. Sie hoffte, auf dem Fußballfeld einigermaßen passabel aufzutreten, allerdings hatten die anderen Frauen genauso wenig gewirkt, als seien sie in professionelle Spielerkleidung gewandet. Schick machen konnte sie sich nach dem Training wieder.

Margrit musterte sie mit zusammengekniffenen Augen. »Du hast diese fixe Idee immer noch nicht aufgegeben.«

»Nein, wieso sollte ich? Fußball interessiert mich, deshalb probiere ich es aus.«

»Was halten deine Brüder davon?«, wisperte Catrin so furchtsam, als drohe ihr Ärger, nicht Luise.

»Ist es wichtig, was sie davon halten?« Immer diese Diskussionen, das war ganz schön lästig. Wieso machte jedermann solch ein Theater darum, dass sie ein bisschen Sport treiben wollte? Es war ja nicht so, als hätte sie etwas Unanständiges oder gar Kriminelles im Sinn, auch wenn Frauenfußball unüblich und, so musste sie sich zu ihrem Leidwesen eingestehen, nicht gern gesehen war. »Ich bin erwachsen, ich kann selbst über mein Leben bestimmen.«

So ganz stimmte das nicht, das war ihr klar. Noch war sie nicht volljährig, außerdem wurden selbst verheirateten Frauen viele

Steine in den Weg gelegt, wenn es zum Beispiel um die Ausübung eines Berufes, die Eröffnung eines Kontos oder den Erwerb eines Führerscheins ging. Fehlte die Erlaubnis des Göttergatten, blieben diese Dinge bei einem frommen Wunsch.

»Manchmal bist du wirklich ein bisschen seltsam.« Margrit biss den Faden mit den Zähnen ab, was ihr prompt einen scharfen Tadel der Chefin einbrachte.

»Pfui, Margrit, wann gewöhnst du dir das endlich ab? Diese Angewohnheit ist widerlich und unhygienisch! Wozu gibt es Scheren?«

»Was sagt dein Schwarm dazu, dass du einen so unweiblichen Sport betreiben willst?« Margrit schien Anita Nagelschmidts Vorwurf nicht zu belasten, sie gab vor, nichts gehört zu haben. »Ich hoffe, ihr trefft euch bald wieder?«

Luise zuckte die Achseln. »Keine Ahnung, was er dazu sagt.« Begeistert würde Robert gewiss nicht sein, sie hatte noch gut sein Gelächter im Ohr, als sie ihm bei dem Picknick von der Fußballgruppe auf dem Betzenberg erzählt hatte. Aber vielleicht war er nur erstaunt gewesen und würde sich mit der Idee anfreunden. Überhaupt, wieso sollte seine Meinung so wichtig sein, schließlich hatten sie sich erst einmal getroffen? Die nächste Verabredung war bereits vereinbart, mal schauen, wie es sich entwickeln würde. »Wir gehen übermorgen ins Kino. Ich werde euch berichten.«

»Genug geschwatzt.« Frau Nagelschmidt ließ sich auf ihrem Stuhl nieder, nicht ohne das Sitzkissen vorher auf etwaige Stecknadeln zu inspizieren, und blätterte ihre Sammlung von Schnittmustern durch. »Wenn ihr so viel redet, statt zu arbeiten, wird es nichts mit pünktlichem Feierabend. Dann müsst ihr nachsitzen wie in der Schule.«

Dieses Mal betrat sie das Fußballstadion nicht durch das Loch im Zaun, sondern durch den offiziellen Eingang. Da die Nagelschmidt sie, Margrit und Catrin die ganze Nähstube hatte fegen lassen, kam sie ein paar Minuten zu spät. Die anderen Frauen befanden sich bereits in Sportklamotten auf dem Spielfeld, sie stieß in ihrem gepunkteten Kleid mit weitem Rock atemlos dazu.

»Guten Abend. Ich bin Luise Pfeifer und ich bin ab heute mit dabei.«

Der Trainer, der ihr den Rücken zuwandte – er stand mit den Spielerinnen im Halbkreis und erklärte ihnen den Ablauf der heutigen Trainingseinheit – wandte sich ihr zu. Um seine Mundwinkel zuckte es, und auch die Frauen zeigten sich belustigt.

Luise atmete tief durch; ihr Auftritt war wohl allzu stürmisch ausgefallen.

»Hallo Luise, schön, dass Sie da sind.« Der Trainer reichte ihr die Hand, die warm in ihrer lag. Er hatte braune Augen, die voller Interesse auf ihr ruhten. »Im Sport duzen wir uns alle, ich hoffe, das ist dir recht?«

»Na klar.«

»Ich bin Max, Max Hollinger. Ich würde sagen, zieh dich erst mal um, in der Zeit fangen wir schon mal mit der Aufwärmphase an. Wenn du zurückkommst, erkläre ich dir alles.« Er wies mit dem Finger zu einem flachen Gebäude am langen Ende der Rasenfläche. »Da drüben sind die Umkleiden.«

»Gut, dann bis gleich.« Luise griff nach ihrer Tasche, von den anderen Frauen neugierig beobachtet. Eine von ihnen, die mit ihren samtigen honigbraunen Haaren, der makellosen Haut und der Wespentaille wie ein Mannequin wirkte, das die Leser vom Titelbild der *Constanze* oder der *Brigitte* anlachte, rief ihr hinterher: »Wir freuen uns über Verstärkung, Luise Pfeifer! Bisher waren wir dreizehn, aber mit dir haben wir vierzehn Spielerinnen. Endlich keine Unglückszahl mehr!«

Luise lachte und rannte im Stechschritt zu den Umkleiden. Keine fünf Minuten später stand sie wieder auf dem Rasen und sah zu, wie die Frauen sich aufwärmten. Die Abendsonne leuchtete golden auf ihren Haarschöpfen, und es roch nach Gras und den Blüten des späten Sommers. Gab es eine schönere Art, den Tag ausklingen zu lassen?

»Wir treffen uns jeden Montag und trainieren ungefähr neunzig Minuten lang.« Max Hollinger beobachtete mit wohlwollendem Blick die Spielerinnen, die sich quer über den Rasen einliefen. »Manchmal üben wir noch ein zweites Mal pro Woche, vor allem dann, wenn ein Spiel ansteht.«

»Ihr spielt gegen andere Mannschaften?« Mit geweiteten Augen sah Luise den Trainer an. Es wurde ja immer besser – die Gruppe spielte nicht nur unter sich, sondern trat sogar gegen andere Clubs an!

Max nickte lächelnd. »Natürlich. Das ist doch der Sinn vom Fußball, oder nicht? Ich sehe schon, du bringst einiges an Begeisterungsfähigkeit mit. Das ist prima. Ich glaube, du wirst gut in unsere Gruppe passen.«

»Das glaube ich auch.« Luise fiel es schwer, stillzustehen, am liebsten wäre sie mit den anderen mitgerannt, um ihre Muskeln aufzuwärmen.

»Und jetzt Kniehebelauf!«, rief Max den Frauen zu, die daraufhin alle die Knie so hoch wie möglich zogen, während sie weiterliefen. Sie sahen aus wie Flamingos, die dahinstelzten. »Die Trainingsstunden sind so aufgebaut, dass wir nach dem Aufwärmen Übungen zu einem speziellen Thema durchführen – heute möchte ich mit euch Torschusstechniken in Angriff nehmen. Danach folgt immer ein freies Spiel, bei dem ich euch zusehe und Tipps gebe. Der Spaß soll schließlich nicht zu kurz kommen.«

»Natürlich nicht.« Luise lauschte den Worten des jungen Trainers gebannt. Sie war glücklich, die Fußballgruppe aufgespürt zu haben, und obwohl sie noch kein einziges Mal den Ball berührt hatte, der neben Max Hollingers Füßen in den Stollenschuhen lag, wusste sie, dass sie hier genau richtig war. Sie würde sich mühelos in die Gruppe einfügen, da war sie sich sicher.

»Und nun anfersen!«, wies Max die Spielerinnen an, die daraufhin während des Laufens die Unterschenkel bis zum Po hochzogen. »Die Arme wechselseitig neben dem Körper, nicht so schlenkern, Marianne!« Er schaute wieder Luise an, und noch einmal befand sie sich im Zentrum seiner Aufmerksamkeit, was sich so gut und vertraut anfühlte, als würden sie sich bereits lange kennen. »Ich glaube, jetzt weißt du alles, was es vorerst zu wissen gibt … Möchtest du loslegen?«

Das ließ sie sich nicht zweimal sagen, und voller Unternehmungslust reihte sie sich in die Frauen ein. Bald kamen Übungen mit dem Ball hinzu, Max zeigte ihnen, wie sie dribbeln sollten, dann unterbrach er sich und fragte Luise: »Ich hoffe, ich rede kein Fachchinesisch – weißt du, was Dribbeln bedeutet?«

»Natürlich. Schließlich habe ich die WM geguckt, jedes Spiel der Deutschen und das Finale sowieso.« Auch wenn sie neu war, musste er ihr sicherlich nicht die Grundlagen des Spiels erklären; aber es war nett von ihm, so auf sie einzugehen. Überhaupt hatte er eine sehr liebenswürdige Art, die Bewegungsabläufe der Spielerinnen, die noch nicht optimal ausfielen, unaufdringlich zu korrigieren. Seine Worte waren einfühlsam und humorvoll, und an den Reaktionen der Frauen spürte sie, dass sie allesamt große Stücke auf ihn hielten. Ihre Brüder konnten sich wahrhaftig eine Scheibe von ihm abschneiden.

»Du hast recht, seit der WM sind ja alle Deutschen Fußballexperten«, zog er sie auf, und sie gluckste.

Das Training machte Spaß – und es war ungeheuer anstrengend. Ihr Herz flatterte in ihrem Brustkorb wie ein eingesperrter Vogel, Nacken und Rücken waren nassgeschwitzt. Dennoch war es befreiend, ohne starren Petticoat oder enge Caprihose in bequemer Sportkleidung zu laufen, rennen und zu sprinten und, ja, manchmal hinzufallen. Doch der Boden war weich, und es gehörte nun mal dazu, sich blaue Flecken zu holen.

Es entging ihr nicht, wie Max Hollingers Blick des Öfteren auf ihr ruhte, und das stachelte sie an, sich noch mehr ins Zeug zu legen; natürlich, er wollte sich ein Bild von ihr machen, ihre Stärken und Schwächen auf dem Feld einschätzen.

Nach dem Aufwärmen – die Frauen stöhnten, Max sei ein Sklaventreiber, der sie unnötig quälen würde, aber Luise wusste sofort, dass dies nur ein eingespielter Scherz zwischen ihnen war – erläuterte der Trainer die Torschussübungen, die heute auf dem Programm standen. Zur Veranschaulichung platzierte er in der Nähe des Tores bunte Hütchen, um einen Parcours zu markieren.

»Ihr stellt euch alle hinter Heidrun auf, verstanden? Sie ist die Erste und startet an der Grundlinie. Der Parcours führt euch bis ungefähr vierzehn Meter vom Tor weg. Dort umlauft ihr das letzte Hütchen und gebt den Schuss ab. Sobald der Schuss gefallen ist, startet die Nächste.« Die Frauen nickten, während sie aufmerksam zuhörten und einen Schluck aus ihren Wasserflaschen tranken. »Nachdem wir das einige Runden geübt haben, bauen wir ein paar Hindernisse ein.«

Wieder ächzten die Frauen, doch auch dieses Mal wusste Luise, dass sie Max nur ein wenig foppen wollten. Er grinste. »Das schafft ihr, stellt euch nicht so an. Achtet darauf, das Knie des Schussbeines während der Schwungphase anzuwinkeln. Durch die Hüftbeugung nach vorne erreicht ihr eine zusätzliche Beschleunigung. Abschließend streckt ihr das Kniegelenk, das erhöht noch mal die Geschwindigkeit des Fußes, mit dem ihr schießt.«

Luise bemühte sich, sich jedes seiner Worte genau einzuprägen; vielleicht würde sie sich Max' Anweisungen zu Hause in ein kleines Notizbuch schreiben und mit dem Ball ihrer Brüder ein wenig hinter dem Haus üben. Das musste selbstverständlich in einem unbeobachteten Moment geschehen, denn auf die Sprüche der Jungs verspürte sie wenig Lust. Aber wann hatte sie schon mal einen Moment für sich? Nie, wenn sie ehrlich war.

Ihre Schüsse fielen kraftvoll und zielsicher aus und landeten allesamt im Tor. Luises Wangen glühten, als Max sie lobte, und auch die anderen Spielerinnen gratulierten ihr herzlich und neidlos. Ohnehin war es eine sehr sympathische Truppe. Als sie nach den Torschussübungen eine Pause einlegten, im Gras saßen und tranken, kamen sie ins Gespräch.

»Du scheinst ein Naturtalent zu sein, Luise«, bemerkte Marion, eine burschikose junge Frau mit sommersprossigem Gesicht, die, wie sie berichtete, als Sekretärin arbeitete.

»Du doch auch«, erwiderte Vera, das junge Mädchen, das wie ein Mannequin aussah. Wie Luise erfuhr, war sie Abiturientin, und sie gewann den Eindruck, dass die anderen so etwas wie Ehrfurcht vor ihr empfanden; es war sehr ungewöhnlich, dass ein Mädchen die Reifeprüfung ablegte.

»Ja, aber was bringt mir das?« Marion ließ sich rücklings ins Gras fallen und blinzelte in die milden Sonnenstrahlen, die nach und nach verblassten. »Meine Mutter nörgelt ständig an mir herum, ich solle mit diesem unweiblichen Sport aufhören, sonst finde ich nie einen Mann. Aber ich spiele nun einmal so gerne Fußball.«

Luise hörte betroffen zu. Es tat gut zu hören, dass nicht nur ihre Familie dem Frauenfußball ablehnend gegenüberstand. »Meine Brüder mögen es auch nicht, dass ich spiele, das heißt, ich habe ihnen erst gar nicht verraten, dass ich heute hier bin.«

»Zum Glück habe ich diese Probleme nicht.« Heidrun, die ein wenig älter als die meisten anderen zu sein schien, vielleicht Ende zwanzig oder Anfang dreißig, tupfte sich mit einem Handtuch die Stirn ab. »Mein Mann hat nichts dagegen, dass ich Fußball spiele. Zumindest, bis wir Kinder haben. Aber das hat bisher leider nicht geklappt.« Sie senkte den Blick und wandte sich ab, wie um mitfühlende Kommentare der anderen Frauen von vornherein abzublocken.

»Ich habe niemanden, der sich daran stört, dass ich Fußball spiele«, vertraute Marlies, die für gewöhnlich als Torfrau eingesetzt wurde, Luise an. Sie schien ebenfalls um die dreißig zu sein und arbeitete, wie so viele Einwohner Kaiserslauterns, in der Pfaff-Nähmaschinenfabrik. »Sowohl mein Vater als auch mein Verlobter sind im Krieg gefallen. In dem Fall ist das von Vorteil: Ich kann tun und lassen, was ich will. Die Nachbarn zerreißen sich zwar das Maul über mich, aber die können mir gestohlen bleiben.«

Ihr bitterer Tonfall strafte ihre aufgesetzte Leichtigkeit Lügen. Luises Herz zog sich zusammen; so viele Frauen trafen hier aufeinander, und jede von ihnen trug ihr eigenes Päckchen mit sich herum, Sorgen und Nöte. Wahrscheinlich waren diese Frauen mehr als nur ein lose zusammengewürfelter, inoffizieller Fußballclub, sondern vielmehr eine Schicksalsgemeinschaft. Mit einem Mal fühlte sie sich ihnen näher als Catrin und Margrit, obwohl sie sie gerade mal eine Stunde kannte. Vielleicht würde sie hier echte Freundinnen finden, die sie verstanden? Die Leidenschaft für Fußball teilten sie ja schon einmal.

»Auf geht's zur letzten Runde.« Max, der sich ein Stück weiter weg ins Gras gesetzt hatte, als wolle er den Frauen den nötigen Raum zugestehen, sich gegenseitig ihr Herz auszuschütten, sprang auf die Beine und pfiff in seine schwarze Trillerpfeife, die ihm um den Hals hing. »Bestimmt wollt ihr noch spielen.«

»Ja, klar!«

»Darum sind wir doch hier!«

»Ich kann's kaum erwarten!«

Die Frauen riefen begeistert durcheinander, vergessen schien die getrübte Stimmung während der Pause.

Max teilte die Spielerinnen in zwei gleich große Gruppen ein, und das Spiel begann. Luise spürte auch jetzt, wie sein aufmerksamer Blick ihr folgte, wahrscheinlich überlegte er, auf welcher Position er sie künftig einsetzen konnte; die anderen Frauen wussten genau, wo ihr Platz war. Marlies war Torfrau, Marion Innenverteidigerin, Dorothea Achter und Heidrun Sechser; was die letzten beiden Positionen bedeuteten, wusste sie zwar nicht genau, aber sie war zuversichtlich, es bald zu lernen.

Luise schoss zwar kein Tor, aber sie war oft am Ball und schoss ihn geschickt und kraftvoll zu ihren Mitspielerinnen.

Die eineinhalb Stunden waren zu ihrem Bedauern allzu bald zu Ende. Lachend und plaudernd verabschiedeten sich die Spielerinnen und strebten der Umkleide entgegen, während Luise noch bei Max stehen blieb.

Die Sonne war inzwischen verschwunden, und eine friedliche Abendstimmung legte sich über den Betzenberg. Das saftig grüne Gras wirkte dunkler, fast bläulich, und der Himmel nahm eine samtige Grauschattierung an.

»Na?« Max sah ihr forschend in die Augen, und sie hing in seinem Blick fest, seinem leisen Lächeln. »Hat dich deine erste Trainingseinheit abgeschreckt, oder willst du nächste Woche noch mal wiederkommen? Wenn du dir nicht sicher bist, kannst du es dir ja überlegen.«

»Da gibt es nichts zu überlegen, ich wusste vorher schon, dass ich wiederkommen möchte. Und wieso sollte ich mich abgeschreckt fühlen? Ein bisschen Schweiß und ein paar Blutergüsse ...«, sie deutete auf ihre Knie, auf denen sich zwei große lila Flecken ausbreiteten, der eine von einem Sturz, der andere von einem Zusammenstoß mit Marlies, »bringen mich nicht um. Da muss schon mehr passieren, damit ich das Handtuch werfe.«

»Das freut mich, sehr sogar.« Er klang zufrieden, und sie war froh, hergekommen zu sein, nicht nur wegen des Fußballs. Sie hegte das unbestimmte Gefühl, genau am richtigen Ort zu sein, sie wollte nirgendwo sonst sein. »Ich würde dich gerne als Stürmerin einsetzen, ich denke, du hast das Zeug dazu.«

»Stürmerin? So wie Fritz Walter?«

Er schmunzelte. »Ja, genau wie Fritz. Du bist schnell, kannst hervorragend dribbeln, und deine Schüsse sind äußerst präzise.«

»Danke.« Ihre Wangen überzogen sich mit Röte; Max' Kompliment bedeutete ihr mehr als jedes Lob der Nagelschmidt oder ihrer Kundinnen, die sich über ein sorgfältig angefertigtes Kleidungsstück freuten.

»Wir sollten uns umziehen gehen. Du wirst bestimmt zu Hause erwartet.« Seite an Seite schlenderten sie über den Rasen. Luise wusste, dass sie die Beine in die Hand nehmen und sich beeilen sollte, ihre Heimkehr würde unangenehm genug werden – schließlich würden die Brüder fragen, wo sie gewesen war –, aber sie sehnte sich danach, noch ein bisschen Zeit im nun ruhig liegenden Stadion und mit Max zu verbringen. Er machte sie neugierig; über die Frauen hatte sie allerlei erfahren, sie waren Ehefrauen, Sekretärinnen oder Krankenschwestern wie die bildhübsche Dorothea. Wer war Max? Was tat er, wenn er die Frauen nicht trainierte?

»Wieso trainierst du uns? Ich meine, wie bist du dazu gekommen? Bekommst du Geld dafür? Und was treibst du sonst noch so im Leben?«

Max lachte über ihre ungestümen Fragen, und sie schämte sich einen Augenblick dafür, wie ein Kind ihr Herz auf der Zunge zu tragen, statt gepflegte Konversation zu betreiben, so wie man es von einer jungen Dame erwartete.

»Hm, mit welcher Frage soll ich beginnen? Geld bekomme ich keines, ich trainiere den *FC Petticoat* ehrenamtlich. Wer würde mich auch schon bezahlen dafür? Wir sind ja noch nicht mal ein eingetragener Club, sondern trainieren nur aus Spaß an der

Freude. Eigentlich bin ich Sportstudent, ich studiere hier an der Uni. Und ich trainiere euch, weil … nun ja, ich sehe so viel Potenzial in euch Frauen, ihr spielt mit genauso viel Leidenschaft wie wir Männer, und als Vera, die im Nachbarhaus wohnt, mich fragte, ob ich nicht eine kleine, aber motivierte Frauenmannschaft anleiten will, habe ich nicht Nein gesagt. Außerdem … außerdem erinnert ihr Frauen mich an meine kleine Schwester …« Er verstummte, und sie gingen schweigend weiter.

»Deine kleine Schwester?«, fragte sie erst nach einer Weile verhalten nach; vielleicht hätte sie seine Aussage, die ihm anscheinend wider Willen herausgerutscht war, einfach stehen lassen sollen, ohne weiter nachzuhaken, denn er presste die Lippen zusammen, als wolle er nicht darüber reden. Auf der anderen Seite wäre es ihr unhöflich erschienen, nicht auf ihn einzugehen.

»Sie ist im Krieg gestorben, an einer Lungenentzündung, die sie sich im Bunker zugezogen hat. Die Krankenhäuser waren überfüllt, und sie wurde zu spät behandelt«, murmelte er, die Augen in die Ferne gerichtet, wo die Stadt am Fuße des Hügels in Dämmerung versank. »Sie war elf Jahre alt.«

»Das tut mir leid«, flüsterte Luise tonlos und fühlte sich sehr unzulänglich. Alle Familien hatten Verluste zu beklagen, trotzdem war es jedes Mal von Neuem schlimm, den Schmerz in der Stimme eines Menschen zu hören, dem das Liebste genommen worden war.

»Sie war ein rechter Wirbelwind und spielte Tag und Nacht Ball, deshalb denke ich immer, würde sie noch leben, wäre sie sicherlich mit von der Partie beim Frauenfußball.« Max räusperte sich und schien sich wieder zu fassen. »Aber genug von mir. Wie gesagt, ich freue mich, dass du uns gefunden hast.«

»*Ich* freue *mich*.« Wie sehr, vermochte sie ihm gar nicht zu sagen. Sie betraten das niedrige Gebäude, in dem die Umkleideräume lagen, und standen sich einen Moment gegenüber. Sie nahm noch einmal sein blondes, wellig zurückgekämmtes Haar, die braunen Augen und die muskulöse Gestalt in sich auf und fühlte sich ihm verbundener als jedem anderen Menschen, der ihr in den Sinn kam.

»Dann tschüss, bis nächste Woche.« Er schulterte seine Tasche und verschwand in der rechterhand liegenden Umkleide. Der Zauber war gebrochen, die Goldsprenkel, die am Rande ihres Sichtfelds flimmerten, lösten sich auf, zurück blieben nur der unbeleuchtete Korridor, nackter, kalter Beton und der abgestandene Geruch nach verschwitzter Kleidung und alten Schuhsohlen.

»Dreh die Fußspitze nach außen beim Dribbeln! Neige den Oberkörper nach vorne. Und einen Zacken zulegen kannst du auch.«

Der kleine Klaus Stolle mühte sich im Schein der gerade aufflammenden Straßenlaterne mit dem Ball ab, hielt aber sofort inne, als Luise vor ihm vom Fahrrad sprang. »Als ob du Ahnung von Fußball hättest, Luise!«

Sie beschloss, nicht gekränkt zu sein, sondern die kindlich unbedarfte Äußerung mit Humor zu nehmen. »Wieso sollte ich keine Ahnung haben?«

»Na, weil du …« In diesem Moment erschien Klaus' Mutter, Frau Stolle, in der Ladentür des Gemischtwarenladens, um abzuschließen. Sie trug noch ihre Kittelschürze, in der sie stets bediente, aber bereits Lockenwickler in den dünnen Haaren. »Guten Abend, Fräulein Luise! Komm endlich, Klaus, Zeit fürs Bett!«

»Komme«, rief Klaus wenig begeistert zurück, an Luise gewandt fügte er hinzu: »Na, weil du ein Mädchen bist.«

»Schlaf gut und arbeite an deiner Dribbeltechnik.« Luise ließ ihn stehen und schob ihr Fahrrad in den heimischen Vorgarten, wo sie es an die Hauswand lehnte. Ihre Brüder saßen mit farbverschmierten Hemden – sogar ihre Haarschöpfe und Wimpern trugen weiße Tupfer – auf der klapprigen Holzbank und ließen sich ein Feierabendbier schmecken.

»Wie seht ihr denn aus?«

»Wonach wohl? Nach Arbeit. Wir haben begonnen, den Dachboden zu tünchen«, gab Georg müde zurück.

»Dann steht die Hochzeit also wirklich bald vor der Tür.« Da es auf der Bank zu eng war und keiner ihrer Brüder Anstalten unternahm, ihr Platz zu machen, hockte sie sich mit angezogenen Knien auf das niedrige Mäuerchen, das Mutters Blumenrabatten umgrenzte. Purpurfarbener Sonnenhut, feurig orangene Sonnenbraut und puderrosa Anemonen dufteten fruchtig und die Sinne betörend in der Dämmerung, die immer dichter und undurchdringlicher wurde, wie ein Vorhang, der sich zuzog für die nahende Nacht. »Marlene wird sich freuen, wenn der große Tag kommt und ihr beiden zusammenziehen könnt.«

Georg trank einen Schluck Bier. »Natürlich.«

»An deiner Stelle hätte ich es nicht eilig mit dem Heiraten«, flachste Ulrich. »Genieß lieber noch ein bisschen das unbeschwerte Junggesellenleben.«

Peter streckte weit die Beine von sich. Er hatte die meisten Farbflecke abbekommen, sein Hemd war eher weiß als kariert, und sogar seine Schnürsenkel waren komplett verfärbt. »Wir können ja extra langsam machen mit dem Renovieren. Ein Jahr können wir bestimmt rausschinden. Ich bin sowieso nicht scharf drauf, wenn noch eine Frau im Haus wohnt. Die Frauen, die bereits da sind, reichen mir vollkommen.« Er grinste frech zu Luise hin, doch diese rollte lediglich mit den Augen.

»Unsinn. Ich möchte, dass der Dachboden so schnell wie möglich bezugsfertig ist, damit ich Marlene zu meiner Frau machen kann.« Georg setzte seine leere Flasche auf dem Fensterbrett ab. »Wo kommst du überhaupt um diese Zeit her, Luise? Beim

Abendessen hast du schon durch Abwesenheit geglänzt. Mutti sagt, du hast dich mit Freundinnen getroffen?«

»Hm, ja.« Mutter war wirklich die Beste. Sie schreckte offensichtlich nicht davor zurück, ihre Söhne anzuflunkern, um ihre einzige Tochter vor Schelte zu bewahren. Dankbarkeit und eine zärtliche Liebe erfüllten Luise. Andererseits – wirklich gelogen hatte Mutti gar nicht; sie betrachtete Heidrun, Marion, Dorothea und die anderen Frauen tatsächlich als neue Freundinnen.

»Wo wart ihr denn? In der Milchbar?«

Luise spürte, dass Georg zu erschöpft war, um sich ernsthaft dafür zu interessieren, was sie mit ihren Freundinnen unternommen hatte, aber in diesem Moment beschloss sie aus einer Art innerer Eingebung heraus – die sie später gewiss bereuen würde –, einfach mit der Wahrheit herauszurücken. Von nun an würde sie jeden Montag später nach Hause kommen, manchmal sogar noch an anderen Tagen, wenn, wie Max angekündigt hatte, für ein anstehendes Spiel geübt wurde. Auf Dauer würde es lästig werden, Catrin und Margrit als Alibi zu missbrauchen, außerdem betrachtete sie sich als aufrichtigen Menschen, der sich nicht wohl damit fühlte, die Wahrheit zu verschleiern. »Ich war Fußball spielen. Im Stadion auf dem Betzenberg. Ich habe euch doch von dieser Frauengruppe erzählt, dem *FC Petticoat*. Nun, heute habe ich zum ersten Mal mit ihnen trainiert, und es hat irre viel Spaß gemacht. Nächste Woche bin ich wieder dabei.« Das fügte sie gleich hinzu, um die mögliche Hoffnung ihrer Brüder, ihr Ausflug möge eine Eintagsfliege darstellen, im Keim zu ersticken.

Kurz herrschte Schweigen, nur Peter lachte los, als habe sie einen Witz erzählt. Böse funkelte sie ihn an. »Sei still, Blödmann.«

Georg runzelte die Stirn und beugte sich nach vorne, um sie im Dämmerlicht besser betrachten zu können. »Du warst Fußball spielen? Das Thema hatten wir letztens schon. Wir haben dir doch gesagt, das ist nichts für Frauen. Ich habe mich auf der Arbeit ein wenig umgehört, und man sagte mir, es gibt keinen einzigen offiziellen Club, der Frauenfußball zulässt.«

»Was spielt das für eine Rolle?« Luise schlang die Arme um die Knie, plötzlich fröstelte sie. Die milden Sommerabende gehörten endgültig der Vergangenheit an, ein Hauch des nahenden Herbstes lag unverkennbar in der kühlen Abendluft. »Die Vereine stellen uns Frauen trotzdem ihre Rasenflächen zur Verfügung, der FCK auch. Und was stört es mich, ob der Club offiziell eingetragen ist oder nicht?« Vielleicht hätte sie sich mit ihrer Ehrlichkeit doch etwas zurückhalten sollen – zumindest für heute – und den Brüdern erst zu einem späteren Zeitpunkt, oder überhaupt nicht, von ihrem neuen Hobby erzählen sollen; nach dem anstrengenden Training war sie zu ausgelaugt für zermürbende Diskussionen. Sie wollte sich nur rasch waschen und dann ins Bett legen.

»Darum geht es nicht«, schaltete sich Ulrich nun ein. Sein rotblondes Haar wirkte im spärlichen Licht fast weißlich. »Fußball ist unweiblich, nicht damenhaft, das haben wir dir schon zur Genüge eingetrichtert. Begreifst du das denn nicht? Als junge Frau solltest du dich für ganz andere Dinge interessieren, Mode, Kino, was weiß ich.«

»Ich soll also dem wandelnden Klischee einer Frau entsprechen?« Luise hievte sich mühsam von dem flachen Mäuerchen hoch und trat mit der Fußspitze entnervt dagegen. »Seid ihr wirklich so beschränkt oder tut ihr nur so?«

»Luise.« Auch Georg stand auf und legte ihr begütigend einen Arm um die Schulter. Seine Pupillen wirkten in der Dämmerung riesig. »Wir möchten einfach, dass du eine gute Zukunft hast. Du bist immer so widerspenstig. Manche Dinge sind für Frauen einfach nicht drin, verstehst du? Eine Frau wird niemals …«

Er suchte nach Worten, da fiel Peter mit unverkennbar höhnischem Unterton ein: »… eine Frau wird niemals Bundeskanzlerin oder Bundespräsidentin werden können … Oder Päpstin oder Fußballweltmeisterin.«

»Dass dir mit deinem Spatzenhirn die Fantasie fehlt, dir das vorzustellen, ist mir schon klar.« Luise schoss ihrem jüngsten Bruder einen wütenden Blick zu. »Das heißt nicht, dass dies niemals geschehen wird. Ich glaube fest daran, dass Frauen dies alles einmal werden können. Hört endlich auf, so ein Theater wegen eines harmlosen Sports zu veranstalten. Ich möchte ja nicht Bundeskanzlerin werden, sondern nur ein bisschen Fußball spielen.«

»Luise, ich glaube, ich muss deutlicher werden.« Georg seufzte, das Gesicht verzogen, als leide er unter Zahnschmerzen. »Seit Vater tot ist, habe ich das Sagen in der Familie. Du bist noch nicht volljährig. Ich möchte nicht, dass du weiter zu diesem merkwürdigen Frauentraining gehst. Du kommst montags nach der Arbeit bitte stante pede nach Hause.«

Sie starrte ihn mit weit aufgerissenen Augen an, die Hände um die Henkel ihrer Tasche gekrampft. »Du verbietest es mir?«

»Wenn du mich so fragst – ja.«

Wut und Ohnmacht tobten in ihr, bohrten sich weißglühend durch ihren Magen. Am Rand ihres Sichtfelds zuckten grelle Blitze, die sie rasch wegzublinzeln versuchte. Niemals würde sie sich ihren Sport verbieten lassen, niemals! Sollte Georg doch versuchen, Peter zu erziehen, der hatte eine starke Hand viel nötiger als sie!

»Das werden wir ja sehen.« Unsanft schob sie sich an ihm vorbei und stieß die Haustür auf, um nach drinnen zu poltern.

»Habt ihr draußen gestritten?« Edith Pfeifer saß in unbequemer Haltung am Küchentisch und arbeitete im flackernden Schein, den die Glühbirne der Tütenlampe warf, an der Strickmaschine. Neben ihren Putzstellen, dem Kochen, Waschen, Saubermachen und Bügeln für die Familie war dies die einzig andere Tätigkeit, bei der man sie je sah. Selbst in ihrer kärglichen freien Zeit machte sie sich nützlich und fertigte auf der mechanischen Maschine unermüdlich Socken und Pullover für die kalte Jahreszeit an.

»Ja, ein bisschen.« Luises Ärger verrauchte, als ihr wieder einmal die dunklen Schatten unter Mutters Augen bewusst wurden. Allzu gerne hätte sie ihr das Herz ausgeschüttet und kein gutes Haar am Bruderpatriarchat gelassen, doch sie wollte Mutter nicht noch mehr Kummer bereiten als den, den ihr der harte Alltag bereits bescherte. »Aber es ist nicht wichtig, es ging nur um Fußball.«

»Ich habe dir vom Abendbrot aufgehoben.« Edith wies auf einen abgedeckten Teller auf der Küchenanrichte. »Du musst hungrig sein, Luischen.«

»Danke, Mutti.« Heißhungrig nahm sie den Teller mit zum Tisch, setzte sich zu ihrer Mutter und verschlang den kalten Nudelsalat. Eine Weile fiel kein Wort, Luise lauschte beim Essen lediglich der leise knarrenden Bewegung des Strickschlittens, den Edith gleichmäßig am langen Nadelbett der Maschine hin- und zurückschob. Der Faden der flaschengrünen Wolle legte sich dabei um die Haken der einhundertsechzig Nadeln und bildete Maschen. Luise liebte es, ihrer Mutter beim Stricken zuzusehen, ihre Bewegungen wirkten so harmonisch und einlullend beruhigend, gerade recht, um ihr erhitztes Gemüt noch weiter abzukühlen.

»Ich finde es schön, dass du ein Hobby gefunden hast, das dir Freude bereitet«, ließ sich Edith vernehmen. »Du bist noch so jung, du musst auch etwas Vergnügen haben. Und ich verstehe wirklich nicht, warum deinen Brüdern erlaubt sein soll, Fußball zu spielen, dir aber nicht. Du bist und bleibst dennoch eine bildhübsche junge Frau mit allen weiblichen Attributen, die man sich denken kann.«

Luise verspürte einen so dicken Kloß im Hals, dass sie kaum ihre Nudeln hinunterschlucken konnte. »Das ist lieb von dir, Mutti.«

»Also – von mir aus kannst du gerne weiterhin am Training teilnehmen.« Edith blinzelte ihr verschwörerisch zu. »Deine Brüder müssen ja nicht so genau wissen, wo du manchmal nach der Arbeit hingehst. Oft musst du ja bei Anita Nagelschmidt Überstunden machen.«

Luise starrte ihre Mutter ungläubig an, dann presste sie sich die Hand vor den Mund, um nicht in ein begeistertes Gelächter auszubrechen. »Ich soll lügen … und du würdest mich decken?«

Mutter zwinkerte ihr nochmals zu. »Luischen, nicht solch harte Worte, bitte. In zwei Jahren werde ich fünfzig, und glaub mir, eins habe ich gelernt in all den Jahren: Es ist besser, wenn man manchmal nicht allzu ehrlich ist, vor allem, wenn man sich selbst dabei schadet.«

Fußball ist keine Sportart, die für Frauen geeignet ist, eben schon deshalb, weil er ein Kampfsport ist.

Sepp Herberger, Bundestrainer von 1936–1964

Kapitel 5

Dieses Mal war es vertrauter, die Arme um Roberts Taille zu legen und sich an seinen warmen Körper zu schmiegen, während er das Moped sicher durch die Kaiserslauterner Straßen steuerte. Luise freute sich auf den Kinoabend, denn es wurde *Mogambo* mit Grace Kelly gespielt, und sie verehrte die kühle blonde Schauspielerin sehr.

Bald kamen sie am *Neuen Filmpalast* auf dem Altenhof an, Robert parkte das Moped und hielt Luise galant seinen Arm hin, damit sie sich einhaken konnte, was sie lächelnd tat. Seit einigen Tagen hing der Herbst in der Luft, morgens waberte Dunst über dem Asphalt, und abends herrschte eine klamme Kühle, die sich in den Haaren und Kleidern festsetzte und den Wunsch nach warmer Wolle, in die man sich einhüllen konnte, hervorrief. Luise war froh, dass die neue korallenrote Strickjacke, die Mutter auf ihrer Strickmaschine hergestellt hatte, rechtzeitig fertig geworden war; sie passte hervorragend zu ihrem gleichfarbigen Kleid mit langen Ärmeln und großen Schmuckknöpfen. Zum Glück hatte die Nagelschmidt sich mal wieder spendabel gezeigt und sowohl ihr als auch Margrit und Catrin Stoffreste abgetreten, aus denen sie sich Kleidung für die kältere Jahreszeit nähen konnten.

»Wie war deine Woche?«, erkundigte sich Robert, als sie in der Schlange an der Kinokasse standen. Dem Menschenauflauf nach zu urteilen würde die Vorstellung gut besucht werden, Kino schien eine der Lieblingsbeschäftigungen der Deutschen zu sein. Der Kinopalast war noch recht neu, erst drei Jahre alt; sein Vorgänger war 1944 dem Bombenhagel zum Opfer gefallen und völlig zerstört worden.

»Ach, ganz passabel.« Sie standen so nahe beieinander, dass sie sich berührten. Luise spürte das weiche Leder von Roberts Jacke an ihrem Ellenbogen; er sah wieder sehr apart aus, die braunen Haare hatte er ansatzweise zu einer Tolle frisiert, und seine blaugrünen Augen ruhten auf ihr, als gefalle ihm, was er sah.

»Jetzt, wo die Sommerhitze vorbei ist, ist es in der Nähstube erheblich angenehmer.« Sie durchforstete ihr Gedächtnis nach einer Anekdote, die sie ihm erzählen konnte, um die lockere Stimmung aufrechtzuerhalten. »Wir hatten ein lustiges Erlebnis. Eine Kundin war zur Kur in Bad Füssingen, und noch vor ihrer Abreise hatte sie eine neue Herbstgarderobe in Auftrag gegeben. Nun kam sie nach ihrem vierwöchigen Aufenthalt in der Kurstadt wieder zurück und wollte die neuen Kleider anprobieren. Stell dir vor, nichts passte mehr, kein einziges Stück, so sehr hat sie zugenommen!«

»Sie hat sich wohl reichlich am Kuchenbuffet bedient«, bemerkte Robert amüsiert. »Und wie habt ihr das Problem gelöst?«

»Wie üblich.« Luise gluckste. »Erst mal gab es ein Sektchen zur Beruhigung der Nerven. Die Chefin versicherte der Kundin, dass sie die Kleider problemlos umarbeiten kann, wir lassen immer genügend Spielraum beim Saum, weißt du? Und wie war deine Woche?«

Sie rückten weiter nach vorne in Richtung Kasse. »Recht ereignislos, würde ich sagen. Ich hatte Nachtdienst auf der Wache. Es waren wenig Gauner unterwegs, hauptsächlich haben wir uns um Betrunkene gekümmert, die in der Stadt randaliert haben.«

Luise nickte. Georg, der ebenfalls Nachtschicht geschoben hatte, hatte zu Hause davon erzählt. Er war immer erst heimgekehrt, wenn der Rest der Familie bereits frühstückte, und war danach schlafen gegangen. Ihr war es recht gewesen, nicht so viel von ihm mitzubekommen, die Diskussion über ihr neues Freizeitvergnügen steckte ihr noch in den Knochen. Ob er Robert in den langen Nächten auf dem Polizeipräsidium von ihrem Hobby erzählt hatte? Unbehagen beschlich sie. Hoffentlich nicht, denn sie wusste ja noch immer nicht, wie er zu dem Thema Frauen und Fußball stand! Sie hatte allerdings nicht vor, das herauszufinden, so blöd würde sie nicht sein, sich eine weitere Abfuhr von männlicher Seite einzuholen!

Nachdem sie an der Kasse die Karten erhalten und sich noch einen Imbiss in Form eines Langnese-Eises gekauft hatten, betraten sie den dunklen Kinosaal. Ein glitzernder Sternenhimmel wölbte sich über dem riesigen Raum, die Wände, die mit tannengrünem Stoff bespannt waren, verschwanden in Finsternis.

»Hier wären wir – ein Ehrenplatz für Madame.« Robert nahm ihr das Eis ab, damit sie sich hinsetzen und ihren Rock glattstreichen konnte. Er hatte tatsächlich die besten und teuersten Plätze reserviert, aber als Polizist konnte er sich das leisten. Zwischen ihren weinroten Plüschsitzen befand sich ein kleines Tischchen mit einem Knopf, auf den man drücken konnte. Luise musste sich zurückhalten, um ihn nicht gleich auszuprobieren.

»Was ist das? Eine Klingel?«

Robert nickte lächelnd. »Genau. Damit kann man während der Vorstellung dem Kellner läuten, damit er Nachschub an Getränken oder Knabbereien bringt.«

»Bombe.« Luise drückte sich tief in den weichen Sessel. »Das habe ich bisher nicht gekannt, aber ich saß natürlich immer auf den billigen Plätzen.«

»Jetzt nicht mehr.« Sein Flüstern klang wie eine Verheißung, und ihr Herz machte einen Satz. Sie versuchte, sich auf die Wochenschau zu konzentrieren, die auf der riesigen Leinwand zu flimmern begann, war jedoch zu abgelenkt durch all das Neue, das an Roberts Seite auf sie einstürmte. Als er schließlich sanft ihre Hand nahm und in seiner hielt, war es ganz um ihre Aufmerksamkeit geschehen. Ihr eigener Herzschlag dröhnte in ihren Ohren, während sie auf die schwarz-weißen Bilder starrte, ohne etwas wahrzunehmen.

Da Anita Nagelschmidt Heißhunger auf Kuchen verspürte, schickte sie Luise zu der Konditorei an der Ecke, um ein großes Stück Schwarzwälder Kirsch zu besorgen, während Catrin den Backofen in der Privatküche schrubben musste, in dem ein Auflauf mit reichlich Käsesoße für ein Malheur gesorgt hatte. Die Viertelstunde, die die Chefin danach mit ihrer Torte und einer Tasse dampfendem Kaffee beschäftigt war, nutzten die Angestellten ebenfalls zu einer nicht so ganz erlaubten Pause.

»Auf die Idee, uns zu fragen, ob wir auch was wollen, ist sie nicht gekommen«, moserte Margrit und warf einen Blick in die Küche, wo Frau Nagelschmidt mit ihrem Mann, einem Kriegsinvaliden, vor dem frisch geputzten Backofen saß. »Aber bei ihrem Geiz kommen drei weitere Stück Kuchen natürlich nicht infrage.«

Luise schmunzelte. »Sieh es von der positiven Seite – es ist ihr Rock, der nachher umso mehr spannt, nicht unserer.«

»Da hast du auch wieder recht.« Margrit nahm ihr Butterbrot aus der Blechdose in ihrer Tasche und machte sich daran, es genüsslich zu verzehren, obwohl Essen in der Nähstube streng verboten war.

»Die Nagelschmidt tickt aus, wenn sie nachher Krümel entdeckt.« Catrin spähte ängstlich durch den engen Korridor Richtung Küche.

»Ich esse krümelfrei«, gab Margrit ungerührt zurück. »Wie sieht's aus, Mädels? Wollen wir nicht mal wieder was unternehmen? Wie wär's mit heute Abend, direkt nach der Arbeit?«

»Ja, gerne.« Catrins Gesicht unter dem blonden Haarkranz färbte sich hellrot, sie schien Feuer und Flamme für die Idee. »Mein alter Herr ist für ein paar Tage auf Montage in Luxemburg, er ist nicht da, um mir irgendetwas zu verbieten. Das muss ich ausnutzen.«

»Fein.« Margrit nickte so zufrieden, als lobe sie Catrin für ein besonders sorgfältig genähtes Kleidungsstück.

»Können wir dieses Mal in die Milchbar, die ich das letzte Mal schon vorgeschlagen habe?« Catrin legte eine neue Garnspule in die Nähmaschine ein, war aber nicht bei der Sache. »Die in der Eisenbahnstraße, nicht weit von hier.«

»Meinetwegen«, sagte Margrit großzügig. »Was ist mit dir, Luise? Du sagst ja gar nichts.«

Luise rutschte auf ihrem Stuhl herum. »Bei mir geht es nicht. Ihr wisst doch, dass ich heute Abend zum Training gehe.«

Margrit sah sie beinahe mitleidig an. »Ach, herrje, das leidige Thema. Gehst du wirklich wieder ins Stadion? Ich dachte, nachdem du einmal dort warst, hättest du endgültig eingesehen, dass Fußball nichts für dich ist.«

Luise ärgerte sich über Margrits zur Schau gestellte Überlegenheit. Woher wollte sie wissen, was das Richtige für sie war und was nicht? Sie hatte keine Ahnung von Fußball, ihre Erfahrungen mit dem Sport beschränkten sich wie bei den allermeisten Deutschen doch darauf, vor dem Fernsehapparat die Weltmeisterschaft verfolgt zu haben!

»Wieso sollte Fußball nichts für mich sein? Ich habe mich beim ersten Training sehr gut angestellt, sagte der Trainer.«

Margrit verdrehte nur die Augen, und Catrin versuchte rasch, zu vermitteln, wie es ihre Art war. »Das glaube ich dir, Luise. Du bist halt sehr sportlich, im Gegensatz zu uns. Also begleitest du uns jetzt oder nicht? Du kannst das Training ja mal ausfallen lassen und nächste Woche wieder gehen.«

»Die Frauen-WM wird gewiss nicht daran scheitern, dass du einmal fehlst«, spottete Margrit mit vollem Mund. Vorsichtig linste sie durch die offene Küchentür, aber Anita Nagelschmidt war noch immer mit ihrer Schwarzwälder Kirsch zugange.

»Wer weiß?« Luise bemühte sich um einen leichten Tonfall. Das Training ausfallen lassen? Niemals! Als ob Werner Liebrich, Fritz Walter und all die anderen Weltmeister es je so weit gebracht hätten, wenn sie nur sporadisch auf dem Fußballfeld aufgeschlagen wären! Margrit konnte sich ihre Ironie sparen, sie war sicher, dass sich der Frauenfußball irgendwann etablieren würde, Margrit würde schon sehen.

»Wieso gehen wir nicht morgen in die Milchbar?« Sie verspürte durchaus Lust, das neue Lokal zu besuchen und dort eine eiskalte Cola zu bestellen, auch wenn ihr das Training hundertmal mehr am Herzen lag.

Catrin sah bereits halb überzeugt aus und setzte an, um etwas zu sagen, als Margrit ihr das Wort abschnitt. »Morgen kann *ich* nicht. Meine Tante Elfriede kommt zu Besuch.«

»Ach so, na dann.« Luise holte tief Luft, stand auf und kramte im Regal nach der Schneiderkreide, um ein Schnittmuster für eine Bluse auf einen Baumwollstoff zu übertragen. »Wir finden bestimmt ein anderes Mal zusammen.«

Tagsüber war es noch recht mild gewesen, nun am Abend wehte eine kühle Brise über das Stadion hinweg. Das Gras war feucht unter ihren Füßen und über dem Wald hing ein dunstiger Schleier wie ein ausgewrungenes Tuch. Doch Luise war so voller Vorfreude auf das Training, dass es ihr nichts ausmachte, dass ihre Socken in den alten Turnschuhen an den Zehenspitzen nass wurden und eine Gänsehaut ihre Arme überzog. Beim Training würde ihr schnell warm werden.

Sie wurde mit so begeistertem Hallo empfangen, dass es in

ihrem Magen vor Freude kribbelte wie Sprudelwasser. Hätte sie Zweifel gehegt, ob sie sich richtig entschieden hatte, würden diese spätestens jetzt weggefegt.

»Schön, dass du wieder da bist, Luise.« Max, der gerade das Netz mit den Bällen über den Rasen zog, sah sie mit seinen braunen Augen so intensiv an, dass sie einen Moment tatsächlich die anderen Spielerinnen um sich herum vergaß.

»Es haben bereits etliche Frauen ein Probetraining bei uns absolviert, sind aber kein zweites Mal gekommen«, erklärte Dorothea, die ihre seidigen honigbraunen Haare gerade zu einem Pferdeschwanz band.

»Echt, wieso denn nicht?« Wie man nach einem Mal schon genug haben konnte, blieb für Luise ein Rätsel. Am liebsten wäre sie mehrmals pro Woche zum Training gekommen.

»Na ja, wenn die Familie nicht dahintersteht, dass man Fußball spielt, oder es sogar verbietet, ist es schwierig«, sagte Vera. »Zum Glück habe ich fortschrittliche Eltern, die froh sind, dass ich nicht den ganzen Tag über den Büchern sitze und fürs Abitur pauke. Aber du scheinst deine Familie ja von deinem neuen Hobby überzeugt zu haben, sonst wärst du ja nicht hier.«

»Hm.« Luise bückte sich und gab vor, ihre Schuhe fester zu schnüren. Georg war von seinem Fußballverbot selbstverständlich keinen Fingerbreit abgerückt, doch glücklicherweise verließ er diese Woche noch vor der Abendbrotzeit das Haus, um auf der Wache seinen Spätdienst zu versehen; dadurch entfiel die lästige Notwendigkeit, ihm eine Ausrede aufzutischen, wo sie ihre Zeit verbrachte. Ulrich hatte heute ein Rendezvous mit Elsbeth, so musste sie auch von seiner Seite keine unangenehmen Fragen befürchten. Und wenigstens Peter hatte ihr so rein gar nichts zu sagen, er war ja noch grün hinter den Ohren. Mutter war natürlich eingeweiht, aber auf deren Verschwiegenheit konnte sie sich verlassen.

»Ich habe meiner Mutter heute wieder erzählt, ich mache eine Fortbildung in Stenografie«, berichtete Marion. »Ich konnte ihr Gejammere darüber, meine Figur würde immer androgyner werden und kein Mann würde mich mehr wollen, einfach nicht mehr ertragen.«

»Das tut mir leid«, murmelte Luise betroffen. Es tat gut zu hören, dass sie nicht die Einzige war, die zu Hause gegen Windmühlen kämpfte.

»Mir auch.« Max pfiff leicht in seine Trillerpfeife, und die Frauen bildeten einen Kreis um ihn herum. »So sollte es nicht sein. Fußball ist ein großartiger Sport, nicht nur für Männer. In anderen Ländern, wie in Holland, sind die Menschen schon viel weiter. Dort stört sich niemand an weiblichen Spielern. Hoffen wir, dass es auch in Deutschland bald so weit kommt. Auf jeden Fall seid ihr Pionierinnen auf eurem Gebiet, und ich bin stolz auf euch!«

Eine Welle heißen Stolzes überflutete Luise, und sie spürte, dass es den anderen Frauen genauso ging. Wieder spürte sie dieses starke Band, dass sie alle aneinanderzuschweißen schien, als würden sie sich bereits Jahre kennen.

»Und wir sind stolz, so einen guten Trainer zu haben. Nicht jeder würde es mit unserem bunt zusammengewürfelten Haufen aushalten«, gab Marlies spröde zurück, und der Bann des Feierlichen, der einen Moment über der Gruppe gelegen hatte wie ein Regenbogen nach einem heftigen Schauer, löste sich auf, und alle lachten.

»Genug salbadert, an die Arbeit.« Max gab sich streng und sah auf seine Stoppuhr. »Zwanzig Minuten Warmmachen, danach geht es zur Sache. Wir üben heute noch einmal das Torschießen. Ich bin im Gespräch mit dem Trainer eines Frauenclubs aus Speyer, es wäre doch gelacht, wenn wir kein Freundschaftsspiel zustande bekämen.«

Die Aussicht darauf, nicht nur untereinander, sondern gegen eine andere Mannschaft zu spielen, beflügelte die Frauen. Auch Luise gab alles; es war ein wunderbares Gefühl, alle Muskeln und Sehnen im Körper zu spüren, über ihre Grenzen zu gehen.

Nach den üblichen Aufwärmübungen markierte Max mithilfe zweier Stangen einen kleinen Bereich innerhalb eines Tores, die Frauen verteilte er an drei Startpunkten zehn Meter davor.

»Rechts am Hütchen vorbeischießen, in den abgeteilten Bereich, egal, ob flach oder hoch. Danach holt ihr den Ball zurück und stellt euch bei der nächsten Station an. Ihr schießt immer abwechselnd. Nachher variieren wir das Ganze noch und nehmen eine Torfrau dazu. Annegret, du fängst an.« Max gab den Startpfiff.

Luise fixierte den Ball, während sie leicht von einem Bein aufs andere hüpfte, um warm zu bleiben. Marianne, die vor ihr dran war, verfehlte den Torbereich um einen Meter, doch als sie selbst Anlauf nahm, den Ball mit der Innenkante ihrer Schuhsohle traf und schoss, landete er in dem mit Stangen abgesteckten Bereich.

»Huh, Luise hat ein Tor geschossen!«, rief Dorothea, und die anderen fielen jubelnd ein.

Lächelnd lief Luise nach vorne, um den Ball zurückzuholen und sich hinter einem anderen der drei Hütchen aufzustellen. Der Beifall der Mitspielerinnen tat gut. Sie hatte das Gefühl, nirgends lieber sein zu wollen als in diesem riesigen Stadion mit den verwaisten Tribünen ringsum, in Gesellschaft dieser Frauen, die ihre Leidenschaft teilten, ja, die viel in Kauf nahmen, um hier sein zu können.

»Das war großartig, Luise.« Max stand plötzlich neben ihr, so nah, dass sie die Wärme spürte, die sein muskulöser Körper abstrahlte. Obwohl Heidrun ihm etwas zurief, ruhten seine Augen auf ihr, nur auf ihr, als wären sie die einzigen Menschen auf dem Platz. Einen Moment glaubte sie darin zu ertrinken, dann riss sie sich von seinem Anblick los und starrte auf das Tor; Dorotheas Ball verfehlte es knapp.

»Danke, Max«, murmelte sie. Er verharrte noch kurz neben ihr, dann nickte er wohlwollend und trabte nach vorne zum Torbereich.

In der Weidenstraße war alles ruhig, als Luise nach Hause kam, lediglich zwischen den Gardinen der Stolles flimmerten die Schwarz-weiß-Bilder des Fernsehers durch das Wohnzimmer. Leise zog sie in dem schmalen Korridor hinter der Haustür ihre Schuhe aus und stellte ihre Sporttasche ab. In der Wohnküche fand sie lediglich Ulrich mit seiner Freundin Elsbeth vor, fest umschlungen. Die beiden schraken aus einem innigen Kuss auf, als sie eintrat, ihr Bruder strich sich sogar über die rotblonden Haare, als mache ihn ihr unerwartetes Auftauchen verlegen.

»Lasst euch von mir nicht stören«, sagte Luise trocken und aß im Stehen den Pumpernickel mit Gemüse und Kräutern, den Mutter ihr gerichtet hatte. »Wo ist Mutti?«

»Schon schlafen gegangen.« Ulrich sah sie an, als warte er darauf, dass sie verschwände, um wieder mit Elsbeth allein zu sein, auf die Idee zu fragen, wo sie den Abend verbracht hatte, kam er zu ihrer Erleichterung nicht. Natürlich nicht, er hatte nur eins im Sinn, das war ja deutlich zu erkennen. Heißhungrig schlang Luise das Brot hinunter und spülte mit kaltem Tee, den Mutter ihr in einer Kanne bereitgestellt hatte, nach. Das Training machte hungrig.

»Irgendwie …« Elsbeth hielt ihre zierliche Nase in die Luft und schnupperte angelegentlich. »… irgendwie riecht es hier total nach Schweiß. Bist du das, Luise? Das kannst nur du sein.«

»Meinst du?« Luises Wangen färbten sich rot, die Furcht, ihre abendliche Aktivität würde herauskommen, beschleunigte ihren Herzschlag. Was musste Elsbeth so unverblümt fragen, hatte sie noch nie etwas von Taktgefühl gehört? Wenn sie Pech hatte, würde auch Ulrich nun Genaueres wissen wollen.

Elsbeth zupfte an ihrem himmelblauen Oberteil. »Ja. Hast du heute Marathonnähen betrieben, oder wie kommt's?«

»Genau. Nähen kann manchmal recht schweißtreibend sein, man muss schließlich ständig aufs Fußpedal treten.« Um Himmels willen, was redete sie für einen Blödsinn? Aber wenn ihr Geschwafel half, jeglichen Verdacht, sie hätte ihre Zeit anders als mit Überstunden vertrieben, zu zerstreuen, sollte es ihr recht sein.

»Du solltest dich abbrausen.«

Luise schob sich den letzten Bissen Pumpernickel in den Mund und nickte. »Gute Idee, Elsbeth, danke.« Ulrichs Neue schien in intellektueller Hinsicht keine Leuchte, aber das waren seine Verflossenen ebenfalls nicht gewesen.

Glücklicherweise schien ihr Bruder des dahintröpfelnden Gesprächs überdrüssig und zog Elsbeth an der Hand. »Komm, lass uns ein wenig in den Vorgarten gehen und auf die Bank setzen. Dort sind wir für uns.«

Gott sei Dank schien er momentan nichts als seine Freundin im Kopf zu haben. Nachdem die beiden das Haus verlassen hatten – Luise hörte sie draußen leise und zärtlich miteinander reden –, spülte sie ihr Geschirr ab und schlich nach oben, bedacht, keinen Lärm auf der knarrenden Holztreppe zu verursachen, um Mutter nicht zu wecken.

Plötzlich stand Peter wie ein Geist aus der Flasche vor ihr. »Na, wie viele Tore hast du geschossen, Schwesterchen?« Selbst im Dunkeln sah sie das Grinsen auf seinem spitzbübischen Gesicht.

Sie fing sich rasch wieder. »Fünf, wenn du es genau wissen willst.« Wieso musste er auf einmal auftauchen? Ob er sie an Georg verpfiff, wenn dieser am Morgen von seiner Schicht wiederkäme?

»Sapperlot! Das hätte ich dir gar nicht zugetraut.« Aus seiner Stimme troff der vertraute Spott.

»Das bleibt unter uns, Peter, versprich es mir!«, raunte sie eindringlich. Im Gebälk des alten Gemäuers knackte es, und draußen schrie ein Käuzchen. Sie fühlte sich sehr erschöpft und sehnte sich nach ihrem Bett.

»Ich überleg es mir. Aber nur, wenn du nicht mehr so aufmüpfig zu mir bist.«

»Das sagt der Richtige.« Sie versetzte ihm einen kleinen Klaps auf den Arm, schmunzelte aber. Ein Denunziant war Peter noch nie gewesen, sie hoffte, noch einmal glimpflich davonzukommen.

Nach dem Duschen lag sie im Bett, war aber noch zu aufgewühlt von den Ereignissen des Abends, um gleich einzuschlafen. Sie starrte in den Mond, der wie eine pockennarbige Scheibe am schwarzen Himmel vor ihrem Fenster hing, und dachte an ihre Mitspielerinnen. Welche Opfer sie auf sich nahmen, um wie sie zum Training zu erscheinen! Die bildhübsche Dorothea hatte während des Umziehens erzählt, dass sie einen Verehrer in die Flucht geschlagen hatte, indem sie ihm von ihrem Hobby berichtete. Und obwohl er ihr durchaus Schmetterlinge im Bauch beschert hatte, hatte sie dem Fußball gerne den Vorzug gegeben. Und dann war da noch Marianne. Ihr Mann hatte ihr verboten, zum Training zu kommen, weil er sich weigerte, dem gemeinsamen Sohn an diesem einen Abend ein Brot zu schmieren, während er an allen anderen Tagen in die Kneipe am Eck ging. Ihre Mitspielerinnen beeindruckten Luise sehr, waren sie nicht wahre Vorbilder in einer Zeit, in der Frauen in jeglicher Beziehung zurückgedrängt wurden, nachdem sie im Krieg buchstäblich ihren Mann gestanden und das Leben am Laufen gehalten hatten?

Aber nicht nur ihre Mitspielerinnen schwirrten ihr wie Nachtfalter im Kopf herum, während sie sich in diesem halbseidenen Zustand zwischen Wachen und Schlafen befand; auch Max erschien vor ihr, und sie hörte die netten Worte, mit denen er sie für ihre Tore gelobt hatte, wieder und wieder, sah seine haselnussbraunen Augen vor sich, die sich auf ihre hefteten, als sei sie sein einziges Teammitglied.

An sich bin ich gegen Damenfußball. Es gibt so viele schöne Sportarten. Warum ausgerechnet Fußball für die Dame?

Berti Vogts, Weltmeister 1974 und ehemaliger Bundestrainer

Kapitel 6

Heidrun hatte selbst gebackenen Marmorkuchen mitgebracht, den sie genüsslich verzehrten, während sie im Kreis auf dem Rasen saßen. Sie hatten ihre Jacken untergelegt, denn vom Boden stieg eine empfindliche Kühle auf. Die Luft war frisch und holzig und kroch feucht in die Atemwege. Die Sonne hatte sich bereits verzogen, über den Horizont zogen purpurfarbene Schlieren.

»Hm, lecker, Heidrun. Wir könnten das Training ruhig öfter mit Kuchen beginnen«, sagte Max und griff nach einem weiteren Stück.

»Du kannst ja auch mal backen und was mitbringen«, zog Vera ihn auf.

»Ja, gerne, allerdings bietet meine Studentenküche nicht viel Platz zum Backen, ich habe ja noch nicht mal einen Backofen.« Max grinste. »Spaß beiseite. Ich habe euch bereits angedeutet, dass wir demnächst vielleicht ein Freundschaftsspiel haben werden. Nun, es ist in trockenen Tüchern. Mit dem Trainer des *FC Rock 'n Roll* aus Speyer habe ich übernächsten Samstag als Spieltermin vereinbart.«

Die Frauen kringelten sich vor Lachen. »FC *Rock 'n Roll?* Nicht im Ernst, Max!«

»Wenn sie ihrem Namen alle Ehre machen und besser tanzen als Fußball spielen, soll es mir recht sein«, rief Vera gut gelaunt in die Runde.

Max nickte lebhaft. »Na klar, die steckt ihr in die Tasche, da bin ich mir sicher.«

Eine Welle der Aufregung und gleichzeitig der Vorfreude schwappte durch Luise. Ein richtiges Spiel gegen eine fremde Mannschaft! Das war eine ganz andere Herausforderung, als nur untereinander zu spielen. Ob sie selbst bereits gut genug war, um sich zu bewähren? Sie war ja bei Weitem noch nicht so lange dabei wie ihre Teamkolleginnen.

»Um richtig gut in Form zu sein, trainieren wir nicht nur heute, sondern treffen uns am Donnerstag vor dem Spiel noch mal, klappt das bei allen?« Max blickte der Reihe nach jeder Frau forschend in die Augen. Die meisten nickten, nur Marion senkte den Blick.

»Ich weiß nicht … Dann muss ich mir eine neue Notlüge einfallen lassen für meine Mutter. Der Stenokurs findet leider nur einmal pro Woche statt. Aber keine Angst, ich bekomme das schon hin.«

»Männe wird nicht begeistert sein«, seufzte Marianne. »Wir hatten gestern wieder einen Riesenkrach, weil er mir partout das Vergnügen, hierherzukommen, nicht gönnen will, die alte Spaßbremse. Aber nicht, weil er grundsätzlich etwas gegen Frauenfußball hat, sondern weil ich in der Zeit nicht als Küchenhilfe und Kinderbetreuung zur Verfügung stehe. Er ist nicht bereit, sich mal für zwei Stunden um den Kleinen zu kümmern.«

Max sah sie mitfühlend an. »Was glaubst du, Marianne, schaffst du es übernächsten Samstag zum Spiel?«

Mariannes Hand mit dem Marmorkuchen verharrte einen Moment in der Luft, dann nickte sie entschlossen. »Ja, auf jeden Fall. Männe soll sich nicht so anstellen.«

»Gut.« Max lächelte, dann streifte sein Blick Luise, ganz flüchtig nur, doch sie war sich sicher, dass er ihre grübelnde Miene zu deuten wusste. Rasch versuchte sie, ihre Gesichtszüge zu entspannen. Es half niemandem, wenn sie sich über Georgs Fußballverbot ausließ, also konnte sie den montäglichen Spießrutenlauf, der daraus bestand, so zu tun, als käme sie gerade von einer Verabredung mit den Kolleginnen, und möglichst unauffällig die verschwitzten Sportklamotten zu waschen, auch unerwähnt lassen.

»Ansonsten gilt – lasst euch nicht unter Druck setzen, wenn euer Mann oder Vater dagegen ist, dass ihr zum Training kommt. Ich möchte nicht, dass ihr Ärger bekommt, Sport soll Freude bereiten, mehr nicht. Wenn ihr mal nicht kommen könnt, ist das völlig in Ordnung. Wir werden trotzdem gegen die Rock 'n Roll-Frauen gewinnen.«

Die Frauen nahmen Max' Worte dankbar in sich auf, wahrscheinlich war jede genauso froh wie Luise, einen derart einfühlsamen Trainer an der Seite zu haben.

»Und ob wir das werden!«, schrie Marlies und reckte eine Siegerfaust in die Höhe, was ihr die anderen sofort nachmachten.

Lachend wartete Max ab, bis der kollektive Jubel abgeebbt war, dann zog er einen Notizblock aus seiner Sporttasche. »Lasst uns anfangen. Ich habe schon mal die Spieleraufstellung notiert, mit der wir beim Spiel antreten. Ich stelle euch nach dem WM-System auf ...«

»Prima, da haben wir ja gute Vorbilder«, warf Luise ein, aber Max schüttelte belustigt den Kopf.

»Das WM-System hat nichts mit der Weltmeisterschaft zu tun, tatsächlich existiert es bereits seit Ende der Zwanzigerjahre. Es bedeutet lediglich, dass fünf Stürmer so aufgestellt sind, dass ihre Positionen einem W ähneln, fünf andere Spieler, Außenläufer, Verteidiger und so weiter, sind so angeordnet, dass sie ein M bilden. Luise, dich möchte ich als Mittelstürmerin.«

»Mit Vergnügen.« Max' weitere Ausführungen verschwammen zu einem bloßen Rauschen; Luise sah sich bereits über den Rasen stürmen und den Ball mit Wucht ins gegnerische Tor donnern. Zu dumm, dass darin eine Torfrau stehen würde, die ihn möglicherweise abfangen würde, aber sie wollte natürlich alles geben. Wann hatte sie einem Ereignis zuletzt so stark entgegengefiebert?

Am Ende des Trainings half sie Max, die Bälle einzusammeln und ins Netz zu stecken. Das Himmelspurpur war nun völlig verblasst und sah aus wie ausgewaschene Seide. Ein kalter Hauch strich Luise die Haare aus dem Gesicht und kühlte ihre von der Anstrengung geröteten Wangen.

»Dankeschön.« Max lächelte sie an, warf sich das Netz über die Schulter, und einträchtig liefen sie über den Rasen in Richtung der Umkleide. Luises Herz stolperte; es war das zweite Mal, dass sie mit ihm ein paar Minuten allein war, und ohne zu wissen, wieso, waren ihr diese gestohlenen Momente wichtig. Es fühlte sich einfach gut an, Max' unaufdringliche, ruhige Art zu spüren.

»Du hast zwar vorhin nichts gesagt, aber bei dir zu Hause gibt es ebenfalls Probleme, was das Fußballspielen betrifft, stimmt's?«

Sie war sich seines prüfenden Seitenblicks bewusst, sah aber starr geradeaus. Er war ein guter Beobachter, so wie sie vermutet hatte. »Stimmt«, gab sie zu. »Meine Mutter unterstützt mich zwar, aber mein ältester Bruder hat mir verboten, zu spielen. Er führt sich auf wie mein Vater, dabei ist er mit seinen vierundzwanzig nur sechs Jahre älter als ich. Ich wünschte, er würde sich um seine Angelegenheiten kümmern und mich in Frieden lassen. Schließlich tue ich nichts Verbotenes.«

»Nein, im Gegenteil, wir treiben nur ein bisschen Sport«, stimmte Max bekümmert zu. »Wir tun niemandem weh damit. Das Einzige, wofür wir verantwortlich sind, ist, verstaubte Denkweisen durchzurütteln.«

Es gefiel Luise, dass er von *wir* sprach. Er zählte sich voll und ganz dem Kreis der Frauen hinzu und schien genauso wie sie unter den Schmähungen und Verboten zu leiden.

»Da hast du dir eine Truppe ausgesucht. Es wäre einfacher für dich, eine Horde Jungs zu trainieren.«

»Ja, aber dann bekäme ich nicht so leckeren Kuchen«, widersprach er, und sie lachten beide. »Eines darfst du nie vergessen, Luise: Fußball soll Spaß bereiten, nicht mehr und nicht weniger.«

Seine Augen wirkten in der zunehmenden Dämmerung noch dunkler als sonst, ein tiefes Schokoladenbraun.

»Und wie es mir Spaß macht, das kannst du mir glauben«, flüsterte sie und hing in seinem Blick fest wie eine Motte in einer der Spinnweben, die sich über die Ecken der Umkleidetür spannte.

»Bitte nicht noch mehr Aufgaben«, flüsterte Luise am Samstag des Spieles wie ein Gebet vor sich her. Zwar ruhten die Nähmaschinen seit elf Uhr, aber Anita Nagelschmidt hatte ihren Angestellten allerlei zusätzliche Aufträge aufgebrummt. Margrit musste wie immer den Wochenendeinkauf übernehmen, Catrin den Fliesenboden in der Küche und im Bad schrubben, Luise die Hemden von Herrn Nagelschmidt bügeln.

»Luise, ich bitte dich.« Die Schneiderin stand plötzlich neben ihr und schüttelte missbilligend den Kopf. »Das nennst du doch nicht gebügelt? Ich sehe noch immer Knitterfalten.«

Luise presste die Lippen zusammen und schob das Bügeleisen stoisch über das Hemd, während sie auf die Uhr schielte. Hoffentlich ließ die Nagelschmidt es bald gut sein. Konnte sie ihren Haushalt nicht selbst versehen? Gerade heute, wo am Nachmittag das wichtige Spiel anstand! Letztens hatte sie zu Hause ihrem Unmut mal wieder freien Lauf gelassen, aber Georg hatte sie ermahnt, nicht undankbar zu sein. Viele junge Frauen durften nach Beendigung der Schulzeit überhaupt keinen Beruf erlernen, weil die Eltern darin keine Notwendigkeit sahen, und wenn man sie doch arbeiten ließ, bis sie einen Ehemann gefunden hatten, dann am Fließband in den Nähmaschinenwerken. Es musste ja noch einen Mittelweg geben, dachte Luise.

Anita Nagelschmidt entließ sie gnädigerweise um zehn nach zwölf. Luise konnte es gar nicht schnell genug gehen, sich ihre Handtasche zu schnappen und nach draußen zu kommen. Ihre Kolleginnen folgten ihr gemächlich.

»Sticht dich der Hafer oder was?« Margrit beobachtete, wie Luise ihre Tasche auf dem Gepäckträger ihres Fahrrades festzurrte.

»Ich habe es eilig. Heute Nachmittag findet ein Fußballspiel gegen einen Frauenclub aus Speyer statt.«

»Wirklich?« Catrin starrte sie an, als spreche sie eine fremde Sprache. »Wie … wie geht das vonstatten?«

»Na, wie schon.« Luise stöhnte innerlich auf, während sie sich auf den Sattel schwang. »Es ist ein ganz normales Fußballspiel, wie bei den Männern. Du hast doch auch die WM geguckt und weißt, wie das aussieht.« Dass Catrin immer so naiv fragen musste! Ihre beiden Freundinnen konnten mit der Vorstellung, dass Frauen Fußball spielten, noch immer nichts anfangen, das ärgerte sie. Seit sie regelmäßig zum Training ging, hatte sie ihnen oft genug davon erzählt. Vor allem Margrit tat sie immer noch ab, was einfach nicht nett war. Sie selbst hörte schließlich immer höflich zu, wenn Margrit ausschweifend von ihren unzähligen Rendezvous berichtete.

Prompt meldete sich die ältere Freundin zu Wort. »Ist das nicht reichlich übertrieben? Ein Spiel gegen eine andere Mannschaft? Ich meine, reicht es nicht, ein bisschen auf dem Feld rumzurennen, um etwas Bewegung zu bekommen? Kommen diese Spielerinnen tatsächlich eigens angefahren für ein Spiel? Aus Speyer?«

Aus ihrem Munde klang es, als kämen sie vom anderen Ende Deutschlands und müssten tausend Kilometer zurücklegen. Was nicht der Fall war. Mit der Eisenbahn konnten sie innerhalb einer Stunde in Kaiserslautern sein.

»Ja, es ist ihnen so wichtig, dass sie die strapaziöse Zugfahrt auf sich nehmen«, erwiderte Luise ironisch und schwang sich auf ihr Fahrrad. »Tschüss, ihr zwei, und ein schönes Wochenende.«

»Dir auch«, rief Catrin ihr zaghaft hinterher, während Margrit etwas Unverständliches murmelte.

Luise trat kräftig in die Pedale, um so rasch wie möglich nach Hause zu kommen. Vor ihrem Elternhaus stand ein Lieferwagen, aus dem ihre Brüder Töpfe mit Wandfarben und meterlange Leisten hoben. Ihr Herz machte einen Satz: Robert war auch dabei, um zu helfen. Alle trugen Arbeitskleidung, Peter wirkte wie üblich am schmutzigsten. Sein dunkelblondes Haar war grau vor Staub, obwohl er gerade erst von der Schule gekommen sein konnte.

»Na, so eine Überraschung.« Robert setzte ein paar Holzbretter ab und lächelte sie erfreut an. Seine blaugrünen Augen versenkten sich einen Moment in ihre. »Schön, dich zu sehen, Luise.«

»Gleichfalls«, gab sie kokett zurück, was eigentlich gar nicht ihre Art war. »Was treibst du hier?«

»Ich helfe Georg beim Ausbau des Dachbodens.«

Georg und Ulrich umschifften Luise mit einem schweren Werkzeugkasten und Tapetenrollen. »Aus dem Weg, Schwesterchen, sonst wirst du umgemäht. Geh lieber nach drinnen zu Mutti.«

Peter tat, als gerate er aus dem Gleichgewicht und könne erst in letzter Minute verhindern, dass eine Fußbodenleiste Luise am Kopf traf. Er schwankte und taumelte wie ein Betrunkener.

»Spar dir deine Showeinlagen, Peter!«

»Du stehst wirklich etwas ungünstig. Geh rein oder hilf uns, entscheide dich.«

»Ich geh erst mal Mittag essen.« Vor dem Spiel musste sie sich stärken, halb verhungert im Stadion aufzuschlagen, wäre nicht die beste Idee. Es hatte auch Vorteile, eine Frau zu sein: Niemand erwartete von ihr, sich an den Renovierungsarbeiten des Dachbodens zu beteiligen, sie konnte sich gemütlich zu Mutti in die Wohnküche verziehen.

Edith Pfeifer saß am Küchentisch, wie immer in ihrer spärlichen Freizeit an der Strickmaschine, deren mit Wolle bespanntes Schiffchen sie unermüdlich hin und her schob. »Setz dich, mein Kind. Die Jungs haben früh gegessen, um weiterzuarbeiten. Aber ich habe dir die Suppe warmgehalten.«

»Danke, Mutti.« Luise nahm Platz und brach sich ein Stück des frischen Brots ab, das Stolles in ihrem Laden verkauften. »Ich habe einen Bärenhunger, aber gut, dass es etwas Leichtes gibt, das mir nachher nicht wie ein Backstein im Magen liegt.«

»Heute ist der große Tag, was, Luischen?« Mutter warf ihr einen liebevollen Blick zu.

»Ja. Möchtest du nicht mitkommen und zuschauen?«

Edith machte eine wegwerfende Handbewegung. »Ich alte Frau im Fußballstadion? Das wäre höchst unpassend.«

»Finde ich nicht.« Luise löffelte ihre Suppe. Wahrscheinlich war es aber tatsächlich besser, dass Mutti nicht zusah, nicht auszudenken, was geschähe, wenn ihre Brüder herausbekämen, dass nicht nur sie, die überkandidelte Schwester, sondern auch die Mutter etwas so Unanständigem und Verruchtem wie einem Frauenmatch beiwohnte.

»Du musst mir hinterher alles erzählen. Wer ein Tor geschossen hat und so weiter. Ich drücke deiner Mannschaft die Daumen, dass sie gewinnt!«

»Das ist nett von dir.« Grübelnd sah Luise zu ihrer Mutter auf, die neue Wolle über die Häkchen der Maschine fädelte. »Muss ich mir für die Jungs eine Ausrede einfallen lassen? Oder sind sie ohnehin so beschäftigt auf dem Dachboden, dass es ihnen gar nicht auffällt, wenn ich nachher weggehe?«

»Keine Sorge«, beruhigte Edith ihre Tochter. »Sie werden zwar oben gleich Schluss machen, aber nur, weil Georg und Robert heute Nachmittag Dienst auf dem Polizeipräsidium haben. Und Ulrich holt Elsbeth ab. Du kannst nachher also unbesorgt losziehen, es wird niemand nach dir fragen.«

»Gut.« Luise atmete tief auf. Sie hasste es, manchmal flunkern zu müssen, war sie doch ein von Grund auf ehrlicher Mensch; zuweilen ging es aber nicht anders.

Nachdem sie Edith beim Spülen und Fegen geholfen hatte, zog sie sich auf ihr Zimmer zurück und versuchte, vor dem Spiel noch etwas Kraft zu schöpfen. Allmählich erfasste sie Nervosität; ob es ihr gelang, sich gegen die Damen aus Speyer zu behaupten? Ob sich wohl Zuschauer einfinden würden? Halb wünschte sie sich ein Publikum, das Applaus spenden würde – denn ein einsames Fußballspiel hatte etwas Trauriges an sich –, halb flüsterte ihr die Vernunft ein, dass es besser wäre, wenn niemand auf der Tribüne sitzen würde. Frauenfußball hatte in der Gesellschaft bisher keine Liebhaber gefunden, im Gegenteil, die meisten Menschen, mit denen sie über das Thema gesprochen hatte, fanden es befremdlich, gar unnatürlich. In starrer Haltung lag sie auf ihrem Bett und schaute gedankenversunken gegen die wurmstichige Holzdecke.

Da klopfte es gedämpft gegen die Tür, und sie schreckte hoch. Ihre Brüder klopften nicht, wenn sie etwas von ihr wollten, sie platzten einfach herein, vor allem Peter, obwohl sie sich das schon unzählige Male verbeten hatte.

Zu ihrer Überraschung war es Robert, der seinen Kopf durch den winzigen Spalt steckte. »Hallo, Luise. Ich … Entschuldige, dass ich einfach so hereinschaue, ich weiß, dass es sich nicht gehört, junge Damen auf ihrem Zimmer zu belästigen.«

Es rührte sie, wie er auf die Etikette achtete und alles richtig machen wollte. »Ach, ich bin nicht etepetete.«

»Jedenfalls … Wir sind fertig für heute, und ich wollte dich fragen, ob du Lust auf einen kleinen Spaziergang hast.«

Luise setzte sich auf, viel zu schnell, sodass vor ihren Augen bunte Fünkchen tanzten. »Ich, nun …« Sie stotterte ja genauso herum wie er; im Grunde fand sie seine Verlegenheit ganz liebenswert. Zu jedem anderen Zeitpunkt wäre ihr seine Einladung recht gewesen, aber ausgerechnet jetzt? Sie wollte sich ausruhen, um fit für nachher zu sein, und ganz so viel Zeit blieb auch gar nicht mehr, bis sie zum Stadion musste.

Da erschien zusätzlich Georgs Kopf im Türrahmen, er schaute seinem Freund über die Schulter. »Sag Ja, Luise, komm schon. Robert hat mir die ganze Woche in den Ohren gelegen und in den höchsten Tönen von dir geschwärmt. Wenn du ablehnst, muss ich mir später auf der Wache wieder was anhören.«

Robert lächelte zerknirscht, und Luise lachte. Der Schwindel in ihrem Kopf lichtete sich.

»Na gut, aber nicht lange.« Sollte sie noch eine Erklärung hinterherschieben? Aber was sollte sie sagen?

»Ich habe selbst nicht viel Zeit, wie gesagt, ich muss nachher noch arbeiten.« Robert steckte die Hände in die Hosentaschen, um lässig zu wirken, doch sie spürte, wie viel es ihm bedeutete, dass sie zusagte.

»Ist gut.« Luise schwang sich vom Bett. Georg nickte ihr hinter Roberts Rücken wohlwollend zu.

Der Himmel war grau verhangen, als sie die Weidenstraße hinter sich ließen und die Mannheimer Straße entlangspazierten. Dicke Wolken bauschten sich gerade zusammen, die Luft roch feucht und würzig; hoffentlich würde es nicht regnen. Es wäre eine Katastrophe, wenn sie und ihre Teamkolleginnen in ihren behelfsmäßigen Schuhen – noch immer besaß keine von ihnen Stollenschuhe – über nasses Gras rutschen müssten. Mit ein

Grund für die Überlegenheit der deutschen Nationalelf beim Finale der Weltmeisterschaft hatte darin bestanden, dass die Deutschen viel leichtere Schuhe als die Ungarn getragen hatten; trotz des Regens, mit dem sich das Schuhwerk vollgesogen hatte, war es noch immer um einiges leichter gewesen als das der gegnerischen Mannschaft. Das hatte Fritz Walter in einem Radio-Interview berichtet, und sie hatte die Informationen wie alles, was mit Fußball zu tun hatte, sorgfältig in ihrem Kopf abgespeichert.

»Angesichts der knappen Zeit würde ich vorschlagen, dass ich uns am Kiosk da vorne eine Sinalco spendiere«, schlug Robert vor.

Eine Sinalco am Kiosk? Luise schüttelte sich vor Lachen, und Robert blieb verunsichert stehen. »Ich weiß, das ist nicht sehr edel und einfallsreich für eine Verabredung … Das nächste Mal lade ich wieder ins Kino ein oder zum Essen …«

»Das ist es nicht.« Luise tupfte sich eine Lachträne ab, die ihr aus dem Augenwinkel rann. »Ich musste nur an meine Freundin Margrit denken, deren schlimmstes Rendezvous darin bestand, dass ihr der Verehrer eine Sinalco am Kiosk besorgte … Sie hat sich später gar nicht mehr eingekriegt, so stillos fand sie das. Sie hat ihm dann den Laufpass gegeben.«

»Oh je.« Robert kratzte sich am Kopf. »Das möchte ich natürlich nicht. Lass mich überlegen, was wir stattdessen tun können.«

»Quatsch.« Luise steuerte den Kiosk an, der gegenüber des parkähnlichen Hauptfriedhofes lag. Hinter den quadratischen Pfeilern des Eingangstores und der dicken Mauern, die das Gelände umgaben, standen alte Bäume, deren Laub sich allmählich bunt verfärbte. »Ich bin bei Weitem nicht so anspruchsvoll wie Margrit. Es ist schön, zusammen etwas zu trinken. Sofern du mich einlädst.« Sie zwinkerte ihm zu.

»Natürlich.« Offensichtlich erleichtert, dass sie weitaus weniger kompliziert war als ihre Freundin, bestellte er zwei Getränke, und sie prosteten sich unter der blau-weiß gestreiften Markise zu. Ein paar Regentropfen fielen, und Luise hoffte inständig, es würde bald wieder aufklaren, auch wenn sich der Gedanke an das Spiel für den Moment ins Hinterstübchen ihres Bewusstseins zurückzog. Robert war ihr ganz nahe, so nah, dass sie den herben Duft seines Rasierwassers schnuppern konnte und jede einzelne seiner braunen Wimpern um die blaugrünen Augen herum sah, die sich erwartungsvoll in ihre bohrten. Die Autos, die vorbeifuhren, verursachten auf der feuchten Straße rauschende Geräusche, die zu einer leisen Hintergrundmelodie verblassten.

»Was treibst du heute noch so? Im Gegensatz zu mir armem Polizisten liegt noch das ganze Wochenende vor dir.«

Luise zuckte die Schultern; ein Regentropfen fiel vom Rand der Markise und landete auf seiner Stirn. Er schien es nicht zu bemerken, so sehr war er in ihren Anblick vertieft, doch sie hätte ihm das Tröpfchen am liebsten sanft weggewischt. »Ach, dies und das ...« Es war erbärmlich, dass sie ihn anflunkerte, aber der Augenblick war so schön und kostbar, dass sie nicht Gefahr laufen wollte, ihn durch das Verraten ihrer wirklichen Pläne zu zerstören. Sie kannte Robert nicht gut genug, um ihm anzuvertrauen, was sie vorhatte, und sicherzugehen, dass er nicht ablehnend reagieren würde.

»Dies und das?«, fragte er belustigt. Er umfasste ihren Ellenbogen, damit sie ein Stück zur Seite ging, da ein weiterer Kunde an das Verkaufsfenster trat. Die Berührung war leicht, sie empfand sie jedoch so stark wie einen kleinen elektrischen Schlag. »Erzähl mir was von dir, Luise. Was sind deine Hobbys?«

»Na ja, ich höre gerne Radio, und ich lese viel.«

»Was liest du gerade?« Er sah sie so gespannt an, als sei ihre Antwort von nationaler Wichtigkeit, zumindest für ihn.

»*Der Mörder trinkt keine Milch* von Johannes Mario Simmel.«

»Du magst also gerne Mord und Totschlag.«

»Klar. Alles andere ist mir zu langweilig, zumindest, wenn es um Bücher geht. Und du, Robert? Mit was verbringst du deine Zeit?«

»Ich schraube in jeder freien Minute an meinem Moped herum. Es ist ja ständig was kaputt.«

Der andere Kunde ging mit einer Tüte Nüsse davon, den Kragen gegen den Nieselregen weit hochgezogen, und sie blieben allein unter der Markise zurück. Außer dem leisen Plätschern des Regens und dem sanften Dahingleiten des Verkehrs war es still, behaglich still, wie Luise fand. Das Schweigen, das zwischen ihr und Robert entstand, war ihr nicht unangenehm, im Gegenteil. Sie vernahm seinen Atem und sah, wie sich sein Brustkorb ruhig hob und senkte, und sie spürte, wie er ihr immer vertrauter wurde.

»Ich glaube, wir sollten zurückgehen«, murmelte sie dann, als das Fußballspiel wieder in den Mittelpunkt ihrer Gedanken rückte. Sie wollte sich nicht abhetzen müssen, außerdem war es Zeit, sich auf das Spiel zu fokussieren und Roberts Nähe aus ihrem Kopf zu verbannen, zumindest vorerst. Wie sollte sie es schaffen, ein Tor zu schießen, wenn sie ständig Robert vor sich sah?

»In Ordnung.« Robert trank seine Sinalco aus, dann beugte er sich unerwartet nach vorne und küsste Luise auf die Lippen. Sein Mund war weich und schmeckte nach süßer Limonade, der Kuss war zärtlich und fordernd zugleich. Sie schloss die Augen und kostete die Berührung aus, erforschte und genoss sie, während er die Arme um sie legte und sie eng an sich zog. Sie war sich sicher, dass er ihren pochenden Herzschlag hören konnte.

»Meine Güte«, keuchte sie, als sie sich endlich voneinander lösten. Ihre Lippen fühlten sich wund und aufgesprungen an, aber wahrscheinlich war sie nur überempfindlich. Ihr erster Kuss! »Das war ja mal sensationell. Küssen kannst du, Robert König.«

Er lachte und griff nach ihrer Hand, um die Straße zurückzuschlendern. »Und du nimmst kein Blatt vor den Mund, Luise Pfeifer.«

»Entschuldigung, ich hätte den Mund halten sollen.« Gespielt beschämt senkte sie den Blick. »Eine Dame spricht freilich niemals über ihre Gefühle beim Küssen, das gehört sich nicht. Das bekommt man ja sogar in der Tanzstunde beigebracht.«

»Ich bin froh, dass du anders bist. Du bist so herrlich erfrischend.« Robert drückte sie beim Gehen noch einmal an sich, sie lächelte zu ihm auf. Trotz des Regens war es ein herrlicher Tag, und sie war sich sicher, dass der kurze Ausflug mit Robert sie beim Spiel beflügeln würde; sie war so euphorischer Stimmung, sie musste einfach ein Tor schießen.

Zum Glück ließ der Regen nach und hörte dann ganz auf, als Luise kurze Zeit darauf zum Betzenberg radelte. Sie trug bereits ihr Sportzeug unter einer langen Jacke, um sich das Umkleiden zu sparen. Ihre Mitspielerinnen schienen teils frohgemut, sich heute beweisen zu dürfen, teils nervös und angespannt. Vor allem Heidrun ging in ihren Turnschuhen – sie waren zwei Nummern zu groß, bestimmt stammten sie aus dem Fundus ihres Mannes – ruhelos auf und ab.

»Es ist nur ein Spiel«, versuchte Luise sie zu beruhigen, während sie sich warmmachten. »Es ist kein Weltuntergang, wenn wir keine gute Figur abgeben oder gar verlieren. Es wird bestimmt noch andere Spiele geben.«

»Darum geht es nicht.« Heidrun schniefte und nestelte ein Taschentuch aus der Tasche ihrer kurzen Hose hervor. »Ich hatte vorhin einen bösen Streit mit meinem Göttergatten.«

Luise zog die Knie so hoch wie möglich, um die Beine zu dehnen. Aus dem Augenwinkel sah sie Max, der mit dem Trainer der Speyerer Mannschaft sprach; die auswärtigen Frauen liefen sich gerade am anderen Ende des Stadions ein. »Aber ich dachte, dein Mann hat nichts dagegen, dass du Fußball spielst.«

»Hat er im Prinzip auch nicht. Das heißt, bisher war es so. Leider versuchen wir ja seit zwei Jahren vergeblich, Nachwuchs zu bekommen, und jetzt meint er …« Heidrun brach ab, als scheue sie sich, allzu Privates zu erzählen. Dann schien sie sich zu besinnen und schüttelte den Kopf, als sei ohnehin alles egal. »Paul meint, es liegt vielleicht am Fußball, dass ich nicht schwanger werde.«

Luise blieb stehen und starrte die Freundin verständnislos an. »Wie soll das denn möglich sein?« Ihr vorlauter Spruch zu Marlene von neulich – man spiele Fußball mit den Füßen, nicht mit den Eierstöcken – fiel ihr wieder ein, aber es wäre wenig einfühlsam, ihn hier nochmals zu äußern.

»Nun ja …« Heidrun umfasste ihr angezogenes Knie mit beiden Händen. »Paul befürchtet, dass der Sport für uns Frauen zu hart und brutal sei und sich deshalb negativ auf die Fortpflanzung auswirkt. Er sagt, es habe schon seinen Grund, dass es keinen offiziellen Frauenfußball gibt.«

»Das ist Schwachsinn.« Was Männer sich einfallen ließen, wenn nicht alles so klappte, wie sie sich das vorstellten. Wie konnte rennen und auf einen Ball schießen schädlich sein? Im Gegenteil, man las in jeder Zeitschrift, wie wichtig Bewegung sei, die Ärzte im Nachkriegsdeutschland schlugen schließlich Alarm, dass die Bürger es sich nach den langen Kriegsjahren, der Zeit des Darbens und Hungerns, viel zu gut gehen ließen und immer mehr Speck ansetzten. In jeder *Brigitte* und *Constanze* fand man deshalb Diätrezepte oder Anleitungen für Schlankheitskuren. »Vielleicht …«

»Was?«, fragte Heidrun dumpf, als Luise verstummte.

»Ach nichts.« Womöglich war Paul derjenige, der ein Problem mit seiner Fruchtbarkeit hatte, aber sie wollte Heidrun nicht brüskieren oder noch weiter aufregen, deshalb schwieg sie. Der Kummer der Freundin ließ sie nicht kalt.

Vera unterbrach ihr Gespräch durch begeistertes Rufen und Winken. »Hallooo, Mutti und Vati, hier bin ich!«

Luise folgte ihrem Blick zu der Zuschauertribüne, wo ein mittelaltes Ehepaar in der ersten Reihe saß und stolz zurückwinkte.

»Meine Eltern«, verkündete Vera, während sie sich eine Strähne ihres seidigen Haares, die aus ihrem Zopf gerutscht war, mit einer Spange feststeckte.

»Toll, dass sie gekommen sind«, murmelte Luise. Außer Veras Eltern befanden sich lediglich ein älterer Mann, der verkniffen auf das Feld starrte, und zwei Halbstarke, die die Körper der Spielerinnen fixierten und sich dabei kaputtlachten, auf der Tribüne.

»Je weniger Zuschauer kommen, desto weniger faule Eier können auf uns geworfen werden, wenn wir miserabel spielen«, versuchte sich Marion an einem Scherz.

Die Mannschaft aus Speyer – auch sie stellte eine bunt zusammengewürfelte Truppe dar – kam herüber, um Begrüßungen auszutauschen, danach nahm Max die Spielerinnen noch einmal ins Gebet. Sie standen in einem engen Kreis zusammen und fassten sich an den Händen. Es fühlte sich eigentümlich intim an, so engen Körperkontakt zu haben. Luise spürte, dass Dorothea feuchte Handflächen hatte, während Marlies' Finger eiskalt waren.

»Teamgeist ist das Wichtigste!«, raunte Max verschwörerisch, während sie die Köpfe zusammensteckten. »Vergesst das nie! Wer wird das Spiel gewinnen?«

»Wir!«, schrien die Frauen wie aus einem Munde.

»Warum spielen wir?«, brüllte Max.

»Weil wir gewinnen wollen!«

»Warum rennen wir?«

»Weil wir gewinnen wollen!«

»Warum kämpfen wir?«

»Weil wir gewinnen wollen!«

Max lächelte. »So ist es recht. Ich zähle auf euch, ihr seid die Besten!«

»Du bist der Beste«, riefen die Frauen noch einmal unisono, dann verstreuten sie sich. Luise war wie berauscht von dem Gemeinschaftssinn, der allgemeinen Begeisterung, die die Mannschaft teilte. Wer so zusammenhielt, musste einfach den Sieg davontragen.

Der Schiedsrichter pfiff an, und das Spiel begann. Der *FC Petticoat* gab alles, man lief und rannte, stürmte, jagte hinter dem Ball her. Die Frauen aus Speyer waren würdige Gegner, die die Techniken ebenso gut beherrschten wie sie selbst. Max stand am Rand des Feldes, feuerte an, lobte lautstark, warf die Arme in die Luft, um seiner Aufregung Ausdruck zu verleihen, und schimpfte, als eine Spielerin der Speyerer Mannschaft Dorothea heftig foulte.

»Das muss eine gelbe Karte geben!«, rief er dem Schiedsrichter aufgelöst zu, während Dorothea sich das Bein rieb, gegen das man sie getreten hatte.

Der Schiedsrichter sah den Tritt offensichtlich lediglich als Versehen an, denn er verzichtete auf eine härtere Strafe und ordnete einen Freistoß für den *FC Petticoat* an. Unglücklicherweise gelangte der *FC Rock n'Roll* gleich wieder in den Besitz des Balles und schoss ein Tor. Die Frauen aus Speyer jubelten ausgelassen, die Kaiserslauterner Spielerinnen ließen die Köpfe hängen.

»Abseits, das war ein Abseits!« Max sprach eindringlich auf den Schiedsrichter ein, der seine Meinung dieses Mal zu teilen schien und lautstark in seine Pfeife pfiff.

Luise nickte erleichtert. Sie hatte genau gesehen, dass der Schuss erfolgt war, ohne dass eine Spielerin ihrer Gruppe sich zwischen dem Tor und der Torjägerin befunden hatte, so wie es die Regeln erforderten.

Die Halbzeit erfolgte, ohne dass eine Mannschaft ein gültiges Tor geschossen hätte, und auch die zweite Spielzeit verlief ereignislos. Bis, ja bis es Luise nach Manier der deutschen Fußballelf wenige Minuten vor Spielende gelang, den Ball ins Tor rollen zu lassen. Sie selbst war am verwundertsten über ihr Glück und starrte den Ball sowie die gegnerische Torfrau, die missmutig auf der Stelle trat, Momente lang unbeteiligt an.

»Tor! Tor! Luise hat ein Tor geschossen!«, drang da der Jubel ihrer Teamkolleginnen an ihr Ohr und riss sie aus ihrer Trance. Marion und Heidrun klopften ihr anerkennend auf die Schultern, Vera und Dorothea fielen ihr um den Hals, und die anderen umringten sie glücklich, während die Frauen aus Speyer lange Gesichter zogen. Dann pfiff der Schiedsrichter ab, und das Spiel war zu Ende. Sie hatten 1:0 gewonnen.

Höflich reichten sich die Spielerinnen beider Mannschaften die Hände und gratulierten sich zu dem gelungenen Spiel, und plötzlich war Max an Luises Seite, schlang die Arme um sie und wirbelte sie im Überschwang der Gefühle umher.

»Du hast uns zum Sieg verholfen, Luise, du bist der Star!«, stieß er hervor, die braunen Augen so glänzend, als sprühten sie Funken. »Ich glaube es nicht, wir haben gewonnen, und das haben wir dir zu verdanken!«

»Ein Hoch auf Luise!«, schrien die Frauen, reckten die Fäuste in die Luft und umtanzten die beiden ausgelassen.

Luise lachte, während sich in ihrem Kopf alles drehte; noch immer schwang Max sie im Kreis herum, und sie spürte seine starken Hände um ihre Taille, die Körperwärme, die durch sein Hemd drang und geradewegs auf sie überzufließen schien. Sie sehnte sich danach, dass dieser Moment des Sieges – und der innigen Umarmung mit Max – ewig andauern möge, es fühlte sich herrlich an. Nie war sie mehr in ihrem Element gewesen, ganz sie selbst, sie war alles, was sie jemals zu sein wünschte.

»Es war Zufall, dass der Ball ins Tor gerollt ist«, gestand sie, noch ganz aufgelöst.

Max schüttelte ernst den Kopf, seine Augen hafteten noch immer an ihr. »Sag das nicht, Luise, das ist eine völlig unangebrachte Betrachtungsweise, die leider typisch ist für Frauen. Kein Mann würde auf die Idee kommen, einen erzielten Erfolg damit abzuschwächen, dass er angeblich außerhalb seiner Verantwortung liegt. Außerdem stimmt das gar nicht, du hast den Ball ganz bewusst geschossen, und die Torfrau hat ihn nicht gehalten.«

»Wenn du das so siehst ...« Noch ganz durcheinander starrte sie ihn an, während er sie endlich herabließ und die Freundinnen sie nochmals in die Arme schlossen.

»Mensch, Luise, gut, dass wir dich haben.« Heidrun strich ihr wohlwollend über den Rücken, und sie zwang sich nochmals zu einem Lächeln. Max' Blick brannte sich noch immer in sie hinein, und ihr war plötzlich etwas flau im Magen.

Da der Triumph des Sieges zu köstlich war, trödelten sie alle noch ein wenig herum, bevor sie aufbrachen, doch viel Zeit zum Feiern blieb nicht. Marianne musste nach Hause, Marion hatte ihrer Mutter versprochen, ihr bei der Zubereitung eines festlichen Abendessens für die Verwandtschaft zu helfen – sie hatte ohnehin nicht verraten, dass sie ein Spiel hatte –, und Vera wurde von ihren Eltern erwartet. Die beiden Jugendlichen, die ebenfalls zugeschaut hatten, drückten sich mit anzüglichen Bemerkungen an den Frauen vorbei.

»Der beste Moment war der, als Ihnen das T-Shirt hochgerutscht ist und geheime Einblicke gab«, sagte der eine, ein pickelgesichtiger Junge mit glühenden Ohren, zu Dorothea.

»Oder der, als Ihr Hemd«, sein Kumpan nickte zu Marion, »so schweißdurchtränkt war, dass sich ... ähm, gewisse Körperteile abzeichneten.«

Die beiden grinsten sich unverhohlen an. Marion stemmte empört die Hände in die Hüften.

»Wissen eure Muttis, wie unverschämt ihr Damen gegenüber seid? Euch müsste man gründlich die Ohren langziehen!«

»Auf Zuschauer, die keinen Respekt vor den Spielerinnen haben, können wir gerne verzichten. Ich möchte euch hier nicht wieder sehen!« Max funkelte die Tunichtgute sauer an.

Die Jugendlichen rempelten sich verlegen an und suchten das Weite, und die Frauen verstreuten sich nach der Verabschiedung in alle Richtungen.

Luise verzichtete darauf, ihre Jacke überzustreifen, ihr war zu heiß. Zu Hause würde sie sich gleich abbrausen. Sie trat durch den Ausgang, um zu ihrem Fahrrad zu gehen, als sie wie vom Blitz getroffen erstarrte. Vor dem Stadion stand ein Polizeiauto mit offenen Türen, und sowohl Georg als auch Robert befanden sich mit gezückten Notizblöcken daneben. In ihren stattlichen grünen Uniformen wirkten sie sehr respekteinflößend. Ihr Gehirn begriff in Sekundenschnelle, dass sie offenbar zu einem Unfall gerufen worden waren, denn vor ihnen lagen zwei umgestürzte Motorroller und ein paar Scherben, die sicherlich von einer zersplitterten Leuchte stammten. Die beiden Fahrzeuge mussten zusammengestoßen sein.

Augenblicklich versuchte sie, sich zu ducken und unbemerkt zu ihrem Fahrrad zu schleichen, aber zu ihrem Leidwesen tauchte Dorothea hinter ihr auf, die ebenfalls darauf verzichtet hatte, ihre Sportkleidung gegen das schicke Kleid und die Pumps, die sie vor dem Spiel getragen hatte, auszutauschen. Sie hatte lediglich ihren Pferdeschwanz geöffnet, sodass ihr das honigbraune Haar glatt und geschmeidig über den Rücken fiel.

»Das war spitze, Luise! Du bist wirklich ein Gewinn für unsere Mannschaft.«

Luise stöhnte innerlich auf; mit brennenden Wangen sah sie zu ihrem Bruder und Robert hin, die ihre Befragung der beiden

Unfallteilnehmer – junge Frauen in figurbetonten Röcken, die Handtaschen unbehaglich an sich gedrückt – sofort unterbrachen.

»Was treibst du hier?« Georg wandte sich ihr zu und musterte sie mit verhärteten Gesichtszügen. »Und in welch einem Aufzug steckst du?«

Robert versuchte anscheinend ebenfalls, sich einen Reim auf ihre kurzen Hosen, die abgetragenen Schuhe und ihr erhitztes Gesicht zu machen. Sein Blick glich dem eines waidwunden Rehs; natürlich, er begriff, dass sie ihn über ihre Nachmittagsbeschäftigung angelogen hatte.

Mit hängenden Armen scharrte sie mit der Schuhspitze im Gras. In welch eine Situation hatte sie sich manövriert? Aber was hätte sie tun sollen? Ihr älterer Bruder hatte ihr klipp und klar verboten, zu trainieren, es wäre ein Ding der Unmöglichkeit gewesen, ihr Spiel offen anzukündigen. Dazu Roberts verletzte Miene, als habe sie ihm eine persönliche Kränkung zugefügt – sie hatte gut daran getan, sich bedeckt zu halten. Zweifellos half ihr dies nun auch nichts.

Georgs Blick flog zu Dorothea und schließlich zu Marianne, die als Nachzüglerin aus dem Tor trat. Zwar trug sie ihr übliches gestreiftes Kleid mit adretter Strickjacke, doch aus ihrem Stoffbeutel lugten unverkennbar Turnschuhe und ein Hemd mit Grasflecken hervor, die sie sich nach einem Sturz zugezogen hatte. »Du hast dich mir widersetzt. Du spielst noch immer Fußball, wahrscheinlich bist du die ganzen letzten Wochen heimlich zum Training gegangen, obwohl ich es dir verboten habe, nicht wahr?«

Luise nickte trotzig. »Erstens bin ich erwachsen, zweitens kann ich an Fußball nichts Schlimmes entdecken.«

»Das ist wahr, Fußball ist ein Sport wie jeder …«, fiel Dorothea ihr ins Wort.

Georg ignorierte sie geflissentlich und fixierte seine Schwester. »Steig ins Auto. Wir bringen dich nach Hause.«

»Im Polizeiauto? Bin ich verhaftet?« Sie lachte, doch selbst in ihren Ohren klang es künstlich.

»Zieh das Ganze nicht ins Lächerliche.«

Robert schwieg während des geschwisterlichen Wortwechsels. Sein gekränkter Ausdruck schmerzte mehr als Georgs Entrüstung.

»Ich bin mit dem Fahrrad da, ich kann nicht zu euch ins Auto steigen.«

Georg drehte sich abrupt zu den beiden Motorrollerfahrerinnen um, die die Szene mit offenen Mündern verfolgten. »Dann fahr mit dem Fahrrad nach Hause. Wir sprechen uns dort.«

Hausarbeitstag für Männer? Das gibt es – gottlob – nicht!

AEG-Werbung, 1961

Kapitel 7

Edith Pfeifer hatte bei den Stolles Sonntagsbrötchen besorgt, Luise vermutete, aus der Hoffnung heraus, die Stimmung durch ein opulentes Frühstück aufzulockern. Mit dem noch warmem und köstlich duftendem Backwerk und Gläsern voller Marmelade, dazu gab es sogar hart gekochte Eier, saß die Familie am Tisch. Gedämpfter Regen prasselte gegen die Fensterscheibe der Wohnküche, der Tag war genauso trist, wie Luise sich fühlte.

»Ich bin wirklich sehr enttäuscht, dass du mein Verbot missachtet hast.« Georg stach mit seinem Messer angriffslustig in die Margarine. »Ich dachte, ich hätte mich klar und deutlich ausgedrückt.«

»Das hast du«, pflichtete Marlene ihm eifrig bei, die meistens den gesamten Sonntag bei Pfeifers verbrachte.

»Du warst doch gar nicht dabei.« Luise konnte sich nur mit Mühe davon abhalten, die Augen zu verdrehen. Sie hatte nichts gegen Marlene – nun, die große Freundschaft würde zwischen ihnen wohl nicht entstehen –, aber musste sie ständig ihre Meinung kundtun, so als gehöre sie bereits zur Familie? Und sie tat immer so altklug, dabei war sie nur wenige Jahre älter als Luise.

»Aber ich war dabei.« Ulrich fixierte sie einen Moment lang, bevor er den Blick über die Brötchen schweifen ließ, um sich für eines zu entscheiden. »Georgs Ansage war wirklich deutlich zu verstehen. Es kommt schon einer Art ... ja, ich würde sagen, Betrug gleich, dass du trotzdem hinter unserem Rücken zum Training marschiert bist.«

»Zum Training eines unangemeldeten, nicht erlaubten Clubs«, setzte Georg hinzu, und Marlene nickte heftig.

»Ist dir das am wichtigsten? Dass der Club nicht offiziell ist?«, fragte Luise spöttisch.

»Er ist halt durch und durch Polizist.« Das war natürlich Peter, der sich die Gelegenheit zum Spotten nicht nehmen ließ. Zum Glück war sein Spruch dieses Mal nicht gegen sie gerichtet.

»Betrug ist ein starkes Wort.« Mutter schaute ihren Söhnen der Reihe nach fest in die Augen. »Luise hat nichts verbrochen, außer ein bisschen Sport zu treiben, auch wenn euch das nicht gefällt.«

»Genau!« Luise warf Edith ein schwaches, dankbares Lächeln zu.

Der Regen peitschte inzwischen stärker gegen die Scheibe, und Georg erhob seine Stimme, um gegen das Rauschen anzukommen. »Robert war übrigens überhaupt nicht begeistert von deiner Aktion, Schwesterherz. Das Ganze hat ihn sehr mitgenommen.«

»Meine Güte!«, entfuhr es Luise. »Es ist ja nicht so, als hätte ich jemand anderen geküsst. Er soll sich mal nicht so haben.«

»Ob er jetzt noch mit dir ausgehen will, wo du dich als so renitent erwiesen hast?« Peter grinste sie an, als Einziger schien er Vergnügen an der morgendlichen Diskussion zu finden.

»Das ist mir gleichgültig.« Im Grunde war es ihr gewiss alles andere als gleich, ja, nach dem unglücklichen Zusammenstoß vor dem Stadion hatte sie die ganze Nacht wachgelegen und gegrübelt, wie Robert ihr gegenübertreten würde, wenn sie sich wiedersähen. Wäre er noch immer sauer? Oder vielmehr gekränkt? Würde er das, was sie verband – wie immer man es bezeichnen wollte –, kappen, weil er nicht akzeptieren konnte, dass sie gegen den Willen der Familie einen Sport ausübte, der von der Gesellschaft verpönt war, zumindest für das weibliche Geschlecht? Wollte er eines dieser Weibchen, deren größte Freude darin bestand, im Haushalt zu werkeln, zu kochen und zu backen und hinter dem Mann zurückzustehen? Allein der Gedanke an solch ein Leben ließ sie innerlich aufstöhnen.

»Wie kann dir das gleichgültig sein?« Marlenes Stimme klang eine Oktave höher vor Entsetzen. »Meinst du, du findest so schnell wieder einen solch patenten Mann mit einem so respektablen Beruf?«

Luise ersparte sich eine Antwort und schnaubte nur in ihre Kaffeetasse.

»Nun lasst das arme Luischen in Ruhe.« Mutters Stimme klang noch genauso geduldig wie zu Beginn des Gesprächs, aber zwischen ihren Augenbrauen zeigte sich eine steile Falte. »Ich möchte, dass wir friedlich zusammen frühstücken.«

»Letztens habe ich eine Radiosendung gehört, in der der Chef des Deutschen Fußballbundes interviewt wurde.« Georg schien Mutters Bitte nicht gehört zu haben, oder er ignorierte sie schlichtweg. »Peco Bauwens. Selbst er sagte, dass Fußball für Frauen absolut indiskutabel ist. Schädlich für den weiblichen Körper, zu brutal, und unwei...«

»Unweiblich«, setzte Luise entnervt fort. »Ja, wir wissen es. Immer, wenn es um Fußball geht, wird dieses eine Wort zitiert. Ich kann es nicht mehr hören.«

»Schon mal an eine andere Sportart gedacht?« Peter zwinkerte ihr schelmisch zu. »Wie wär's mit Tischtennis? Oder Federball? In einem putzigen Röckchen würdest du bestimmt eine gute Figur abgeben. Oder Schach?«

Luise blitzte ihn an. »Schach ist nichts für Frauen, denn es ist ein Denksport. Frauen können nicht denken, weißt du das nicht? Wir sind nur zum Putzen und Kochen und Kinderkriegen gut.«

»Ich hoffe, dass das niemand unter uns wirklich denkt«, ließ sich Edith ernst vernehmen.

Georg schlug mit der Faust auf den Tisch, dass die Kaffeetassen vibrierten. »Jetzt ist es aber genug! Luise, ich habe dir gestern schon gesagt, du sollst nicht immer aus allem einen Klamauk machen. Zurück zum Thema: Gegen sportliche Betätigung ist nichts einzuwenden, aber such dir bitte eine Sportart, die dem zarten Geschlecht angemessen ist. Gymnastik zum Beispiel, dazu rät übrigens auch Bauwens.«

Gymnastik ist ein solch lahmer Sport, ich würde einschlafen dabei, dachte Luise, doch sie biss sich auf die Lippen. Es würde nichts bringen, weiterzudiskutieren, ihre Brüder würden nicht von ihrer festgefahrenen Meinung weichen. Was für ein düsterer und deprimierender Tag. Mutter schaltete die Tütenlampe ein, der Regen stahl jegliches Tageslicht.

Den restlichen Sonntagvormittag verbrachte sie in ihrem Zimmer und schmökerte im Schein der Nachttischlampe in ihrem Krimi, aber das munterte sie nicht auf. Sorge darüber, ob sie es am Montag schaffen würde, trotz des brüderlichen Widerstands zum Training zu gehen, als wäre nichts gewesen, nagte an ihr. Was, wenn sie die anderen Frauen nicht wiedersehen, nicht weiter trainieren durfte? Max hielt so große Stücke auf sie, sie mochte ihn nicht enttäuschen. Ihn nicht weiterhin zu treffen, war eine so schreckliche Vorstellung, dass sich eine Leere in ihrem Innern auftat, die sie womöglich nie wieder stopfen könnte. Und was war mit Robert? Der Kuss stellte eine so berauschende Erfahrung dar, innig und schön, dass sogar die Erinnerung daran ihr Herz zittern ließ. Das wollte sie wieder erleben, immer und immer wieder. Nicht auszudenken, wenn sie Robert vergrätzt haben sollte.

Es klopfte leise an die Tür, und ihre Mutter trat ein. Sie trug ihre geblümte Kittelschürze über ihrem Kleid, wahrscheinlich war sie bereits mit den Vorbereitungen für das sonntägliche Mittagessen beschäftigt. Luise klappte ihr Buch zu; sie sollte hinuntergehen und ihr helfen.

Doch Edith war nicht gekommen, um sie zu holen. Sie setzte sich auf die Bettkante, als wolle sie ein längeres Gespräch führen. »Es tut mir wirklich leid, Luischen, dass dir deine Brüder solche Steine in den Weg legen. Ich habe eben noch einmal mit Georg gesprochen und ihm meine Meinung zu dem Thema gesagt. Von mir aus darfst du weiterhin Fußball spielen.«

Luise lehnte ihren rotblonden Schopf an Mutters Schulter, sie konnte gut ein wenig Zuwendung und Nähe gebrauchen. »Danke, Mutti. Ich habe zu keinem Zeitpunkt mit dem Gedanken gespielt, tatsächlich aufzuhören.«

Edith lächelte. »Das dachte ich mir.«

»Warum darf Georg über uns alle bestimmen? Manchmal könnte ich ihn auf den Mond schießen.«

»Er meint es nur gut.« Mutter strich Luise eine Locke aus der Stirn. »Nach Vatis Tod hat er eine große Verantwortung auf sich geladen, die er sehr ernst nimmt.«

»Aber wir haben doch noch dich … Er muss nicht immer alles bestimmen.«

Edith lächelte wehmütig. »Georg ist der älteste Sohn und der Hauptverdiener. Unsere Gesellschaft ist noch nicht so weit, dass eine Frau das anerkannte Familienoberhaupt ist, solange es einen erwachsenen Mann gibt, der diese Position ausfüllen kann.«

»Besteht unsere Gesellschaft nur aus sinnlosen Regeln?«, begehrte Luise auf. »Was soll das alles? Man könnte meinen, nach dem Krieg bewegen wir uns in die Steinzeit zurück.«

»Ich weiß, Luise.« Mutter drückte sie fest an sich. »Wie gesagt, ich persönlich habe nichts dagegen, dass du Fußball spielst. Meine Erlaubnis hast du.«

»Aber Georg wird mich nicht so einfach gehen lassen.«

»Wir kriegen das schon hin. Ich stehe hinter dir und werde dich decken.«

»Ja, aber …« Luise sah ihre Mutter zweifelnd an. »Es kann nicht richtig sein, ständig Ausreden zu finden und zu lügen?«

»Nein«, stimmte Edith ihr niedergeschlagen zu. »Aber was sollen wir sonst tun? Und nun lass uns hinuntergehen. Hilfst du mir beim Kochen?«

»Natürlich.«

Sie bereiteten den Sonntagsbraten mit Soße, Nudeln und Salat vor, wobei jede ihren eigenen Gedanken nachhing. Nach der erhitzten Debatte beim Frühstück verlief die anschließende Mahlzeit recht schweigsam, nur Marlene erzählte eine Anekdote nach der anderen aus der Bäckerei, in der sie arbeitete.

Es hatte inzwischen aufgeklart, und einige trübe Sonnenstrahlen stahlen sich durchs Fenster.

»Ich glaube, wir können es wagen, ein bisschen in den Park zu gehen, oder was meint ihr?« Georg wandte sich an seine Brüder, die zustimmend nickten.

Luise spürte, wie sich Wut in Form eines harten Felsbrockens in ihrer Brust festsetzte. »Ach, ihr geht Fußball spielen im Park? Ihr dürft das, was, und ich spüle hier mit Mutti ab!«

»In erster Linie gehen wir spazieren.« Georg legte seine Hand auf Marlenes. »Ob Ulrich und Peter den Ball mitnehmen möchten, weiß ich nicht.«

Ulrich schüttelte betreten den Kopf und sah auf seinen Teller herab. »Nö, heute nicht. Ich klingele bei Elsbeth und frage, ob sie mitkommt auf eine Runde durch den Park.«

»Es ist ja auch noch alles nass«, fügte Peter hinzu. »Da macht Fußballspielen keinen Spaß.«

Der Streit vom Morgen schien den Brüdern noch in den Knochen zu sitzen. Es hätte Luise Genugtuung bereiten müssen, dass sie auf ein Spiel verzichteten, doch sie fühlte sich nur elend.

Am Montagmorgen lag goldener Sonnenschein über der Stadt. Nach dem öden Sonntag war Luise froh, zur Arbeit zu gehen, um sich wenigstens dort ablenken zu können.

Sie steckte gerade ihre Brotdose für die Mittagspause in ihre Handtasche, als Georg in seiner Uniform plötzlich vor ihr stand.

»Ich würde gerne in deine Tasche schauen.«

»Was?« Luise starrte ihn entgeistert an. »Was soll das werden? Eine Taschenkontrolle? Spinnst du?«

Der Bruder wich ihrem Blick aus. »Ich möchte sehen, ob du deine Sportsachen eingepackt hast.«

»Ist die Gestapo wiederauferstanden?« Ihre Hand bebte, als sie den Reißverschluss der Tasche rabiat zuzerrte. »Das ist nicht dein Ernst!«

Georg verharrte einen Moment, ohne sich zu rühren, dann sackten seine Schultern herab. »Du hast recht, entschuldige. Das war vollkommen unangebracht von mir. Ich … das Ganze setzt mir nur ein bisschen zu, verstehst du? Ich möchte nur, dass es dir gut geht und du nicht in Schwierigkeiten gerätst.«

Luise hängte sich die Tasche quer über die Schulter, mit weicheren Bewegungen nun. In diesem Moment verstand sie ihren großen Bruder; verstand den Wunsch, den er für sie hegte – ein Leben als Frau eines anständigen Mannes, der einem respektablen Beruf nachging, ein Leben als hingebungsvolle Hausfrau und Mutter. Was konnte sich eine Frau nach den qualvollen Kriegsjahren ohne Schutz und männliche Unterstützung anderes wünschen? Er sorgte sich um sie, befürchtete, dies alles würde ihr durch ihre widerspenstige Art verwehrt bleiben. Selbst die *Brigitte* druckte Überschriften wie *So kriegt man einen Mann!* und die *Frau im Spiegel* beschäftigte sich mit dem Thema, wie sich ein Mädchen auf *die ihr naturgegebene Aufgabe vorbereitet, dem geliebten Manne Gattin und den Kindern treu sorgende Mutter zu sein.*

»Ist schon gut«, murmelte sie.

Er zog sie in eine unbeholfene Umarmung. »Bis heute Abend, Luischen.«

»Ja.« Sie wartete, bis er das Haus verlassen hatte, dann nahm sie ihre Sporttasche hervor, die sie unter der Eckbank deponiert hatte. Das schlechte Gewissen nagte mit spitzen Zähnen an ihr.

»Und? Wie war dein Spiel?«, fragte Catrin, als sie wenig später zu dritt am Nähtisch saßen. Die Maschinen ratterten, während sie die dicken Winterstoffe, die die Kunden zurzeit in Auftrag gaben, unter dem Nähfuß durchschoben. Es duftete herb nach dem Früchtetee, den Anita Nagelschmidt gebräut hatte und den Besuchern anbot.

Luise lächelte schwach. Zwar freute sie sich über Catrins Interesse, doch war ihre Begeisterung über ihr Tor und den Sieg nach den Endlosdebatten des Wochenendes reichlich abgekühlt. »Wir haben gewonnen.«

»Lass mich raten! Du hast das entscheidende Tor geschossen?«, zog Margrit sie auf.

»Ja.« Bescheiden zuckte Luise mit den Schultern, woraufhin die beiden Freundinnen sie beeindruckt ansahen.

»Du scheinst ja wirklich etwas draufzuhaben.« Margrit betrachtete sie einen Moment mit neu erwachtem Respekt, wie Luise schien, dann geriet ihr Finger unter die spitze Nadel, und sie schrie auf.

»Mädchen, was treibt ihr wieder für einen Unfug!« Frau Nagelschmidt sah missbilligend zu ihnen herüber, während sie einer Kundin einen zu langen Rock aus warmer Wolle absteckte.

Damit war das Gespräch zu Luises Erleichterung beendet, sie verspürte wenig Lust, sich weiter über das Thema Fußball auszulassen, überhaupt war ihr nicht nach Reden zumute. Auch nach Feierabend stieg sie rasch auf ihr Fahrrad und radelte den Freundinnen davon. Es war ein milder Abend, ein Hauch Altweibersommer hing in der Luft wie Spinnweben, und anders als in den letzten kühlen Tagen sah man so manchen Spaziergänger durch die Stadt flanieren.

Im Stadion erwartete sie eine Überraschung. Max hatte eine Kuchenform mitgebracht, über die er ein Handtuch breitete, um den Inhalt zu verbergen. Marion versuchte, das Tuch zu lupfen, doch der Trainer gab ihr lachend einen Klaps auf die Finger.

»Weg da, Marion! Sonst verdirbst du meine schöne Überraschung.«

»Oho, hast du etwa einen Kuchen gebacken, Max?« Marion und die anderen Frauen umringten die ominöse Schachtel und starrten sie an, als könnten sie mit Röntgenblick den Inhalt erfassen.

»Hast du nicht gesagt, du hast keinen Backofen in deiner Studentenbude?« Dorothea bückte sich, um die Form genauer zu inspizieren.

»Ich habe wirklich keinen. Meine Güte, ihr seid mir eine neugierige Bande.« Gespielt verzweifelt strich Max sich durch sein welliges blondes Haar. »Jetzt wird erst mal trainiert, damit wir uns verstanden haben! Die Belohnung gibt es erst zum Schluss.«

Die Spielerinnen jammerten pro forma herum, während sie begannen, sich warmzulaufen. »Du bist ein echter Sklaventreiber, Max Hollinger!«

»Wie sollen wir Sport treiben, wenn du unter dem Tuch eine wahre Köstlichkeit versteckt hältst?«

»Erst mal abwarten, vielleicht ist es mit seinen Backkünsten gar nicht so weit her.«

Die Neckereien fanden bald ein Ende, da Max sie heute besonders hart rannahm und nach der Aufwärmphase Übungen zum Thema Passen erklärte. »Ich nenne die Einheit *Hürdenhölle*.« Das erneute Stöhnen der Spielerinnen ignorierte er schmunzelnd.

»Wie ihr seht, habe ich bereits eine Hürde aufgebaut, die Stange dort drüben. An den Hütchen, die darum platziert sind, steht jeweils eine von euch. Wir beginnen rechts mit dem Ablauf. Die Erste von euch startet mit dem Passlauf und einem Sprung über die Hürde.«

»Geht's nicht ohne Hürde?«, fragte Heidrun augenrollend.

»Das würde weniger Spaß machen.« Max zwinkerte ihr zu.

Eine Dreiviertelstunde lang passten die Frauen sich zu, sprangen nach dem Schuss über die Stange, versuchten, wieder an den Ball zu gelangen und ins Tor zu schießen; am Ende waren sie allesamt völlig erschöpft und ausgelaugt. Luise ließ sich inmitten ihrer Teamkolleginnen auf das Gras fallen, das der angenehmen Temperaturen geschuldet heute trocken war und frisch nach Erde roch, rieb sich das nasse Gesicht und den Nacken ab und trank einen Schluck Wasser aus ihrer Blechflasche.

»Du trainierst uns nur, um dich heimlich über uns zu amüsieren, was?«, keuchte Marianne, die rücklings auf dem Rasen lag und um Atem rang.

»Gar nicht. Ich muss sagen, ihr habt euch gut geschlagen. Für das nächste Freundschafsspiel wollt ihr doch gut vorbereitet sein, oder?«

Ob sie so einfach an einem weiteren Spiel teilnehmen könnte? Luise war noch immer ziemlich niedergeschlagen. In diesem Moment zog Max das Handtuch von der Kuchenform, und zum Vorschein kam ein saftig aussehender Marmorkuchen mit dicker Schokoladenglasur.

»Tadaa … Das habt ihr euch verdient.« Er zückte ein Messer und schnitt großzügige Scheiben ab. »Nachdem Heidrun uns neulich mit ihrem Kuchen verwöhnt hat, dachte ich, ich spendiere euch auch was, um unseren Sieg über die Speyerer Frauen zu feiern.«

»Ist der gekauft?«, fragte Vera argwöhnisch.

Max schüttelte amüsiert den Kopf. »Nein, natürlich nicht. Ich muss allerdings gestehen, dass ich ihn nicht selbst gebacken habe, meine Mutter hat sich erbarmt.«

Er schaute so zerknirscht, dass die Spielerinnen anscheinend das Bedürfnis überkam, ihn zu trösten. »Das macht nichts.«

»Der Wille zählt.«

»Deine Frau Mutter darf sich ruhig öfter für dich aufopfern.«

Max' Hand streifte leicht Luises Arm, als er ihr ein großes Stück Marmorkuchen reichte. Sie saß direkt neben ihm auf ihrer Jacke, war sich seiner Nähe sehr bewusst. Während die Frauen sich den Kuchen schmecken ließen, zerfiel die Unterhaltung in zahlreiche Einzelgespräche, nur Max und Luise schwiegen. Sie schob sich einen Bissen in den Mund und versuchte, nicht zu krümeln, es machte sie befangen, dass er so dicht neben ihr hockte.

Die Schokolade zerging ihr im Mund, süß und aromatisch, und der Teig war locker und luftig wie eine Butterwolke.

»Hm, wirklich köstlich«, stieß sie hervor, um die Stille zu zerbrechen, während alle anderen um sie herum angeregt plauderten. »Richte deiner Mutter mein Kompliment aus.«

»Mach ich.« Um seine Augenwinkel lag ein Lächeln, dann wandte er sich ihr ganz zu und wurde plötzlich ernst. »Du bist heute so betrübt, Luise. Ist etwas vorgefallen?«

»Ach …« Sie tupfte sich mit der Fingerspitze einen Schokoladenkrümel vom Knie. Was sollte sie ihm sagen? Es war wohl nicht der richtige Ort noch die richtige Zeit, ihm von ihrem Dilemma zu berichten. Außerdem war sie beileibe nicht die Einzige, deren sportliche Tätigkeit von der Familie mit Argusaugen überwacht wurde. »Es ist alles in Ordnung.«

»Gab es zu Hause Ärger nach dem Spiel?« Er fixierte sie mit seinen braunen Augen so eindringlich, dass sie nicht anders konnte, als sich in ihnen zu verlieren. Und ihm die Wahrheit zu sagen. Er schien ihr bis auf den Grund ihrer Seele zu schauen, es war absolut nutzlos, darauf zu beharren, es wäre nichts.

»Ja.« Sie atmete tief durch. »Mein Bruder stand nach dem Spiel vor dem Stadion und war ganz entsetzt, mich zu sehen. Ich habe außer meiner Mutter niemandem von dem Spiel erzählt. Georg ist Polizist«, fügte sie überflüssigerweise hinzu. Robert erwähnte sie nicht, aus irgendeinem Grund, der ihr selbst nicht ganz klar war, verschwieg sie lieber, dass sie einen Verehrer hatte.

»Ich habe den Polizeiwagen gesehen. Ich habe das Stadion erst nach euch allen verlassen, weil ich mich noch mit dem Trainer aus Speyer unterhalten habe, aber als ich rauskam, sah ich gerade noch das Auto wegfahren.«

»Ja. Es war ein dummer Zufall, dass Georg zu einem Unfall direkt vor dem Stadion gerufen wurde. Auf jeden Fall hängt der Haussegen bei uns reichlich schief.«

»Das tut mir leid.« Max klang so betroffen, als beträfe ihn das Fußballverbot selbst; aber so hatte sie ihn bisher kennengelernt, er nahm Anteil am Leben seiner Mannschaft und den Problemen, die sich ihnen stellten. »Bisher dachte ich immer, indem wir der Öffentlichkeit zeigen, dass auch Frauen Erfolg im Fußball haben können, ändert sich das verstaubte Denken nach und nach. Aber es scheint schwieriger als vermutet.«

»Wirst du manchmal kritisiert? Ich meine, weil du als Mann uns Frauen trainierst?« Luise blendete die Stimmen der anderen, die um sie herum über alles Mögliche sprachen, vollkommen aus; es war, als befände sie sich mit Max auf einer Insel, umringt vom rauschenden Meer. Dies verursachte ihr Herzklopfen – wenn nur das Gesprächsthema nicht so unerquicklich gewesen wäre.

»Nein.« Max schüttelte den Kopf und bot ihr ein weiteres Stück Kuchen an. »Möchtest du noch? Bei mir halten sich die Leute bedeckt. Bisher habe ich noch nie die Erfahrung gemacht, dass mich jemand kritisiert oder mir vorwirft, den verpönten Frauen-fußball zu unterstützen.«

Luise biss in den Kuchen und schluckte das Stück fast unzer-kaut hinunter, da ihr die Worte nur so über die Lippen sprudeln wollten. »Da sieht man es mal wieder – ein Mann darf alles. Es ist so ungerecht.«

»Ein Mann darf auch nicht alles«, widersprach er sanft, und wieder umfing er sie mit einem Blick, der ihr einen Stich im In-nersten versetzte. »Erzähl es den anderen nicht, aber im letzten Semester wollte ich an der Uni ein Seminar in Rhythmischer Sportgymnastik belegen. Der Dozent bestellte mich in seine Sprechstunde ein und fragte, was mit mir nicht stimme.«

Das Gesagte wirbelte in Luises Kopf umher. »Rhythmische Sportgymnastik? Aber … aber das ist nur was für Mädchen.«

»Jetzt bist du es, die an alten Vorurteilen festhält.« Um seine Mundwinkel zuckte es belustigt, sodass sie lachen musste, sich aber gleichzeitig beschämt fühlte.

»Du hast recht. Es … ist nur so ungewohnt, wenn ein Mann eine reine Frauensportart betreiben möchte.«

»Genauso ungewohnt wie umgekehrt wahrscheinlich.«

Sie dachte einen Moment über seine Worte nach. Hätte sie nur nicht so erheitert reagiert, nun hielt er sie bestimmt für ebenso engstirnig wie das Gros der Nachkriegsgesellschaft. Sie zermar-terte sich den Kopf nach einer Frage, die Interesse und Verständ-nis ausdrückte, um ihn vom Gegenteil zu überzeugen. »Was … was fasziniert dich an der Rhythmischen Sportgymnastik?«

»Ich mag es, mich zu Musik zu bewegen. Und ich mag es, die Bewegungen mit Kleingeräten wie einem Reifen, einem Seil oder einem Ball zu verbinden. Außerdem wollte ich einfach mal was Neues ausprobieren.« Max reichte Dorothea, Vera und Marlies ein weiteres Stück Kuchen, dann wandte er sich wieder ganz ihr zu. »Der Dozent fragte mich allen Ernstes, ob ich ein

Problem hätte, weil ich mich mit so etwas Weiblichem beschäftigen wollte.«

»Welches Problem solltest du haben?«, fragte Luise verständnislos.

»Na ja …« Max hob verlegen die Schultern. »Er wollte wissen, ob meine Interessen anders gelagert sind als bei *normalen* Männern.«

Es dauerte ein paar Sekunden, bis bei Luise der Groschen fiel. »Du meinst, er dachte, du seist vom anderen Ufer?«

»Nicht so laut.« Max verdrehte die Augen und sah sich um, doch die anderen Frauen waren zu sehr in ihre eigenen Gespräche vertieft, um Luises erstaunten Ausruf gehört zu haben. »Ja, das meinte er.«

»Aber du bist es nicht, oder?« Luise bemühte sich, ihre Stimme zu dämpfen. »Vom anderen Ufer, oder?«

»Nein, bin ich nicht.« Eine leichte Röte überzog seine sonnengebräunte Haut, dennoch schien er amüsiert über Luises Art, kein Blatt vor den Mund zu nehmen. »Ich hoffe, das wäre hiermit geklärt.«

»Natürlich.« Luise verkniff sich die Bemerkung, dass sie froh war, dass er in der Liebe keine Männer bevorzugte, obwohl sie nicht so recht wusste, wieso. Schließlich hatte sie sich vorgenommen, zurückhaltender zu sein, so wie ihre Brüder ihr dies rieten, und nicht mit allem herauszuplatzen, was ihr durch den Kopf schoss. »Wie war der Kurs, hat er dir Spaß gemacht?«

Max verzog das Gesicht, als habe er Schmerzen. »Ich durfte nicht daran teilnehmen. Mein Dozent verbot es mir. Das Angebot richtete sich nur an Frauen. Allerdings sind von den rund hundert Sportstudenten an der Uni nur zwei weiblich, also war der Kurs letztlich wohl eine ziemlich einsame Angelegenheit.«

»Schade.«

»Ja, schade«, echote er. »Du siehst, nicht nur ihr Damen seid manchmal benachteiligt.«

»Aber wir sind es viel öfter als ihr.«

Er hielt die Hände um die angezogenen Knie geschlungen und sah sie mit einem Leuchten in den braunen Augen an, bei dem ihr ganz warm wurde. »Ich weiß«, sagte er weich.

Sie gab vor, sich mit ihrem letzten Bissen Kuchen zu beschäftigen, denn das Zwicken in ihrem Bauch verwirrte sie, ein Gefühl wie auf einer Schiffsschaukel, die schwungvoll von einer Seite zur anderen schleuderte.

»Ich glaube nicht, dass dieser Sport genauso populär wird wie unser traditioneller Fußball. Warum auch sollten Frauen hinter dem Ball herlaufen? Sie gehören doch hinter den Kochtopf. Meiner Frau würde ich nicht erlauben, Fußball zu spielen.«

Gerd Müller, Weltmeister von 1974

Kapitel 8

KAISERSLAUTERN, OKTOBER 1954

»Da steht ein Polizeiauto vor der Tür.« Beim abendlichen Aufräumen reckte Margrit den Hals, um aus dem Fenster einen Blick auf das grüne Fahrzeug zu erhaschen. »Haben Sie was ausgefressen, Frau Nagelschmidt?«

»Also, ich bitte dich!« Anita Nagelschmidt schüttelte empört den Kopf, auf das Gekicher ihrer Angestellten hin flog jedoch auch über ihr Gesicht ein Lächeln.

Luise trat ans Fenster und stellte sich neben Margrit. War das etwa Georg, der sie abholen wollte? Aus ihrem Winkel konnte sie nicht genau erkennen, wer im Wagen saß.

»Vielleicht ist es dein Verehrer, dieser Robert«, raunte Catrin ihr zu. »Vielleicht möchte er dich zu einem Rendezvous einladen.«

»Das kann ich mir kaum vorstellen«, erwiderte Luise steif. Seit dem Vorfall auf dem Betzenberg war sie Robert nicht mehr begegnet, woraus sie schloss, dass er mit ihrer Art, ihren Kopf durchzusetzen, nicht klarkam. Letzten Sonntag hatte sie in der Wohnküche eine Radiosendung verfolgt, in der ein hochrangiges Mitglied des Deutschen Fußballbundes sich darüber echauffiert hatte, dass Frauen nun auch auf die Plätze drängten, zumindest einige. Fußballspielerinnen stellten ja noch immer eine verschwindend geringe Minderheit dar.

»Wenn meine Gattin oder meine Tochter solche Anwandlungen hätte, würde ich ihr schön die Leviten lesen, darauf können

Sie sich verlassen«, hatte er gewettert. »Es ist regelrecht unanständig, im kurzen Höschen rumzulaufen! Wollen die Frauen die Männer damit provozieren? Aber selbst wenn dies nicht in ihrer Absicht liegt – wer kann den Frauen schon in die Köpfe gucken –, führt es zu einer Verrohung des zarten Geschlechts, wenn sie einen derart groben Sport betreiben.« Daraufhin kam das übliche Lamento, Frauen sollten *sanfte* Sportarten ausüben.

»Wie wär's mit rhythmischer Sportgymnastik?«, hatte Peter geflachst, der mit seinem Lateinbuch auf der Eckbank gelümmelt und vorgegeben hatte, Vokabeln zu pauken, obwohl er die Sendung genauso aufmerksam verfolgte wie sie. »Wär das nichts für dich? In einem hübschen Röckchen bunte Bänder schwingen und ein bisschen dazu hüpfen?«

»Wann lernst du endlich, deine große Klappe zu halten?«, hatte Luise augenrollend geantwortet und sich nicht weiter mit ihm abgegeben. Wenn sie sich provozieren ließ, befeuerte sie Peters Spottlust nur noch mehr.

Frau Nagelschmidts Stimme riss sie aus ihren Erinnerungen. Offenbar hatte die Chefin Catrins Bemerkung gehört, denn sie nickte Luise wohlwollend zu. »Wenn der Wachtmeister wegen dir da ist, solltest du ihn nicht warten lassen. Du darfst heute ein paar Minuten eher Schluss machen.« Wie die Mädchen schaute sie nochmals angestrengt aus dem Fenster, doch außer der Polizeimütze war nichts zu sehen, was Rückschlüsse auf die Identität der Gestalt gegeben hätte.

»Danke, Frau Nagelschmidt!« Typisch, wenn es um Männer ging, zeigte sich die Chefin von ihrer weichen Seite, aber egal. Luise streifte ihren Mantel über, nahm ihre Handtasche und lief nach draußen. Die abendliche Straße versank in watteweißem Nebel. Wie eine dicke Federdecke lag er über den Dächern und hüllte die Laternen ein, deren Schein einen reichlich gedämpften Lichtsprenkel versprühte.

Als sie durch die Haustür trat, öffnete sich die Tür des Wagens, und tatsächlich, Robert stieg aus. Seine Miene vermochte sie nicht zu deuten, ein Hauch Freude, sie zu sehen, flackerte kurz auf, aber auch ein Funken Unsicherheit, Nervosität. Er schien sich genau wie sie zu fühlen.

Sie schöpfte tief Atem. »Guten Abend, Robert. Was machst du hier?«

»Hallo, Luise. Ich hatte weiter vorne in der Straße zu tun und dachte, ich hole dich ab und fahre dich nach Hause.« Ein Muskel in seinem Gesicht zuckte, sein Lächeln war verhalten.

»Wieso bist du allein? Wo ist Georg? Seid ihr nicht immer zu zweit unterwegs?« Dass er rein zufällig in der Gegend war, kaufte sie ihm nicht ab. Sie krampfte die Finger um die Henkel ihrer Tasche, während sie ihm in die blaugrünen Augen sah.

»Ja, normalerweise schon. Ich musste einen Zeugen heimfahren, keine große Sache, deshalb bin ich allein.«

»Ach so.« Luise wies auf ihr Fahrrad, das vor dem alten Backsteingebäude mit der Schneiderei stand. »Danke für dein Angebot, mich heimzubringen, aber ich bin mit dem Drahtesel da, wie du siehst.«

»Dann setz dich für fünf Minuten in den Wagen, dann können wir ein bisschen reden.« Seine Stimme klang rau.

Sie zögerte und kaute auf ihrer Unterlippe. Ein Gespräch im Polizeiauto, auf so engem Raum, würde sich bestimmt unbehaglich gestalten. Da Margrit und Catrin gerade ebenfalls aus dem Haus kamen und sie neugierig anstarrten, überlegte sie nicht länger und nickte. Robert hielt ihr die Tür auf, und sie glitt ins Innere des Wagens. Er kam auf die andere Seite und setzte sich neben sie.

»Ich habe in meinem ganzen Leben noch nie in einem Auto gesessen«, murmelte sie und strich mit dem Finger über das Armaturenbrett. Im Wagen roch es nach Pfefferminz und Leder.

»Ich habe auch nur auf der Arbeit das Vergnügen«, gab er schmunzelnd zurück.

»Keine Angst, ich bitte dich nicht darum, das Blaulicht einzuschalten.«

Sie lächelten beide, und das Eis schien gebrochen – zumindest vorläufig.

»Wir haben uns zwei Wochen nicht gesehen.« Robert starrte in den milchigen Nebel, der sich feucht auf die Scheiben legte. Luise fröstelte und zog ihren Mantel enger um sich. »Eine lange Zeit. Zu lang. Ich mag dich nämlich sehr, Luise, und ich habe oft an dich gedacht.«

Aber?, schrie es in ihrem Innern auf. Wenn es kein *Aber* gäbe, hätte er sich bestimmt früher bei ihr gemeldet, oder? Doch er mochte sie, und dieser Umstand füllte sie mit einer gewaltigen Portion Glück aus. »Ja?«

»Ja.« Er wandte sich ihr zu und heftete seine Augen auf sie. Die Nebelwelt um sie herum verschwamm, vergessen war die klamme Feuchtigkeit im Wageninneren. »Um ehrlich zu sein, war ich nicht glücklich über den Umstand, dich mit Georg beim Stadion aufzugabeln.«

Luise stieß einen tiefen Seufzer aus. »Können wir uns bitte die Diskussion über den Sinn des Frauenfußballs ersparen? Ich spreche nicht mehr darüber, das bringt nichts.«

»Gut, wenn du das so möchtest. Ich habe lange über die Situation nachgedacht. Dein Bruder scheint sich ja damit abgefunden zu haben, dass du in dieser Sache nicht auf ihn hörst …«

»Er hat sich damit abgefunden? Das ist mir neu.« Luise drückte sich tief in den Sitz.

»Ja, oder hat er dir in den letzten beiden Wochen noch einmal verboten, zu trainieren?«

»Nein.« Sie schluckte. Wenn sie es recht bedachte, hatte Georg nach dem unglückseligen Morgen, an dem er einen Blick in ihre

Tasche werfen wollte, nicht mehr mit dem Thema angefangen. Vielleicht hatte er bewusst die Augen davor verschlossen, was sie nach Feierabend trieb? »Ich glaube, du hast recht. Letzten Montag bin ich nach dem Training mit meinen Sportsachen an ihm vorbeimarschiert, aber er … nun, zumindest hat er so getan, als hätte er nichts bemerkt.«

»Na, siehst du? Ich dachte mir, wenn Georg darüber hinwegsehen kann, kann ich es auch.«

Wie großzügig, wollte Luise in einem Anflug von Spott sagen, hielt sich jedoch im letzten Moment zurück. Robert bemühte sich sehr, auf sie zuzukommen, sie wollte es ihm nicht unnötig schwer machen.

»Und was bedeutet das jetzt?«

»Das bedeutet das hier.« Ehe sie sich versah, beugte sich Robert zu ihr und küsste sie so heftig, dass es ihr den Atem verschlug. Seine Lippen schmeckten nach Himbeerbonbons und fühlten sich genauso weich und sanft an wie bei jenem Kuss am Kiosk, während sich seine Hände fest um ihre Schultern schlangen, um sie an sich zu ziehen. Erst war sie überrumpelt, doch dann entspannte sie sich und gab sich den innigen Berührungen hin, löste sich auf in seiner Wärme und Nähe, die sie schützend umfing.

Als er sie losließ – draußen tauchte der Abend in nebelumhüllter Dämmerung ein –, sank sie zurück und bemühte sich, ihren Atem wieder unter Kontrolle zu bekommen. Auch seine Brust hob und senkte sich heftig, während er halb die Lider schloss. Seine Hand griff nach ihrer und drückte sie zärtlich.

»Ich bin froh, dass wir das geklärt haben.«

»Ebenso.« In Luise stieg ein Glucksen hoch. »Ist das erlaubt? Küssen im Polizeiauto? Im Dienst?«

Robert schmunzelte. »Wahrscheinlich nicht. Ich muss zurück aufs Präsidium. Dort wird man sich schon fragen, wo ich bleibe. Ich bringe dich rasch nach Hause. Das Wetter ist so unwirtlich.«

Hatte der Kuss sein Gedächtnis getrübt? »Ich bin mit dem Fahrrad da.«

»Ach so, das habe ich glatt vergessen. Schade. Fünf Minuten mehr mit dir wären schön gewesen.« Er warf ihr einen Seitenblick zu, und sie erkannte die Zuneigung, die darin lag.

»Darf ich dich demnächst zum Essen einladen?«

Die Antwort drang nur als Krächzen aus ihrer Kehle. »Ja, du darfst. Gerne.«

»Gut.« Er stieg aus, um ihr die Tür zu öffnen, und drückte ihr noch einen letzten Kuss auf die Lippen, zart und flüchtig nun, ein Abschiedskuss. »Bis morgen.«

Sie lachte, als er, zurück im Wagen, kurz das Blaulicht einschaltete, als allerletzten liebevollen Gruß, wie sie wusste. Dann schloss sie mit zitternden Fingern das Fahrradschloss auf und radelte los. Ihre Knie fühlten sich an wie Wackelpudding. Aufgrund der geringen Sicht durch den Nebel fuhr sie sehr langsam und vorsichtig. Die Feuchtigkeit setzte sich in ihren Haaren und Kleidern fest, doch das merkte sie gar nicht, ihr war, als umgebe sie eine schützende Hülle, ein Kokon aus Glück, der sie vor Nässe, Kälte und Unbill bewahrte.

Der Herbst wurde seinem Ruf wahrhaft gerecht. Vor den bodentiefen Scheiben der Milchbar schüttete es wie aus Kübeln, Regenschlieren rannen am Glas herab und erschwerten die Sicht auf die Straße, die wie ausgestorben wirkte. Nur selten kam jemand den Gehweg entlang und kämpfte mit seinem Schirm, den der frische Wind in die Höhe riss.

»Ein Glück, dass wir es noch vor dem Schauer hierhergeschafft haben.« Catrin schüttelte sich allein beim Blick nach draußen.

Der Kellner brachte drei Flaschen Libella, und sie tranken

durstig. Der Arbeitstag war wieder lang gewesen, die Nagelschmidt übellaunig, da zwei Stammkundinnen ihren Termin zur Anprobe hatten sausen lassen.

»Es ist wesentlich entspannter, unter Frauen zu sein.« Margrit strich mit dem Zeigefinger über die Querrillen der braunen Limonadenflasche, dann knibbelte sie den gelb-grünen Aufdruck ab. »Ich war nämlich gestern Abend schon mal hier, mit Helmut.«

»Helmut?«, echoten Luise und Catrin.

Margrit seufzte. »Ja, Helmut. Ich habe ihn letzten Samstag kennengelernt, als ich für die Nagelschmidt einkaufen musste. Er stand in der Schlange vor mir und wusste nicht, welches Waschpulver er kaufen sollte. Ich habe ihm zu Persil geraten, einfach, damit es weiterging. Wir haben uns ein bisschen unterhalten, eins kam zum anderen, und …«

»Und dann hat er dich gleich mal zu einem Rendezvous eingeladen?« Catrin klang beeindruckt. »Wie machst du das nur immer, Margrit? Nach mir schaut sich keiner um.«

»Na ja.« Margrit griff nach Catrins geflochtenem Zopf, als wolle sie eine Bemerkung über die altbackene Frisur machen, doch sie hielt sich zurück. »Es hilft, eine offene Ausstrahlung zu besitzen. Du lernst das auch noch. Du kannst dir ja bei mir abschauen, wie es funktioniert.«

»Und weiter?« Luise sog an ihrem Getränk, das fruchtig und süß schmeckte. »Wie war es mit Helmut?«

»Nicht der Rede wert«, seufzte Margrit. »Er hat unaufhörlich von seiner Mutti geschwärmt – wie gut sie ihn versorgt und für ihn kocht und ihm mittags eine Suppe auf die Arbeit bringt. Er ist bei der Stadtverwaltung. Das ist ja eigentlich respektabel und wird sicherlich gut bezahlt, aber was nützt mir das, wenn es in seinem Leben keinen Platz für eine Frau außer Mutti zu geben scheint? Mutti hier und Mutti da, das war eine richtige Stimmungsbremse.«

»Schade.« Catrin schaute enttäuscht drein. Da sich in ihrem Leben außer der Arbeit nichts ereignete, war sie immer ganz versessen auf Margrits Erlebnisse.

Margrit zuckte die Schultern. »Außer Spesen nix gewesen. Aber wie war es bei dir, Luise? Hat dich der Polizeioberwachtmeister nicht zum Essen ausgeführt?«

»Ja. Aber er ist kein Oberwachtmeister, du Scherzkeks. Dafür ist er noch zu jung.« Luise starrte durch die angelaufene Scheibe, gegen die der Regen immer stärker prasselte. »Es war schön, wirklich, unsere Verabredung war sehr schön.«

Robert hatte sie mit seinem Moped abgeholt, zum Glück war es an dem Tag mild und trocken gewesen, und mittlerweile hatte sie den Dreh raus, wie sie beim Fahren ihren Rock festklemmen musste, damit er nicht ständig hochflog. »Wir waren in diesem neuen Balkangrill in der Nähe des Bahnhofes.« Seit Kurzem schossen diese Restaurants, die von Jugoslawen geführt wurden, wie Pilze aus dem Boden. Luise hatte es genossen, zum Essen eingeladen zu werden, die Male, die sie in ihrem Leben in einer Gastwirtschaft gewesen war, konnte sie an einer Hand abzählen.

»Lecker, was habt ihr gegessen?« Catrin stützte das Kinn auf die Hand und lauschte gebannt.

»Schnitzel.«

»Nun erzähl schon und sei nicht so wortkarg.« Margrit nickte ihr über ihre Libella-Flasche hinweg aufmunternd zu.

»Was soll ich erzählen? Wir haben uns unterhalten.« Sie hatte, dem Anlass angemessen, ein rot gepunktetes Kleid mit gestärktem Petticoat darunter getragen, dazu eine neue Strickjacke aus paprikaroter Wolle, die Mutter ihr auf der Strickmaschine hergestellt und mit großen Zierknöpfen versehen hatte. Eine Kerze flackerte in der Mitte des mit einem weißen Tuch gedeckten Tisches, der etwas abseits von den anderen stand, sodass sie ganz für sich waren.

Robert hatte gleich seine Hand auf ihre gelegt, und wieder wurde sie bis in die Fingerspitzen erfüllt von diesem Gefühl der Wärme und Geborgenheit.

»Wie war deine Woche?«, hatte er gefragt, während sein Blick auf ihr ruhte.

»Ach, es gab nichts Besonderes. Georg hat sich mit Marlene verkracht, weil sie sich nicht über die Einrichtung auf dem Dachboden einigen konnten. Inzwischen haben sie sich aber wieder versöhnt. Marlene brachte ihm ein übrig gebliebenes Stück Donauwelle aus der Bäckerei mit, und da herrschte mit einem Mal wieder Frieden.«

Robert hatte gelacht. »Liebe geht durch den Magen.«

»So ist es wohl.« Luise nahm den fein gewürzten Geschmack ihres Fleischs kaum wahr, ihr Magen war wie verknotet. Sie konnte es noch immer kaum glauben, Robert hatte sie zum Essen ausgeführt! »Ulrich hat sich in der Schreinerei in den Finger gesägt, deshalb saß er die ganze Woche mit einem dicken Verband zu Hause und ist in Selbstmitleid ertrunken.«

»Ich hoffe, es geht ihm wieder gut?«

»Ja, am Montag darf er wieder bei der Arbeit antreten. Peter hat eine Sechs in Latein mit nach Hause gebracht, meine Mutter ist nun sehr besorgt, ob er die Schule schafft. Aber Peter ist einfach nur faul ohne Ende, das ist sein einziges Problem.«

»Und wie war es bei dir?« Aufmerksam hatte Robert sie betrachtet, während er seine Gabel zum Mund führte. Falls er bemerkte, dass sie vor lauter Nervosität mehr redete als aß, ließ er es sich nicht anmerken.

»Ich durfte für eine Kundin ein Abendkleid nähen.« Luises Augen glänzten. »Todschick, Robert! Aus Seide und mit Spitze am Saum. Die Frau war so zufrieden, dass sie mir ein saftiges Trinkgeld gegeben hat.«

Dass sie das Geld in ihren Sparstrumpf gesteckt hatte und

hoffte, sich Stollenschuhe leisten zu können, wenn sie genug beisammen hatte, verschwieg sie. Man musste ja keine Lawine lostreten.

»Da warst du ja diese Woche sehr erfolgreich.«

»Hm. Und wie sah es bei dir aus?«

»Das Übliche. Ein paar Gauner, ein Taschendieb, ein paar Betrunkene, die sich nach einem Spiel des FCK geprügelt haben.«

Luise schreckte aus ihren Erinnerungen hoch, als Catrin eine Frage an sie stellte.

»Hm?«

»Ich sagte, da habt ihr einen gelungenen Abend erlebt, oder?«

»Ja, schon.« Luise druckste herum und hoffte, das Thema auf sich beruhen lassen zu können, doch Margrit musterte sie mit scharfem Blick.

»Was heißt *schon*? Du verschweigst uns was.«

Luise seufzte; Margrit konnte man einfach nichts vormachen, sie spürte, wenn man mit etwas hinter dem Berg hielt.

»Robert fragte mich, ob er mich zu sich nach Hause einladen und seiner Mutter vorstellen dürfe.«

Catrin schlug sich die Hand vor den Mund, als könne sie die Neuigkeit kaum glauben. »Wirklich? Aber … aber das ist …«

»Großartig«, schnitt Margrit ihr das Wort ab. »Einfach großartig. Du bist ein Glückspilz, Luise. Unsereins müht sich mit den Männern ab und kommt trotzdem auf keinen grünen Zweig, und bei dir ist der Allererste, mit dem du zu tun hast, derjenige welche.«

Luise schob ihre Flasche auf der Tischfläche hin und her. »Ich weiß nicht. Ist es nicht viel zu früh, seine Mutter zu treffen? Das … das erscheint mir so offiziell.«

»Ja, und?« Margrit schaute sie irritiert an. »Je eher alles unter Dach und Fach ist, umso besser.«

Luise wusste nicht so recht, was genau die Freundin mit *alles* meinte; sie vermochte das beklommene Gefühl, das sich seit Roberts Bitte um ihren Hals legte und ihn zuschnürte, nicht abzuschütteln.

»Ich finde auch, das geht ein wenig schnell.« Catrin sah von Luise zu Margrit und zurück, als verfolge sie ein Tennismatch.

»Mir könnte es gar nicht schnell genug gehen.« Margrit seufzte, als habe sie es mit besonders einfältigen Kindern zu tun. »Einen Mann wie Robert würde ich mir sofort unter den Nagel reißen, wenn ich die Gelegenheit dazu hätte. Am Ende schnappt er sich noch eine andere, die sich nicht so anstellt.«

Luise war nicht überzeugt. Ein Gast der Milchbar trat an die Jukebox und warf eine Münze ein, kurz darauf erschallte *Ja, in Madrid und Barcelona* von Caterina Valente. Während sie den Klängen lauschte, hing sie den Gedanken an Robert nach. »Es ist alles sehr kompliziert.«

»Ist es nicht.« Margrit wippte zum Takt der Musik. »Was kann dir Besseres passieren, als dir einen netten Mann mit einem guten Einkommen zu angeln, der bis über beide Ohren in dich verliebt ist?«

»Ich habe noch gar nichts vom Leben gehabt. Ich kann mich jetzt noch nicht endgültig an einen Mann binden.« Doch Luise sprach zu leise, als dass die Freundinnen sie verstanden hätten.

»Brr, ist das frisch heute.« Marion schlang beide Arme um sich und hüpfte auf der Stelle.

»Dann müssen wir uns heute umso intensiver warmmachen«, gab Max zurück. In einer langen Reihe standen Hütchen bereit, die die Spielerinnen mit dem Ball im Slalom umdribbeln sollten, bevor sie ihn einer anderen Frau zupassten.

Auch Luise fror, weshalb sie ihren dicken, von Mutter gestrickten ziegelroten Wollpullover anließ. Zwar hatte es in diesem

Oktober reichlich milde und sonnige Tage gegeben, aber heute spürte man den nahenden Winter. Ein eisiger Hauch lag in der Luft, ein Vorbote der kalten Jahreszeit.

»Was machen wir, wenn es im Dezember und Januar so richtig frostig ist?«, fragte sie den Trainer, als sie ihren Slalom absolviert und den Ball zu Heidrun geschossen hatte. Diese trug sogar schon Handschuhe.

Max trat an ihre Seite, während er mit den Augen Heidruns Lauf verfolgte. »Uns steht leider keine Halle zur Verfügung, in der wir dann trainieren können.«

»Was heißt das?« Marianne näherte sich interessiert. »Dass wir in der Kälte Fußball spielen oder dass wir eine Winterpause einlegen?«

Das Thema schien allen unter den Nägeln zu brennen, im Nu war Max von seinem gesamten Team umringt.

»Wenn die Temperaturen es erlauben, treffen wir uns hier im Stadion.« Max strich sich über sein blondes Haar, auch er wirkte nicht so ganz zufrieden mit den Möglichkeiten, die sich ihnen boten. »Bei Eis und Schnee oder Minusgraden muss das Training ausfallen.«

Die Frauen gaben resignierte Seufzer von sich, und Luise spürte einen Stich der Enttäuschung in ihrer Brust. Das montägliche Training war der Höhepunkt ihrer Woche, der eine Termin, auf den sie sich freute, dem sie regelrecht entgegenfieberte. Ohne die Fußballstunde wäre ihr Leben weitaus leerer als jetzt; ein richtiges Loch breitete sich in ihr aus, sobald sie nur daran dachte.

»Aber dann fällt das Training möglicherweise wochen-, vielleicht sogar monatelang aus!«

Max wandte sich ihr zu, seine Miene wurde weich. Wahrscheinlich erkennt er die Bestürzung in meinen Augen, dachte sie und wollte sich von ihm abwenden, schaffte es jedoch nicht. Ihre Blicke waren wie ineinander verhakt.

»Ich weiß. Leider.« Seine Stimme klang leise, noch immer hielt er sie im Zentrum seiner Aufmerksamkeit fest.

»Wie soll ich das nur aushalten?« Marianne zerriss dieses seltsame Band, das sich einen Moment zwischen Max und Luise gesponnen hatte. »Montagabend ist die einzige Zeit in der ganzen Woche, die ich ganz für mich allein habe. In der ich nicht kochen, putzen, jemandem hinterherwischen, jemanden trösten oder unterhalten muss.«

Die anderen fielen ein, und sie redeten alle durcheinander.

»Diese Zwangspause ist furchtbar.« Vera warf ihre langen samtigen Haare zurück. »Fußball hilft mir immer so gut, mich vom Lernen abzulenken und zu spüren, dass ich nicht nur einen Kopf, sondern auch einen Körper habe. Besonders jetzt, wo bald die Abiturprüfungen stattfinden.«

»Mir geht es ähnlich.« Dorothea schaute ebenso betrübt in die Runde wie die meisten anderen Spielerinnen. »Die Arbeit im Krankenhaus ist hart, sie schlaucht mich ganz schön. Vor allem, weil ich oft Trauriges erlebe. Man hat ja täglich mit Kranken, manchmal mit Sterbenden zu tun. Fußball hilft mir, das alles zu verarbeiten.«

»Das glaube ich dir gern«, bemerkte Max mitfühlend. Er hatte seine Schuhspitze auf den Ball gestellt, niemand dachte gerade daran, die Aufwärmübungen fortzusetzen, obwohl sie alle fröstelten.

»Mir macht eine kleine Pause nichts aus. Das bedeutet nämlich, dass ich keine Kämpfe mit meiner Mutter ausfechten muss, wohin ich montagabends gehe. Sie kauft mir allmählich nicht mehr ab, dass ich einen Stenokurs absolviere, sie sagt ständig, der Kurs müsse doch langsam mal abgeschlossen sein.« Der trostlose Ton, den Marion anschlug, strafte ihre Behauptung Lügen.

Luise biss sich auf die Lippen. Sie wollte nicht in das allgemeine Lamento einstimmen; in ihrem Innern arbeitete es dafür umso heftiger. Sie vermochte ihre Niedergeschlagenheit, das

Gefühl des drohenden Verlusts kaum in Worte zu fassen. Der *FC Petticoat* bedeutete ihr alles. Das ganze Wochenende sah sie dem Training am Montag freudig entgegen, schwärmte Catrin und Margrit in jeder freien Minute vom Fußball vor, ob die beiden es hören wollten oder nicht. Was bliebe ihr, wenn die Sportstunde ausfiel? Lange Tage in der Schneiderei, ab und zu einen gemeinsamen Abend mit den Kolleginnen, Lesen im Bett? Ach ja, und Robert, fiel ihr ein. Der Gedanke daran, dass er sie seiner Mutter vorstellen wollte, bereitete ihr noch immer Unbehagen. Zum Glück war es ihr gelungen, das Treffen ein wenig hinauszuzögern. Sie hatte frei heraus um ein bisschen Aufschub gebeten, den Robert ihr großzügig zugestanden hatte. Am Samstag war sie wieder fürs Kino mit ihm verabredet.

»Glaubt mir, mir bedeutet unser Club sehr viel.« Max heftete seinen Blick nacheinander auf alle Teammitglieder. »Es macht einfach Spaß mit euch. Ihr seid so motiviert und leistungsfähig. Es ist ein schönes Gefühl, zu sehen, wie ihr meine Tipps aufnehmt und euch stetig verbessert.«

»Das liegt daran, dass du der Einzige bist, der in uns keine Heimchen in Kittelschürze sieht. Du nimmst uns als Fußballspielerinnen ernst.« Vera sank in die Hocke und vergrub die Haare in den Händen. »Und es gibt keine Möglichkeit, eine Halle zur Verfügung gestellt zu bekommen?«

Max schüttelte betreten den Kopf. »Ich habe überall herumgefragt. Wisst ihr, im Stadion dürfen wir gnadenhalber, wenn auch inoffiziell, trainieren. Aber es möchte uns niemand Zugang zu einer Halle gewähren, das geht den Sportvereinen der Stadt zu weit.«

»Ich werde euch vermissen«, seufzte Marianne. »Wir sind viel mehr als Teamkolleginnen. Sind wir nicht alle Schwestern im Geiste? Ich hoffe, der Winter wird mild, sodass wir wenigstens manchmal zusammenkommen können.«

»Ein milder Winter ist immer noch kalt«, murmelte Marlies.

»Wir könnten uns für andere Aktivitäten treffen«, sprudelte es aus Luise hervor. Die Idee hatte sich gerade erst in ihrem Kopf geformt, doch sie konnte sie nicht für sich behalten, war sie auch noch so unausgereift. Aber wäre das nicht die Lösung? »Wir könnten zum Beispiel …« Hm, was nur?

»Wir könnten uns im Park zum Spazierengehen treffen«, schlug Dorothea mit blitzenden Augen vor. »Oder im Wald.«

»Gute Idee. Man könnte es Ausdauertraining nennen.« Vera zwinkerte den anderen Frauen zu. Ein Strahlen breitete sich auf den Gesichtern aus, Luise spürte, wie sich ihre Lebensgeister wieder hoben. Die Aussicht auf den Winter kam ihr mit einem Mal gar nicht mehr so schrecklich vor, solange sie weiterhin die Gesellschaft der anderen genießen konnte, war alles gut. Sie streifte Max mit einem Blick. Er lächelte und schien von der Idee angetan.

»Warum nicht? Dann hätten wir ja eine Lösung gefunden.«

»Gegen Spazierengehen kann sogar meine Mutter nichts einwenden«, grummelte Marion in sich hinein. »Das ist geschlechterneutral.«

»Großartig. Und bevor ihr alle wie Eiszapfen im Gras festfriert, machen wir weiter mit dem Training.« Wie zur Bekräftigung pfiff Max schrill in seine Pfeife, und alle hielten sich lachend die Ohren zu. »Wagen wir noch ein Spielchen zum Schluss, Marlies, gehst du ins eine Tor, Inge, du ins andere?«

Voller Tatendrang strebten die Frauen ihren üblichen Positionen entgegen. Luise blieb einen Moment zurück, um ihren Schnürsenkel, der sich gelöst hatte, neu zu binden. Es traf sie wie mit feinen Nadelstichen, als Max neben ihr in die Knie ging. Er war ihr so nah, dass sie seinen Atem spürte, der sie streifte.

»Es … es war wirklich ein guter Vorschlag von dir, dass wir uns außerhalb des Trainings treffen können.« Ein Hauch

Unsicherheit umgab ihn, was sie mit einem unerklärlich warmen Gefühl erfüllte.

»Es war Dorotheas Vorschlag.« Eine bessere Antwort fiel ihr nicht ein? Sie gab vor, den anderen Schnürsenkel binden zu müssen. Ihre Finger bebten kaum merklich, aus dem Takt gebracht von ihrem pochenden Herzen.

»Egal.« Seine braunen Augen hefteten sich auf sie, sahen nur sie, obwohl die Frauen auf dem Feld bereits ungeduldig anfingen, den Ball hin und her zu passen, ohne dass er den Startpfiff gegeben hätte. »Ich freue mich drauf.«

»Ich auch«, erwiderte sie, ohne zu zögern. Sie sah ihm nach, wie er an den Spielfeldrand trabte, voller guter Dinge, wie es schien, und erhob sich langsam. Es stimmte; sie freute sich tatsächlich, im Park spazieren zu gehen und so den Kontakt zu halten, solange das Wetter für Fußball zu unwirtlich war. Max hatte seine Worte vage formuliert – stimmte es ihn froh, mit der ganzen Mannschaft durch die Natur zu flanieren, oder ... oder war am Ende nur sie gemeint? Sie allein? Luise atmete scharf die raue Herbstluft ein. Dass er den geplanten Unternehmungen mit Freude entgegensah, war sicherlich allein für ihre Ohren bestimmt gewesen, so als ob ... Sie wusste nicht, was mit ihr los war. Die Vorstellung, mit Max durch den Park zu schlendern, wirbelte wie ein Sturm in ihr umher.

»Wenn meine Frau spielt: Scheidung!«

Uwe Witt, einstiger Profi von Hertha BSC Berlin

Kapitel 9

DEZEMBER 1954

»Es ist höchste Zeit, die Nähstube ein bisschen weihnachtlich herzurichten«, verkündete Anita Nagelschmidt in den ersten Adventstagen. Passend zu der kommenden Festzeit trug sie einen dunkelgrünen Bleistiftrock, der wie alle ihre Kleidungsstücke recht stramm saß, dazu einen roten Pullover mit eingewebten Goldfäden. »Die Kundinnen möchten schließlich ein bisschen feierliche Atmosphäre, wenn sie Kleider für die kommenden Festtage in Auftrag geben. Luise, komm mal her, und halt die Leiter fest.«

Die Schneiderin nahm einen wagenradgroßen Tannenkranz mit aufgesteckten Kerzen und goldenen Glöckchen aus einer staubigen Schachtel und machte sich daran, mit dem Monstrum in den Händen die erste Stufe der Leiter zu besteigen.

»Himmel, Frau Nagelschmidt, lassen Sie uns das machen.« Margrit, die an der Nähmaschine saß, riss entsetzt den Kopf zu der Chefin herum. »Das Ding sieht wacklig aus, und sagen Sie nicht immer, Sie sind nicht schwindelfrei?«

»Ich steige gern hinauf und hänge den Kranz an die Decke«, bot Luise an. Die Leiter schwankte gefährlich unter Frau Nagelschmidts Gewicht, obwohl sie sie fest umklammerte.

»Unsinn, lasst mich nur machen, Mädchen. Ich möchte schließlich, dass es ordentlich erledigt wird.«

Luise warf Margrit und Catrin einen bedeutungsvollen Blick zu, wobei sie alle drei ein Grinsen gerade so unterdrücken konnten; der Vorwurf, nachlässig zu sein, war nicht sehr subtil hervorgebracht.

»Frau Nagelschmidt!« Luise schrie erschrocken auf. Die Leiter wackelte inzwischen heftig, während die Schneiderin auf der obersten Stufe stand und mit verzweifelter Miene die Bänder des Kranzes in die Ösen, die sie vor Jahren in die Decke hatte bohren lassen, zu knoten versuchte. »Kommen Sie bitte herunter, ich hänge das Gesteck auf.«

»Kommt nicht infrage.« Frau Nagelschmidts Stimme klang dünn, und sie blickte ängstlich nach unten. Endlich hing der Weihnachtsschmuck in den Lüften, und sie stieg, beide Augen zukneifend, nach unten, rutschte allerdings auf der vorletzten Stufe aus und glitt zu Boden wie eine Lumpenpuppe. Entsetzt fiel Luise auf die Knie und griff nach dem Arm der Chefin.

Sofort waren Margrit und Catrin zur Stelle, und alle drei zogen an der mittelalten Frau, die bleich wie ein Stück Papier geworden war.

»Sind Sie verletzt?«, rief Catrin so laut, als habe der Sturz Frau Nagelschmidts Hörvermögen beeinträchtigt.

»Nein, ich … mir ist nur ganz schwummerig zumute …« Die Schneiderin hielt sich den Kopf.

»Sollen wir Ihren Mann rufen?« Margrit packte die Chefin resolut unter den Achseln und schaffte es mithilfe von Luise, sie auf die Beine zu stellen.

»Der kann mir auch nicht weiterhelfen … Mädchen, wenn ihr mich einfach in mein Schlafzimmer begleiten würdet … Ich muss in die Horizontale.«

»Natürlich.« Luise stützte Frau Nagelschmidt von rechts, Margrit von links, und Catrin öffnete die Türen, sodass sie ihre Vorgesetzte ungehindert hindurchbugsieren und in ihr Bett verfrachten konnten, das am Ende des Privatflurs lag. »Danke, ihr Mädchen. Aber ihr arbeitet schön weiter, verstanden? Nicht, dass ihr meine Abwesenheit nutzt, um ein Päuschen einzulegen. Wir haben viele Bestellungen im Dezember, die müssen alle rechtzeitig fertig werden.«

»Natürlich, Frau Nagelschmidt«, flötete Margrit.

Als sie endlich wieder am Nähtisch saßen, kramte sie eine Blechdose mit nostalgischem Bild auf dem Deckel hervor und platzierte sie zwischen den Stoffen. »Den restlichen Tag können wir gemütlich angehen, denke ich. Die Lebkuchen habe ich eigentlich für Wilfried gebacken, mit dem ich für heute Abend verabredet war, aber die treulose Tomate hat abgesagt. Essen wir das Gebäck eben selbst.«

Sie griff beherzt zu, und auch Luise nahm sich einen Lebkuchen, der süß und knusprig schmeckte. Der Schokoladenguss zerging nur so auf der Zunge. »Hm, lecker. Und wer ist Wilfried nun schon wieder?«

»Ach, den habe ich neulich kennengelernt, als ich meine Mutter zum Arzt begleiten musste, sie hustete so arg. Wilfried saß im Wartezimmer, er hatte einen Arbeitsunfall, wisst ihr. Er ist Dachdecker, war unglücklich vom Dach gefallen und hat sich den Knöchel verstaucht.«

»Ich fasse es nicht, du lernst ja wöchentlich neue Männer kennen«, murmelte Catrin. In ihrer Stimme klangen Bewunderung und eine Spur Neid mit.

»Keine Angst, Süße, deine Zeit wird noch kommen«, tröstete Margrit sie und schob ihr die Blechdose hin. »Du bist ja eigentlich auch noch ein Backfisch, da ist noch keine Eile geboten. Außerdem – der Richtige war ja für mich bisher noch nicht dabei. Luise hat ja mehr Glück in der Liebe als ich, nicht wahr?«

Auffordernd sah sie über ihre Nähmaschine hinweg Luise an, die sich einen weiteren Lebkuchen schmecken ließ, dieses Mal einen mit schneeweißer Zuckerglasur. »Na ja, ich weiß nicht. Wahrscheinlich schon.« Mit Robert traf sie sich inzwischen regelmäßig zwei bis dreimal die Woche, mal holte er sie zu einem Spaziergang ab, mal lud er sie ins Café oder zum Tanzen ein. Manchmal aß er mit der ganzen Familie Pfeifer zu Abend; dies waren ihr die liebsten Stunden mit Robert, sie genoss es, wenn sie alle zusammen waren, ihre Brüder, Mutter, in Gottes Namen auch Marlene und Elsbeth, wenn sie alle durcheinander redeten, lachten und sich neckten. Robert fügte sich gut in ihre kleine Gemeinschaft ein. Georg freute sich immer, wenn sein bester Freund zu Gast war. »Wir gehen heute Abend ins Kino«, fügte sie hinzu, als Margrit und Catrin sie noch immer erwartungsvoll anblickten, so als brannten sie auf weitere Details ihrer Beziehung mit Robert.

»Gut, gut.« Margrit nickte so mütterlich wohlwollend – was ihr überhaupt nicht stand –, dass Luise und Catrin sich einen amüsierten Blick zuwarfen.

Sie saßen noch beim Abendessen, als Robert klingelte. Er brachte einen Schwall kalter Dezemberluft von draußen mit herein, und als er seinen Mantel auszog, kam Luise nicht umhin, zu bemerken, wie attraktiv er in seiner schwarzen Hose und dem waldgrünen Norwegerpullover aussah, die braunen Haare ordentlich gekämmt und ansatzweise zur Tolle frisiert, so wie es gerade in Mode war.

»Hereinspaziert, altes Haus.« Georg rückte bereitwillig auf der Eckbank, um ihm Platz zu machen. »Setz dich.«

»Keine Umstände.« Robert wehrte freundlich ab. »Ich bin nur hier, um deine Schwester zu entführen.«

»Einen Teller Suppe essen Sie aber mit uns, Herr König, oder?« Edith Pfeifer hatte sich bereits erhoben, um ein weiteres Gedeck aufzutragen.

»Nun ja, da sage ich nicht Nein. Es riecht köstlich.«

Luise lächelte Robert über den Tisch hinweg zu. Vom Vorgarten drückte bereits eine schwere Dunkelheit gegen die Fenster, aber in der Wohnküche duftete es, wie Robert zu Recht bemerkt hatte, verlockend nach Gemüse und frischem Brot, und alle waren guter Stimmung. Eigentlich wäre sie viel lieber zu Hause geblieben und hätte den Abend in der Familie verbracht, vielleicht eine Runde Mensch-ärgere-dich-nicht gespielt, als mit Robert ins Kino zu gehen.

»Ich bin so oft bei euch«, raunte Robert Luise zu, als Peter den anderen gerade lautstark von einem Streich erzählte, den er dem Lateinlehrer gespielt hatte, »warum kannst du dich noch immer nicht dazu durchringen, mich mal zu mir nach Hause zu begleiten und meine Mutter kennenzulernen?«

Luise zerbröselte eine Scheibe Brot und senkte den Kopf über ihrem Teller, damit er nicht sah, dass sie rot anlief. »Ich … ich komme schon noch mit zu dir, keine Angst …«

»Wann?« Er saß so dicht neben ihr, dass sich ihre Schultern berührten. »Wir gehen seit Monaten miteinander aus, Luise.« Noch immer sprach er gedämpft, aber sie hörte die Anspannung aus seinen Worten heraus.

»Bald …«, erklärte sie hilflos. Er hatte ja recht. Sie verstand selbst nicht, wieso sie den Besuch bei seiner Mutter immer wieder hinauszögerte. Sie waren seit vier Monaten ein Paar, Georg hatte Marlene zu diesem Zeitpunkt ihrer Beziehung bereits einen Heiratsantrag gemacht. Himmel, hoffentlich würde Robert nicht demnächst damit um die Ecke kommen … Es war doch alles gut, so wie es war, den Status quo konnten sie einfach noch sehr lange aufrechterhalten, oder nicht? Wieso etwas ändern?

Er bohrte seine Augen in sie und wollte anscheinend weiter in sie dringen, da sah Ulrich auf die Uhr und wandte sich an sie. »Müsst ihr zwei nicht langsam mal los? Ihr wollt den Anfang des Filmes sicherlich nicht verpassen.«

»Oh, stimmt, danke für den Hinweis.« Luise sprang auf, so gut es, eingeklemmt zwischen Robert und Georg, ging, und das Gespräch fand zu ihrer Erleichterung ein Ende.

Da es zu kalt war, um mit dem Moped zu fahren, gingen sie zu Fuß durch die Stadt. Obwohl es erst sieben Uhr war, schienen die Straßen zu schlafen, doch in den Häusern brannte überall Licht hinter den Scheiben, verbreitete einen heimeligen Schein. Es war so kalt, dass ihre Atemwolken in die Luft stiegen, wenn sie sprachen.

Kaiserslautern konnte mit zahlreichen Kinos aufwarten, heute besuchten sie das *Aladin*-Lichtspielhaus, das erst im Vorjahr eröffnet worden war, um die Buchverfilmung *Das fliegende Klassenzimmer* mit Paul Dahlke zu sehen. Luise hatte die Geschichte als Kind geliebt. Im Foyer stand ein riesiger Tannenbaum, an dem Hunderte von Kerzen funkelten, und über den Türen zu den Vorführsälen hingen purpurrote glitzernde Girlanden. »Ich kann mich noch immer nicht an dem ganzen Weihnachtsschmuck sattsehen, nachdem das Fest in meiner Kindheit praktisch nicht stattgefunden hat.«

Robert führte sie in dem dämmrigen Saal zu ihren Plätzen, und sie setzten sich.

»Na ja, das Fest hat bei uns schon stattgefunden, allerdings ohne alles.« Luise öffnete die Schachtel mit Eiskonfekt, die er ihr an der Kasse gekauft hatte, und hielt sie ihm hin. »Einen Baum gab es natürlich nicht, Mutti hatte andere Sorgen. Vater fiel ja 1941, und bis Kriegsende hatte sie genug damit zu tun, uns vier Kinder durchzubringen. Geschenke konnten wir uns nicht leisten. Aber wir haben Weihnachtslieder gesungen und Radio gehört.«

Robert nickte gedankenversunken. »Radio gehört haben wir auch, aber es hat sich für mich sehr einsam angefühlt. Ich war das einzige Kind, und ich hatte immer das Gefühl, meine Mutter trösten zu müssen. Sie nahm Vaters Verlust sehr schwer. Außerdem …«

»Außerdem?« Luise schob sich ein weiteres Eiskonfekt in den Mund und schmiegte sich an Roberts Schulter. Er sah mit einem Mal so traurig aus, dass es ihr in die Seele schnitt.

»Ich glaubte mich seit Kriegsbeginn immer verpflichtet, meinen Vater zu ersetzen … Ich war der einzige Mann im Haus.«

»Das muss furchtbar gewesen sein.« Luise ergriff Roberts Hand und strich zart darüber. »Wir waren immerhin zu fünft, wir hatten immer Gesellschaft. Ich verstehe, wie alleingelassen du dich fühltest, nachdem dein Vater erst im Krieg und dann gestorben war, und wie schwer die Verantwortung auf dir lastete.«

»Ja.« Er küsste sie liebevoll auf die Finger, dann bemühte er sich um ein Lächeln, auch wenn es angesichts der niederdrückenden Erinnerungen schief ausfiel. »Aber zum Glück sind diese Zeiten vorbei, wir haben den Krieg, den Hunger und die ganze Traurigkeit überstanden. Ich bin überzeugt, dass nun ausschließlich gute Jahre vor uns liegen. Mit der Wirtschaft geht es stetig bergauf, und auf uns persönlich wartet ein wundervolles Leben.«

Er schenkte ihr einen innigen Blick, unter dem es ihr zwar warm wurde, der sie aber dennoch verunsicherte. Ein wundervolles Leben? Es klang nicht, als spreche er von dem im Rundfunk und den Zeitungen viel bejubelten Wirtschaftswunder, sondern von etwas weitaus Persönlicherem. Sie zupfte an ihrem Rollkragen, da sie plötzlich schwitzte.

»Ich glaube, die Wochenschau beginnt«, murmelte sie, und tatsächlich, die Lichter zu beiden Seiten des Vorführsaals erloschen, und auf der Leinwand begann es zu flimmern. Robert hielt noch immer ihre Hand, was sich herrlich vertraut anfühlte. Sie drückte sich tief in ihren Samtsessel und verfolgte aufatmend die Nachrichten, die vor dem Film gezeigt wurden.

»Warum ziehst du ein Gesicht wie drei Tage Regenwetter?«, fragte Luise den kleinen Klaus, der missmutig die Weidenstraße entlangstapfte. Sein Schal verdeckte beinahe sein ganzes Gesicht, nur die Augen schauten heraus, und seine Hände steckten in dicken Fäustlingen. Schnee rieselte in weichen Flocken vom Himmel und setzte sich in Luises Mütze fest.

Klaus hielt einen kleinen Gummiball in die Höhe. »Ich habe vorhin zehn Pfennig in den Kaugummiautomaten an der Ecke gesteckt, aber es kam nur dieser Ball heraus. Ich wollte eigentlich was anderes.«

»Was denn?«

»Einen Ring mit einem funkelnden Stein.«

»So?« Luise bemühte sich, ihre Belustigung zu verbergen. »Was stellst du denn mit einem Ring an? Mit einem Ball kannst du sicher viel mehr anfangen.«

»Eben nicht. Den Ring wollte ich Martina schenken, meiner Flamme.«

»Du hast eine Flamme?« Luise schmunzelte.

»Na klar. Sie ist in der Schule ein Jahr unter mir. Ich wollte ihr den Ring zu Weihnachten schenken. Mit so einem dämlichen Ball kann sie bestimmt nichts anfangen.« Plötzlich leuchteten Klaus' Augen auf. »Nimm du den Ball, Luise, ich schenk ihn dir.«

»Welch eine Ehre. Dankeschön.« Feierlich nahm sie den Gummiball entgegen und suchte in ihrer Manteltasche nach einem Groschen. »Nimm das, Klaus, dann kannst du dein Glück noch mal am Kaugummiautomaten versuchen.«

»Bombe.« Der Junge verabschiedete sich strahlend.

Den Schal fester um den Hals schlingend machte sie sich auf den Weg zum Park im Osten Kaiserslauterns. Letzten Montag hatte der *FC Petticoat* tatsächlich trainiert, denn es war recht mild gewesen für einen Wintertag. Heute allerdings war es eisig; das Schneetreiben wurde heftiger, der Himmel war gletschergrau. Binnen Minuten waren die Straßen von einer dicken Schicht bedeckt, die unter den Schuhen knirschte, und die Äste und Zweige der Bäume weiß gezuckert. Obwohl sie fror, war Luise warm ums Herz. Sie traf sich mit Max und den anderen Spielerinnen zu einem Spaziergang, und das Beste daran war, dass zu Hause niemand etwas dagegen gehabt hatte. Georg hatte ihr sogar viel Vergnügen gewünscht.

Als sie am Park ankam, brannten ihr die Wangen vor Kälte, und ihre Finger waren taub, obwohl sie in Wollhandschuhen steckten.

Ihr Herz machte einen Satz, als sie am Rossebändiger, einer steinernen Skulptur, die im Krieg stark beschädigt worden war, bereits Max und, beinahe bis zur Unkenntlichkeit vermummt, Marlies entdeckte. Beide trugen dicke Mäntel, Max eine leuchtend gelbe Mütze auf dem Kopf, Marlies ein Tuch, das ihre Haare und die Hälfte ihres Gesichts verbarg.

»Hallo!«, rief sie atemlos. »Ich bin zwei Minuten zu spät, ich habe noch kurz mit dem Nachbarsjungen geredet. Aber anscheinend bin ich nicht die Einzige, die es nicht pünktlich geschafft hat.«

»Schön, dass du da bist.« Max lächelte sie an, seine braunen Augen hefteten sich auf sie.

»Die anderen kommen nicht. Ich habe mit ihnen telefoniert, Dorothea habe ich zufällig in der Stadt gesehen, Marion beim Einkaufen getroffen«, warf Marlies ein, die den stummen Blickwechsel zwischen dem Trainer und Luise gar nicht bemerkt hatte. Mit Max in der Mitte marschierten sie los. Die frostige Luft schmerzte in den Lungen, und ihre Kleidung saugte sich mit feuchtem Schnee voll. Trotzdem genoss Luise den Spaziergang, das Knistern der trockenen Zweige unter ihren Stiefeln, das Einsinken ihrer Absätze in der weichen Schneedecke und den stechend scharfen Geruch des Winters.

»Wieso kommen sie nicht?«

»Sie haben abgesagt.« Marlies war schwer zu verstehen, da sie in ihr Tuch nuschelte. »Heidruns Mann hat eine Lungenentzündung, kein Wunder bei dem Wetter. Marion besucht eine

Betriebsweihnachtsfeier, und Dorothea musste eine spätere Schicht im Krankenhaus übernehmen.«

»Vera lernt für eine Klausur, und die anderen sind entweder alle gesundheitlich angeschlagen oder familiär verhindert«, ergänzte Max.

»Oh.« Eigentlich störte es Luise nicht, dass der Spaziergang in so kleiner Runde stattfand. Es war wohltuend, Seite an Seite durch die stille Winterwelt zu stapfen, gemeinsam zu beobachten, wie der Schnee von den Ästen rieselte oder wie ein Buchfink von Baum zu Baum hüpfte. Genauso schön war es, Max einmal nicht als Trainer zu erleben, der sie anspornte, um das Beste aus ihnen herauszuholen, sondern als guten Freund, mit dem man eine Stunde in der Natur verbrachte. Der schwarze Mantel und der gleichfarbige Schal standen ihm sehr gut und bildeten einen interessanten Kontrast zu seinen blonden Haaren, auf denen der Schnee schmolz. Sie musste sich zusammenreißen, um ihn nicht ständig mit Seitenblicken zu streifen.

»Vorerst wird es wohl nichts mehr mit unserem Fußballtraining werden, oder?« Marlies brach einen dünnen Zweig ab, der ihr beinahe ins Gesicht gestochen hätte.

»Ich fürchte, nein«, erwiderte Max. »Bald sind die Feiertage, und es ist kaum anzunehmen, dass das Wetter im Januar und Februar so angenehm ist, dass wir draußen trainieren können. Ich hoffe auf März. Wenn es allmählich Frühling wird, können wir wieder ins Stadion, ohne uns Frostbeulen zu holen.«

»Letztens stand ein Artikel in der Zeitung, in dem ein Funktionär des Deutschen Fußballbundes sich über die spielenden Frauen empört hat.« Marlies kickte mit der Stiefelspitze einen Stein weg, der auf der Schneeschicht lag. »Er war der Meinung, man müsse Fußball für Frauen regelrecht verbieten, um uns in unsere Schranken zu verweisen. Meinst du, es könnte ernsthaft so weit kommen, Max?«

In Luise schnürte sich alles zusammen. Auch sie selbst hatte im Radio bereits einen ähnlichen Bericht gehört; er hatte sie so beunruhigt, dass sie danach Bauchgrummeln verspürt hatte. Frauenfußball verbieten? Welch irrsinnige Idee! Wie konnten die Fußballvorstände nur ansatzweise darüber nachdenken! Wen störte es, dass sie und ihre Teamkolleginnen sich wöchentlich für anderthalb Stunden Sport und Spaß trafen?

»Ich hoffe nicht, dass es dazu kommt.« Max klang beruhigend, und Luise sog seine Worte in sich auf. Die ruhige Zuversicht, die er versprühte, legte sich wie Balsam auf ihr Gemüt. »Der DFB hat sicherlich wichtigere Dinge zu tun. Das alles ist bestimmt nur Gerede, weil es im Moment keine anderen Schlagzeilen gibt.«

»Hoffen wir, dass du recht hast«, murmelte Marlies, dann warf sie einen Blick auf ihre Armbanduhr. »Ich muss leider los, ich habe heute nur sehr wenig Zeit. Mein Kleiner ist bei der Probe für das Krippenspiel in der Kirche, ich muss ihn abholen. Falls wir uns nicht mehr sehen – frohe Weihnachten euch beiden!«

»Frohe Weihnachten!«, echoten Max und Luise, und sie umarmten sich etwas unbeholfen in ihrer dicken Kleidung.

»Da waren es nur noch zwei«, murmelte Max, als sie Marlies nachsahen, die über den weißen Weg, über den sie gekommen waren, zurücklief. »Von vierzehn Frauen unseres *FC Petticoats* ist nur noch eine übrig.«

»Sieht wohl so aus.« Luise lächelte verlegen. Hoffentlich langweilte er sich nicht mit ihr allein. So unterhaltsam wie Marlies und Marion war sie gewiss nicht, und so spektakulär wie Vera und Dorothea mit ihren Mannequinmaßen sah sie leider nicht aus.

»Hoffentlich genüge ich dir als Gesellschaft.« Er sah sie von der Seite prüfend an, und Luise konnte nicht anders, als zu lachen.

»Das Gleiche habe ich gerade gedacht.«

»Wieso denn?« Er wirkte aufrichtig verwundert. »Ich freue mich sehr, dass wir beide spazieren gehen.«

»Ich auch.« Ihre Antwort kam ein wenig zu schnell und atemlos, so als habe sie sie einstudiert. Nervös verknotete sie ihre Finger in den Handschuhen miteinander. »Ich freue mich außerdem, dass wir uns mal außerhalb des Fußballs sehen, ich meine, dass wir mal etwas anderes unternehmen.«

War das zu aufdringlich? Sie versuchte sich zu erinnern, was die Lehrerin in der Tanzstunde ihr und den anderen Backfischen an Benimmregeln für den Umgang mit dem anderen Geschlecht beigebracht hatte.

»Finde ich auch. Wir verstehen uns so gut, es ist schade, dass wir uns nur einmal in der Woche sehen.« Max' Augen bohrten sich in ihre, dann blickte er rasch wieder geradeaus in die wie verzaubert wirkende weiße Landschaft, als befürchte er, eine Grenze zu überschreiten. Luise zerbrach sich den Kopf darüber, ob er nur von ihnen beiden sprach oder von der ganzen Gruppe.

»Verbringst du Weihnachten mit deiner Mutter?«, fragte sie. Sie gingen so dicht nebeneinander her, dass sich ihre Ärmel fast berührten.

Er nickte. »Ja. Außer uns beiden ist ja niemand mehr da.«

Sie hätte das Thema nicht ansprechen sollen. Mit Sicherheit war ihm an Feiertagen stets elend zumute, erinnerte er sich doch gewiss an seine Schwester, die ihre Kindheit nicht überlebt hatte, und an seinen Vater, der gefallen war.

»Tut mir leid«, flüsterte sie.

»Ach, was. Es ist so lange her.« Er legte einen Arm um ihre Schulter, um sie von einem tief herabhängenden Ast wegzuziehen, der ihr sonst ins Gesicht gepiekt hätte. Der Schnee flimmerte vor ihren Augen, schien aus lauter tanzenden, flirrenden Pünktchen zu bestehen.

»Aber dir fehlt dein Vater an den Weihnachtstagen bestimmt sehr«, sagte er dann mitfühlend. Es dauerte einen Moment, bis er seinen Arm wegnahm; sie hätte nicht protestiert, wenn er ihn auf ihr gelassen hätte. Einen Moment lang hatte sie sich seltsam beschützt gefühlt.

»Ja, sicher.« Sie litten beide unter dem kollektiven Schicksal ihrer Generation, das verband. »Aber wir sind zu fünft, da ist immer etwas los, und man gerät nicht so leicht ins Grübeln.«

Das Thema ging ihr plötzlich viel zu nah; sie wollte nicht über die Verluste des Krieges sprechen, sondern die leichte, fröhliche Stimmung von vorhin wiederfinden. Ihre Hand ertastete in der Manteltasche den kleinen Gummiball von Klaus, und ohne zu überlegen, nahm sie ihn hervor und warf ihn Max zu. »Fang!«

Es beeindruckte sie, wie blitzschnell er ihn fing. »Meine Güte, dich kann man nicht so leicht aus dem Hinterhalt überfallen.«

»Ich bin Sportstudent, schon vergessen? Meine Reaktionsfähigkeit ist geschult«, neckte er sie und warf ihr in hohem Bogen den Ball zurück.

Sie verfehlte ihn, es war ohnehin schwierig, ihn mit ihren behandschuhten Händen zu fassen, und hastete ihm hinterher, wie er davonrollte und ein Stück entfernt im Unterholz im Schnee versank.

»Das wollen wir erst mal sehen.« Schwungvoll schleuderte sie den Gummiball zurück, er fing ihn abermals und warf ihn in ihre Richtung. Dieses Mal landete er irgendwo zwischen ihnen. Sie stürzte nach vorne, um ihn an sich zu nehmen, und stieß im gleichen Moment gegen Max, der auch vorwärts gesprungen war.

Ineinander verknäult sanken sie auf die Knie. In der einen Hand hielt Max den Ball wie eine hart erarbeitete Trophäe, die andere legte er Luise um die Taille, um sie davor zu bewahren, nach hinten zu kippen. Luise spürte, wie ihre Knie nass wurden, aber sie rührte sich keinen Fingerbreit. Max' Berührung über-

lagerte jede andere Empfindung. Und wenn sie am Boden fest-
gefroren wäre, hätte sie nichts anderes gewollt, als im Schnee zu
kauern und seine Hand auf sich zu spüren. Nach nichts anderem
sehnte sie sich. Ihre Augen trafen sich, sie sah die Schneeflocke,
die an seiner Augenbraue hing, und tupfte sie ihm sanft weg.

»Dein Ball.« Seine Stimme klang belegt, als er ihr das Spielzeug
hinstreckte. Der Zauber des Moments war vorüber, hielt sie jedoch noch immer gefangen. Sie standen auf und klopften sich
die Beine und Arme ab, vergnügt wie Kinder, die herumgetollt
hatten, und doch – etwas hatte sich verändert, eine Grenze war
ganz leicht, kaum wahrnehmbar verschoben worden.

Aber wahrscheinlich bildete sie sich das nur ein. Als sie ihren
Weg fortsetzten, kam ihr die kurze Episode wie ein verblassender
Traum vor.

»Das Fußballspiel als Spielform ist wesentlich eine Demonstration der Männlichkeit. Es ist noch nie gelungen, Frauen Fußball spielen zu lassen. (...) Das Treten ist wohl spezifisch männlich, ob darum Getretenwerden weiblich ist, lasse ich dahingestellt. Jedenfalls ist Nichttreten weiblich.«

Frederik Jacobus Johannes Buytendijk,
»Psychologische Studie über das Fußballspiel«, 1953

Kapitel 10

KAISERSLAUTERN, JULI 1955

»Wem darf ich ein Stück Torte auftun?« Edith Pfeifer wirbelte um den Kaffeetisch herum, auf dem eine Schokoladentorte mit einer Geburtstagskerze in der Mitte – neunzehn wären eindeutig zu viel gewesen –, ein Streusel- und ein Marmorkuchen standen. Man hatte sich von Stolles verschiedene Stühle geborgt, sodass die gesamte Gästeschar Platz fand, auch wenn es am Tisch reichlich eng war. Luise saß zwischen Robert und Catrin eingequetscht, Margrit, Marlene und die Brüder befanden sich in der vergnügten Runde. Am liebsten hätte Luise zu ihrem Geburtstagskaffeeklatsch ebenfalls ihre Freundinnen vom *FC Petticoat* nebst Max eingeladen, aber das hätte die Kapazitäten des kleinen Hauses in der Weidenstraße nun wirklich gesprengt. Sie würde einen weiteren Kuchen backen und ihn am Montag mit zum Training nehmen, dann könnte sie dort nachfeiern.

Auf Ediths Frage hin gingen alle Hände hoch, natürlich wollte jeder ein Stück abbekommen. Mit glühenden Wangen reichte Luise die Schüssel mit der Schlagsahne herum. Draußen brütete hochsommerliche Hitze, und auch in der Pfeifer'schen Wohnküche war es stickig. Der heiße Kaffee verbesserte die Lage nicht unbedingt, aber Luise wollte an ihrem Ehrentag stilecht feiern.

»Gefallen dir deine Geschenke, Luischen?« Endlich setzte sich Mutter, das hieß, sie schob sich den letzten verbleibenden Hocker so nah wie möglich an den überfüllten Tisch.

Luise nickte mit vollem Mund. Sie hatte Blumen, ein Halstuch und den Spiegel-Bestseller *Niemand lebt von seinen Träumen* von Heinz G. Konsalik bekommen; Anita Nagelschmidt hatte ihr zur Feier des Tages sogar eine Stunde eher freigegeben. Nur Robert hatte ihr sein Geschenk noch nicht überreicht.

»Hast du eine Ahnung, was ich dir schenken könnte?« Offenbar amüsierte es ihn, sie dies alle fünf Minuten zu fragen, und er weidete sich dann an ihrer Neugierde.

»Jetzt sag schon«, erwiderte sie jedes Mal ungeduldig und bohrte ihren Blick in seinen, um ihn zu erweichen. Er lachte nur.

»Wirklich keinen blassen Schimmer, Luise?« Er küsste sie verstohlen auf die Nasenspitze. Zwar galt es nicht als schicklich, in Gesellschaft Zärtlichkeiten auszutauschen, aber sie waren ja unter Freunden und Familie. Und so penibel Georg sonst sein mochte, er drückte gern ein Auge zu, wenn es um das Glück seiner kleinen Schwester und seines besten Freundes ging.

»Nein. Du quälst mich wirklich.« Luise versetzte Robert gespielt gekränkt einen Rempler in die Seite. Seit fast einem Jahr waren sie nun bereits ein Paar, und sie gingen recht locker miteinander um. Luise liebte es, dass sich die Steifheit ihrer gemeinsamen Anfangstage inzwischen in ein liebevolles Miteinander verwandelt hatte. Noch immer entzündete sich in ihrem Innern ein Feuerwerk, wenn er sie leidenschaftlich küsste, doch den letzten Schritt waren sie noch nicht miteinander gegangen. Wo auch, sie waren ja nie allein. Immer war mindestens einer ihrer Brüder zu Hause.

Vor über einem halben Jahr, zu Neujahr, hatte sie sich dazu überwunden, Roberts Mutter kennenzulernen. Das kleine Haus im Fliederweg war blitzblank, beinahe steril erschienen, und die schwarzen Gardinen waren zugezogen, sodass sich kaum ein Strahl des ohnehin faden Winterlichts hindurchstehlen konnte.

Luise hatte sich wie in einem Mausoleum gefühlt. Die Zeiten der Verdunkelung im Krieg waren nun wirklich seit zehn Jahren vorbei.

»Robert hat mir schon viel von Ihnen erzählt, Fräulein Luise.« Frau König, die von unbestimmtem Alter war und recht farblos wirkte – alles an ihr, Kleidung, Haare, Teint, wirkte braun, grau oder beige – hatte ihr schlaff die Hand geschüttelt und sie einer genauen Musterung unterzogen.

»Oh je, was denn?«, hatte Luise gefragt. Ihr war recht unbehaglich zumute gewesen, zum Glück war Robert an ihrer Seite, der ihr ermutigend den Arm drückte und die Stimmung auflockerte.

»Nun, Sie nähen so bezaubernde Kleidungsstücke.« Frau Königs Augenlider – ihre Augen wiesen irritierenderweise den gleichen blaugrünen Farbton wie Roberts auf – zuckten, als litte sie unter einem Tick.

»Vielleicht möchtest du Luise mal in der Schneiderei besuchen und bei ihr ein neues Kleid in Auftrag geben?« Robert sprach in solch einem warmen Ton mit seiner Mutter, dass es Luise rührte. Er hatte Luise vor dem Besuch anvertraut, dass sie, seit sein Vater in Russland gefallen war, *seltsam* war. Selten verließ sie die Wohnung, starrte stundenlang gedankenverloren ins Leere, dann wiederum gab es Tage, an denen sie überaus aufgeräumt war und Robert mit einer guten Mahlzeit verwöhnte. Dies kam jedoch nicht oft vor, wie er berichtet hatte. Natürlich sorgte er sich um sie, und genau das, gepaart mit seiner liebevollen, aufmerksamen Art, war es, was Luises Herz öffnete wie eine Blüte. Unmöglich, nicht in diesen liebenswerten und so gut aussehenden Mann verschossen zu sein. Trotzdem war sie froh, dass sie Frau König bis auf eine kurze Stippvisite zu Ostern nicht wieder hatte besuchen müssen. Robert schien fürs Erste zufrieden.

»Ich bin sehr gespannt, was du Luise schenkst, Robert«, riss Margrit sie aus ihren Erinnerungen. »Da du so ein Geheimnis daraus machst, könnte man meinen, es ist etwas sehr Besonderes. Nicht nur ein Buch oder ein Blumenstrauß oder eine Schachtel Pralinen, Geschenke, wie Luise sie von uns bekommen hat.«

»Etwas Spektakuläres?« Catrin sah sie mit großen Augen an. Sie war im Frühling achtzehn geworden, aber durch die noch immer kindliche Flechtfrisur wirkte sie jünger.

Peter schlug sich theatralisch mit der Hand gegen die Brust. »Gott bewahre! Hoffentlich ist es nicht das, was ich vermute.«

»Nun hört schon auf, Luise und Robert zu foppen«, sprang Georg dem Paar zu Hilfe.

Luise war blass geworden. Bitte, lass ihn mir ein gerahmtes Foto von uns beiden schenken oder das Sarotti-Konfekt, das ich so mag! betete sie im Stillen. Nicht auszudenken, wenn er sie mit einem Ring überraschen würde und die Frage aller Fragen stellte! Sie war einfach noch nicht so weit. Auch nach einem Jahr Beziehung fühlte sie sich zu jung, ihr schwirrten viel zu viele andere Gedanken im Kopf herum … Fußball. Natürlich immer noch und immer wieder Fußball. Seit März trainierten sie wieder, und sie gab im Stadion alles, hatte sie ihren Sport über die langen, finsteren Wintermonate doch zu sehr vermisst. Den Sport und ihre Teamkolleginnen, mit denen sie so einiges verband.

»Ich glaube, ich habe dich genug zappeln lassen.« Robert lächelte und zog ein längliches Etui aus einer Hosentasche. Länglich war schon mal gut, die Form war nicht typisch für ein Ringkästchen.

»Danke.« Noch immer flau im Magen öffnete sie den königsblauen Samtdeckel und blickte auf ein Silberarmband, an dem ein Anhänger in Gestalt einer Nähmaschine baumelte.

»Allerliebst.« Bewegt legte sie sich das Schmuckstück um, dann sah sie zu Robert auf und küsste ihn zart auf die Lippen. »Es ist wie für mich gemacht. Danke, Robert!«

»So eins würde uns auch gut stehen, nicht wahr, Catrin?« Margrit schien ein bisschen neidisch, aber dann lächelte sie Luise zu, offensichtlich bemüht, sich für sie zu freuen.

»Ja, mit dem passenden Freund dazu«, pflichtete Catrin ihr verträumt bei.

»Du hast dich echt in Unkosten gestürzt, alter Junge.« Georg nickte Robert wohlwollend zu, und Luise spürte wieder einmal, welche Freude sie ihrem Bruder damit bereitete, dass sie seinem Freund so innig zugetan war. Sicherlich rechnete er wie alle anderen Anwesenden am Tisch damit, dass ihre Verbindung irgendwann in eine Hochzeit münden würde; zweifellos tat er das, einen anderen Lebenszweck als eine Ehe schrieb man Frauen ja nicht zu.

»Für Luise hätte es eine Tafel Schokolade für eine Mark auch getan«, ulkte Peter.

»Blödmann.« Luise verzog das Gesicht. »Ich puste jetzt die Kerze aus.«

»Vergiss nicht, dir etwas zu wünschen«, riet Marlene. »Denn das wird in Erfüllung gehen.« Auffällig wies sie mit dem Kinn in Richtung Robert, Luise gab vor, dies nicht zu bemerken.

»Du musst dir etwas wirklich Wichtiges wünschen«, beschwor sie Margrit. »Nicht, dass morgen die Sonne scheint oder so.«

»Kinder, Kinder, meint ihr, ich habe noch nie eine Geburtstagskerze ausgepustet? Natürlich wünsche ich mir etwas Wichtiges.« Luise nahm einen tiefen Atemzug und blies die kleine Flamme aus.

»Du darfst deinen Wunsch nicht verraten, Luischen«, mahnte Mutter leise.

»Selbstverständlich nicht.« Luise schloss die Augen. Gut, dass Geburtstagswünsche geheim waren; die anderen hätten gewiss keinerlei Verständnis dafür aufgebracht, dass sie sich nichts sehnlicher wünschte, als beim nächsten Freundschaftsspiel gegen den *FC Rock 'n Roll* aus Speyer haushoch zu gewinnen.

Mit vollem Körpereinsatz warf Heidrun sich zur Seite, prallte unsanft gegen den Torpfosten, trotzdem gelang es ihr in letzter Sekunde, den Ball an sich zu reißen.

»Tja, war wohl nichts, du Tormeisterin«, keuchte sie, während sie mühsam versuchte, sich hochzurappeln. Mit schmerzverzerrtem Gesicht rieb sie sich die angeschlagene Schulter.

Luise zuckte mit den Achseln und lächelte. »Das nächste Mal wieder.«

Max pfiff das Spiel ab. »Das war's für heute. Ihr habt klasse gespielt. Gegen die Frauen aus Rockenhausen nächsten Samstag werden wir haushoch gewinnen, so viel ist mal sicher.«

Die Frauen kamen vom Feld und klatschten Max ab, der sehr zufrieden aussah. Es war das erste Mal seit der langen Winterpause, dass ein Freundschaftsspiel gegen eine andere Frauenmannschaft geplant war. Die Mannschaft *FC Rock n 'Roll* aus Speyer, gegen die weitere Spiele geplant waren, hatte nämlich kürzlich das Handtuch geworfen und sich aufgelöst, nachdem man ihnen keinen Platz zum Trainieren mehr zur Verfügung gestellt hatte.

Während Luise sich mit ihrem Handtuch den feuchten Nacken und die Stirn abtupfte, hoffte sie, dass dem *FC Petticoat* nicht dasselbe Schicksal widerfuhr. Die Luft wurde dünner, das merkten sie alle, Anfeindungen nahmen zu; letztens hatten drei Senioren von der Tribüne aus ihrem Training zugeschaut und spöttische Bemerkungen heruntergeschrien à la sie sollten besser zu Hause bleiben und sich ums Abendessen kümmern. Als Max zurückgerufen hatte, niemand sei gezwungen, sich Frauenfußball anzuschauen, hatten sie verschlagen gegrient und geantwortet, den Anblick von Weibsbildern in engen Hemdchen und mit wippenden Brüsten würden sie sich nicht entgehen lassen, auch wenn die ganze Sache hochanständig war.

Als sich alle abgetrocknet und etwas getrunken hatten, setzten sie sich zur üblichen Abschlussrunde ins Gras.

»Wie gesagt, das war schon sehr gut«, sagte Max. »Was ihr selbst noch tun könnt, um eure Fußkondition zu verbessern, ist Seilspringen. Springt einfüßig, beidfüßig und über Kreuz. Das hilft enorm.«

»Dann geselle ich mich in den nächsten Tagen öfter mal zu den Nachbarskindern auf die Straße«, murmelte Luise, und die anderen lachten.

»Haltet den Ball immer in Bewegung, damit die Verteidigung der gegnerischen Mannschaft keine Chance hat, euch einzukesseln.«

Vera blinzelte gegen die tief stehende Abendsonne an und beschirmte die Augen mit der Hand. »Ich glaube, wir bekommen Besuch.«

Luise sah dem Mann im grauen Anzug entgegen, der forschen Schrittes über das vertrocknete Gras eilte; die Arme schwangen an seinen Seiten. Ein mulmiges Gefühl machte sich in ihrem Magen breit.

»Passt zu den Spielerinnen auf der Außenseite, um die Verteidigung auszudünnen.« Max war so in seine Ratschläge vertieft, dass er den Mann nicht wahrnahm – vielleicht ignorierte er ihn aber auch absichtlich.

»He, Sie da!« Der Anzugträger – er schwitzte deutlich in seiner zu warmen Montur, seine schwarz umrandete Brille rutschte auf der Nase – war fast bei ihnen angekommen.

»Wenn das andere Team den Ball hat, zieht euch in der Mitte des Feldes zusammen und bildet eine undurchdringliche Masse.«

»Hören Sie mich nicht oder tun Sie nur so?« Verärgert blieb der Mann am Rande ihres Kreises stehen und schob sich seine Brille zurecht.

Max ließ sich durch den aggressiven Tonfall nicht einschüchtern. »Wie können wir Ihnen helfen?«

»Wie Sie mir helfen können? Gar nicht. Aber Sie könnten den Platz verlassen, diese alberne Scharade, die Sie Frauenfußball nennen, gehört nämlich bald der Vergangenheit an. Ihre Anwesenheit hier ist nicht mehr erwünscht, sie war eh nur geduldet. Doch damit ist nun Schluss.«

»Sagt wer?« Max starrte den Mann mit zusammengekniffenen Augen an. Die Frauen folgten dem feindseligen Dialog bange. Luise wechselte einen unheilvollen Blick mit Dorothea, während sie an ihren Fingernägeln kaute.

»Sagt der Vorstand des 1. FC Kaiserslautern.«

Max schien ein wenig in sich zusammenzufallen. »Wieso das auf einmal? Ich hatte mit dem FCK vereinbart, dass wir hier einmal pro Woche spielen dürfen, auch wenn wir nicht offiziell zum Verein gehören.«

»Nun, das ist Geschichte. Mein Name ist übrigens Weber, Alfons Weber, und ich gehöre dem Vorstand an. Was Sie irgendwann mal zwischen Nacht und Nebel vereinbart haben, zählt für uns nicht mehr. Wir sind ein Verein, der die Moral hochhält.«

»Mir wurde per Brief zugesagt, mit meiner Mannschaft hier spielen zu dürfen.« Luise vernahm den leisen Ton der Verunsicherung in Max' Stimme. Hoffentlich vermochte er den Vorstand umzustimmen. Was sollte aus ihnen werden, wenn sie keinen Ort mehr hatten, an dem sie spielen durften?

Weber fuchtelte mit seinem Zeigefinger aufgebracht in der Luft herum. »Hören Sie, ich habe weder die Zeit noch die Geduld, mit Ihnen zu diskutieren. Räumen Sie das Feld und legen Sie den Damen …«, er ließ seinen Blick abfällig über die Spielerinnen schweifen, »… nahe, sich ein anderes, weiblicheres Hobby zu suchen, falls ihnen neben der Beschäftigung im Haushalt noch Zeit dafür bleibt.«

In Luises Sichtfeld tanzten schwarze Fünkchen. »Na, was erlauben Sie sich …«

Gleichzeitig setzten ihre Freundinnen an, ihrer Empörung Ausdruck zu verleihen. »Sie haben uns bestimmt nicht vorzuschreiben, was wir mit unserer Zeit anstellen!«

»Eine Unverschämtheit, wie Sie mit uns reden!«

»Wie wäre es, wenn *Sie* das Feld räumen?« Das war Heidrun, die sich drohend vor Weber aufbaute.

»Lasst es für heute gut sein.« Max erhob sich; müde griff er nach seiner Sporttasche. »Wir gehen ja schon«, wandte er sich an den Vorstand.

Dieser ließ Luft entweichen, als sei er ein Luftballon, den man angestochen hatte. »Gut. Sie scheinen mir einsichtiger als die ganzen Frauenzimmer.«

Er drehte sich um und stapfte davon.

»Wie kannst du nur klein beigeben?« Marlies funkelte Max an, der schief grinsend seine Tasche über die Schulter warf.

»Ich gebe nicht klein bei. Wir sind sowieso fertig für heute. Und nächsten Montag treffen wir uns einfach zur üblichen Zeit und trainieren weiter.«

»Aber ...« Luise starrte ihn an. »... du hast gehört, was er gesagt hat.«

»Der feine Herr wird wohl kaum die Zeit haben, jeden Montagabend herzukommen und zu kontrollieren, ob wir da sind.«

»Meinst du?« Die Frauen umringten Max, Marianne und Vera waren so angespannt, dass sie unbewusst die Fäuste ballten.

»Ja.« Max lächelte angesichts der kollektiven Verärgerung. »Macht euch keine Sorgen, wir spielen weiter wie bisher. Was will uns Weber schon anhaben? Euch vom Feld ziehen? Dann müsste er erst an mir vorbei.«

Luise trödelte ein wenig herum, sodass sie die letzte der Frauen war, die sich umzog. Ihr Puls stolperte kurz, als sie zur gleichen Zeit wie Max die Umkleide verließ.

»Wir nehmen alle viel in Kauf, um Fußball spielen zu dürfen.

Das ist den Herren, die gegen Fußball wettern, gar nicht so klar.«
Seite an Seite traten sie durch das Tor, und Luise steckte den
Schlüssel ins Fahrradschloss.

»Das weiß ich.« Max half ihr, das Bündel mit ihren Sportkleidern auf dem Gepäckträger festzuzurren. »Und dafür habt ihr
meinen vollen Respekt.«

»Ich frage mich ja immer noch, wieso du dir das antust.« Luise
schob das Fahrrad langsam den Weg entlang, Max begleitete sie
gemächlichen Schrittes. Die Abendsonne war weit weniger grell
als noch vor einer Stunde, weiches, rosiges Licht lag glühend
über der Stadt.

»Ihr seid so begeisterungsfähig. Du bist so begeisterungsfähig.« Er schenkte ihr einen Seitenblick, und Röte überzog ihr
ohnehin erhitztes Gesicht. Sie musste aussehen wie ein gekochter
Hummer. Aber warum interessierte sie das überhaupt?

»Und weil jeder Mensch, egal ob Mann oder Frau, den Sport
ausüben soll, den er liebt.«

Seine Worte klangen fest; natürlich hatte er seine Meinung
schon früher geäußert, auch in großer Runde, doch wie jedes
Mal bei den seltenen Gelegenheiten, bei denen sie mit ihm allein
war, berührte es sie besonders stark. Vielleicht weil sie das Gefühl
hatte, er spreche nur zu ihr, meinte ausschließlich sie.

»Was willst du eigentlich mit deinem Studium anfangen, wenn
du fertig bist?«, fragte sie. Sie waren in Gleichschritt verfallen,
einträchtig liefen sie den Hügel in Richtung Stadt herab.

»Am liebsten Trainer der ersten deutschen Frauennational-
mannschaft. Das Gebiet ist noch nicht überlaufen.« Er lächelte.

»Träum weiter.«

»Träume darf man haben.« Er zuckte die Schultern. »Ich weiß
es noch nicht. Trainer einer Männermannschaft? Dozent an
einer Sporthochschule? Lehrer? Und wovon träumst du, Luise?«

»Meine Güte, diese Frage hat mir in meinem Leben noch niemand gestellt.« Sie versuchte, ihrer Stimme einen leichten Klang zu verleihen, um darüber hinwegzutäuschen, dass sein Interesse sie traf. Wovon konnte ein Mädchen im Jahr 1955 schon träumen? Einen anständigen Mann zu heiraten, in ihrem Heim zu schalten und zu walten, eine Reise nach Rimini zu unternehmen, dem angesagtesten Urlaubsziel der gesamten Nation? »Ich will über mich hinauswachsen«, hörte sie sich sagen. »Worin, weiß ich nicht genau. Vielleicht beim Fußball?«

»Du hast das Zeug dazu.« Er klang anerkennend, und die Erkenntnis, dass er ihr das durchaus zutraute, traf sie mit voller Wucht.

Im Bett kann eine Frau so herrlich sein, auf dem Fußballplatz
wird sie mir immer schrecklich vorkommen.

Rudi Gutendorf, Fußballspieler und -trainer

Kapitel 11

Seit Tagen drohte ein Gewitter, aber noch hatte es sich nicht entladen. Drückende Luft strömte durch das weit geöffnete Küchenfenster, die pfefferminzgrünen Vorhänge blähten sich im warmen Wind wie Schiffssegel. Die ganze Familie Pfeifer war gereizt – Luise, weil sie seit Nächten nicht schlafen konnte, in ihrem Zimmerchen war es stickig und heiß, und weil sie es verabscheute, in der Schneiderei mit verschwitzten Fingern Stoffe zu bearbeiten. Ulrich war mit Elsbeth zerstritten, Luise wusste nicht, weshalb, und Georg verlebte eine schwierige Zeit auf der Wache. Bei diesem Wetter drehten alle durch, sagte er, sämtliche Kleinganoven der Stadt liefen zu Höchstform auf, um hier und da ein bisschen zu stehlen oder zu betrügen. Nur Mutter war wie üblich die Ruhe selbst, auch wenn sie erschöpft wirkte, und Peter, der Schulferien hatte, ließ es sich ohnehin gut gehen und faulenzte den ganzen Tag.

»Können wir das Radio ein wenig leiser drehen?« Ohne rechten Appetit schob Luise ihren Pumpernickel auf dem Teller hin und her. »Ich habe Kopfschmerzen.«

»Gestern Abend wieder zu lange gefeiert?«, zog Peter sie auf. »Machst du eigentlich noch was anderes, als mit deinem persönlichen Schutzmann um die Häuser zu ziehen?«

»Es hat nicht jeder sechs Wochen Ferien, um den ganzen Tag im Bett zu liegen und Musik zu hören«, gab Luise giftig zurück. »Außerdem war ich gestern nicht aus. Die ganze Woche noch nicht, wenn du es genau wissen willst.«

»Seid friedlich, Kinder.« Edith Pfeifer erhob sich, um den Lautstärkeregler des Radiogerätes herunterzudrücken, doch Luise hielt sie am Arm fest. Der Nachrichtensprecher hatte gerade das Wort Fußball erwähnt.

»Warte, Mutti.«

»Unsere Luise und ihre unweiblichen Leidenschaften.«

Am liebsten hätte sie ihrem kleinen Bruder einen Stoß mit dem Ellenbogen verpasst, aber sie hielt sich zurück. Sie waren keine Kinder mehr.

»Sei mal leise.«

Der Nachrichtensprecher schilderte die Bedenken, die die gesamte Bundesrepublik gegen Frauenfußball zu haben schien, und berichtete von den vielen weiblichen Mannschaften, die sich überall, vor allem aber im Ruhrgebiet, gebildet hatten. »Der Deutsche Fußballbund führt diese Begeisterung noch immer auf den fulminanten Sieg unserer Nationalelf letztes Jahr in Bern zurück. Wer hätte gedacht, dass ausgerechnet das schöne Geschlecht solchen Gefallen daran finden würde, unseren berühmten Jungs nachzueifern?«

Georg schaute verkniffen ins Leere, die Kiefermuskel beim Kauen angespannt.

»Ich würde es eher das schwache Geschlecht nennen«, ulkte Peter; niemand achtete auf ihn.

»Doch damit soll jetzt Schluss sein«, verlas der Sprecher.

Luise, die auf der Eckbank zwischen Ulrich und Peter saß, kletterte über ihren jüngeren Bruder hinweg, um das Radio noch lauter zu stellen, wobei sie nicht allzu zaghaft vorging.

»Autsch!«, empörte sich Peter und rieb sich den Oberschenkel. »Dich hat wohl der Hafer gestochen, was?«

»Pscht!«

»Der Deutsche Fußballbund hat heute eine weitreichende Entscheidung getroffen, die den Damen womöglich nicht gefallen wird, jedoch vielen Männern aus dem Herzen spricht.«

Luise lauschte mit rauschenden Ohren, ein banges Gefühl legte sich wie eine Klammer um ihr Herz.

Ihre Brüder und Mutter schenkten der Radiosendung nun ebenfalls ihre volle Aufmerksamkeit. Das Besteck ruhte neben den Tellern, niemand rührte seine Mahlzeit an.

»Es wurde beschlossen, dass a) den Vereinen nicht mehr gestattet wird, Damenfußball-Abteilungen zu gründen«, tönte es aus dem Gerät.

»Na, bisher haben wir ja auch ohne offizielle Anerkennung gespielt«, murmelte Luise vor sich hin.

»Und b) wird es den Vereinen fortan verboten, ihre Plätze für Damenfußballspiele zur Verfügung zu stellen.«

Luise schnürte sich die Kehle zu. Die zweite Entscheidung traf sie härter, ja, im Grunde machte sie es dem *FC Petticoat* unmöglich, weiterhin im Stadion auf dem Betzenberg zu spielen. Der Verein durfte, selbst wenn er wollte, ihnen das Gelände nicht mehr für das wöchentliche Training überlassen. Dieser penetrante Vereinsvorstand, Weber, der sie letzte Woche wegzuscheuchen versuchte, hatte keinen Zweifel daran gelassen, dass er sie nicht mehr auf dem Gelände duldete; und das war noch vor der DFB-Entscheidung gewesen.

»Letztlich wird c) den Schieds- und Linienrichtern untersagt, Damenfußballspiele zu leiten«, schloss der Sprecher.

Sie hörte gar nicht mehr zu. In ihrem Kopf wirbelte alles durcheinander, Gesichter und Farben vermischten sich zu einem Strudel, das dunkle Grün der Gardinen, das knusprige hellbraune Brot auf dem Tisch, die Mienen ihrer Brüder.

»Wurde ja wirklich Zeit.« Georg nahm sein Messer wieder auf und halbierte einen Apfel. »Dieser Beschluss war überfällig.«

»Oho, das hättest du nicht sagen dürfen, Schwesterchen spuckt gleich Feuer.« Peter tat, als ducke er sich vor Luise, die Georg so wütend anfunkelte, als stünde sie tatsächlich wie ein Vulkan kurz vor der Eruption.

»Du … du …«

»Es geht noch weiter.« Ulrich deutete mit seiner Gabel zum Radiogerät.

»Der Deutsche Fußballbund begründete diesen Schritt damit, dass im Kampf um den Ball die weibliche Anmut verschwindet, Körper und Seele unweigerlich Schaden erleiden und das Zur-schaustellen des Körpers Schicklichkeit und Anstand verletzt«, zitierte der Sprecher.

»Meine Rede.« Georg nickte so gewichtig, dass sich Luises Zorn ganz auf ihn entlud.

»Du findest das natürlich gut, du … du alter Spießer!«

»Huh, jetzt gibst du es ihm aber!« Peter heulte wie eine Eule, wobei er sich ein Grinsen kaum verkneifen konnte.

»Peter, es reicht!«, ging die Mutter scharf dazwischen.

»Wir werden nicht mehr trainieren können, unsere Gruppe wird sich auflösen …« Keine Sekunde länger hielt Luise es am Abendbrottisch aus. Der Schmerz über den drohenden Verlust bohrte sich wie eine Messerspitze in ihren Bauch. Was wurde aus ihr, ohne ihren Sport, das Gefühl, auf Flügeln über den Platz zu schweben, der Euphorie, ein Tor zu schießen, dem berauschen-den Glücksgefühl, als Gruppe etwas Wunderbares erreicht zu haben? Die anderen Frauen würden ihr so fehlen, eine Lücke in ihr Leben reißen …

Max. Der Gedanke, künftig auf ihn zu verzichten, war so un-vorstellbar, dass sie ihn rasch von sich schob. Diese neunzig Mi-nuten pro Woche waren ihr so wichtig, so kostbar; wie öde würde ihr Leben von nun an sein, was bliebe ihr noch, was von Bedeu-tung war?

»Luischen, setz dich wieder und iss, das ist kein Weltunter-gang«, rief Edith ihr nach, doch sie rannte aus der Tür. Selbst ihre

Mutter verstand sie nicht. Im Vorgarten kauerte sie sich auf die morsche Holzbank, zog die Knie an und schlang die Arme darum. Innerlich stand sie in Flammen.

»He, Luise, machst du uns den Schiedsrichter?« Klaus Stolle und ein paar andere Nachbarjungen spielten sich einen abgewetzten Ball zu, die Haare verwuschelt und feucht in der glühenden Abendsonne. »Wir haben sonst niemanden, und du scheinst ja 'n bisschen Ahnung von Fußball zu haben. Für ein Mädchen zumindest.«

»Nein. Spielt ihr Kinder mal allein.« Luise drehte ihnen den Rücken zu, zupfte einen langen Grashalm ab und zerriss ihn in kleine Stücke.

Das scheppernde Schellen einer Fahrradklingel riss sie aus ihrer Schwermut. Abrupt wandte sie den Kopf und erkannte im flirrenden Gegenlicht Vera, die so heftig bremste, dass Straßenstaub aufwirbelte.

»Vera!« Verstört stand Luise auf. Noch nie hatte eine der Fußballfreundinnen sie zu Hause besucht, das Stadion war die fast heilige Stätte, an der sich ihre gesamte Interaktion abspielte, der Ort, der ihnen ganz allein gehörte. Nun, jetzt nicht mehr. »Was tust du hier?«

»Hast du heute Nachrichten gelesen oder gehört?« Atemlos betrat Vera den Vorgarten; es war ungewohnt, sie in einem rot gepunkteten Sommerkleid zu sehen statt in kurzer Hose.

Luise nickte düster.

»Max hat ein Notfalltreffen anberaumt. Er hat Dorothea Bescheid gesagt, und jede von uns soll eine weitere Spielerin verständigen. Morgen Abend am Vogelwoog. Wir müssen besprechen, wie es mit uns weitergehen soll.«

»Ich komme auf jeden Fall.« Der Tumult in Luises Magen beruhigte sich etwas. Ein kurzfristig anberaumtes Treffen bedeutete, dass sie sich nicht einfach geschlagen geben und das Fußballverbot ohne Weiteres akzeptieren würden, zumindest hoffte sie das.

»Hast du Hummeln im Hintern, oder was?« Margrit beäugte Luise misstrauisch über ihre Nähmaschine hinweg.

Luise schob sich matt eine rotblonde Locke aus der Stirn. Es hatte noch immer nicht gewittert, es war noch schwüler als am Vortag. Dazu kam diese furchtbare Unruhe, die wie ein Haufen Ameisen in ihr kribbelte. Was würde das Krisentreffen ergeben? Würden sie eine Lösung für ihr Problem finden? Aber wie sollte die aussehen? Das gestern ausgesprochene Verbot des DFB war eindeutig – Frauen wurden auf keinem Fußballplatz Deutschlands mehr geduldet.

Rasch brachte sie die Freundinnen auf den neuesten Stand.

»Oh je, du Arme.« Catrin betrachtete sie mitfühlend. »Ich weiß, wie viel dir Fußball bedeutet. Aber vielleicht findest du eine andere Sportart, die dir Freude bereitet?«

Luise verzichtete auf eine Antwort; es war hoffnungslos, die Freundinnen verstanden sie einfach nicht. Außer ihren Teamkolleginnen und Max tat dies niemand. In diesem Moment fühlte sie sich ihnen derart verbunden, als seien sie die einzigen Bewohner eines fremden Sterns.

Nach Feierabend war sie die Erste, die aufgeräumt und Frau Nagelschmidt ein knappes Wiedersehen zugerufen hatte, dann radelte sie auch bereits los zum See. Dunkle Wolken brauten sich am Himmel zusammen, Gewittermücken klebten auf ihren nackten Armen. Hoffentlich würde das erwartete Unwetter nicht ausgerechnet dann losbrechen, wenn sie ihre Krisensitzung abhielten.

Eine heftige Windbö riss an ihrem türkisblauen Rock, als sie vom Fahrrad sprang und Dorothea, Marion, Marlies und Heidrun begrüßte, die bereits auf einer Picknickdecke im Moos saßen.

»Schön, dass du hergekommen bist.« Max, der auf einem abgestorbenen Baumstumpf hockte, sah sie mit seinen braunen Augen an, ernst wie nie, besorgt.

»Das ist doch selbstverständlich.«

Nach und nach trudelten die anderen Frauen ein, Vera brachte noch eine weitere Decke mit, auf der sich der Rest niederließ.

»Marianne kommt nicht«, verkündete Max rau. »Sie hat heute Morgen bei mir vorbeigeschaut. Ihr Mann war ja die ganze Zeit dagegen, dass sie Fußball spielt, jetzt, wo uns von offizieller Seite solche Steine in den Weg gelegt werden, möchte sie ganz aufhören. Es ist den Kampf nicht wert, sagt sie.«

»Na, noch ist das letzte Wort nicht gesprochen«, erwiderte Vera hitzig, und Dorothea fiel ein: »So einfach lassen wir uns nicht aus dem Weg räumen, oder, Mädels?«

»Niemals!« Marion hob die Hand, und sie schlugen alle ein, so als ob sie einen Schwur leisteten, einen Eid, den sie nicht brechen würden. Die Anspannung löste sich allmählich von Luise. Ihr wurde bewusst, dass sie im Unterbewussten damit gerechnet hatte, der *FC Petticoat* würde sich nach den gestrigen Nachrichten still und leise auflösen.

Max lächelte, und seine eben noch sorgenzerfurchte Stirn glättete sich. Für eine Sekunde streifte sein Blick Luise, ganz flüchtig nur, und doch erkannte sie den Funken der Erleichterung, der in ihm glomm.

Heidrun ließ als Einzige den Kopf hängen; sie zerbröselte ein Stück Rinde, das sich von einem Baum gelöst hatte. »Nun macht mal langsam – wir sollten die Entscheidung wirklich gründlich überdenken. Wie stellt ihr euch das vor, einfach weiterzutrainieren, obwohl Frauenfußball offiziell verboten wurde? Im Stadion werden wir nicht mehr spielen dürfen. Wo sollen wir stattdessen hin? Wir können schlecht in irgendeiner Gasse kicken, so wie es Kinder tun. Und habt ihr den Bericht im Radio nicht zu Ende gehört? Wer trotz allem weiterhin Fußballspiele organisiert, muss mit einer Geldstrafe rechnen. So sieht's nämlich aus, ihr Lieben.«

Eine scharfe Windbö kräuselte den dunklen Spiegel des Sees; es roch fischig und abgestanden. Luise schlang die Arme um den Oberkörper. Heidrun hatte recht, ihre infantile Euphorie war voreilig gewesen.

»Das stimmt, Heidrun.« Max' Stimme klang dunkel. »Vor allem ich setze mich der Gefahr einer Geldbuße aus, wenn ich euch weiterhin trainiere und Freundschaftsspiele in die Wege leite.«

Die Frauen schwiegen betroffen.

»Das wollen wir natürlich nicht, Max.« Dorothea zupfte sich ein Blatt aus dem langen Haar, das der Wind von einem Zweig gerissen hatte.

Der Trainer lächelte schief. »Sei 's drum. Ich gebe mich nicht geschlagen, und ich bin stark dafür, dass wir weiterspielen. Wenn wir zusammenhalten, wird es schon irgendwie klappen. Wir müssen ja nicht unbedingt auf der Straße oder in einem Hinterhof spielen, die Wiese im Park tut es auch.«

Alle nickten zustimmend.

Luise stieß einen Seufzer aus, der aus ihrem tiefsten Innern kam. »Das ist eine tolle Idee, Max. Danke, dass du uns nicht im Stich lässt.«

Max sah sie einen Moment zu lange an. »Ich finde, wir sollten mit unserer Entscheidung ein Zeichen setzen. Wir lassen uns nicht in unsere Schranken weisen, uns ein solch harmloses Vergnügen wie eine Ballsportart verbieten zu lassen. Warum sollten Frauen weniger Rechte haben? Das wäre ja, als ob Frauen nicht wählen dürfen oder nicht Auto fahren.«

»Max, im Grunde deines Herzens bist du ein Mädchen«, rief Marlies übermütig, und alle lachten. Die düstere Stimmung hatte sich verzogen, obwohl der Himmel immer schwärzer wurde und es in der Ferne bereits unheilvoll grollte.

»Nee, das nun mal nicht.« Er grinste. »Dann lasst mich offiziell fragen: Wer ist noch mit von der Partie? Wer möchte unter diesen erschwerten Bedingungen weiterspielen? Ich versichere euch, dass ich es verstehen kann, wenn eine von euch aufhören möchte.«

Luise schaute halb erwartungsvoll, halb ängstlich in die Runde. Der Wind peitschte das Wasser gegen das Ufer des Weihers, und in der Ferne zuckte ein greller Blitz auf. Trotzdem drängte niemand zum Aufbruch.

Heidrun kratzte sich am Hals, der von roten Flecken überzogen war. »Ich ... also, ich ziehe mich zurück.«

»Aber Heidrun! Das kannst du nicht machen! Lass uns nicht im Stich! Du liebst Fußball doch genauso wie wir alle.« Luise schlug sich die Hand vor den Mund. Sie durfte der Freundin nicht zusetzen, sicher fiel ihr die Entscheidung schwer genug.

Heidrun verknotete ihre Hände. »Ich glaube, es ist besser so. Ich habe euch erzählt, dass wir, also mein Mann und ich, seit Längerem versuchen, ein Kind zu bekommen. Aber es will einfach nicht klappen. Vielleicht ... vielleicht hängt es tatsächlich mit dem Sport zusammen. Was, wenn alle Welt recht hat und Fußball wirklich so hart und zehrend ist, dass ich nicht schwanger werden kann?«

Luise setzte zu einer heftigen Erwiderung an, biss sich aber im letzten Moment auf die Zunge. Wer war sie, beurteilen zu können, ob an dem – zugegeben von Männern in die Welt gesetzten – Gerücht nicht doch etwas dran war? Wie würde sie selbst in Heidruns Situation entscheiden?

Max nickte. »Ich verstehe dich vollkommen, Heidrun. Mach dir keine Gedanken, ich hoffe, dass es mit deinem Kinderwunsch bald klappt.«

»Glücklich bin ich nicht«, gab Heidrun zu. »Wie ihr wisst, liebe ich es, über das Feld zu jagen, und ich denke, ganz untalentiert bin ich nicht. Aber was hilft es.«

Das Donnergrollen wurde lauter, das Gewitter kam näher. Luise wusste, sie sollten allmählich aufbrechen, doch niemand rührte sich.

Außer Heidrun verkündeten noch zwei andere Frauen, Inge und Almuth, zwei Verkäuferinnen, dem Druck, den Familie und Gesellschaft auf sie ausübten, nicht länger standhalten zu können.

»Danke für eure Offenheit.« Max nickte ihnen ermutigend zu – es hatte sie sichtlich Überwindung gekostet, ihren Beschluss zu verkünden –, während die restlichen Teammitglieder betreten schwiegen.

»Dann waren es nur noch zehn.« Vera sog scharf die Luft ein. »Für ein normales Spiel reicht das nicht.«

»Wo treffen wir uns zum nächsten Training?« Der Wind wickelte Luise den Rock um die Beine, und sie folgte dem Beispiel der anderen und stand auf. Wieder blitzte es über den Bäumen. Zeit, heimzugehen, schließlich war alles gesagt.

»Am besten im Park, auf der abgelegenen Wiese, wo wenig Spaziergänger sind. Dann bis nächsten Montag. Wir sollten nun wirklich nach Hause gehen, bevor uns der Blitz erschlägt.« Max versuchte, sich heiter und zuversichtlich zu geben, so gut kannte sie ihn inzwischen, um das einschätzen zu können.

Die Mannschaft zerstreute sich, in Zweier- oder Dreiergruppen liefen sie eilig dem Waldrand entgegen, um dem sich nähernden Unwetter zu entkommen. Dicke Regentropfen begannen zu fallen, sickerten in Luises Haare.

»Die Zeiten sind düster, aber wir stehen das schon durch.« Max hatte zu Luise aufgeholt und trabte neben ihr her, während sie das Fahrrad schwankend über die kleinen Zweige auf dem unebenen Boden lenkte. Seine Worte klangen wie ein Versprechen. »Wir dürfen uns von ein paar verknöcherten Funktionären, deren Ansichten aus der Kaiserzeit stammen, nicht beeinflussen lassen.«

Sie lächelte ihn an. Ihr Optimismus war nicht so stark ausgeprägt wie der seine – schließlich machte ihr nicht nur das Fußballverbot des DFB zu schaffen, sondern auch ihre Brüder; Georg hatte sie zwar gestern in Ruhe gelassen, aber nun, mit dem Recht an seiner Seite, würde er ihr gewiss von Neuem einheizen und ihr versuchen klarzumachen, dass es für sie keine Option darstellte, weiterhin wie ein trotziges Kind zum Fußball zu gehen. Doch dann verlor sie sich in Max' weichen Zügen, dem Leuchten, das in seinen Augen lag, und plötzlich wurde ihr leichter zumute. Wie Max zuvor gesagt hatte, sie mussten zusammenhalten, dann war alles zu schaffen.

»Ich weiß«, sagte sie so leise, dass eine Windbö es verschluckte.

Der Weg wurde enger, und er ging dicht neben ihr; sein Arm streifte ihren, eine zarte Berührung nur, wie der Flügelschlag eines Schmetterlings, dennoch so aufwühlend wie der aufgepeitschte kleine See.

Klatschnass kam sie zu Hause an. Das Gewitter hatte sich mittlerweile verzogen, nur über den Hügeln grollte es noch. Dafür schüttete es wie aus Kübeln.

In der Wohnküche brannte bereits Licht, so düster war es geworden.

Peter fläzte am Tisch und schaufelte Salzstangen in sich hinein, während er in einer Fußballzeitschrift schmökerte, und Mutter spülte das Geschirr vom Abendessen.

»Lass mich das machen, Mutti. Du musst müde sein.«

»Unsinn.« Edith Pfeifer strich Luise eine tropfende Haarsträhne aus dem Gesicht. »Trockne dich erst mal ab und zieh dich um. Sonst holst du dir noch den Tod.«

Luise wollte gerade die enge Treppe nach oben gehen, als ihr Georg und, zu ihrer Überraschung, Robert entgegenkamen, mit der Werkzeugkiste beladen. Offenbar hatten sie auf dem Dachboden gearbeitet, der seit letztem Jahr zu Marlenes Verdruss wenig Fortschritte gemacht hatte.

»Wo kommst du denn her, tropfnass wie eine Ratte?« Ihr Bruder musterte sie irritiert. Auf der Treppenstufe, auf der sie stand, bildete sich eine Wasserpfütze. »Du warst aber nicht Fußball spielen, oder?«

Seit im Frühling die Winterpause des *FC Petticoat* geendet hatte, hatte Georg vorgegeben, nicht zu wissen, wo sie ihre Montagabende verbrachte, wohl um des lieben Friedens willen. Doch wie sie vermutet hatte, war aufgrund des DFB-Beschlusses die Zeit der Rücksichtnahme vorbei. »Vor allem jetzt nicht, wo Frauenfußball offiziell untersagt ist.«

Sie konnte es nicht mehr hören – die Worte offiziell, verboten und untersagt wirkten mittlerweile wie ein rotes Tuch auf sie.

»So töricht würde Luise nicht sein.« Robert sprach leise. Seine Augen ruhten auf ihr, als wolle er sie durchdringen.

»Ich brauche ein Handtuch, ich tropfe alles voll.« Sie wandte den Blick ab und versuchte, sich an den beiden Männern vorbeizuschlängeln, um in ihr Zimmer zu gelangen. So lieb sie Robert auch gewonnen hatte – in diesem Moment wurde ihr klar, dass er einer anderen Welt angehörte; niemals würde sie sich ihm ganz anvertrauen können. Er würde nicht verstehen, dass das Verbot einiger alter Männer sie nicht davon abhalten würde, ihrer Leidenschaft nachzugehen. Was das für ihre Beziehung bedeutete, vermochte sie in diesem Augenblick noch nicht zu fassen.

»Ist Fußball wirklich eine Frauensportart?
Darüber kann man diskutieren, ich bin ein toleranter Mensch.
Bitte, wenn es ihnen Spaß macht.«

*Oliver Kahn, ehemaliger Fußballtorwart und
heutiger Fußballfunktionär, 2010*

Kapitel 12

KAISERSLAUTERN, AUGUST 1955

Luise vermischte mit dem Rührgerät Mehl, Eier, Butter und Milch, während Edith Pfeifer den Backofen vorheizte und die Kirschen wusch, die in den Kuchen sollten. Aus dem oberen Stockwerk ertönte lautstark *Papa tanzt Mambo* von Bibi Johns – Peter hatte es sich auf seinem Bett gemütlich gemacht und faulenzte. Unter dem Dach hämmerte es rhythmisch, Georg und Ulrich kümmerten sich um den Ausbau; auch Marlene war anwesend und lief unaufhörlich von oben nach unten und zurück, um den Männern in der Küche Getränke zu holen beziehungsweise ihnen in die Arbeit hineinzureden. Zumindest kam es Luise so vor. Es würde anstrengend werden, wenn Georg und sie im Oktober heirateten und die frischgebackene Schwägerin mit im Haus wohnte. Bereits jetzt führte sie sich auf, als sei sie Luises große Schwester, und sparte nicht mit guten Ratschlägen; dabei hatte sie mit ihren drei Brüdern bereits genug zu tun.

»Am Freitag haben wir ein Auswärtsspiel in Zweibrücken, Mutti«, vertraute Luise Edith an, die das Kilo Kirschen abtropfen ließ. »Möchtest du nicht mal mitkommen und zuschauen? Du arbeitest freitags nur am Vormittag, oder?« Sie senkte ihre Stimme, da Marlene schon wieder in die Küche stürmte wie ein Wirbelwind und zwei Scheiben Knäcke mit Wurst belegte, als Imbiss für Georg und Ulrich.

»Ach, ich weiß nicht, Luischen. Das ist nichts für mich. Und dann noch in Zweibrücken. Wie kommt ihr überhaupt dahin?«

»Mit dem Zug natürlich. Die ganze Truppe. Bitte, Mutti.« Luise rührte so energisch, dass Mehl aufstäubte wie eine weiße Wolke und sich dann auf der Arbeitsfläche und auf ihren Armen niederließ. Seit Ediths flüchtiger Bemerkung letztens, das Fußballverbot des Deutschen Fußballbundes sei kein *Weltuntergang*, war ihr sehr daran gelegen, ihrer Mutter zu zeigen, was dieser Sport ihr bedeutete; nicht nur der Sport, auch das ganze Drumherum, der Zusammenhalt, der Teamgeist.

»Mir ist nicht wohl bei der ganzen Fußballsache, Luise.« Edith butterte eine Backform. »Du weißt, ich gönne dir dein Vergnügen, aber nachdem Frauenfußball verboten wurde, ist mir ein wenig mulmig dabei, dich auf einem Spielfeld zu wissen. Wer weiß, ob nicht gegen euch vorgegangen wird.«

»Ach was.« Luise winkte ab, obwohl sie Mutters Befürchtung insgeheim teilte. Das Spiel sollte auf einem Schulhof stattfinden, da Sommerferien waren, war das Gelände leer; in der Not fraß der Teufel Fliegen, nicht wahr? Hoffentlich kamen keine ungebetenen Zaungäste, es wäre ja nicht das erste Mal, dass sie angepöbelt würden.

»Moment mal.« Mutter stutzte. »Hast du gesagt, das Spiel findet am Freitagnachmittag statt?«

»Ein Spiel? Welches Spiel?« Marlene stand plötzlich vor ihnen, aus dem Jungenzimmer schallte so laut *In Hamburg sind die Nächte lang* von Fred Bertelmann, dass sie ihre Schritte auf der Treppe nicht gehört hatten. Argwöhnisch musterte sie Luise. »Dir spukt aber nicht wieder Fußball im Kopf herum, Luise, oder? Das würde Georg nicht gefallen. Er muss dafür sorgen, dass die Gesetze eingehalten werden, er kann keine kleine Schwester gebrauchen, die das Recht verdreht, wie es ihr gefällt.«

Dass man sich nicht einmal ungestört mit seiner Mutter unterhalten konnte! Würde das jetzt immer so sein? Sie wünschte, Georg würde mit seiner Angetrauten nach der Heirat woanders wohnen, nicht just ein Stockwerk über ihr.

»Mir spukt nichts im Kopf herum«, murmelte sie, den Blick auf die Schüssel gerichtet.

»Gut.« Marlene schaute sich unschlüssig um. »Kann ich euch helfen, Edith? Georg hat mich heruntergeschickt, ich würde nur im Weg herumstehen.«

Hier stehst du auch nur im Weg herum, dachte Luise wenig freundlich, während sie den Teig in die Backform füllte und die Kirschen dazufügte.

»Würdest du so lieb sein und rasch zu Stolles laufen? Wir haben kein Brot mehr.« Edith reichte der künftigen Schwiegertochter ihren Geldbeutel.

»Natürlich.« Offensichtlich froh, sich sinnvoll beschäftigen zu können, verließ Marlene das Haus.

»Nie kann ich ungestört mit dir reden. Immer funkt jemand dazwischen«, beschwerte sich Luise und schob die Kuchenform in den warmen Backofen. »Und bald wird Fräulein Tadellos ganz hier wohnen.«

»Bald ist sie ein Teil der Familie, und sie ist doch sehr nett. Sie möchte dazugehören. Aber keine Sorge, du wirst immer meine Nummer eins sein.« Edith strich Luise zärtlich eine Mehlspur aus dem Gesicht, und diese lächelte dankbar.

»Und du meine, Mutti.«

»Aber du hast meine Frage noch nicht beantwortet. Findet das Spiel tatsächlich nachmittags statt? Wie willst du das mit der Arbeit vereinbaren?«

Luise starrte in den Backofen wie auf einen Bildschirm, über den ein spannender Film flimmerte. »Das bereitet mir in der Tat noch ein bisschen Kopfzerbrechen. Ich denke, es ist am besten, wenn ich die Nagelschmidt rundheraus frage, ob sie mir freigibt.

Vom Fußball erzähle ich ihr nichts, das wäre selten dämlich, nein, ich werde etwas von einem privaten Termin faseln. Das ist ja nicht mal gelogen.«

»Ob das mal nur gutgeht.«

»Ob was gutgeht?« Erneut war Marlene, dieses Mal mit einem köstlich duftenden Brotlaib in den Händen, in die Küche geplatzt und sah neugierig von einer zur anderen.

»Der Kuchen.«

»Wieso sollte er nicht gelingen? Einen einfachen Rührteig solltest sogar du hinkriegen, Luise, obwohl du nicht mit herausragenden hausfraulichen Fähigkeiten gesegnet bist.«

Vielleicht hatte Mutti recht, und Marlene versuchte nur, zugegeben auf reichlich verquere Art und Weise, sich in die Familie Pfeifer zu integrieren. Luise nahm ihr den Spruch nicht krumm, ja, er erheiterte sie insgeheim. »Ich habe andere Prioritäten.« An Mutter gewandt fügte sie hinzu: »Kommst du nun mit?«

Edith Pfeifer wischte sich die Hände an der Schürze ab und seufzte. »Nun gut, wenn es dir so wichtig ist.«

»Danke, Mutti.« Luise küsste sie auf die Wange und stürmte aus der Küche, bevor Marlene neugierig fragen konnte, wohin ihre Mutter sie begleiten würde.

»Das sieht ja alles köstlich aus, Frau König.« Luise breitete sich die weiße Leinenserviette über ihren weiten Sonntagsrock aus himmelblau getupfter Baumwolle, den sie sich neu genäht hatte; der Spätsommer stand bevor, in der Schneiderei wurden bereits erste Herbstkleider in Auftrag gegeben, deshalb hatte Anita Nagelschmidt großzügig Reste dünneren Stoffs an ihre Angestellten verschenkt.

»Nun ja, die Soße ist etwas klumpig geworden, und ich hoffe, der Braten ist nicht zu zäh …« Roberts Mutter, die trotz der noch immer drückenden Temperaturen einen schwarzen Pullover trug, zupfte nervös an der bestickten Tischdecke herum.

»Ganz bestimmt nicht!« Obwohl Luise Roberts Elternhaus bereits mehrmals besucht hatte, fühlte sie sich noch immer etwas unbehaglich in den steril wirkenden Räumen mit den dunklen Vorhängen, die wenig Licht hereinließen. Zum Glück wehte durch einen schmalen Spalt der betörende Hauch blühender Rosen herein, die zwischen den Fliederbüschen wuchsen. So kam sie sich nicht gänzlich wie in einem Mausoleum vor. Robert schien sich im Pfeifer'schen Haushalt ebenfalls um einiges wohler zu fühlen, denn dort hielten sie sich meistens auf. Vielleicht spürte er mit seinen feinen Antennen jedoch auch Luises Widerwillen, in das Haus seiner Kindheit zu kommen.

Frau König befüllte mit bebenden Fingern Luises Teller. »Eine Extraportion Kroketten für Sie, mein Kind, Robert hat mir erzählt, dass Sie die besonders lieben.«

»Ja, das stimmt, danke schön.« Das schlechte Gewissen flutete über Luises Beklommenheit hinweg. Sie sollte sich einen Ruck geben und Frau König öfter besuchen. Was konnte die arme Frau für ihre Schwermut, die das Schicksal ihr auferlegt hatte? Sie schämte sich, Robert allzu oft mit einer Ausrede abzuspeisen, wenn er sie mit nach Hause nehmen wollte.

»Es ist so schön, Gäste zu haben.« Roberts Mutter nahm ihr Besteck in die Hände und begann so zögerlich zu essen, als könne sie ohnehin nichts herunterbekommen. »Früher hatten Roberts Vater und ich oft Gäste, müssen Sie wissen, Luise, wir luden Nachbarn und Kollegen zu Abendgesellschaften ein, das waren Zeiten. Aber seit Alois tot ist, gehört das alles der Vergangenheit an.«

»Du solltest wieder damit beginnen, wenigstens die Nachbarn hin und wieder einzuladen, Mutter.« Roberts Stimme klang liebevoll. »Du musst ja kein großartiges Menü zaubern, es reicht durchaus, zu einer Tasse Kaffee zu bitten. So bekämst du wieder etwas Kontakt zur Außenwelt.«

»Ich kann nicht.« Frau Königs blaugrüne Augen hefteten sich auf ihren Teller. »Das weißt du doch, mein Junge.«

»Ich weiß«, erwiderte Robert sanft.

Luise rutschte auf die vordere Kante ihres Stuhls. Sie liebte Robert dafür, wie geduldig er mit seiner Mutter umging, wie zärtlich er sie dabei zu unterstützen versuchte, mit ihrer Mutlosigkeit und Trauer umzugehen, auch wenn seine Versuche scheinbar wenig fruchteten. Trotzdem berührte es sie jedes Mal von Neuem unangenehm, Zeuge dieser vertraulichen Unterhaltungen zwischen Mutter und Sohn zu sein.

»Umso belebender ist es, dass du von Zeit zu Zeit das bezaubernde Fräulein Luise mitbringst.« Frau König legte ihre Hand für einen Moment auf Luises Arm, ihre Fingerspitzen waren so kalt, dass sie Gänsehaut bekam. »Ich freue mich, dass ihr zwei zueinander gefunden habt. Es gibt nichts Wundervolleres im Leben, als einen Seelenpartner an der Seite zu haben. So wie ich ihn in Alois, Roberts Vater, hatte.«

»Ich nehme mir noch von den Kroketten, ich darf doch?« Seelenpartner – diese Wendung des Gesprächs war Luise unangenehm. Herrje, es war zu verzwickt. Sie wollte sich ja wohlfühlen in Roberts Zuhause, sie versuchte es wirklich!, aber es fiel ihr schwer. Die Gegenwart seiner Mutter, die eine so gebrochene und verzagte Persönlichkeit darstellte, stimmte sie traurig, sie vermochte leider nichts an ihren Empfindungen zu ändern. Jedes Mal atmete sie unwillkürlich auf, wenn sie das Häuschen im Fliederweg wieder verlassen durfte, um zu ihrer lauten, chaotischen Familie in der Weidenstraße zurückzukehren.

»Aber natürlich, mein Kind!« Ein Strahlen legte sich über die vor der Zeit verrunzelten Züge Frau Königs, und sie schob ihr die Porzellanschüssel hin. Luise bediente sich geknickt; es gehörte so wenig dazu, ihrer Gastgeberin eine Freude zu bereiten.

»Mutter, hast du etwas dagegen, wenn ich mir Vaters Werkzeugkiste aus dem Keller hole und mit zu Pfeifers nehme? Georg fehlen ein paar Geräte, die er noch für den Dachbodenausbau braucht.« Robert lenkte das Gespräch zu Luises Erleichterung in neutralere Gefilde.

Frau König schüttelte den Kopf. »Natürlich nicht, Junge. Der Werkzeugkasten gehört dir, was sollte ich damit? Wann ziehen Ihr Bruder und seine Frau denn im Obergeschoss ein?«, wandte sie sich an Luise.

»Sie heiraten in sieben Wochen, dann kommt Marlene, Georgs Verlobte, ganz zu uns.«

»Wie schön, wenn der Sohn nach der Heirat daheimbleibt. Das wünscht sich jede Mutter. Natürlich geht das nur, wenn man genug Platz hat.«

»Na ja, ich fürchte, wir werden ein bisschen wie die Ölsardinen in der Büchse leben.«

Roberts Mutter zupfte an den Bündchen ihres viel zu dicken Pullovers. »Bei uns wäre das kein Problem, nicht wahr, Robert? Ich selbst brauche ja nur ein Zimmerchen, der Rest des Hauses stünde ganz zur Verfügung.«

Luises Wangen begannen zu brennen. Du liebe Güte, was wurde das denn? Frau König sprach doch wohl nicht über eine Hochzeit mit Robert? Wie kam sie darauf? Sie tupfte sich den Mund mit der Leinenserviette ab, vom Nachtisch, Pfirsichen mit Sahne, probierte sie anstandshalber zwei Gabeln, bevor sie das Schälchen wegschob. Der Appetit war ihr vergangen. Der komplizenhafte Blick, den Robert seiner Mutter zuwarf, entging ihr nicht; ihr war, als stünde ihr Inneres in Flammen. Sie wollte nur noch nach Hause.

Nach dem Essen schlug Robert vor, in sein Zimmer zu gehen und etwas Musik zu hören, und Frau König nickte wohlwollend. »Geht nur, Kinder. Ich bringe schnell das Geschirr in die Küche.«

»Ich helfe Ihnen, Frau König.« Luise erhob sich steif und stapelte die benutzten Teller. Nichts in der Welt zog sie in Roberts

Zimmer, das sie bisher nur ein einziges Mal kurz gesehen hatte, da es sich für eine junge Frau nicht schickte, das Reich eines unverheirateten Mannes zu betreten. Dass Frau König sie eigens ermutigte, sich ohne Gesellschaft zurückzuziehen, verhieß nichts Gutes.

»Danke, mein Kind, lieb von Ihnen, aber ihr braucht mal ein bisschen Privatsphäre.« Roberts Mutter lächelte wehmütig und nahm ihr den Stapel Geschirr ab.

So blieb ihr nichts anderes übrig, als Robert in sein Zimmer zu folgen, die Beine so schwer, als seien sie aus Blei gegossen. Auch hier bauschten sich dunkle Gardinen vor dem Fenster, aber wenigstens war es geöffnet und ließ Sonnenlicht und den süßen Geruch der Rosen herein, die sich gemeinsam mit den üppigen Fliederbüschen an die weiße Hausmauer schmiegten. Tief inhalierte sie den starken Duft, so als müsse sie den Staub des Esszimmers aus der Nase bekommen.

»Setz dich.« Robert drückte sie sachte auf das Bett und setzte sich neben sie. Das Zimmer war spärlich und zweckmäßig eingerichtet, am Schrank hing auf einem Bügel die Uniform, auf dem Schreibtisch stand ein gerahmtes Foto der Familie, als der Vater noch lebte. Ein etwa sieben- oder achtjähriger Robert lachte inmitten seiner Eltern in die Kamera, ein Bild aus offensichtlich glücklichen Tagen. Die Mutter wirkte darauf ganz anders, viel offener, selbstbewusster, in sich ruhend. Wie ein Schicksalsschlag einen Menschen verändern kann, dachte Luise. Das Herz schlug in ihrer Brust wie ein Vorschlaghammer.

»Ich …« Robert druckste herum, was sie von ihm so gar nicht gewohnt war.

Oh Gott, welches Schauspiel lief hier gerade? Sie schob sich die Hände unter die Oberschenkel, um ihrem Fluchtinstinkt zu widerstehen und ihr Zittern zu verbergen. »Wollten wir nicht ein wenig Musik hören?«

»Oh … ja. Ja, natürlich, du hast recht.« Robert legte sich quer über die Bettdecke, um an das Radiogerät zu gelangen, das auf einem Regalbrett über dem Kopfkissen stand. Er drehte ein wenig an den Knöpfen, kurz darauf ertönte *Chanson d'Amour* von Caterina Valente. Ausgerechnet. Luise schloss einen Moment die Augen, als sie sie wieder öffnete, erblickte sie Roberts Gesicht kaum eine Handbreit vor sich.

Bevor er anfangen konnte zu sprechen – so feierlich, wie er aussah, formulierte er im Geiste eine Rede –, schlang sie die Arme um ihn und küsste ihn leidenschaftlich. Sie spürte, wie sich seine angespannten Schultern lockerten, seine Muskeln weich wurden und er sich auf ihre Liebkosungen einließ. Ihr rasender Puls beruhigte sich ein wenig – vielleicht irrte sie sich, und er hatte nicht das im Sinn, was ihr solche Angst bereitete; vielleicht wollte er tatsächlich nur ein bisschen ungestörte Zweisamkeit mit ihr genießen. Seine Lippen schmeckten nach Pfirsich und Sahne, waren sinnlich und warm. Bei ihm konnte sie sich fallenlassen, alles um sich herum vergessen. Und das tat sie, lehnte sich gegen seine breite, durchtrainierte Brust, ließ sich von ihm halten und beschützen.

»Luise.« Als sie einen Moment tief Atem holten, schob er sie ein winziges Stück von sich weg, um sie anschauen zu können. Sie verlor sich in seinen Augen, krabbelte mit ihren Fingern unter sein Hemd, um seine nackte Haut zu erforschen, wollte auf einmal mehr. »Luise, einen Moment bitte.«

»Hm?«

Er räusperte sich. Aus dem Nachbargarten drang das Plätschern von Wasser an ihre Ohren, wahrscheinlich goss jemand seine Pflanzen. »Meine Mutter hat beim Essen so eine Andeutung gemacht, das hast du bestimmt gemerkt … Nun, ich habe heute Morgen mit ihr gesprochen, ihr von meinen Plänen erzählt. Es ist nämlich so … Wir beide sind nun bereits ein Jahr zusammen, Luischen. Eine lange Zeit. Ich habe dich sehr liebgewonnen, und ich denke, du mich auch.«

Luise zog ihre Hand zurück und umfasste krampfhaft den Saum ihres Rockes. Also doch. Ein neuerlicher Schreck verengte ihr die Kehle, hielt sie im Würgegriff. »Jaa …« Ihre Stimme klang gepresst.

Robert nahm ein kleines Kästchen aus seiner Hosentasche und ließ den Deckel aufspringen. Mit geweiteten Pupillen starrte sie den schmalen goldenen Ring an, der im Schlitz eines purpurroten Samtkissens steckte; ihr Gehirn weigerte sich, zu begreifen, gleichzeitig verstand sie nur allzu gut, was das zu bedeuten hatte.

»Willst du mich heiraten, Luischen?«

Er wartete ihre Antwort gar nicht erst ab, womöglich war er zu nervös, um ihr in die Augen zu schauen, sondern nahm sie fest in die Arme und drückte sie an sich. Sein Geruch nach Seife und Rasierwasser und einem letzten Hauch Pfirsich war allzu vertraut, dennoch fühlte sich die Situation so fremd an, als sei sie plötzlich aus ihrem Leben geworfen und aus Versehen in ein anderes hineingerutscht.

»Ich … also, das ist wirklich sehr nett von dir, Robert, ich …«, stammelte sie kopflos, als ihr nach einem langen Moment bewusst wurde, dass er eine Antwort erwartete.

»Sehr nett?« Sein heiseres Lachen drang ihr ins Ohr, während er sie zärtlich auf die Schläfe küsste. »Du bist ein Unikum, Luise. Ich wette, das hat noch nie ein Mann, der einer Frau einen Heiratsantrag gestellt hat, zu hören bekommen.«

»Ja, tut mir leid, ich weiß nicht, was ich …« Sie brach ab, von zunehmender Verzweiflung durchdrungen. Sie wusste, sie sollte glücklich sein. In ihrem Kopf sollten Geigen spielen und Engelschöre singen, sie sollte von einem schneeweißen Kleid und Blumen im Haar träumen, aber nichts von alldem entsprach der Realität. Zwar fühlte sie sich umfangen von Roberts Liebe, gehalten von einem Netz der Zuneigung, doch war da außerdem eine Art Leere, die sich wie eine große Kaugummiblase in ihr ausbreitete und keine Anstalten unternahm, zu platzen.

Ein verletzter Zug erschien um seinen Mund, den er rasch wegzulächeln versuchte. »Ich verstehe dich, du bist überrumpelt. Es kommt wohl alles zu überraschend für dich. Du musst heute gar nichts sagen, Luischen. Wirklich. Ich kann warten.«

»Danke.« Sie spürte, wie die angehaltene Luft aus ihrer Brust entwich. Dann gab sie ihrem Bedürfnis nach, ihren Kopf in seine Halsbeuge zu schmiegen und die Tränen fließen zu lassen, die sein Hemd durchnässten.

»Bist du noch ganz bei Trost?« Margrit starrte Luise über ihre Nähmaschine hinweg so schockiert an, als zweifle sie an ihrer Zurechnungsfähigkeit. »Noch mal ganz langsam, damit ich es richtig verstehe. Robert, dieser wundervolle, gut aussehende Polizist, der dir seit einem Jahr den Hof macht und dich mit Aufmerksamkeit und Zuneigung überschüttet, hat dir einen Heiratsantrag gemacht, und du … du … konntest dich nicht dazu überwinden, Ja zu sagen?«

Luise zog an ihrem karierten Baumwollstoff, der unter dem Nähfuß klemmte. »Mist!« Sie hatte vergessen, am Rad zu drehen und die Nadel in die Höhe zu befördern; nun prangte ein kleines Loch im Stoff. Sie hoffte, Anita Nagelschmidt würde es nicht bemerken. Im Moment war sie mit einer Kundin beschäftigt, die sich die Maße für einen Herbstrock aus Wollstoff nehmen ließ. »Ja … nein, ich habe ihm noch keine Antwort gegeben, das ist wahr.« So vorsichtig wie möglich zog sie den Stoff hervor und begutachtete die schadhafte Stelle. Zum Glück handelte es sich nur um ein winziges Loch, es würde nicht weiter auffallen.

»Bist du übergeschnappt?« Catrin sah sie fassungslos an. Ihre Stimme klang heiser, denn sie hatte sich einen heftigen Schnupfen zugezogen. Tagsüber war es noch brütend heiß, aber morgens lag bereits ein Hauch von Herbst in der Luft, der Kühle und Nebel mit sich brachte. Als sie heftig husten musste, tätschelte Margrit ihr beruhigend den Rücken. »Ganz ruhig, Catrin, trink einen Schluck.«

Mit krebsrotem Gesicht und nach Luft schnappend kramte Catrin ihre Thermosflasche mit Tee hervor, die sie unter ihrem Stuhl versteckt hatte, und goss sich nach einem Seitenblick auf die Chefin einen Becher ein. Der aromatische Duft von Pfefferminze erfüllte die Nähstube.

»Warum um alles in der Welt hast du nicht zugestimmt, Roberts Frau zu werden?« Catrin umklammerte ihre Teetasse so verkrampft, dass ihre Fingerknöchel weiß hervortraten. »Du liebst ihn doch!«

»Das frage ich mich auch«, fiel Margrit düster ein. Anita Nagelschmidt warf ihnen einen mahnenden Blick zu, und sie verstummten alle drei, allerdings nur kurz. Kaum hatte die Meisterin sich wieder der Kundin zugewandt – sie bot ihr gerade den obligatorischen *Gigolo* an –, nahmen sie den Gesprächsfaden wieder auf, aufgeregter als zuvor. »Sag mir einen Grund, Luise, nur einen! Du bist so ein Glückspilz! Du weißt, wie viele Rendezvous ich im letzten Jahr gehabt habe, und immer waren nur Nieten dabei! Ich erinnere dich an Luis, mit dem ich mich letzten Sonntag zu einem Stelldichein im Wald getroffen habe. Er stank nach Knoblauch und hatte ganz gelbe Zähne. Nie im Leben hätte ich mich von ihm küssen lassen!«

Luise raufte sich die Haare und stützte das Kinn auf die Hand. Dass die Freundinnen ihr so zusetzen mussten, statt Verständnis zu zeigen! Sie wusste doch selbst nicht, wieso sie den Heiratsantrag nicht stante pede angenommen hatte. »Ich weiß, ihr habt ja recht. Aber … es fühlte sich einfach nicht richtig an, ihm das Jawort zu erteilen. Ich kann es schlecht erklären. Es … kam mir falsch vor.« Vielleicht war der Zeitpunkt nicht der richtige? Vielleicht … Im Grunde hatte sie keine Ahnung, was sie davon abhielt, mit Robert glücklich zu werden. Tief in sich drin forschte sie unablässig nach ihren Motiven. Fühlte sie sich zu jung, um eine Bindung fürs Leben einzugehen? Aber das war Unsinn, nächstes Jahr wurde sie zwanzig, absolutes Durchschnittsalter für eine deutsche Frau, sich zu vermählen. Sie fühlte sich, als säße ihre Haut plötzlich zu eng über ihrem Körper und spannte unaufhörlich; sie hatte noch nicht einmal versucht, sich ihrer Mutter anzuvertrauen.

»Es fühlte sich nicht richtig an?«, echote Catrin. Entsetzt warf sie die Hände in die Luft, dabei stieß sie ihren Becher um, und der Tee ergoss sich in einer braunen Pfütze über den weißen Blusenstoff, den sie gerade bearbeitete. Zufällig kam Frau Nagelschmidt gerade mit zwei Fläschchen Piccolo am Nähtisch vorbei und entdeckte das Malheur sofort.

»Catrin!«, zischte sie, leise genug, dass die Kundin, eine mittelalte Frau mit unnatürlich schwarz gefärbten Haaren, die ihre Finger über die Stoffballen in den Regalen gleiten ließ, sie nicht hörte. »Bist du von allen guten Geistern verlassen? Tee am Nähtisch, ich glaube, ich sehe nicht richtig! Wie oft predige ich euch, dass es streng verboten ist, beim Nähen zu essen und zu trinken! Schau dir diese Schweinerei an, der Stoff ist verdorben!«

Catrin lief erneut hochrot an und verknotete ihre Hände, wobei sie es nicht wagte, die Chefin auch nur anzuschauen.

»Sie ist erkältet und musste einen Schluck Tee trinken«, eilte Luise ihr zu Hilfe.

»Eure persönlichen Befindlichkeiten sind nicht von Belang! Catrin, ich ziehe dir den Betrag für den Stoff vom Lohn ab, darauf kannst du dich verlassen!«

Luise sah, wie Catrin die Tränen in die Augen schossen. Am liebsten hätte sie mitgeweint; weil sie wegen des klitzekleinen

Lochs im Stoff ungeschoren davonkam, weil das schlechte Gewissen, Robert schlecht zu behandeln, sie auffraß, und überhaupt, weil ihr im Moment alles betrüblich erschien. Weltschmerz, hatte ihr Vater diese Stimmung immer genannt. Dabei sollte sie guter Dinge sein und sich auf das Fußballspiel am Freitagnachmittag freuen. Das Fußballspiel. Sie stöhnte leise auf und vergrub den Kopf in den Händen. Das hätte sie fast vergessen, sie musste die Nagelschmidt noch darum bitten, ihr am Freitag freizugeben. In ihrer derzeitigen Gemütsverfassung würde die Chefin ihr Anliegen ohne Weiteres abschmettern, so viel war klar. Aber es bestand Hoffnung, der Piccolo hatte es bisher noch immer vermocht, die Nagelschmidt aufzuheitern.

»Gräme dich nicht, Catrin.« Margrit reichte der jüngeren Kollegin ein Taschentuch, mit dem sie sich die feuchten Augen abtupfte. »Luise und ich werden dir in den nächsten Wochen jedes Mal, wenn wir ausgehen, eine Sinalco oder ein Eis ausgeben, dann trifft dich der Verlust des Geldes nicht allzu sehr, nicht wahr, Luise?«

Luise nickte. »So machen wir es. Nimm es nicht so schwer, Catrin.« In Gedanken formulierte sie bereits ihre Bitte, am Freitag früher gehen zu dürfen, und spähte unauffällig in die Besucherecke, wo Anita Nagelschmidt und die Kundin es sich mit ihrem Sekt gemütlich machten.

»Haben Sie die letzte Sendung von *Was bin ich?* geschaut?« Die Meisterin nippte an ihrem perlmuttfarbenen Getränk. Seit Kurzem besaß sie ein Fernsehgerät, das an den Nachmittagen in schreiender Lautstärke aus dem angrenzenden Privatwohnzimmer in die Nähstube schallte; Herr Nagelschmidt hatte im Krieg einen Großteil seines Gehörs verloren und drehte den Regler stets bis zum Anschlag auf.

»Ja, war das nicht zum Schießen?« Die Kundin hielt der Chefin auffordernd ihr Glas hin, um wortlos um Nachschub zu bitten.

»Diese Berufe, die die Gäste haben – nicht auszudenken! Ein *Ritzenschieber*, hat man davon jemals gehört? Na ja, da wir seit zwanzig Jahren keine Straßenbahn mehr haben in Kaiserslautern, brauchen wir niemanden, der die Rillenschienen säubert. Und was war dieser finstere Geselle in der letzten Runde?«

»*Posamentierer*!«, fiel Anita Nagelschmidt lebhaft ein. »Wenn Sie mich fragen, meine Liebe, ist das ein aussterbender Beruf. Borten, Quasten und Kordeln, das wird doch zunehmend maschinell angefertigt, nicht mehr von Hand. Wir leben schließlich in immer moderneren Zeiten.«

»Ein Prost auf die modernen Zeiten!« Die Kundin quietschte vor Vergnügen, dann klirrten erneut die Sektkelche.

»Es geht nichts über einen Gigolo, um ein bisschen Spaß zu haben!«

Die Freundinnen am Nähtisch hörten schweigend zu, jede hing ihren eigenen Gedanken nach. Als sich die Schwarzhaarige endlich reichlich beschwipst verabschiedete und die Chefin im Besuchersessel die Füße hochlegte – wie immer döste sie nach Alkoholgenuss mit offenen Augen vor sich hin, um wieder klar im Kopf zu werden –, sah Luise ihre Gelegenheit gekommen.

»Frau Nagelschmidt? Soll ich die Gläser spülen?«

»Hm? Jaja, mach nur, mein Kind.« Die Nagelschmidt wedelte unbestimmt mit der Hand.

»Ich hätte eine Bitte … Dürfte ich mir am Freitag einen halben Tag Urlaub nehmen? Nachmittags?« Luise trat von einem Fuß auf den anderen, die klebrigen Sektgläser in den Händen; auf einem prangte der grellrote Lippenstiftabdruck der Kundin.

»Wieso denn das?« Plötzlich saß die Meisterin kerzengerade im Plüschsessel, lediglich ihr Blick war noch etwas verschwommen.

»Ich habe einen Termin.« Bitte, lass sie nicht genauer nachfragen, betete Luise insgeheim. Sie hatte wenig Lust, einen Arzt-

oder dringenden Verwandtenbesuch zu erfinden, sie würde sich schäbig vorkommen, zu lügen.

Anita Nagelschmidt brummte. »Welchen?«

»Einen privaten.« Was ging die Chefin es an, was sie vorhatte? Sie war doch keine Leibeigene, die über alles Rechenschaft ablegen musste.

»Kommt nicht infrage.« Die Nagelschmidt lehnte den Kopf gegen das Rückenteil des Sessels und schloss die Augen, als sei alles gesagt. »Du hattest bereits im Juli zwei Wochen Sommerurlaub. Ich wüsste nicht, wozu du schon wieder freihaben solltest. Müßiggang ist aller Laster Anfang.«

»Aber …« Luise bohrte die Fingernägel schmerzhaft in die Handflächen; in diesem Moment verabscheute sie ihre Chefin richtiggehend. »Es ist wichtig.«

»Wichtig ist in erster Linie deine Arbeit. Wie sollen wir die ganzen Bestellungen für den Herbst fertigbekommen, wenn du durch Abwesenheit glänzt?«

Luise biss sich auf die Lippen, drehte sich abrupt um und ging in die Küche, um die Sektkelche zu spülen. Danach kehrte sie an ihren Platz am Nähtisch zurück. Verzweiflung tobte in ihr wie ein Sturm im Wasserglas. Sie würde nicht am Fußballspiel teilnehmen können. Wie sollte ihre Mannschaft nun gegen das gegnerische Team antreten? Nachdem einige Spielerinnen das Handtuch geworfen hatten, waren ja nur noch zehn von ihnen übrig! Mit noch weniger Frauen ließ sich kein Spiel gewinnen, da könnte der *FC Petticoat* gleich zu Hause bleiben. Wieder brannten ihr Tränen hinter den Lidern, was war nur los mit ihr?

»Wieso möchtest du freihaben?«, flüsterte Catrin. Sie war blass wie Kreide, der Hals fleckig, ihr Missgeschick von vorhin und die heftige Reaktion der Meisterin schienen sie noch immer zu belasten.

»Mein Fußballklub hat ein Auswärtsspiel.« Luise suchte passendes Garn heraus, um Knöpfe an das karierte Hemd zu nähen. Sie vermied jeden Blickkontakt mit den Freundinnen, trotzdem spürte sie, wie sich Margrits Augen in sie bohrten.

»Du bist unglaublich, Luise. Roberts Heiratsantrag lässt dich vollkommen kalt, aber das Fußballspiel scheint dir so wichtig, dass du völlig aufgelöst bist, dafür nicht freizubekommen? Was stimmt nicht mit dir?«

Luise biss die Zähne zusammen, während sie den Faden einfädelte. Ja, was stimmte nicht mit ihr? Warum galt ihre erste Sorge auch nun, wo Roberts Frage wie eine Gewitterwolke im Raum stand, in erster Linie dem Sport?

»Wo brennt's denn, Luise?« Frau Stolle thronte wie gewöhnlich in blütenweißer Kittelschürze mit ausladenden Rüschen hinter dem Ladentresen. Es duftete wie jeden Morgen verführerisch nach frischem Backwerk, und die pastellfarben eingewickelten Bonbons und Pralinen, die in hohen Gläsern neben der Kasse standen, sahen ebenfalls sehr verlockend aus. »Ist euch der Kaffee ausgegangen?«

»Nein.« Luise bemühte sich, zu Atem zu kommen. Anders als an üblichen Arbeitstagen trug sie kein hübsches Kleid, sondern war nach dem Aufstehen eilig in einen verwaschenen Rock geschlüpft, den sie sonst nur zur Hausarbeit trug. »Dürfte ich Ihr Telefon benutzen, Frau Stolle?«

»Natürlich.« Die Ladeninhaberin schob ihr den schwarzen Apparat über die Theke, während jenseits des schmalen Flurs, der das Geschäft vom Wohnbereich der Familie trennte, Herr Stolle zu sehen war, der noch im Unterhemd und mit Rasierschaumresten an den Wangen eilig seinen Morgenkaffee trank. »Es ist wohl dringend?«

Stolles waren nicht nur die Einzigen in der Weidenstraße, die einen Fernsehapparat besaßen, sondern auch über einen

Telefonanschluss verfügten; wollte man einen Anruf tätigen, musste man sich wohl oder übel damit abfinden, dass das Gespräch nicht ganz so privat gehalten werden konnte, wie man sich das vielleicht wünschte. Luise zog sich so weit in die Ladenecke zurück, wie das Telefonkabel es zuließ, dennoch versuchte Frau Stolle gar nicht erst, ihre Neugier zu verbergen. Unglücklicherweise befand sich gerade kein anderer Kunde im Laden, sodass sie ungestört lauschen konnte.

»Frau Nagelschmidt?« Luise flüsterte fast, woraufhin ihre Chefin sie bat, lauter zu sprechen.

»Ich bin es, Luise. Ich … mir geht es heute nicht gut, ich bin krank.« Sie umklammerte den Hörer so fest, dass ihre Finger taub wurden. Gut, dass Anita Nagelschmidt ihr glühendes Gesicht nicht sehen konnte. »Wahrscheinlich habe ich mich bei Catrin angesteckt.«

Die Lüge kam ihr so widerwillig über die Lippen, dass sie damit rechnete, augenblicklich entlarvt und scharf zurechtgewiesen zu werden. Doch die Meisterin seufzte nur vernehmlich.

»Nun gut, dann kurier dich aus. Zum Glück haben wir Freitag, und falls es dir bis morgen nicht wieder besser geht, fällst du wenigstens nur einen halben Tag aus. In dem Fall erwarte ich dich am Montag in aller Frische zurück.«

»In Ordnung, Frau Nagelschmidt. Auf Wiederhören.« Bevor die Chefin womöglich einen Zusammenhang zwischen ihrem nicht gewährten Urlaubsgesuch und dem Krankheitstag auszumachen vermochte, legte sie den Hörer auf die Gabel. Sie fühlte sich schäbig. Es war beileibe nicht ihre Art, zu schwänzen, auch in der Schule hatte sie sich dies nie erlaubt. Aber was sollte sie tun? Dem Fußballspiel fernzubleiben und die Mitspielerinnen hängen zu lassen, war keine Option. Rechte Freude über das Spiel am Nachmittag wollte keine aufkommen, dafür plagte sie das schlechte Gewissen zu sehr.

»So krank siehst du gar nicht aus, Luise.« Frau Stolle musterte sie prüfend.

»Ich fühle mich ganz elend«, entgegnete Luise trotzig, woraufhin die Ladenbesitzerin ihr zwei in silbernes Stanniolpapier gewickelte Himbeerbonbons in die Hand drückte.

»Lutsch das, das ist gut für den Hals.«

»Dankeschön, Frau Stolle.« Luise legte zwei Groschen für das Telefonat auf das Münzschälchen neben dem Telefon und machte sich auf den Heimweg.

Um vonseiten ihrer Brüder keine Fragen heraufzubeschwören, verkroch sie sich wieder im Bett, erst als alle bei der Arbeit und Peter in der Schule war, stand sie auf, um sich um den Haushalt zu kümmern.

Am Nachmittag begab sie sich in Begleitung Ediths zum Bahnhof, die Tasche mit ihren Sportkleidern über die Schulter geworfen.

»Ich weiß, dass mein Verhalten nicht akzeptabel ist.« Am Vormittag hatte es kurz geregnet; ein Motorroller, auf dem ein junger Mann mit verwegener Haartolle und Lederjacke saß, preschte durch eine Pfütze und ließ Wassertropfen aufspritzen, die Luises Kleid durchnässten. Ärgerlich wischte sie mit der Hand darüber. »Die Nagelschmidt hätte mir wirklich freigeben können. Noch nie habe ich sie um Extraurlaub gebeten.«

»Das stimmt, Luischen. Dennoch – du hast ein schlechtes Gefühl bei der ganzen Sache, und ich auch. So etwas darf nicht noch einmal vorkommen.« Edith Pfeifer hatte sich trotz der getrübten Stimmung schick gemacht, trug ein flaschengrünes Kostüm aus besseren Zeiten, Absatzschuhe und ihre Perlenkette. Es rührte Luise, dass das Spiel für Mutter offenbar genauso wichtig war wie für sie selbst.

»Wird es nicht, Mutti, versprochen. Aber da siehst du wieder einmal, dass mir nur Steine in den Weg gelegt werden, wenn es um mein liebstes Hobby geht.«

Edith war nicht die einzige Begleitperson, die die fröhliche Truppe nach Zweibrücken eskortierte, auch Veras Eltern waren mit von der Partie sowie Dorotheas neuer Verehrer, dem es kein Problem zu bereiten schien, dass sie einem unweiblichen Sport nachhing.

Auf der Fahrt – sie kamen glücklicherweise alle zusammen in einem Großraumabteil unter – erzählte Max, dass er mit Müh und Not einen Kommilitonen aus Zweibrücken hatte überreden können, den Schiedsrichter zu geben. Begeistert war dieser nicht gewesen, bei einem Frauenspiel zu assistieren, hatte aber schließlich nachgegeben, da Max ihm Hilfe bei einer überfälligen Seminararbeit versprach. Max schwor die Spielerinnen auf das bevorstehende Ereignis ein, und Luise verteilte aus Stoffresten genähte rosenrote Blumen, die sich die Frauen mit Sicherheitsnadeln an ihre Oberteile hefteten.

»Mensch, Luise, das ist ja mal eine Bombenidee!« Marlies schlug ihr begeistert auf den Rücken, und auch die anderen waren angetan von ihrer Initiative. »Solange wir uns keine einheitlichen Trikots leisten können, können uns die Zuschauer zumindest auf diese Weise vom anderen Team unterscheiden!«

Auch Max ließ sich erheitert eine Blume anstecken. »Ich bin sicher, das wird unser neues Markenzeichen.« Luises Finger zitterten kaum merklich, als sie die Sicherheitsnadel zusammenbog, die sich direkt über seinem Herzen befand. Ob es auch so pochte wie ihres? Rasch wandte sie sich ab, um die verräterische Röte in ihrem Gesicht zu verbergen. Mutter besaß einen Röntgenblick, und sie wollte vermeiden, dass sie falsche Schlüsse zog.

Der Schulhof, auf dem das Spiel stattfinden sollte, lag im prallen Sonnenlicht. Der Betonboden strahlte Hitze ab, es gab kaum Schattenplätze für die Zuschauer, die sich auf ein niedriges, mit Unkraut bewachsenes Mäuerchen setzten. Edith verfolgte das bunte Treiben voller Interesse, Luise freute sich über ihre Anteilnahme. Es fanden sich weitaus mehr Gäste ein als sonst, was sie ein wenig beunruhigte. Eine Gruppe Halbstarker mit Bierflaschen in der Hand lärmte in der Ecke; ob sie Ungutes im Schilde führten? Auch Max spähte unwohl zu ihnen hinüber.

Der Schiedsrichter pfiff das Spiel an, der Ball rollte. Luise befand sich des Öfteren in Ballbesitz, manchmal gelang es ihr, ihn einem gegnerischen Teammitglied abspenstig zu machen, dann wieder passte ihn ihr eine Mitspielerin ihrer eigenen Mannschaft zu.

Die Zweibrückener Frauen waren zäh und ausdauernd. Einmal fiel Luise über die Füße einer Spielerin, die sich unerwartet seitwärts bewegte. Der Schiedsrichter pfiff ab, und Max war sofort zur Stelle.

»Geht es?« Er kniete sich neben Luise auf den harten Betonboden und befühlte ihren Knöchel, den sie mit schmerzhaft verzerrtem Gesicht umfasste. Seine Finger waren vorsichtig und sanft, trotz des Ziehens im Fuß fühlte es sich wie eine Liebkosung an.

Sie nickte, während sie unbewusst die Luft anhielt.

»Kannst du weiterspielen?« Seine braunen Augen tauchten in ihre ein, blendeten die sie umringenden Frauen und die Zuschauer auf der Mauer völlig aus, und auch sie nahm nichts anderes als seinen besorgten Blick wahr, der sie umfangen hielt.

»Klar. Da wir nur zu zehnt sind, haben wir ja eh niemanden, gegen den man mich eintauschen könnte.« Sie lächelte schief, und er reichte ihr amüsiert beide Hände, um sie wieder auf die Beine zu ziehen.

»Du bist hart im Nehmen, Luise. Das mag ich.«

Wieder wurde sie von brennender Röte übergossen, doch zum Glück war sie ohnehin erhitzt und nassgeschwitzt, sodass es niemandem auffiel. Luise bemerkte Mutters ängstliche Miene und nickte ihr zu, um Entwarnung zu geben.

Das Spiel nahm seinen Lauf. Beide Mannschaften waren ungefähr gleich stark, jedes sich anbahnende Tor wurde abgewehrt. Aus den Augenwinkeln nahm Luise wahr, dass sich Unruhe im Publikum breitmachte. Die Jugendlichen mit den Bierflaschen grölten, um die Frauen anzufeuern, aber es klang wenig ermutigend. Als Marianne das Hemd hochrutschte, waren sie nicht mehr zu halten. Was schrien oder vielmehr lallten sie? Zeigt mehr Haut, zeigt mehr Haut!, skandierten sie tatsächlich. Luise fing Max' Blick auf, der ein paar Worte mit dem Schiedsrichter wechselte; offenbar störte er sich genauso an den frauenfeindlichen Äußerungen, vermochte aber nichts dagegen auszurichten.

In der Pause zwischen den beiden Spielhälften fanden sich noch mehr Zuschauer ein. Eine junge Familie verfolgte von der Straßenseite aus das Treiben auf dem Schulhof, der Vater kam aus dem Kopfschütteln nicht mehr heraus.

»Was soll das werden?«, rief er in die Menge. »Ich dachte, Frauenfußball sei ein für alle Mal verboten? Was geben Sie nur für ein schlechtes Beispiel ab, indem Sie halb nackt herumrennen und Ihre Muskeln spielen lassen wie Mannweiber?« Schützend legte er die Hand auf die Schulter seiner kleinen Tochter, als befürchte er, sie würde an dem sündhaften Match teilnehmen, wenn er nicht gut genug auf sie aufpasste.

Mannweiber, dachte Luise verdrossen. Wie oft hatten sie und ihre Freundinnen dieses Schimpfwort bereits über sich ergehen lassen müssen? Dabei gab es kaum etwas Unzutreffenderes. Jede Einzelne von ihnen war auf ihre Art hübsch und gepflegt.

»Hier, Luischen, du musst was trinken bei der Hitze.« Edith gesellte sich zu den Spielerinnen und reichte ihrer Tochter eine mit Wasser gefüllte Blechflasche. »Sonst macht dein Kreislauf schlapp.«

»Danke, Mutti.« Durstig trank Luise.

Währenddessen beobachtete Edith nervös die Halbstarken, die, ihrem unbändigen Gelächter nach zu urteilen, Zoten erzählten, sowie einige weitere Passanten, die dem Schiedsrichter mit der Faust drohten. »Das gefällt mir alles nicht, Luischen. Ich dachte, ein Fußballspiel verläuft friedlich, aber die Gemüter sind doch recht aufgepeitscht. Diese jungen Männer sehen angriffslustig aus, und die zwei Arbeiter in Latzhosen da vorne haben eine Tüte mit verschrumpelten Tomaten dabei, schau nur. Ob sie vorhaben, die zu werfen?«

Luise schlug stumm die Augen nieder, sie vermochte ihre Mutter nicht zu beruhigen. Was hatte sie sich nur dabei gedacht, als sie sie eingeladen hatte, mit nach Zweibrücken zu kommen?

»Ich fand deinen Wunsch, Fußball zu spielen, immer gut, ich habe dich stets unterstützt, nicht wahr?« Edith seufzte tief. »Aber allmählich frage ich mich, ob das wirklich der geeignete Sport für dich ist, Liebes. Nicht wegen des Spiels als solchem, nein, vielmehr wegen der Begleitumstände. Die Aggressionen, denen ihr Mädchen ausgesetzt seid, die lüsternen Blicke der Männer …«

»Es ist nicht immer so schlimm wie heute.« Da – sie flunkerte bereits wieder, Unehrlichkeit schien ihr inzwischen in Fleisch und Blut übergegangen. Ihr Ziel war gewesen, ihrer Mutter zu zeigen, wie wichtig ihr Fußball war, wie sehr sie aufblühte, wenn sie versuchte, das perfekte Tor zu schießen. Doch der Schuss war buchstäblich nach hinten losgegangen. Statt die Motive ihrer Tochter besser zu verstehen, hatte Luise bei Edith nur weitere Ängste geschürt.

Auch die zweite Halbzeit verlief weitgehend ereignislos. Man jagte sich den Ball ab, dribbelte und passte, blieb dabei aber fair und kameradschaftlich. Als Marlies und eine Spielerin der Zweibrückener Mannschaft im Eifer des Gefechts übereinander stolperten, flogen tatsächlich matschige Tomaten. Die beiden Arbeiter, die Edith zuvor ausgemacht hatte, riefen lautstark

Beleidigungen aufs Feld, bezeichneten die Frauen als zügellose Amazonen und warfen ihnen die Früchte vor die Füße, wo sie spritzend platzten.

Max war außer sich und gestikulierte wild in Richtung der beiden Übeltäter. »Lasst die Frauen in Ruhe spielen, ihr Störenfriede!«

Die Männer zeigten ihm nur den Vogel, ein zufriedenes Grinsen im Gesicht. »Du bist es, der zusammen mit den ganzen Weibsleuten die öffentliche Ordnung stört! Bist du zu verweichlicht, um mit echten Männern zu spielen?«

Es war das erste Mal, dass Max angegangen wurde, und Luise spürte, wie bittere Galle ihre Speiseröhre hochstieg. Es war ein neues, verstörendes Gefühl, ein Fußballmatch nicht zu genießen, sondern die leise schwelende Angst in sich zu tragen, die Situation könne eskalieren. Fast sehnte sie das Spielende herbei, riss sich aber zusammen. Es blieben ohnehin nur noch zehn Minuten übrig, sollte sie nicht versuchen, zu retten, was zu retten war? Noch einmal alles geben und ein Tor erzielen, statt den Ball unmotiviert von einer Spielerin zur nächsten zu passen?

Vera spielte ihr den Ball zu, und sie dribbelte ihn um die Stürmerin der anderen Mannschaft herum, beugte den Oberkörper vor, winkelte das Knie an, richtete die Fußspitze bodenwärts und schoss mit Karacho aufs Tor. Im selben Moment, in dem sie gewahr wurde, dass sie es verfehlte, blitzte etwas auf. Verwirrt blinzelte sie im hellen Sonnenlicht auf den an den Schulhof grenzenden Gehweg. Ein dunkelhaariger Mann in grauer Weste, einen Notizblock mit Stift in den Hosenbund gesteckt, richtete eine Kamera auf sie. Ihr wurde ganz flau zumute. Na wunderbar, ein Reporter war zugegen, der sie gerade frontal abgelichtet hatte. Wütend kickte sie ein Steinchen weg.

»Welche Mädchen und Frauen zieht es überhaupt zum Fußball?
Sie, um einige Energien, ein paar Pfunde loszuwerden?
In heißen Höschen, die mancher schon zu heiß sind?
Sie vielleicht in der Hoffnung, die weite Welt des Fußballs
verbreite angenehmere Düfte als die des Kochtopfs?«

aus der Berichterstattung der frühen 1970er Jahre

Kapitel 13

Warme Regentropfen nieselten sanft herab, als Luise an diesem Morgen zur Arbeit eilte. Sie war einige Minuten zu spät dran, weil sie noch Peters Deutschhausaufgabe auf Rechtschreibfehler hin überprüfen musste; dem Bruder war erst nach dem Frühstück eingefallen, dass die Aufgabe benotet werden würde, und mit Orthografie hatte er wenig am Hut. Aufgrund des Wetters konnte sie das Fahrrad nicht benutzen, sie wäre unangenehm nass geworden.

Im Eingang der Schneiderei schüttelte sie ihren Schirm aus. Drinnen empfing sie trockene Wärme und der Duft nach Früchtetee, der aus Frau Nagelschmidts bauchiger Kanne zog.

»Zu liebenswürdig, dass uns das Fräulein Pfeifer mit seiner Anwesenheit beehrt«, grummelte die Chefin mit einem bedeutungsschweren Blick zur Uhr, »vor allem, wo du gerade einen solch zweifelhaften Ruhm genießt.«

Nanu, was war ihr denn über die Leber gelaufen? Die Nagelschmidt war niemand, der sich den Angestellten gegenüber vor Freundlichkeit überschlug, aber dieser entnervte Tonfall war neu. Mit verengten Augen musterte sie Luise.

»Was meinen Sie?« Luise stopfte ihren Schirm in den Ständer, der eigentlich Besuchern vorbehalten war, und legte ihre ausgebeulte Tasche ab, in der sich bereits die Sportsachen für den Abend befanden.

Margrit, die mit Catrin am Nähtisch saß, ungewöhnlich steif und angespannt, nickte stumm zu der aufgeschlagenen Zeitung, die auf dem kleinen Tisch lag, an dem die Kundinnen normalerweise ihren Piccolo serviert bekamen, und versuchte, ihr geheime Zeichen zu übermitteln.

Was? formte Luise lautlos mit den Lippen, doch die Freundin schüttelte nur verzweifelt den Kopf. Auch Catrin schien nervös, scharlachrote Flecken zierten ihre Wangen, die Bluse, an der sie gerade nähte, lag nachlässig zusammengefaltet auf ihrem Schoß statt unter der Maschine.

»Das hier!« Anita Nagelschmidt tippte mit spitzen Fingern auf die Zeitung, einen Hauch Triumph in der Stimme, gepaart mit bitterbösem Ernst. »Du bist in der Zeitung, Fräulein! Sag bloß, das wusstest du nicht.«

»Nein, ich …« Ihre Knie schienen plötzlich die Konsistenz wackligen Gelees zu haben. Ohne um Erlaubnis zu fragen, ließ sie sich in den Lehnsessel fallen, der den Sektpausen vorbehalten war, und zog die Zeitung näher zu sich heran. Tatsächlich, auf Seite fünf prangte ein Foto mit ihrem Konterfei, und obwohl es schwarz-weiß war, erkannte man deutlich, wie verschwitzt und abgekämpft sie aussah. Ein Stück ihres Fußballhemdes war sichtbar und die rosenrote Stoffblume, die als Erkennungszeichen des *FC Petticoat* diente. Die Überschrift des dazugehörigen Artikels lautete: *Frauenfußball in Zweibrücken – eine Beleidigung von Sitte und Anstand.*

»Oh du liebe Güte«, murmelte sie, während sie den Bericht überflog. Nun wusste sie auch, weshalb der Reporter sie am Freitag abgelichtet hatte; er war wohl im Auftrag des überregionalen Blattes aufgeschlagen. Die Wände der Nähstube schienen näher zu kommen, ihr Kopf fühlte sich an wie in einen Schraubstock gezwängt. »Ich wusste nichts von dem Artikel, wir haben keine Tageszeitung abonniert«, stieß sie hervor, als erkläre dies alles.

»Ist vielleicht besser so.« Anita Nagelschmidt ordnete im Regal einige frisch eingetroffene Stoffballen an, verfolgte jedoch aus dem Augenwinkel heraus gespannt Luises Reaktion auf den Artikel. »Deine Mutter muss sich ja in Grund und Boden schämen mit dir. Ein Mädchen, das Fußball spielt! Hat man so etwas schon mal gehört?«

»Es gibt viele weibliche Fußballvereine«, warf Catrin schüchtern ein. Es rührte Luise, dass ausgerechnet die Jüngste im Bunde, die meistens recht schüchtern war, vor allem gegenüber Respektspersonen wie der Meisterin, für sie in die Presche sprang.

Mit einem Flimmern vor den Augen begann sie zu lesen.

… Viele der Zuschauer, die dem Freundschafsspiel zwischen der Frauenmannschaft aus Kaiserslautern und dem Team aus Zweibrücken beiwohnten, fühlten sich in ihrem moralischen Empfinden verletzt. Ab der ersten Spielminute war klar, dass es hier weniger um den Sport als solchen ging als vielmehr um das kokette Zurschaustellen von unästhetisch strammen Waden, wippenden Brüsten und aufblitzender Haut. Bei manch einer Spielerin gerieten die Haare auf unvorteilhafte Weise in Unordnung, wenn sie dem Ball allzu stürmisch hinterherjagte. Eine Dame ließ sich gar dazu herab, ein unflätiges Schimpfwort, das wir an dieser Stelle nicht wiedergeben wollen, über das provisorische Feld zu rufen, als sie einer Gegnerin den Ball abtreten musste … Aus welchem Beweggrund heraus wollen die Frauen in Männerdomänen eindringen, koste es, was es wolle? Um zu provozieren, sich wichtig zu machen? Zum Glück befinden sich diese sportelnden Damen deutlich in der Minderheit. Nach dem Fußballverbot des DFB lösten sich viele Clubs auf, und mehrere Zuschauerinnen des Spiels in Zweibrücken äußerten sich vernünftigerweise recht ablehnend gegenüber ihren Geschlechtsgenossinnen. »Das sind mit Sicherheit alles verkappte Lesben«, bemerkte Hilda G., eine junge Mutter, die zufällig am Spielort vorbeikam.

Verkappte Lesben, das war neu. Beinahe hätte Luise laut herausgelacht, doch der essigsaure Geschmack in ihrem Mund hinderte sie daran.

»Lass dir nur Zeit beim Schmökern«, sagte Frau Nagelschmidt bissig. Sie gab nicht weiter vor, die Stoffballen zu sortieren, sondern beobachtete Luise, während sie in kleinen Schlucken an ihrem Tee nippte.

Mit zitternden Fingern strich Luise die Seiten glatt und faltete die Zeitung zusammen; genug war genug, sie wollte keinen weiteren Blick auf den hämischen Artikel werfen, und auch das Foto von ihr hätte sie am liebsten aus ihrem Gedächtnis gestrichen. Zusammengesunken starrte sie auf ihre Hände, bange vor dem Donnerwetter, das unweigerlich über sie hereinbrechen würde. War es nicht ein Albtraum, dass ihre Chefin durch das Blatt erfahren musste, dass sie die Unwahrheit gesagt hatte?

»Du warst am Freitag nicht krank.« Anita Nagelschmidt bohrte ihre stechend grauen Augen über den Rand der dampfenden Teetasse in sie hinein. »Du hast mich eiskalt angelogen, um an dieser abscheulichen Veranstaltung teilzunehmen.«

Am Nähtisch herrschte noch immer bedrückende Stille, die Nähmaschinen schwiegen, mit geweiteten Pupillen lauschten die Freundinnen der Unterredung.

Dann sprang Catrin auf. »Sie war *ein bisschen* krank, Frau Nagelschmidt! Ich war doch so erkältet, und Luise hat sich bei mir angesteckt, sie ...«

»Halt den Mund.« Die Meisterin hob mahnend die Hand, wobei sie Catrin keines Blickes würdigte. »Du musst sie nicht noch verteidigen.«

Luise lächelte Catrin schwach zu. War sie nicht ein Glückspilz, solche Freundinnen zu haben? Trotzdem half ihr dies nun nichts.

»Sie haben recht.« Ihre Worte kamen kaum mehr als ein Flüstern über ihre Lippen. »Ich habe gelogen. Das Fußballspiel war mir sehr wichtig, und Sie wollten mir nicht freigeben, und ich ...«

Anita Nagelschmidt schnaufte empört. »Willst du mir die Schuld an dem Debakel geben?«

»Nein, natürlich nicht.« Luise strich zwanghaft über den silbernen Nähmaschinenanhänger ihres Armbands, das Robert ihr zum Geburtstag geschenkt hatte. Robert, ein weiteres Minenfeld; ob er den Artikel auch gelesen hatte? Übelkeit schwappte durch ihren Magen, breitete sich in ihrem gesamten Körper aus. »Es tut mir wirklich leid, Frau Nagelschmidt, ich weiß, ich habe einen großen Fehler begangen. Ich werde alles tun, um es wiedergutzumachen, das verspreche ich Ihnen.«

Ob die Chefin sie nun entließ? Sie hätte es ihr nicht einmal verdenken können, ihr ganzes Verhalten erschien ihr mehr als schäbig. Das Risiko, das sie mit ihrer Lüge eingegangen war, hatte sich noch nicht einmal gelohnt – auf das von Buhrufen und Beleidigungen durchzogene Spiel hätte sie gut verzichten können.

»Können Sie die Sache nicht vergessen?« Margrit schlug einen ungewöhnlich kleinlauten Ton an. »Luise bereut ihre Flunkerei, sicher wird so etwas nie wieder vorkommen.«

»Flunkerei! Bagatellisiere ihr Verhalten nicht, Margrit! Sie hat mir eine knallharte Lüge aufgetischt, so rasch werde ich das nicht vergessen. Nein, Luise, so leicht kommst du mir nicht davon. Für den Monat September zahle ich dir nur den halben Lohn, denn Strafe muss sein.« Klirrend setzte Frau Nagelschmidt ihre Tasse ab und goss sich aus der Porzellankanne nach, wobei sie Luise noch immer mit einem kühlen Blick aufspießte.

»In Ordnung«, versicherte Luise rasch. Sie würde jede Bestrafung ohne Widerworte akzeptieren, wurde sie nur nicht hinausgeworfen. Die Familie brauchte ihren Lohn, und mit dem schlechten Arbeitszeugnis, das die Nagelschmidt ihr sicher ausstellen würde, gelänge es ihr niemals, eine neue Stelle zu finden. Am liebsten hätte sie sich mit den Händen verzweifelt die Haare zerwühlt; was hatte sie sich am Freitag nur gedacht?

»Außerdem ...« Die Meisterin rührte gedankenverloren zwei Löffel Zucker in ihren Tee. »... außerdem werde ich dich die nächsten vier Wochen nicht in die Nähe der Stoffe und Maschinen lassen, hörst du? Du gehst mir bei anderen Tätigkeiten zur Hand. In meinem Haushalt fällt täglich viel an, darum wirst du dich von nun an kümmern. Heute beginnst du gleich damit, die Betten abzuziehen und die Laken und Überzüge zur Wäschemangel zu bringen. Verstanden?«

»Ja, natürlich.« Luise hasste die Wäschemangel, die sich in der Parallelstraße befand und von zwei ältlichen Schwestern in unmodernen Rüschenkleidern betrieben wurde, denen die schütteren Haare an der Kopfhaut klebten. In der Mangelstube war es kochend heiß, die Luftfeuchtigkeit immens hoch. Nach wenigen Minuten war man sogar als Besucher so durchgeschwitzt, als säße man in einer finnischen Sauna.

»Aber wie sollen wir die Aufträge schaffen, wenn Luise uns nicht beim Nähen unterstützt?« Margrit zupfte angespannt an ihren Nagelhäuten. »Bitte erlauben Sie ihr wenigstens, ihrer üblichen Arbeit nachzugehen.«

»Keine Sorge, Mädchen.« Anita Nagelschmidt erhob sich und schaute auf die Uhr, sicherlich musste jede Sekunde die erste Kundin eintrudeln. »Ich unterstütze euch an der Nähmaschine. Und nun hört auf, zu diskutieren. In welchen Zeiten leben wir denn? Noch bin ich die Meisterin und bestimme, wo es langgeht.« Ein letztes Mal wandte sie sich an Luise. »Ich hoffe inständig, dass keine unserer Kundinnen dein Bild in der Zeitung entdeckt. Wir sind Teil der Modebranche, wir verkörpern Eleganz und Chic – du machst mir das Geschäft kaputt, wenn herauskommt, dass du ein kesser Vater bist, der sich in Männerkleidern gefällt. Ich dachte, du bist mit diesem stattlichen Wachtmeister verlobt, der dich manchmal abholt?«

»Bin ich auch.« Luise stemmte sich aus dem Sessel hoch, die Bewegung kostete sie beinahe mehr Kraft, als sie im Moment aufzubringen vermochte; am liebsten hätte sie sich in die Ecke gehockt und geweint. Welch Blüten trieb die Vorstellungskraft ihrer Mitmenschen denn noch? Wieso stellte man sie nun als homosexuell hin, nur weil sie gerne Ballsport betrieb? Wie lächerlich das alles war! Sie wünschte sich nach Hause in ihre kleine Kammer, sehnte sich danach, sich unter der Decke zu verkriechen, um nichts mehr von der Welt zu sehen und zu hören; oder aber, bei Max zu sein. Er war der Einzige, der verstand, wie sie tickte, nach welchem Mechanismus ihr Herz funktionierte. Rasch schüttelte sie das Bild seiner warmen braunen Augen ab, sonst würden tatsächlich noch die Tränen fließen. Doch die Blöße, vor der Nagelschmidt zu schluchzen, würde sie sich nicht geben.

Nach Feierabend schmerzte ihr Rücken vom exzessiven Scheuern und Wischen in Frau Nagelschmidts Bad und Küche, und ihre rotblonden Haare klebten wie bei den Mangel-Schwestern formlos an ihrem Kopf. Sie musste sie dringend waschen, würde dies aber auf den späteren Abend verschieben müssen, denn erst einmal stand das montägliche Training im Park an.

»Ich finde es niederträchtig von der Nagelschmidt, dich einen ganzen Monat lang Sklavendienste verrichten zu lassen.« Margrit hielt ihr die schwere Eingangstür auf, die zur Straße führte. »Die Lohnkürzung ist schon schlimm genug.«

»Verdient hab ich es ja.« Luise umklammerte den Griff ihres zugeklappten Schirms; es war trocken, Schönwetterwolken zogen über den klaren Himmel, die Luft kitzelte ihr voller Blütenduft in der Nase und legte sich samtig auf ihre Haut.

»So einfach ist das nicht.« Obwohl der Arbeitstag nach den anfänglichen Diskussionen recht ruhig und ereignislos verlaufen war, wirkte Catrin noch immer aufgelöst. »Hätte dir die Nagelschmidt den Freitag freigegeben, hättest du nicht zu List und Tücke greifen müssen. Du bist so gut wie nie krank und hast noch nie um Extraurlaub gebeten, dieser eine Tag hätte dir wahrhaftig zugestanden.«

»Hätte, hätte, Fahrradkette, diese Überlegungen bringen doch im Nachhinein nichts mehr.« Luise steckte die Hände in die Taschen ihrer bonbonroten Caprihose und schlenderte zwischen ihren Freundinnen die Beethovenstraße entlang. Die Tasche mit der Sportkleidung und Peters alten Turnschuhen sowie der Schirm hingen wie Bleigewichte über ihrer Schulter.

Margrit stieß sie in die Rippen und gab einen leisen Pfiff von sich. »Schau, da vorne – da kommt dein persönlicher Schutzmann. Er will dich wohl abholen.«

»Oh nein.« Mit unguten Vorahnungen blickte Luise Robert entgegen. Er trug seine Uniform, und alles an ihm – die Schuhe, die Haut, die Haare – wirkte wie frisch gewienert. Wieso musste er sie ausgerechnet jetzt abpassen, wo sie sich im Park mit ihrer Mannschaft treffen wollte? Ein angespannter Zug lag um Roberts Mund; gewiss hatte er den Bericht in der Presse auch gelesen. Luises Füße in den Ballerinas wurden auf einmal so schwer, dass sie sie kaum noch zu heben vermochte.

»Bis morgen, Luise.« Margrit lächelte ihr aufmunternd zu. »Und denk dran: Lass dich nicht unterkriegen. Ich persönlich kann zwar mit Fußball nichts anfangen, aber ich finde es gut, wie du dich behauptest.«

»Viel Glück.« Catrin legte ihr kurz die Hand auf den Arm, eine tröstliche, beruhigende Geste. Luise lächelte dankbar und sah den Kolleginnen nach, wie sie die Straße überquerten.

Inzwischen hatte Robert zu ihr aufgeschlossen. »Hallo, Luise.« »Hallo, Robert.«

Er marschierte neben ihr her, bot ihr jedoch nicht wie sonst seinen Arm zum Einhaken an. Düster starrte Luise auf den Betonboden, jedes Steinchen schmerzte plötzlich unter ihren dünnen Schuhsohlen.

»Du hast den Bericht gelesen.« Eigentlich wollte sie das Thema nicht von sich aus ansprechen, aber was half es? Es stand zwischen ihnen im Raum wie ein lila Elefant, sie ertrug es nicht, darum zu kreisen und das Schweigen unnötig in die Länge zu ziehen.

»Hm.« Er blickte sie nicht an, sondern schritt energisch weiter. Schließlich fragte er mit belegter Stimme: »Warum tust du das alles, Luise? Fußballspielen entgegen des allgemeinen Verbots. Die ganze Heimlichtuerei.«

»Ich liebe Fußball einfach«, flüsterte sie. »Es macht solchen Spaß, zu laufen und zu rennen und das Gefühl zu haben, frei zu sein.«

Unbeeindruckt von ihren Worten betrachtete er sie. »Aber warum?«

Er versteht mich nicht, dachte sie. Das Blut rauschte in ihren Ohren, ihr Herzschlag wummerte. Sie bildeten bereits seit einem Jahr ein Liebespaar, und noch immer begriff er nicht, welchen Zauber der Ballsport für sie barg, vermochte sich nicht vorzustellen, wie sich die Endorphine über ihr ausschütteten wie Sternenstaub, sobald ihr ein geschickter Pass oder gar ein Tor gelang. Was sagte das über ihre Beziehung aus?

»Hat Georg den Artikel auch zu Gesicht bekommen?« Seine neuerliche Frage beantwortete sie nicht, war dies nicht ohnehin sinnlos? Mit dem Zeigefinger streifte sie eine süß duftende Rose, die sich an einem Gartenzaun emporrankte, die Blütenblätter über dem Gehweg geöffnet.

»Ja. Uns wird jeden Morgen eine druckfrische Ausgabe des Blattes auf die Wache gebracht.« Seine Kiefermuskeln waren verkrampft, doch er streckte kurz die Hand aus – um Luise zu berühren? –, zog sie aber gleich wieder zurück. Die ruckartige Bewegung entging ihr nicht. Am liebsten hätte sie seine Hand von sich aus ergriffen und sich so beschützt und geborgen gefühlt wie sonst, wenn er sie zärtlich hielt; aber dies war wohl nicht der rechte Moment. Ob es die richtige Zeit je wieder geben würde? Ihre Kehle schnürte sich zu, das Schlucken fiel ihr schwer.

Abrupt blieb er stehen und fixierte sie mit seinen blaugrünen Augen, die in sie drangen. »Hast du über meinen Heiratsantrag nachgedacht? Du hast noch immer kein Wort darüber verloren.«

»Ich weiß.« Nun, wo er so dicht vor ihr stand, ganz auf sie konzentriert, wagte sie es, ihn zu berühren, mit einem seiner Uniformknöpfe zu spielen. »Ich bin immer noch durcheinander.«

Er nickte, als habe er nichts anderes erwartet. Seine Niedergeschlagenheit legte sich wie dicke schwarze Melasse über ihr Gemüt.

»Meine Mutter fragt täglich, ob du meinen Antrag angenommen hast. Deine Unentschlossenheit nimmt sie sehr mit, sie stellt es sich so schön vor, eine Tochter hinzuzugewinnen … Als ich sie in meine Pläne eingeweiht habe, ist sie richtig aufgeblüht.« Dass er die Enttäuschung seiner Mutter vorschob, um seine eigene Traurigkeit zu verschleiern, schnitt ihr wie mit einem Messer mitten ins Herz. Sie wünschte, sie könne aus ihrer Haut heraus, ihm die Antwort geben, nach der er sich verzehrte. Aber was wünschte sie sich? Noch immer war ihr dies nicht klar, ihre Gedanken verwirbelten wie Farben, die sich in einem Wasserglas zu einem grauen Einerlei vermischten; weder das leuchtende Rot der Lebensfreude noch das saftige Grün der Hoffnung waren noch identifizierbar, alles war trüb und stumpf.

»Tut mir leid.« Er ging weiter, und sie hatte Mühe, mit ihm Schritt zu halten. Der Gurt der Tasche grub sich in ihre Schulter, und sie begrüßte den Schmerz, hieß ihn willkommen; als Ablenkung, als Strafe für ihre Saumseligkeit.

Er musterte ausdruckslos die Schuhspitze, die aus ihrem Gepäck ragte. »Ich muss wieder auf die Wache, Georg wartet bestimmt schon. Du gehst zum Training?«

»Ja«, flüsterte sie.

Er nickte nur, sie wusste, er würde sie nicht zurückhalten.

Es war unbequem, keine Umkleide zur Verfügung zu haben, sondern sich in einer öffentlichen Toilette umzuziehen, aber es blieb ihnen nichts anderes übrig. Die ganze Mannschaft trauerte dem Luxus, im Fußballstadion auf dem Betzenberg trainieren zu können, nach, doch wenigstens konnten sie, solange es noch mild war, im Park spielen und mussten nicht auf ihren Sport verzichten. Als sie alle in kurze Hosen und Turnschuhe geschlüpft waren, fanden sie sich wie üblich im Kreis auf dem Rasenplatz zusammen.

»Guten Abend, die Damen.« Max saß im Schneidersitz auf dem von der Abendsonne erwärmten Gras und schaute lächelnd in die Runde. Glühende Lichtpunkte malten helle Tupfer auf sein Haar. »Heute wollen wir Ballkontrolle und Ballgefühl schulen. Das können wir am besten, indem wir uns einige Übungen zum Balljonglieren vornehmen. Die einfachste Übung ist, den Ball aus der Hand aufspringen zu lassen, dann mit dem Fuß in die Hand zurückzuspielen. Dann können wir im Wechsel …«

»Max …« Dorothea hob die Hand wie ein Schulkind, das sich im Unterricht meldete.

»Ja?« Max hielt in seinen Erklärungen inne und sah die Krankenschwester prüfend an.

»Ich frage mich, ob wir nach dem Spiel letzten Freitag einfach so weitermachen sollen, als sei nichts gewesen.« Dorothea strich sich gedankenverloren über das honigbraune Haar, das glatt ihren Rücken herabfloss. »Mich hat es ganz schön mitgenommen, dass wir von den Zuschauern derart verhöhnt und beleidigt wurden, euch nicht?«

Betreten schauten die übrigen Frauen auf den Boden. Auch Luise erinnerte sich ungern an das letzte Match; anders als sonst hatte bei allen die Freude, die Leichtigkeit gefehlt. Wie sollte man sich unbefangen dem Fußball widmen, wenn Tomaten flogen oder Schimpfwörter gerufen wurden? Hinzu kam der bittere Nachgeschmack, den der Zeitungsartikel hinterlassen hatte, der Generalverdacht, sie seien allesamt Lesben … Das verdarb den Spaß am Spiel ganz gewaltig.

Marion nickte heftig. »Ja, ich war am Freitag auch fix und fertig. Es ist eine Sache, ständig Ausreden zu erfinden, um meiner Mutter zu verheimlichen, was ich in meiner Freizeit treibe, aber noch dazu von völlig Fremden angegangen zu werden? Nein, danke.«

»Auch ich stand das ganze Wochenende neben mir«, berichtete Vera. »Als wir im letzten Jahr den *FC Petticoat* gegründet haben, war das für mich eine tolle Abwechslung zu der ganzen Paukerei. Aber jetzt artet jedes Training und jedes Freundschaftsspiel in einen Spießrutenlauf aus, findet ihr nicht? Das ist nicht Sinn der Sache. Schaut nur, wir haben schon wieder Publikum, das uns misstrauisch beobachtet.«

Luise wandte den Kopf und erkannte ein Ehepaar im besten Alter, das auf der Bank am Rand der Wiese saß und sie mit Argusaugen überwachte. Die Frau trug ein bis oben zugeknöpftes aschgraues Kleid, die Miene verkniffen, der Gatte, dessen Hut wie ein unförmiger Topf auf dem spärlichen Haupthaar saß, beugte sich nach vorne und ließ die Hände über die Oberschenkel baumeln, um jedes Wort mitzubekommen. »Die beiden sind jede Woche da und schauen uns zu«, murmelte sie. »Ich glaube, sie wohnen in dem Mietshaus gegenüber.«

»Wie auch immer.« Max schien sich nicht für die Zuschauer zu interessieren. »Ich verstehe natürlich, dass ihr frustriert seid. Ich bin es ja auch. Die stockkonservative Haltung des Deutschen

Fußballbundes trägt leider nicht dazu bei, die Toleranz gegenüber Frauen zu fördern. Was schlagt ihr vor?«

Alle schwiegen, keine wusste eine befriedigende Antwort auf die Frage. Luise rupfte einen von der Sommerhitze vertrockneten Grashalm aus und verknotete ihn. Die Sonne schien ihr warm auf den Rücken, und in den Bäumen raschelten und knisterten Vögel. Bisher hatte ihr das Training im Park ein herrliches Gefühl der Freiheit geschenkt, doch nun herrschte kollektiver Trübsinn.

»Ich denke darüber nach, aufzuhören.« Dorotheas Stimme war gedämpft, dennoch trafen ihre Worte Luise wie ein Blitz. Die anderen Frauen sahen überrascht auf, selbst Max schluckte. »Was hat das alles noch für einen Sinn?«

»Du kannst nicht aufhören!«, stieß Luise hervor, und Marlies fiel ein: »Wir dürfen uns nicht kleinkriegen lassen! Ich meine, hauptsächlich spielen wir natürlich aus Freude, aber ein kleines bisschen wollen wir doch auch etwas verändern. Wir möchten unser Scherflein dazu beitragen, dass Frauenfußball gesellschaftlich akzeptiert wird. Wie soll das gehen, wenn wir das Handtuch werfen?«

»Ich stimme dir vollkommen zu.« Max nickte Marlies ernst zu. »Gegen Widerstände, ja, ich bin geneigt zu sagen, gegen Unrecht anzukämpfen, ist mehr als unbequem, es laugt aus und tut weh. Trotzdem sollten wir weitermachen. Wenn wir durchhalten, brechen vielleicht wieder andere Zeiten an.«

Luise heftete ihre Augen auf Dorothea, um ihre Reaktion auszuloten. Hoffentlich ließ die Freundin sich dazu überreden, weiterhin zum Training zu kommen. Wenn sie aufgab, würden vielleicht andere ihrem Beispiel folgen. Mit noch weniger Frauen wäre kein vernünftiges Spiel mehr möglich; allein die Vorstellung drückte auf Luises Gemüt.

»Von mir aus.« Dorothea presste die Handflächen zusammen, dann warf sie ihr glänzendes Haar über die Schultern. »Ich bin weiterhin dabei, ich würde es nicht über mich bringen, euch hängen zu lassen.«

Max lächelte. »Das ist die richtige Einstellung. Und nun Schluss mit diesen schwermütigen Gesprächen. Steht auf, und macht euch warm. Danach lasst uns Balljonglage betreiben, wie ich vorhin angekündigt habe, um euer Ballgefühl zu verbessern. Luise, hilfst du mir schon mal, die Bälle auszupacken?«

Ein warmes Gefühl durchflutete Luise. Geschwind sprang sie auf die Beine und half ihm, die Bälle aus dem Netz zu nehmen, das Max jeden Montag mit in den Park brachte.

»Denkst du auch manchmal ans Aufhören?« Sein Blick schnürte sich an ihren, forschte in ihren Zügen. »Ich hoffe nicht.«

»Keine Sorge.« Sie angelte nach einem weiteren Ball, wobei ihr Handrücken sachte seinen streifte. Die Berührung ging ihr durch und durch. Rasch zog sie ihren Arm zurück, doch Max hielt einen Moment inne, sah sie noch immer auf diese intensive Weise an, die sie gleichzeitig verwirrte und verstörte. Und die ihr das Gefühl verlieh, in eine flauschig weiche Decke eingewickelt zu sein, die ihr zärtlich über die Haut strich. Abrupt trat sie einen Schritt zurück. »Ich spiele viel zu gern Fußball, um auch nur mit dem Gedanken zu spielen, die Flinte ins Korn zu werfen.«

Und ich halte mich viel zu gern in deiner Nähe auf. Der Gedanke taumelte wie ein orientierungsloser Nachtfalter durch ihren Kopf, erschreckte sie so sehr, dass sie zusammenzuckte. Um Himmels willen, was war nur los mit ihr? Wieso beschäftigte sie sich in letzter Zeit so oft mit Max, statt darüber nachzusinnen, ob sie Roberts Heiratsantrag annehmen wollte?

»Prima, das freut mich.« Max lächelte sie an, bevor er mit neuer Energie die letzten Bälle aus dem Netz schüttelte. »Was täte ich nur ohne meine tüchtigste Stürmerin?«

Auch sie lächelte schief, das Kompliment fühlte sich wie Nektar an, der ihr süß die Kehle herunterfloss.

»Max, komm mal bitte!« Die alarmierte Stimme Veras riss beide aus ihrer Selbstversunkenheit. Luise schnellte herum und glaubte, ihre Beine würden unter ihr nachgeben. Sie drückte die Schuhe in den weichen Boden, um nicht den Halt zu verlieren. Georg und Robert näherten sich in ihren Uniformen, die Gesichtszüge ernst, fast starr, bar jeglicher Emotion. Was suchten sie hier? Sie wirkten so offiziell … Begleitet wurden sie von dem Ehepaar, das zuvor von der Bank aus zugeschaut und die Ohren gespitzt hatte. Der Ehemann hatte seinen Hut abgenommen und knetete ihn wie einen Mürbeteig, während er aufgeregt auf die Polizisten einsprach, die Frau folgte mit zitronensaurer Miene.

Max starrte den Polizisten fassungslos entgegen, mehrere Bälle unter dem Arm geklemmt.

»Wir haben eine Beschwerde erhalten.« Georg zückte seinen Notizblock und warf einen Blick auf ein eng beschriebenes Blatt. Luise wusste, dass er sie sicher entdeckt hatte, genau wie Robert auch, trotzdem ignorierten beide sie geflissentlich. Lediglich ein nervöses Zucken des Augenlids bewies, dass Georg nicht so gelassen war, wie es den Anschein erweckte.

»Von wem?« Marion pflanzte sich eng neben Max, und die anderen Frauen bildeten einen Halbkreis um den Trainer herum, fast wie ein schützender Wall. Luise stand so dicht neben Max, dass ihre Schulter seinen Oberarm berührte. Sie mussten zusammenhalten, so lautete das Mantra, das der *FC Petticoat* immer wieder herunterbetete, und galt das nicht vor allem in Momenten wie diesen?

»Von uns«, mischte sich der Herr mit Hut energisch ein. »Wir wohnen gleich gegenüber. Seit Monaten beobachten wir ihr lästerliches Treiben. Jeden Montag finden Sie sich alle pünktlich hier ein, um auf der Wiese Fußball zu spielen. Dabei weiß jedes Kind, dass der DFB es euch Frauen verboten hat, zu spielen, selbst wenn es nur im Park ist.«

»Und Sie sollten sich auch schämen.« Seine Frau zog an den Kragenknöpfen ihres altbackenen Kleides, als sei es ihr am Hals zu eng, und fixierte Max. »Auch für Sie als Mann ist es strafbar, sich an dieser Posse zu beteiligen. Wissen Sie das nicht?«

»Nun mal langsam.« Georgs Lippen bildeten eine dünne Linie, wahrscheinlich empfand er für das Ehepaar, ebenso wie Luise, nichts als Verachtung. *Denunzianten*, dachte sie abfällig. »Name und Adresse?«, wandte er sich an Max.

»Max Hollinger, Friedensstraße 53«, murmelte dieser dumpf.

»Beruf?«

»Ich studiere Sport.«

»Stimmt es, dass Sie sich regelmäßig mit den Frauen versammeln, um Fußball mit ihnen zu spielen?« Georgs Kiefermuskeln waren angespannt, während Robert blass wie ein Stück Kreide war. »Das heißt, Sie trainieren sie?«

»Ja, das tut er!«, giftete der Nachbar. »Er organisiert jede Woche ein Spiel für die *Damen*.« Das letzte Wort sprach er so abfällig aus, als handele es sich bei den Spielerinnen um Abschaum. »Und nicht nur das, Sie haben bestimmt den Artikel von diesem fürchterlichen Vorfall in Zweibrücken gelesen, Herr Wachtmeister. Daran war auch diese … ich weiß gar nicht, wie ich sie nennen soll … Gruppe von Frauen beteiligt. Die da …«, er bohrte mit dem Zeigefinger in die Luft, wobei er Luise fast in die Nase stach, »war auf dem Pressefoto zu sehen, erinnern Sie sich?«

Georg ignorierte seine Frage, während Robert Luise nun doch mit einem flüchtigen Blick streifte. Sie vermochte seine Miene kaum zu deuten; sah er verärgert aus oder eher betroffen, besorgt?

»Darum geht es nicht.« Georg drehte dem Nachbarn den Rücken zu, woraufhin dieser einen hochroten Kopf bekam und pfeifend ausatmete. »Ich habe Sie etwas gefragt, Herr Hollinger. Entspricht es der Wahrheit, dass Sie diese Gruppentreffen organisieren und die Frauen trainieren?«

»Ja.« Max blinzelte kein einziges Mal, lediglich eine pochende Ader an seiner Stirn verriet seine Gemütsverfassung.

»Und Sie leiten sogar Spiele gegen Mannschaften von außerhalb in die Wege?«

»Das ist richtig«, erklärte Max stoisch. Luise hätte am liebsten nach seiner Hand gegriffen, um ihm zu versichern, dass sie auf seiner Seite war; ein bisschen vielleicht auch, um sich selbst zu beruhigen, denn sie war so außer sich, dass ihr bunte Fünkchen im Sichtfeld tanzten. »Ich kann nichts Falsches darin entdecken.«

»Können wir das Ganze nicht abhaken?« Marlies trat ungeduldig von einem Fuß auf den anderen. »Es ist ja nicht so, als würde uns Herr Hollinger zwingen, Fußball zu spielen.«

»Nein, wir sind alle freiwillig hier«, bekräftigte Vera trotzig. »Lassen Sie uns einfach heimgehen, wir versprechen, dass wir es für heute gut sein lassen.«

»So einfach ist das nicht.« Zum ersten Mal meldete sich Robert zu Wort. Seine Stimme klang heiser, ein Hauch Verunsicherung schwang darin mit, auch wenn sein allgemeines Auftreten so professionell war, dass es außer Luise niemandem auffiel. Sie kannte ihn eben durch und durch. »Auf dem Präsidium ging eine Beschwerde gegen Herrn Hollinger ein, dem müssen wir nachgehen.«

»Ganz genau.« Die Nachbarin drängte sich zwischen Marion und Luise, um in den Fokus der Polizisten zu treten, die ihr wohl ihrer Meinung nach zu wenig Aufmerksamkeit schenkten. »Jeden Montag dieser Radau auf der Wiese, das akzeptieren wir nicht mehr! Der Park soll eine Ruheoase darstellen, es muss doch möglich sein, sich abends hier zu erholen! Stattdessen kommt es regelmäßig zu dieser Ruhestörung durch diese Herrschaften. Irgendwann fliegt ein Ball so weit, dass er uns ein Fenster einschlägt.«

»Da überschätzen Sie unsere Fähigkeiten«, sagte Dorothea mit vor der Brust verschränkten Armen, woraufhin Luise und Max sich nur mühsam ein Schmunzeln verkniffen. »Ich schaffe es ja noch nicht mal, ins Tor zu zielen, wie soll ich da eine Scheibe auf der anderen Straßenseite treffen?«

»Lassen wir das«, ging Georg dazwischen. »Kürzen wir die Sache ab. Herr Hollinger, Sie wissen, dass es unter Strafe steht, Damenfußballklubs zu leiten. Ich bin gezwungen, eine Geldstrafe auszusprechen.«

»Jetzt hör aber auf, Georg!« Luise funkelte ihren Bruder wütend an. Bisher hatte sie es vermieden, die Freundinnen über ihr Verwandtschafts- und Freundschaftsverhältnis zu den beiden Polizisten aufzuklären – wieso eigentlich, schämte sie sich insgeheim? Sie vermochte es selbst nicht zu sagen – doch nun musste sie retten, was zu retten war. Eine Geldbuße! Lächerlich! Max hatte weder einen Laden ausgeraubt noch war er jemanden gewaltsam angegangen. »Lass uns einfach nach Hause gehen und diese überflüssige Beschwerde vergessen.«

Georg betrachtete sie einen Moment schweigend, dann schüttelte er den Kopf. »Es geht nicht, Luise, das weißt du. Es geht hier nicht darum, was ich persönlich für richtig oder falsch halte, sondern um unseren offiziellen Auftrag als Polizisten.«

»Ihr kennt euch?« Vera und die anderen Frauen sahen fragend von Luise zu Georg.

»Ja, das ist mein großer Bruder.« Luise verdrehte die Augen und stemmte die Hände in die Hüften. »Der, der von Anfang an dagegen war, dass ich Fußball spiele.«

»Ich bitte dich, unsere Familienangelegenheiten nicht vor Publikum breitzutreten.« Georg errötete ein bisschen, was Luise kindischerweise ein wenig Genugtuung verschaffte. Dass Robert ihr Verehrer war, behielt sie für sich. Wer wusste, wie lange er das noch blieb? Im Moment fraß eine unbändige Wut sie von innen her auf, am liebsten hätte sie ihn geschüttelt und gezwungen, sich nicht hinter Georg zu verstecken, sondern Mumm zu beweisen und das unerträgliche Nachbarpaar schnurstracks nach Hause zu schicken, um sich um ihre eigenen Angelegenheiten zu kümmern.

Robert zog ebenfalls einen Block hervor, notierte in seiner peniblen Handschrift ein paar Begriffe und reichte den Zettel dann Max, der ihn irritiert entgegennahm. »Für die Ordnungswidrigkeit, die Sie begangen haben, entrichten Sie bitte 250 Mark. Zahlbar bis in spätestens vier Wochen. Den Bescheid bekommen Sie auch noch mal zugeschickt, diese Notiz ist nur zur ersten Kenntnisnahme.«

»Danke schön, ich hatte schon Angst, ich würde die Höhe der Strafe auf dem Heimweg vergessen«, erwiderte Max sarkastisch. Luise spähte auf das dünne Blatt Papier; es zuckte sie in den Fingern, es ihm aus der Hand zu reißen und in kleine Stücke zu zerpflücken. Konnten Georg und Robert nicht fünf gerade sein lassen? Ob Max das Geld überhaupt aufbringen konnte, er war doch lediglich ein Student ohne Einkünfte?

»Ich schlage vor, Sie gehen nach Hause.« Georg nickte den Frauen zu, bei den Nachbarn bedankte er sich äußerst knapp für ihre Intervention, als höflich vermochte man seinen Tonfall nicht zu bezeichnen. Offensichtlich enttäuscht, nicht noch mehr Wirbel verursacht zu haben, zogen sich die beiden Anwohner zurück.

Luise spürte plötzlich Georgs festen Griff, der sich um ihren Arm legte. »Wir bringen dich nach Hause, Luise, keine Widerrede.«

Erneut tobte der Groll so heftig in ihr, dass sie sich ihrem Bruder grob entzog. »Lass mich los, du widerst mich an!«

»Luise! Mäßige dich! Wir wollen dieses leidige Schauspiel nicht in die Länge ziehen.«

»Ich gehe alleine nach Hause, ihr müsst mich nicht im Polizeiwagen kutschieren wie eine Kriminelle.« Georg stand ihr breitbeinig im Weg, und sie versuchte, über seine Schulter hinweg einen Blick auf Max zu erhaschen, der niedergeschlagen mit Vera und Dorothea sprach. Alle Teammitglieder waren im Begriff, ihre Taschen zu packen und heimzukehren.

»Komm, Luise.« Robert nahm ihre Hand in seine, eine sanfte, warme Berührung, aber sie schlug sie aufgewühlt weg. Er tat ja, als sei nichts geschehen!

»Wir haben nur unsere Pflicht erledigt.«

Von wegen! Luise schnaubte ungläubig. Sie versuchte, größtmöglichen Abstand zu Robert zu halten, um nicht noch einmal von ihm angefasst zu werden, ihr war, als brenne ihre Haut nach seinem Annäherungsversuch wie bei einem Griff in ein Brennnesselfeld.

»Bis bald, Luise!«, rief Max ihr nach. Sie taumelte herum und starrte in sein trauriges Gesicht, sah in seine Augen, die wie unergründliche dunkle Seen auf ihr ruhten, und etwas in ihr zerriss wie ein zu stramm gespanntes Gummiband, verursachte einen kurzen, heftigen Schmerz.

»Ja, sehen Sie, das ist das Schöne an Frauen,
sie gehen auch mit einem Ball zart um.
Junge, Junge, ja, die brauchen sich gar nicht aufzuregen,
die Zuschauer, die Frauen waschen doch ihre Trikots selber.
Wenn die Männer in den Schlamm fallen würden,
das wäre schlimm, denn dann müssten die Frauen zu
Hause waschen. Decken, decken, nicht Tisch decken,
richtig Mann decken, so ist recht.«

*Wim Thoelke, Moderator des Aktuellen Sportstudios
im ZDF, 1970*

Kapitel 14

Mit verschränkten Armen saß Luise auf der Rückbank des Polizeiautos; ihr Gesicht schmerzte, so sehr biss sie die Zähne aufeinander. Starr sah sie aus dem Fenster, nahm den sich zart pfirsichrosa färbenden Abendhimmel jedoch kaum wahr. Junge Leute auf Fahrrädern oder Mopeds kamen ihnen entgegen, und verliebte Paare spazierten an den blühenden Gärten der Häuser vorbei. Aber alles, was sie empfand, war Wut, weiß glühend und messerscharf. Robert saß vor ihr auf dem Beifahrersitz, seine Nackenmuskeln waren angespannt, während der Fahrt hatte er noch keinen Ton geäußert.

»Musste dieser Auftritt sein?« Sie spuckte die Worte fast hervor.

Georg steuerte den Wagen umsichtig an einer Baustelle in der Donnersbergstraße vorbei. In einem Straßencafé saßen gut gelaunte Menschen bei einem kühlen Getränk, die gestreifte Markise über ihren Köpfen bewegte sich leicht in einer lauen Brise. Luise war sich fast sicher, dass sie nie wieder diese Leichtigkeit verspüren würde, die andere Leute empfanden, nie wieder so harmlos vergnügliche Dinge unternehmen würde wie sie. Ihr übermächtiger Zorn würde sie nach und nach auffressen, bis nichts mehr von ihr übrig blieb.

»Aber Luise.« Georg warf ihr über die Schulter einen flüchtigen Blick zu, bevor er sich wieder auf den spärlichen Feierabendverkehr konzentrierte. »Ich habe dir vorhin schon versucht zu erklären, dass ich mich an Vorschriften halten muss, wenn ich im

Dienst bin. Auf der Wache ging eine Beschwerde ein, und wir mussten ...«

»Ja, das hast du bereits gesagt«, unterbrach Luise ihn kühl. »Ihr musstet dem nachgehen. Allerdings hättet ihr die Sache im Sande verlaufen lassen können, nicht wahr? Aber du bist immer so furchtbar *korrekt*.« Ihre Stimme brach, und sie presste sich die Faust vor den Mund.

»Sag du mir nicht, wie ich meine Arbeit zu erledigen habe«, erwiderte Georg leise.

Robert schwieg noch immer, was sie auf die Palme brachte. Wieso sagte er nicht auch mal was? Warum überließ er das Reden ihrem Bruder, er war an der ganzen unleidlichen Geschichte schließlich genauso beteiligt?

»Außerdem – Robert und ich sind nicht die Schuldigen in dieser Angelegenheit. Bereits lange vor dem Frauenfußballverbot habe ich dir klargemacht, dass du dich von diesem Sport fernhalten sollst. Du hast dich geweigert, die ganze Familie wiederholt angelogen, nun brauchst du dich wahrhaftig nicht darüber zu beschweren, dass die Situation eskaliert ist.«

Luise bohrte die Fingernägel so fest in ihre Oberarme, dass zu ihrem Entsetzen an einer Stelle ein kleiner Blutstropfen hervorquoll. Rasch versuchte sie sich ein wenig zu entspannen, doch ihr gesamter Körper war so verkrampft, dass sie sicher einen Muskelkater davontragen würde. Sie schluckte die heftige Bemerkung darüber, dass Fußball ein friedlicher Sport war, der niemandem schadete – auch jungen Damen nicht – herunter; diese Diskussion hatten sie bereits allzu oft verbittert geführt, ohne sich einander anzunähern. Jede weitere Bemerkung darüber war überflüssig.

»Warum hast du Max eine 250-Mark-Strafe aufgebrummt, Robert?« Sie wusste, es war kindisch, aber es half, die Wut zu kanalisieren, indem sie sie nun auf ihren Freund richtete.

»Damit er aufhört, euch zu trainieren. Dich zu trainieren.« Robert starrte geradeaus auf die im Abenddämmer ruhende Straße, sie sah lediglich seinen Hinterkopf, das braune, weiche Haar; sie wusste genau, wie geschmeidig es sich unter ihren Händen anfühlte. »Und weil ich bemerkt habe, wie er dich ansieht.«

Luise glaubte zuerst, sich verhört zu haben, dann sickerte die Bedeutung dessen, was Robert gemurmelt hatte, in ihr Bewusstsein. Sie ließ die Arme auf die Rückbank sinken, einen Moment wie gelähmt. Robert war eifersüchtig. Er hatte gespürt, dass ein ganz zartes Band zwischen Max und ihr bestand, dünn und leicht wie ein Seidenfaden. Mit einem Schlag war all ihre Wut verraucht, zurück blieb ein Aschehäufchen aus Verwirrung und so allumfassender Traurigkeit, dass es ihr den Magen umzustülpen schien.

»Aber warum musstest du die Strafe so hoch ansetzen? Er ist Student, er besitzt keine Ersparnisse.« Ihre Stimme klang in ihren eigenen Ohren dumpf, so als befände sie sich unter Wasser.

»Die Höhe der Strafe ist völlig angemessen.«

»Das ist richtig«, warf Georg ein.

Sie hatte fast vergessen, dass ihr Bruder auch noch da war, sie wünschte, sie wäre allein mit Robert. Ihr Fast-Verlobter erschien ihr mit einem Mal wie ein Fremder. Hatte sie ihn je wirklich gekannt? Hatte er sie je gekannt? War es nicht bezeichnend für ihre Beziehung, dass sie nie gewagt hatte, sich ihm richtig anzuvertrauen, ihm ihre Fußballleidenschaft begreiflich zu machen? Stattdessen hatte sie ihr Hobby nach dem DFB-Verbot vor ihm verheimlicht, und das war gut gewesen, stellte sich doch nun heraus, dass er keinerlei Verständnis dafür aufbrachte. War das Fundament, auf dem ihre Liebe basierte, stark genug, um eine Ehe darauf aufzubauen?

»Ich möchte dich nicht heiraten.«

Kaum war dieser Satz über ihre Lippen gedrungen, erschrak sie fürchterlich. Vor sich selbst, vor ihrer Courage, der Endgültigkeit ihrer Entscheidung. Gleichzeitig fluteten Erinnerungen an schöne Zeiten mit Robert über sie hinweg, sie beide beim engen Tanzen, Schulter an Schulter im Eiscafé, Hand in Hand beim Waldspaziergang, seine warme Haut an ihrer. Der Geruch seines nassen Haares am See, die blaugrünen Augen, die sich in ihren verloren. Sein Mund auf ihrem, so zärtlich und leicht wie eine Blütenknospe. Es war vorbei, konnte nicht weitergehen. Sie würde in ihr Unglück rennen.

»Was?«

Georg bremste scharf, und Robert wandte sich ruckartig zu ihr um, Schock, Fassungslosigkeit ins Gesicht gemeißelt.

»Ich möchte dich nicht heiraten. Es geht nicht.« Sie hielt seinen Blick, den Schmerz in seinen Zügen, nicht aus. Er ähnelte einem angeschossenen Reh, das elend verbluten würde. Rasch drehte sie sich weg, sah blicklos hinaus auf die Häuser, deren Dächer im Abendschein rotgolden leuchteten.

Sie ging ohne Abendessen ins Bett, und nach einer schlaflosen Nacht saß sie am nächsten Morgen müde und erschöpft am Frühstückstisch. Edith hatte bereits von Georg erfahren, was sich am Vortag zugetragen hatte, drängte ihr aber kein Gespräch auf. Sie strich ihr lediglich tröstend über das Haar und stellte behutsam eine dampfende Tasse Kaffee vor ihr ab.

Nach und nach trudelten ihre Brüder ein, alle noch im Schlafanzug, lediglich Ulrich trug bereits seine Arbeitshose für die Schreinerei.

»Luise.« Georg setzte sich ihr gegenüber; sie sah nur flüchtig auf, bemerkte jedoch, dass auch er violette Schatten unter den Augen hatte. »Wir müssen reden.«

»Müssen wir das? Ich denke, es ist alles gesagt.« Sie schob sich ein Stück gebuttertes Knäckebrot in den Mund und kaute darauf herum; es schmeckte wie Holz. Ihre Kehle brannte, und Schmerz fraß sich wie eine Raupe durch ihr Herz. Noch immer konnte sie es selbst kaum glauben – sie hatte Robert verloren, was sie gleichermaßen verzweifelt wie erleichtert stimmte. Welche der beiden Empfindungen überwog, vermochte sie nicht zu sagen.

»Warum um alles in der Welt hast du Robert den Laufpass gegeben?« Ulrich biss herzhaft in sein Brot, wenigstens ihm schien es heute Morgen als Einzigem zu schmecken.

Sie gab nur ein unbestimmtes Brummen von sich, es überstieg ihre Kräfte, die ganze Geschichte für den Bruder aufzurollen.

»Meinst du, du findest so leicht einen neuen Mann, der dich mit deinen ganzen Flausen im Kopf nimmt?«, flachste Peter. Sein Gesicht zierten Abdrücke des Kissens, und seine Haare standen ab wie bei einem Igel.

Luise, Georg und Ulrich ignorierten ihn, nur Mutter schüttelte den Kopf. »Wie kannst du deine Schwester in solch einer schwierigen Situation noch ärgern? Halt dich zurück, sonst werde ich ernsthaft böse.«

»Schon gut, man wird ja wohl noch einen Spaß machen dürfen.«

»Du hast Robert sehr verletzt.« Georg schob seinen noch vollen Teller von sich. »Wie konntest du nur? Ihm liegt sehr viel an dir. Seit Monaten erzählt er mir von seinen Zukunftsplänen mit dir, und du löst die Verlobung derart unbedacht.«

»Wir waren doch noch gar nicht verlobt.« Von der Straße drückte dicker Nebel gegen das Küchenfenster, isolierte sie von der Welt. Es kam Luise vor, als hätte sich der Rest der Straße in klammem Nichts aufgelöst und sie wären die Einzigen, die noch übrig blieben, einsam und trostlos. Genauso, wie es in ihr drinnen aussah. »Und es waren seine Zukunftspläne, über die er gesprochen hat, nicht meine.«

»Hast du ihm das jemals gesagt?«

Tränen schossen in Luises Augen. Georg hatte ja recht; wieso hatte sie sich nicht viel früher von Robert gelöst? Hatte sie nicht bereits nach wenigen Monaten gespürt, dass sie zu unterschiedlich waren, um auf Dauer glücklich zu werden?

»Es ist alles schiefgelaufen«, brach es aus ihr heraus. »Ich wollte ihn nicht brüskieren, aber ich war so fassungslos, als ihr zwei gestern Abend im Park aufgeschlagen seid und diese lächerliche Geldstrafe über Max verhängt habt …«

»Max, Max, wer ist das?«, fragte Ulrich verwirrt.

»Der Fußballtrainer«, erklärte Georg kurz angebunden. »Ich wäre am liebsten in Grund und Boden versunken, als du im Dienstwagen mit Robert Schluss gemacht hast. Hättest du nicht wenigstens einen geeigneteren Moment abwarten können?«

»Ach so.« Luise tupfte sich mit der Serviette die feuchten Augen ab. »Es geht dir nur darum, wie unangenehm es dir war, dabei zu sein.«

»Unsinn.« Georg schnalzte ungeduldig. »Es geht darum, dass Robert mein bester Freund ist und ich es hasse, ihn leiden zu sehen. Vor allem, weil du ihn aus einer unbestimmten Laune heraus abserviert hast. Was soll ich ihm denn sagen?«

»Ich finde, wir sollten erst mal alle zur Ruhe kommen.« Edith strich Luise liebevoll über den Arm. »Luischen geht es schlecht genug, das ist nicht zu übersehen. Es hilft nichts, ihr zuzusetzen. Ich bin sicher, sie hatte gute Gründe, warum sie diesen Schritt gegangen ist, auch wenn ich selbst sehr traurig darüber bin. Robert ist ein wirklich netter junger Mann.«

Luise blinzelte, um zu verhindern, dass erneut die Tränen flossen, und spielte gedankenversunken mit ihrem Silberarmband. Die kleine Nähmaschine daran fühlte sich angenehm kühl an. Das Armband. Durfte sie es nun überhaupt noch tragen? Es war ein Geschenk von Robert gewesen. Kurzerhand nahm sie es ab und legte es vor Georgs Teller.

»Gib ihm bitte das Armband zurück. Ich … ich habe kein Recht mehr, es zu tragen.«

»Ist das nicht ein wenig melodramatisch?« Ulrich runzelte die Stirn. »Es handelt sich ja nicht um einen Verlobungsring, sondern lediglich um ein Geburtstagsgeschenk.«

»Trotzdem.« Sie würde es nicht mehr übers Herz bringen, das Schmuckstück anzulegen, obwohl sie die kleine silberne Nähmaschine über alles liebte.

Georg schob das Armband in die Mitte des Tisches. »Behalt es mal, Luise. Wer weiß, vielleicht besinnst du dich, und es ist noch nicht alles verloren.«

»Ich bleibe bei meiner Entscheidung. Es gibt keinen Weg zurück«, flüsterte sie. Der Nebel wurde immer dichter. Nasse Rinnsale liefen an der Fensterscheibe herab. Wenn sie doch nur zu Hause bleiben und sich in der warmen Höhle ihres kleinen Zimmers verkriechen könnte! Ob sie überhaupt die Energie aufbrachte, sich anzuziehen und durch diese stille, watteweiße Welt da draußen zur Arbeit zu gelangen? Sie würde ihre Geschichte den Freundinnen erzählen müssen, sicher sahen sie ihr an, dass etwas nicht mit ihr stimmte. Der Gedanke daran, sich erneut erklären zu müssen, war wie ein dumpfer Schlag in die Eingeweide.

»Warum ziehst du ein Gesicht wie drei Tage Regenwetter?« Natürlich bemerkte Margrit mit ihrem Adlerblick sofort, dass sie bedrückt war; ihre wachsbleiche Haut und die geröteten Augen taten sicher ein Übriges.

»Bist du krank?«, fragte Catrin besorgt.

Die zwei Freundinnen saßen am Nähtisch, die Maschinen surrten, während die bunten Stoffe Gestalt annahmen. Luise, in Kittelschürze und mit einem Tuch um die Haare, um die Locken aus dem Gesicht zu halten, wrang den Putzlappen im Eimer aus, der zu ihren Füßen stand. Die Nagelschmidt hatte ihr aufgetragen, die Eingangstür zu säubern, da sich darauf allerlei Fingerabdrücke von Kundinnen angesammelt hatten. Gab es eine nervtötendere und sinnfreiere Aufgabe? Glücklicherweise war die Meisterin in der Küche verschwunden, um sich einen Früchtetee zu brauen, und sie war ein paar Minuten mit Margrit und Catrin allein, auch wenn sie wenig Lust auf ein Gespräch hatte.

»Ich habe gestern meine Beziehung zu Robert beendet«, gestand sie und sank matt auf den Besuchersessel. Sie strich sich über die Handgelenke; ohne das Armband fühlten sie sich nackt an.

»Bist du noch ganz bei Trost?« Margrit starrte sie so ungläubig an, als habe sie gerade zugegeben, den Sparstrumpf ihrer Großmutter entwendet zu haben.

Catrin schlug sich die Hand vor den Mund. »Ach, du meine Güte! Luise …!«

»Bitte nicht ihr auch noch. Meine Brüder haben mir schon genügend ins Gewissen geredet. Es ist nicht mehr zu ändern. Zwischen Robert und mir ist Schluss. Er hat einen wichtigen Teil von mir nie akzeptiert – meine Liebe für den Sport. Zwar hat er es letztes Jahr geduldet, dass ich am Training teilgenommen habe, doch seit wir Frauen offiziell nicht mehr spielen dürfen, ging er stillschweigend davon aus, dass ich mich zurückhalte. Aber das tue ich nicht.«

»Himmel, Luise, du hast Robert wegen des dämlichen Frauenfußballs in die Wüste geschickt? Ich glaube es nicht!« Margrit stemmte fassungslos die Hände in die Seiten. »Wie unglaublich dumm von dir! Abgesehen von diesem einen Punkt wart ihr doch glücklich miteinander, oder?«

»Hm. Ja. Nein. Ach, ich weiß nicht. Irgendetwas hat mir bei ihm immer gefehlt.«

Catrin bemühte sich um einen verständnisvollen Gesichtsausdruck, das war nicht zu übersehen, aber es schien ihr schwerzufallen.

»Etwas hat gefehlt? Auf welchem Stern lebst du? Den perfekten Mann kannst du dir backen lassen, den gibt es nämlich nicht. Du weißt, wie viele Rendezvous ich in den letzten beiden Jahren hatte, ich kann mitreden!« Margrit schnaubte, drehte ihr den Rücken zu und widmete sich wieder ihrer Näharbeit.

»Ich weiß.« Luise starrte aus dem Fenster. Noch immer hüllte der Nebel die Stadt in eine weiche Wolke. »Trotzdem – es hat sich einfach nicht richtig angefühlt mit Robert.«

Das Surren der Nähmaschine verstummte, und Margrit drehte sich erneut zu ihr um. »Robert ist also wieder zu haben. Kannst du mich bei Gelegenheit mit ihm bekannt machen? Was dich betrifft, ist der Drops gelutscht, nicht wahr?«

»Du bist unglaublich, Margrit.« Luise rappelte sich hoch und fischte den Putzlappen aus dem Eimer, um weiterzuputzen. Das Geschirrgeklapper aus der Küche drang näher, die Nagelschmidt befand sich im Anmarsch.

»Hört auf zu schwatzen!« Die Meisterin balancierte ihre Teetasse und die Porzellankanne auf einem Tablett und ließ sich ächzend am Besuchertischchen nieder. »Und du sputest dich besser, Luise, sonst kannst du dich auf eine weitere Lohnkürzung einstellen. Es wartet noch viel Arbeit auf dich.«

Das Klopfen eines Spechts schallte rhythmisch durch den Wald. Am Nachmittag hatte es kurz geregnet, und Regenwasser sammelte sich in den Mulden des unebenen Waldwegs. Es spritzte auf, als Luise durchradelte, und ihre Schuhspitzen wurden feucht. Kleine Zweige und Rinde knackten unter den Reifen.

Ein Stück weiter sah sie eine Männergestalt; das musste Max sein! Sie trat noch forscher in die Pedale, um ihn einzuholen. Es mutete seltsam an, im Wald zu trainieren. Aber wohin sollten sie sonst? Der Zutritt zum Stadion war ihnen seit Monaten verboten, und auch auf der Wiese im Park duldete man die Mannschaft

nicht mehr. Max hatte eine Lichtung im Wald als neuen Treff-
punkt vorgeschlagen, und da niemandem etwas Besseres eingefallen war, hatten sie alle zugestimmt. Das hieß, die Frauen, die
noch übrig waren.

Nach Georgs und Roberts Auftritt letzte Woche hatte eine weitere Spielerin das Handtuch geworfen. Regina, eine junge Frau,
die kürzlich in den Stand der Ehe getreten war, hatte rundheraus
verkündet, Fußball fortan an den Nagel zu hängen. Sie versicherte, keinerlei Lust auf weitere Zusammenstöße mit der Polizei
zu verspüren, außerdem sei sie den Spott ihres frischgebackenen
Ehemannes leid. Keine aus der Gruppe hatte versucht, sie umzustimmen, jede verstand die Entscheidung.

»'n Abend, Max.« Luise bremste so scharf, dass kleine Steine
aufflogen. Max drehte sich überrascht zu ihr um, lächelte dann
aber froh. Über seiner Schulter hing das Netz mit den Fußbällen,
die sie zum Üben benutzten.

»Hallo, Luise. Schön, dich zu sehen.« Dann wanderte ein
Schatten über sein Gesicht. »Ich bin gespannt, wie viele sich
heute Abend einfinden. Hoffentlich hat außer Regina nicht noch
eine andere beschlossen, dass es die Sache nicht wert ist.«

»Ja, das wäre das Ende.« Trübsinnig schob Luise ihr Fahrrad
neben Max her. Es war kühl, der Regen vorhin hatte die letzte
Sommerwärme vertrieben, die Walderde roch würzig und nach
Holz. »Schon jetzt wird es kaum möglich sein, ein richtiges Spiel
auf die Beine zu stellen. Neun Spielerinnen … das ist zu wenig.«

»Ich weiß.« Max seufzte. Die Bälle schwangen auf seinem Rücken hin und her.

Luise wünschte, der Weg zur Lichtung möge sich noch recht
lange hinziehen; sonst waren sie immer von den Freundinnen
umringt, hatten kaum eine Minute für sich. In seiner Gegenwart
fühlte sie sich so wohl in ihrer Haut wie nie, ganz sie selbst, in
sich ruhend. War es nicht traurig, dass sie mit Robert nie so emp-

funden hatte? Dabei hatte sie sogar in Betracht gezogen, ihn zu heiraten! Während Max lediglich einen Fußballkumpel darstellte.

»Es tut mir leid, dass mein Bruder uns letzte Woche aus dem Park gejagt hat.« Einträchtig gingen sie nebeneinanderher, lauschten dem Rascheln der Vögel im Laub und dem Knistern kleiner Tiere in den Büschen. Dass Robert ihr Fast-Verlobter gewesen war, verschwieg sie lieber, wieso, vermochte sie selbst nicht so genau zu begründen. Auf jeden Fall war ihre Beziehung zu Robert nichts, worüber Max Bescheid wissen musste, aber die Geschichte war ja ohnehin passé.

»Er hat sich nur an seine Vorschriften gehalten. Die beiden Anwohner hatten sich auf der Wache beschwert, er und sein Kollege konnten dies schlecht ignorieren.« Max streifte sie mit einem wissenden Blick. Wie einfühlsam von ihm, nicht auf Georg herumzuhacken, er verstand, wie schwer es für sie war, zwischen der Mannschaft und ihrer Familie zu stehen.

»Trotzdem.« Luise kratzte mit den Fingernägeln über den Gummibezug der Lenkstange. »Er und … der andere Polizist hätten dir keine Geldstrafe aufbrummen sollen. Das war fies.«

»Ich muss es akzeptieren.« Max hob hilflos die Schultern, ein bitterer Zug schlich sich in sein Gesicht. »Auch wenn die Höhe der Summe eine persönliche Katastrophe für mich ist. Zweihundertfünfzig Mark!«

»Ich nehme an, so viel kannst du nicht aufbringen, was?« Erneut stieg heiße Wut auf Georg und Robert in ihr auf, drohte ihr den süßen Moment der Zweisamkeit zu vergällen. Ob sie noch einmal mit Georg über das Bußgeld verhandeln sollte? Aber was würde das bringen, die Strafe war offiziell und nun nicht mehr zurückzunehmen.

»Natürlich nicht.« Max schoss ein großes Stück Rinde in einen Haufen welken Laubs. »Zwar habe ich mein Studentendarlehen und halte mich nebenher mit Gelegenheitsjobs über Wasser.

Trotzdem ist das Geld sehr knapp. Meine Mutter hat selbst sehr wenig, sie kann mich nicht unterstützen. Ich weiß beim besten Willen nicht, wo ich zweihundertfünfzig Mark auftreiben soll …!« Seine Stimme nahm eine fast verzweifelte Klangfärbung an, einen Moment nur, dann riss er sich zusammen und kehrte zu seinem üblichen ruhigen Selbst zurück und sah sie von der Seite mit einem weichen Blick an. »Aber mach dir keine Sorgen, Luise, irgendwie schaffe ich das schon.«

In Luises Kopf arbeitete es auf Hochtouren. Ihr musste eine Möglichkeit einfallen, wie Max zu helfen war! Es war so ungerecht, dass er für die ganze Mannschaft büßen musste, schließlich spielten sie alle zusammen Fußball; warum erhielt nur er als Trainer eine Strafe? Natürlich war ihr klar, dass vor allem das Organisieren von Frauenspielen verboten war, nicht das Spielen an sich – aber war das nicht Haarspalterei? Sie waren alle gleich schuldig, oder besser: unschuldig.

»Ich steuere was zu dem Betrag bei.«

»Unsinn. Das möchte ich nicht.« Max blieb stehen und legte seine Hand auf ihre. Die Berührung wärmte sie von innen heraus, verjagte die Niedergeschlagenheit, die wie eine schwere Wolke über ihnen hing, erfüllte sie mit solcher Wonne, dass es ihr selbst lächerlich vorkam. Es handelte sich ja schließlich nicht um einen Kuss.

»Darüber sollten wir uns noch mal in Ruhe unterhalten.« Widerwillig löste sie sich aus seinem Blick; die Lichtung kam in Sicht, und drei, vier andere Spielerinnen waren bereits auszumachen. Angestrengt dachte sie nach; sie musste Max helfen, sie steckten alle knietief in der Sache. Leider war sie selbst knapp bei Kasse, von ihrem Gehalt, das normalerweise 320 Mark betrug, bezog sie momentan nur die Hälfte. Ein Großteil ihres Geldes floss ohnehin in die Pfeifer'sche Haushaltskasse, selbst in gewöhnlichen Monaten blieb nicht viel.

»Nein, schon in Ordnung, Luise, ich möchte nicht, dass du dich mit diesem Problem belastest. Mir fällt schon eine Lösung ein.« Max ging so dicht neben ihr, dass sich ihre Schultern fast berührten. Ihr Herz pochte wie ein in einem Käfig eingesperrter Kolibri. »Sag, hast du Lust, mal mit mir ...«

»Puh, ihr legt ja ein flottes Tempo an den Tag!« Vera tauchte atemlos neben ihnen auf, die an den Schnürsenkeln zusammengebundenen Turnschuhe baumelten an ihrer Hand. Luise zuckte kaum merklich zusammen. Der Zauber, der für einen winzigen Moment über Max und ihr gelegen hatte, war zerbrochen wie eine bunte Zuckerstange, die in tausend Brösel zerfiel. Nichts mehr blieb davon übrig. Was Max wohl hatte fragen wollen? Obwohl sie Vera sehr mochte, hätte sie sie am liebsten dahin gewünscht, wo der Pfeffer wuchs.

Auch Max schien Veras abruptes Auftauchen nicht zu behagen, schweigsam hörte er ihr zu, wie sie von ihrem Schultag berichtete.

»Der Sportlehrer ist so eine Nulpe! Ich habe vorgeschlagen, mal was anderes als Gymnastik und Bodenturnen durchzunehmen, aber er meinte, Ballspiele und dergleichen stehen nicht im Lehrplan für Mädchen, und ich sagte ihm, was ich von seinem Lehrplan halte, und daraufhin drohte er mir mit einem Tadel für mein impertinentes Verhalten, und dann ...«

Luise ließ die Worte über sich hinwegrauschen. Als sie kurz zur Seite sah, begegneten ihre Augen Max. Er lächelte ihr zu, ganz leise und bedauernd, und doch voller Zuneigung, und plötzlich empfand sie Veras Geplapper nicht mehr als störend; ihr Herz quoll über vor Glück.

Marion, Dorothea, Marlies und vier andere Spielerinnen saßen bereits auf dicken Baumstämmen oder umgeknickten Ästen. Letzte Regentropfen hingen wie Silberperlen an den Grashalmen, die Wiese war zu feucht, um sich auf den Boden zu setzen.

»Schön, dass ihr hergefunden habt«, begrüßte Max die Mannschaft. »Auch wenn wir seit letzter Woche bedauerlicherweise wieder geschrumpft sind. Aber lasst uns nach vorne schauen. Ich habe eine gute, eigentlich eine grandiose Nachricht!«

»Wir dürfen wieder auf dem Betzenberg spielen?«, flachste Marlies.

»Das nun leider nicht.« Max lächelte schief. »Aber meine Neuigkeit ist mindestens genauso gut. Stellt euch vor, wir haben ein Länderspiel in Aussicht! Was sagt ihr dazu? Ein richtiges Länderspiel!«

»Wie, ein Länderspiel?« Luise wechselte verständnislose Blicke mit ihren Freundinnen. »Gegen wen denn?«

»Nun …« Max gab vor, umständlich seine Turnschuhe zu schnüren, um es spannend zu machen. »Bei einem Länderspiel spielt man selbstverständlich gegen eine ausländische Mannschaft, das liegt in der Natur der Sache.«

»Träum weiter«, bemerkte Marion trocken, wofür sie erheitertes Gelächter erntete.

»Es ist kein Traum.« Triumph blitzte in Max' Gesicht auf, er genoss es sichtlich, seine Teammitglieder auf die Folter zu spannen. »Im Rahmen eines vierwöchigen Austauschprogrammes habe ich an der Uni einen holländischen Sportstudenten kennengelernt, Thijs. Er trainiert in der Nähe von Amsterdam eine ähnliche Mannschaft wie ich, also eine Frauenmannschaft.«

»Echt?« Luise staunte. »Und das ist in Holland problemlos möglich? Man wird dort nicht als Mannweib betrachtet, wenn man Fußball spielt?«

Max grinste schief. »In den Niederlanden geht man mit dem Thema weitaus lockerer um.«

Ein allgemeiner Tumult brach aus, jede Frau wollte etwas beitragen, sodass sie schließlich alle durcheinanderredeten.

»Das ist ja wohl die Höhe, dann sind nur wir Deutschen so gestraft?«

»Interessant, dass es anderswo nicht so spießig zugeht!«

»Einen holländischen Mann sollte man haben.«

Lachend erhob Max eine Hand, um dem Stimmengewirr Einhalt zu bieten. »Nun kriegt euch wieder ein. Ich weiß, es ist ungerecht, dass die Holländerinnen nach Lust und Laune Fußball spielen dürfen, während uns solche Beschränkungen auferlegt sind. Aber lassen wir uns nicht entmutigen. Die Hauptsache ist, Thijs' Mannschaft reist extra her, um sich mit uns ein Match zu liefern! Das ist doch großartig. Eigentlich wäre es besser gewesen, wenn wir nach Holland gereist wären, um dort völlig legal zu spielen. Aber ich weiß, wie eingespannt manche von euch sind. Oder dass eure Familien etwas dagegen gehabt hätten.«

»Du hast recht. Dass die Holländerinnen herkommen, ist Bombe!« Vera hielt Max die Handfläche hin, und er schlug amüsiert ein.

»Aber wo soll das Spiel stattfinden? Der Zutritt zu den Stadien bleibt uns ja noch immer verweigert, oder?«

»Ich arbeite an einer Lösung.« Max gab sich geheimnisvoll. »Und nun sollten wir uns mit der Spieleraufstellung befassen und endlich mit praktischen Übungen beginnen. Allein durchs Reden gewinnt man kein Länderspiel.«

Voller Tatendrang standen die Frauen auf und dehnten ihre vom unbequemen Kauern auf den Ästen tauben Glieder. Nur Marlies stand bewegungslos im feuchten Gras, Fragezeichen im Gesicht. »Du bist mir wirklich ein Rätsel, Max. Erst letzte Woche wurdest du von der Polizei zu einer Geldbuße verdonnert, weil du gegen die Vorschriften verstößt, aber statt von nun an vorsichtig und zurückhaltend zu sein, organisierst du ein Länderspiel, das mit Sicherheit öffentliche Aufmerksamkeit auf sich ziehen wird. Ist dir nicht bange, noch mehr Ärger zu bekommen?«

»Ein bisschen schon.« Max warf ihr einen Ball zu. »Aber nicht bange genug, um auf ein gutes Spiel zu verzichten. Ich trainiere euch weiter – ich denke, man müsste mich in Handschellen vom Feld zerren, um mich zum Aufhören zu nötigen.«

Über die Köpfe der anderen hinweg suchte er Luises Blick, und sie lächelten sich an, teilten einen geheimen Moment innigen Verständnisses.

»Ach, übrigens …« Max klaubte den letzten Ball aus dem Netz, um ihn Vera zu reichen, hielt aber in der Bewegung inne. »Die holländischen Spielerinnen sind nicht so betucht, dass sie sich in Deutschland ein Hotel leisten können. Deshalb habe ich mit Thijs vereinbart, dass jede von euch für eine Nacht eine Holländerin bei sich zu Hause aufnimmt. Thijs wird in meiner Studentenbude unterkommen. Ich hoffe, das stellt für niemanden ein Problem dar?«

»Nö.« Vera schüttelte energisch den Kopf. »Meine Eltern sind bestimmt begeistert, einen Gast aus dem Ausland zu beherbergen, außerdem ist es ja nur für eine Übernachtung.«

»Das geht klar.« Marlies begann, mit dem Ball um einen umgelegten Baumstamm herum zu dribbeln. »Es hat Vorteile, wenn man allein lebt und niemandem Rechenschaft schuldig ist.«

Max sprang über einen knorrigen Ast, um zu Luise zu gelangen. »Wie sieht es mit dir aus?«, fragte er leise und sah sie forschend an. »Ich möchte nicht, dass dein Bruder dir Ärger bereitet.«

Langsam hob Luise die Schultern. »Ich muss schauen … Aber ich bekomme das sicherlich hin, versprochen.«

Den Rest des Trainings war sie nicht ganz bei der Sache. Wie um Himmels willen sollte sie es möglich machen, eine junge Holländerin aufzunehmen? Georg würde dies nie und nimmer erlauben.

»Ich hoffe halt mal, dass die sich nicht an den Haaren ziehen oder so, wenn die eine oder andere da mal eine Grätsche setzt.«

Timo Glock, Rennfahrer

Kapitel 15

KAISERSLAUTERN, SEPTEMBER 1955

Auf dem Bahnsteig tummelten sich die Menschen. Alle Spielerinnen des *FC Petticoat* mitsamt ihren Familien sowie Max warteten gespannt auf die Ankunft des Zuges, mit dem die Holländerinnen eintreffen würden. Gelächter und lebhafte Gespräche hingen in der frischen Herbstluft. Das erste Laub begann gerade, sich feuerrot und maisgelb zu verfärben, und jetzt am Abend kühlte es merklich ab.

»Zerdrück die Blumen nicht.« Nervös reckte Edith Pfeifer den Hals, um die Einfahrt des Zuges nicht zu verpassen, doch noch war er nicht in Sicht. Luise schmunzelte und zupfte behutsam an den süß duftenden Rosen, die sie als Willkommensgeschenk für ihren holländischen Gast besorgt hatte. Mutter war fast noch aufgeregter als sie selbst. Dabei war es nicht einfach gewesen, sie davon zu überzeugen, die zwanzigjährige Annemieke aus Amsterdam für eine Nacht bei sich aufzunehmen. Nach dem letzten Spiel konnte sie zwar nachvollziehen, welche Leidenschaft ihre Tochter dem Fußball entgegenbrachte, trotzdem dachte sie mit Schrecken an die Pöbler zurück und befürchtete auch bei diesem neuen Match unerwünschte Zwischenfälle.

»Im Grunde habe ich überhaupt nichts dagegen einzuwenden«, hatte sie seufzend bemerkt, nachdem Luise vor drei Wochen vom Training im Wald zurückgekehrt war und ihr von dem bevorstehenden Länderspiel berichtet hatte. »Wir waren immer eine gastfreundliche Familie, das weißt du. Das Problem ist: Wie sage ich es meinem Kinde? Wir können deinen Brüdern unmöglich die Wahrheit sagen. Wenn Georg wüsste, dass du weiterhin Fußball spielst, wäre der Teufel los. Vor allem nach dieser Ruhestörung im Park.«

»Ja, ich weiß.« Unglücklich hatte Luise den Kopf an Mutters Schulter gelegt und ihren frischen Geruch nach Kernseife und Putzmitteln eingeatmet, der sie stets umgab. Edith arbeitete hart, allein an diesem Tag hatte sie in drei Haushalten geputzt, und Luise fühlte sich schlecht dabei, ihr noch mehr Kummer zu bereiten. »Aber was soll ich tun, Mutti? Jede aus der Mannschaft nimmt jemanden bei sich daheim auf, auch Max. Irgendwo müssen die Holländerinnen schließlich übernachten, oder? Ich kann mich nicht ausschließen, nur weil mein Bruder Polizist ist und es mit den Vorschriften allzu genau nimmt.«

»Das verstehe ich.« Mutter hatte Luise liebevoll über das Haar gestrichen und sich wieder daran gemacht, Wolle auf die Häkchen der Strickmaschine zu fädeln, die wie jeden Abend unermüdlich im Einsatz war. »Gut, Luischen. Ich erlaube dir, Georg noch ein einziges Mal anzuflunkern, was den Grund für Annemiekes Aufenthalt bei uns betrifft. Aber danach ist Schluss, verstanden? Mittlerweile fühle ich mich ganz schäbig, ständig die Wahrheit zu verdrehen, auch wenn ich dir den Spaß gönne.«

»Danke, Mutti.« Luise hatte ihre Mutter herzhaft auf die Wange geküsst. »Das vergesse ich dir nicht. Und glaub mir, ich sehne mich genauso danach, nicht mehr zu lügen. Aber solange Frauenfußball verboten ist …«

»Ja, schon gut.« Mutter winkte ab, sie hatten dieses Thema bereits unzählige Male durchgekaut.

Schließlich einigten sie sich darauf, den Brüdern zu erzählen, Luises niederländische Brieffreundin übernachte bei ihnen. Was ja nicht so ganz falsch ist, dachte Luise, hatten sie und Annemieke sich doch im Vorfeld des Besuchs etliche Male hin- und hergeschrieben.

Ein Pfeifen riss Luise nun aus ihren Gedanken. Der Zug fuhr ein! Die Freundinnen scharten sich um die Eingangstüren, als sich diese quietschend öffneten und, zusammen mit einigen Berufspendlern, eine Traube munterer junger Frauen ausspuckten.

»Thijs, Thijs!«, rief Max über die Köpfe seiner Spielerinnen hinweg einem braunhaarigen Mann mit sportlicher Statur zu, der lässig eine Reisetasche über der Schulter trug. An seine Teammitglieder gewandt fügte er hinzu: »Denkt daran, morgen pünktlich um neun Uhr auf dem Fußballplatz in Ramstein!« Die beiden verschwanden in Richtung Ausgang.

Luise war heilfroh, dass morgen Sonntag war und sie sich nicht wieder überlegen musste, wie sie Arbeit und Sport vereinbaren konnte.

»Luise?« Eine junge Frau mit butterblonden Haaren und Sommersprossen im Gesicht stand plötzlich vor ihr und sah sie fragend an. Ihre blauen Augen strahlten.

»Annemieke?« Freude rauschte durch Luises Adern. Nach einer Sekunde des Schweigens, in der sie sich lediglich lächelnd betrachteten, entsann sie sich des Blumenstraußes und überreichte ihn dem Gast feierlich.

»Oh, wie schön, ein Begrüßungsgeschenk! Wie nett von dir!« Annemieke strahlte bis über beide Ohren. Ihr Deutsch klang eigentümlich, aber recht lustig. Luise fühlte sich gleich wohl mit ihr, sicher würden sie Spaß zusammen haben.

»Guten Tag, Fräulein Annemieke. Ich hoffe, Sie hatten eine angenehme Reise? Nun ab nach Hause, nicht wahr? Das Abendessen wartet, Sie sind sicher hungrig.« Edith nahm Annemieke den kleinen Koffer ab, doch diese bestand darauf, ihn selbst zu tragen.

»Ein Stück müssen wir zu Fuß gehen. Aber keine Angst, es ist zu bewältigen.« Luise sprudelte hervor, was ihr gerade in den Sinn kam, sie war so aufgekratzt, dass sie sich kaum zu beruhigen wusste. Aber man bekam nicht alle Tage Besuch aus Holland, oder? Ihr war, als sehe sie ihre Stadt mit Annemiekes Augen, nahm den herben Duft der Spätblüher in den Vorgärten wahr, vernahm das geräuschvolle Aufprallen der Bälle, mit denen die Kinder in den Höfen spielten.

»Eine Bitte hätte ich …« Luise drehte unbehaglich am Knopf der meeresblauen Strickjacke, die Mutter ihr auf ihrer Maschine für den nahenden Herbst angefertigt hatte. »Wie ich dir geschrieben habe, Annemieke, habe ich drei Brüder. Sie … äh, wie soll ich es sagen, sie wissen nichts davon, dass du anlässlich eines Länderspiels bei uns bist …«

»Was?« Annemieke schaute sie mit geweiteten Pupillen an, um ihre Mundwinkel zuckte es, ob vor Belustigung oder Entsetzen, vermochte Luise nicht zu deuten. »Wieso denn nicht?«

»Na ja, es ist kompliziert.« Luise zwang sich, den Knopf loszulassen, bevor er von der neuen Jacke abriss. »Frauenfußball ist bei uns ja nicht erlaubt, und … Meine Brüder sehen sich als meine Beschützer an, sie erlauben mir nicht, zu spielen. Vor allem mein ältester Bruder nicht, denn wie es das Schicksal will, ist er ausgerechnet Polizist, und du kannst dir vorstellen, wie schwer es ihm fällt, darüber hinwegzusehen, dass seine kleine Schwester einen *verbotenen Sport* treibt.« Sie verdrehte die Augen und setzte mit den Fingern imaginäre Anführungszeichen in die Luft, um zu demonstrieren, was sie von dem Verbot hielt.

Annemieke prustete laut hervor. »Du spielst heimlich Fußball? Das ist ja herrlich, so etwas habe ich noch nie gehört.«

Luise errötete, doch Edith erlöste sie rasch aus ihrer Verlegenheit, indem sie fragte: »Wie ist das denn bei euch in Holland, Fräulein Annemieke?«

»Lassen Sie bitte das Fräulein weg.« Die junge Holländerin zwinkerte Edith zu. »Wir Holländer haben keinerlei Probleme damit, dass Frauen Fußball spielen. Im Gegenteil, letzten April wurde der Niederländische Damenfußballbund gegründet, der unsere Interessen vertritt.«

»Davon können wir in Deutschland nur träumen«, murmelte Luise.

»Was ist schon dabei, wenn wir Mädchen spielen? Männliche und weibliche Füße sind von der Anatomie her doch völlig gleich.«

»Ich wünschte, bei uns wäre man ebenso zwanglos.« Luise wies Annemieke mit einer Geste an, in die Weidenstraße abzubiegen. Aus dem Laden der Stolles drang der Geruch von Brot und Kartoffelsuppe nach draußen. »Aber das Gegenteil ist der Fall. Neulich habe ich in Peters Fußballzeitschrift – Peter ist mein jüngster Bruder – den Bericht einer Ärztin gelesen, die allen Ernstes behauptet, Fußball schädige die Sexualorgane von uns Frauen.«

Edith räusperte sich vernehmlich, und Luise verstummte. Sie hätte wissen müssen, dass ihrer Mutter die Erwähnung weiblicher Geschlechtsteile vor völlig Fremden unangenehm war, auch wenn sie sich daheim mit ihrer Tochter recht offen gab.

»Ein harter Schuss in den Bauch könne die Fortpflanzungsfähigkeit beeinträchtigen«, ergänzte Luise mit einem belustigten Seitenblick auf Edith.

»Welch ein Schwachsinn.« Annemieke schüttelte den Kopf, dass ihr blonder Pferdeschwanz hin und her flog. »Zum Glück gibt es in Holland keine dieser selbsternannten Experten, sonst würde ich mich ernsthaft mit dem Gedanken tragen, auszuwandern.«

»Da sagst du was.« Luise grinste schief. »Auf jeden Fall weißt du nun Bescheid … Du bist nicht wegen des Länderspiels hier, du stattest lediglich deiner deutschen Brieffreundin einen Besuch ab.«

»Ich hoffe, Sie denken nicht, wir Deutschen seien von Grund auf unehrlich.« Edith kramte in ihrer Tasche nach dem Schlüssel und schloss die pfefferminzgrüne Haustür auf. »Das sind wir nicht. Ich unterstütze meine Tochter gerne, da ich sehe, wie glücklich sie Fußball macht. Allerdings ist es schwierig, es gleichzeitig meinen Söhnen recht zu machen.«

»Verstehe.« Annemieke sah sich interessiert in der engen Eingangsdiele um. »Aber ich kann euch versichern, dass ich die Letzte bin, die ein Problem darin sieht, ein wenig zu schwindeln, wenn es um das eigene Wohlbefinden geht. Du brauchst nicht zu befürchten, dass ich mich vor deinen Brüdern verplappere, Luise. Wir Fußballerinnen müssen zusammenhalten.«

Beim Abendessen war die Stimmung ausgelassen. Zwar fand Annemieke die Speisen gewöhnungsbedürftig – in ihrem Eifer, den Gast zu verwöhnen, wollte Edith eine Spezialität der Gegend servieren und tischte Saumagen und Leberknödel auf –, doch wurde viel gelacht und gescherzt. Annemieke zeigte keinerlei Berührungsängste und benahm sich, als wäre sie regelmäßig zu Besuch bei Pfeifers. Ungeniert erwiderte sie Peters kecke Flirtversuche und streute den ein oder anderen Polizistenwitz in die Unterhaltung ein; dies geschah jedoch so charmant, dass Georg am lautesten von allen lachte. Lediglich Marlene und Elsbeth, die ebenfalls eingeladen waren, fanden die Holländerin ein wenig befremdlich und gaben sich zugeknöpft. Als sie Luise halfen, die Nachspeise – Zimtröllchen mit Sahne – auf Teller zu geben, konnten sie sich einen Kommentar nicht verkneifen.

»Die ist ziemlich burschikos«, raunte Marlene Elsbeth zu.

»Und hast du ihre Beine unter ihrem Rock angesehen? Stramm wie Männerwaden. Würde mich nicht wundern, wenn sie eine dieser Sportskanonen wäre, die alles ausprobieren müssen, was eigentlich nichts für uns Frauen ist.«

Luise schmunzelte in sich hinein, widersprach jedoch nicht. Gegen die Freundinnen ihrer Brüder kam sie nicht an, mehr als ein höfliches Miteinander würde es zwischen ihnen nie geben.

In der Nacht überließ sie ihr Bett dem Gast, sie selbst schlief auf einer Matratze auf dem Boden. Es war so eng im Zimmer, dass man kaum noch einen Schritt zu gehen vermochte, aber es herrschte eine Zeltlageratmosphäre, die Luise genoss. Bis spät sprachen sie über Gott und die Welt und natürlich über Fußball, während die volle Scheibe des Mondes bläulich durchs Fenster schien.

»Eigentlich sollten wir schon längst schlafen.« Luise gähnte, winkelte die Beine an und zog sich die Decke bis zum Kinn. Es war ein langer Tag gewesen; bis zum Mittag hatte sie in der Schneiderei gewischt und gewienert – zu ihrem Leidwesen musste sie heute zusätzlich die Fenster putzen, eine Arbeit, die sie verabscheute –, danach hatte sie mit Mutter das Haus auf Vordermann gebracht und das Abendessen vorbereitet, während ihre Brüder mit ihren Kumpels aus der Straße in den Park gezogen waren, wahrscheinlich, um Fußball zu spielen. Dass sie dies ungeniert taten, obwohl sie wussten, wie gerne Luise mit von der Partie gewesen wäre, schmerzte. Aber egal – morgen würde sie gegen das Team eines anderen Landes antreten, etwas Aufregenderes konnte sie sich kaum vorstellen. »Wir werden völlig übermüdet sein. Dabei will ich doch gegen euch gewinnen.«

»Im Leben nicht.« Annemieke kicherte in ihr Kissen. »Wir sind die bessere Mannschaft. Wo findet das Spiel überhaupt statt? Du hast vorhin erzählt, ihr dürft nicht im Stadion trainieren.«

Luise bettete ihren Kopf auf den angewinkelten Ellenbogen und schaute hinaus in den nächtlichen Himmel. »Das ist richtig. Aber unser Trainer Max – er ist toll, wirklich, richtig toll! – hat nicht eher Ruhe gegeben, bis er jemanden gefunden hat, der uns ein Feld zur Verfügung stellt. Die amerikanischen Streitkräfte, die hier in der Gegend stationiert sind, sind bestens ausgerüstet. Sie haben in Ramstein nicht nur eine eigene Stadt für ihre Angehörigen eingerichtet, mit amerikanischen Geschäften und Restaurants und Kinos und dem größten Atomwaffenlager in Europa, sondern sie besitzen auch tolle Sportanlagen. Und da sie nicht so verbohrt sind, was Frauen und Sport betrifft, dürfen wir unser Länderspiel auf ihrem Gelände durchführen.«

»Auf einem Atomwaffenlager.« Annemieke richtete sich in ihrem Bett halb auf, Luise spürte in der Dunkelheit ihren verwunderten Blick auf sich ruhen.

»Ja.« Luise verschränkte die Hände unter dem Kopf und sah an die Holzdecke, auf die das schwache Glimmen der Straßenlaterne fiel. »In der Not frisst der Teufel Fliegen.«

»Einen Elfmeter hatten wir bisher noch nie.«

»Dieses Foul von Leontin war aber wirklich garstig. Wie sie Inge zu Boden geworfen hat, einfach unsportlich.«

»Sie hat sich ja hinterher entschuldigt.«

»Na ja, zu unserem Nachteil war das ja alles nicht. Wir haben unsere Chance genutzt, und Luise hat tatsächlich noch ein Tor geschossen! Sonst stünde es nun unentschieden.«

»Ein Hoch auf Luise!«

Die Spielerinnen des *FC Petticoat* erhoben erneut ihre Cocktailgläser auf Luise und brachen in ausgelassenen Jubel aus. Auch sie selbst ließ das vor Kurzem beendete Spiel immer wieder im Kopf Revue passieren, noch immer fassungslos darüber, dass sie das entscheidende Tor geschossen hatte. Die holländischen Gegnerinnen zeigten sich im Nachhinein jedoch als gute Kameradinnen, die anstandslos verlieren konnten, ja, sich sogar als Stimmungskanonen bei der anschließenden Party gaben. Im amerikanischen Diner auf dem Gelände der Air Force gab es flamingorote Erdbeermargaritas, Hot Dogs und mit rosa Zuckerguss überzogene runde Kuchen, die zum Anbeißen aussahen.

»Wieso bist du so spät aufgetaucht?«, rief Luise Vera ins Ohr. Der holländische Trainer, Thijs, hatte eine Münze in die Jukebox geworfen, und *Rock around the clock* von Bill Haley erfüllte den Raum. Ein paar der jüngsten Spielerinnen tanzten ausgelassen über die Schwarz-Weiß-Fliesen des Diners, während die älteren in Grüppchen beisammenstanden und die deutsch-holländische Freundschaft vertieften.

»Mein Vater wollte mich mit unserem Auto nach Ramstein bringen, die zwanzig Kilometer sind ja keine Entfernung. Er war ganz aufgeregt, auf amerikanisches Gelände zu dürfen.« Vera zog Luise zu einer der mit weichem türkisblauem Kunststoff bezogenen Bänke vor den hohen Fenstern, wo man sich ungestörter unterhalten konnte. »Aber unser Opel Kapitän gab unterwegs den Geist auf. Keine zehn Minuten waren wir unterwegs. Zum Glück konnten wir uns das Auto unseres Nachbarn ausleihen, es dauerte nur ein bisschen. Gott sei Dank habe ich es noch geschafft, zumindest knapp.«

»Ohne dich hätten wir zu acht antreten müssen.« Luise sog an ihrem Strohhalm; die Margarita schmeckte so zuckrig süß, dass sie am liebsten gleich noch eine bestellt hätte, aber sie wollte nicht, dass ihr der Alkohol zu Kopf stieg. »Es war ja schon sehr entgegenkommend von den Holländerinnen, dass sie, obwohl sie mit zwanzig Mann – Pardon, Frau – angereist sind, elf ihrer Spielerinnen auf die Ersatzbank gesetzt haben, um gleich starke Teams zu ermöglichen.«

»Und dank dir haben wir wieder gewonnen – du bist große Klasse, Luise!«

Sie errötete unter Veras Lob, noch immer stimmten Komplimente sie verlegen. Zu ihrer Erleichterung wirbelte Annemieke mit schwingendem Pferdeschwanz auf sie zu und zog sie an beiden Händen auf die Tanzfläche. »Diskutiert nicht so viel, wir müssen unser Spiel feiern, auch wenn Holland verloren hat.«

»Annemieke ist jeder Vorwand recht, um auf die Pauke zu hauen«, zog Thijs seine Spielerin auf, die ihm lachend zustimmte. Inzwischen tummelten sich der halbe *FC Petticoat* und alle Holländerinnen in der Mitte des Diners und hüpften und tanzten wild. Luise tanzte zuerst mit Annemieke, dann mit Vera, Dorothea und Marion, ausgefüllt vom Triumph des Sieges und purer Lebenslust. War es nicht herrlich, einmal alle Alltagspflichten zu vergessen und ganz sie selbst zu sein? Dennoch nagte ganz leise das Gefühl an ihr, dass etwas – oder besser: jemand – fehlte, bis sie sich selbst dabei ertappte, nach Max Ausschau zu halten. Wo war er bloß? Ihr wurde ganz flau im Magen, als sie ihn am Tresen stehen und mit einem GI plaudern sah; hatte sie insgeheim befürchtet, er würde mit einer der hübschen Holländerinnen flirten? Ein Schwung amerikanischer Gäste flutete den Diner, und sie verlor Max kurz aus den Augen. Plötzlich spürte sie von hinten eine Hand auf ihrer Schulter, und sie schnellte herum und sah in Max' erwartungsvolle Miene.

»Schenkst du mir einen Tanz?«

»Klar.« Ihre Stimme klang heiser, die Musik schluckte ihre Worte jedoch ohnehin, sodass er ihr eher von den Lippen ablas, als dass er sie verstanden hätte. Aus der Jukebox erschallte *Love is a many splendored thing*, ein gefühlvollerer, langsamerer Song als die Rock 'n' Roll-Hits von zuvor. Einerseits pochte ihr vor Anspannung das Herz in der Brust, gleich eng mit ihm zu tanzen, andererseits wünschte sie sich nichts mehr als das. Ihr wurde klar, dass dies der Moment war, nach dem sie sich lange gesehnt hatte. Was war nur los mit ihr? Sie verstand sich selbst nicht mehr. Aber vielleicht sollte sie ihren Kopf einfach ausknipsen wie eine Nachttischlampe und sich auf ihre Sinne verlassen. Max' warme Hände um ihre Taille, seine Oberschenkel, die sich gegen ihre drückten, sein Atem, der ihr Haar streifte. Sie war heilfroh, sich nach dem Spiel gleich abgebraust zu haben, nicht auszudenken, wenn sie wie üblich erst zu Hause geduscht hätte. Annemieke hatte ihr von ihrem Parfum geliehen, und sie roch blumig-pudrig nach Seul Trésor von Lancôme, genoss den Hauch von Luxus, der sie umgab wie ein unsichtbarer Schleier. Keine ihrer Freundinnen in der Schneiderei oder beim Fußball benutzte ein Parfum, war es doch einfach unerschwinglich.

»Du riechst nach Pfirsichen«, murmelte Max nahe an ihrem Ohr.

Sie schloss die Augen, gab sich vollkommen der Musik und Max' Berührungen hin, ihr war, als schwebe sie schwerelos auf einer watteweichen Wolke, die Anwesenheit der anderen Tanzenden, das Stimmengewirr an der Bar und den Tischen, blendete sie, so gut es ging, aus.

»Was wolltest du mich letztens fragen?«, flüsterte sie, seinen Nacken umschlingend.

»Hm?« Er schien völlig weggedriftet, aufgelöst in der berauschenden Nähe ihrer beider Körper.

»Letztens im Wald … Ich habe dich mit dem Fahrrad eingeholt, und wir sind ein Stück zusammen gegangen. Du hast gefragt, ob ich Lust hätte zu … Zu was? Was hast du gemeint?«

Seine Haut unter dem dünnen Hemd schien zu glühen, am liebsten hätte sie ihre Hände wandern lassen, um ihn zu ergründen, die Fingerspitzen auf seine Brust zu legen, seinen Herzschlag zu erspüren. Der Alkohol musste ihr wahrhaftig zu Kopf gestiegen sein, sie war nicht mehr sie selbst. Vielleicht war sie aber so sehr sie selbst wie noch nie in ihrem Leben. Gab es einen schöneren Ort als diesen amerikanischen Diner mit der lauten, krächzenden Jukebox, dem Stimmengewirr, das immer stärker anschwoll, dem Geruch nach Parfum, Schweiß und Drinks? Nirgends sonst wollte sie sein als hier an Max' Seite, und sie hoffte, der Tanz möge nicht so rasch enden.

»Ach so …« Max blinzelte, als erwache er aus einem Traum. »Ich wollte dich fragen, ob ich dich einmal ausführen darf. Zum Tanzen oder … dergleichen.«

Luise lachte erstickt, die Wange an seine Schulter gelehnt. »Aber das tun wir doch gerade – tanzen.«

»Ich meine … richtig ausführen.« Max schmunzelte. Unter den Tütenlampen war es mittlerweile recht warm geworden, und ihm standen die Schweißperlen auf der Stirn. »Nur du und ich. Ich lege keinen Wert darauf, dass die ganze Mannschaft dabei ist.«

»Ja«, flüsterte sie, plötzlich ganz ernst. Sie sehnte sich danach, mit ihm allein zu sein, unbeobachtet von den vielen Augen ringsum. Glücksbläschen blubberten in ihrem Innern, und plötzlich war sein Gesicht ganz dicht vor ihrem; ob er sie wohl küssen würde?

»Wir müssen uns nun leider verabschieden, sonst schaffen wir es nicht rechtzeitig zum Bahnhof.« Wie ein Geist aus der Flasche drängte sich auf einmal Annemieke zwischen sie und blickte von einem zum anderen. Ein Lächeln zuckte um ihre Lippen, wahrscheinlich spürte sie das Knistern zwischen ihnen ganz deutlich.

Unwillkürlich trat Luise einen Schritt zurück. »Schon? Wie schade.« Die Temperatur schien um mehrere Grad abzukühlen, die Musik klang hohl und blechern. Die Seifenblase war geplatzt; ob sich je die Gelegenheit bieten würde, Max tatsächlich näher zu kommen?

»Ja, leider. Immerhin wollen wir heute Abend noch in Amsterdam ankommen.«

Luise nickte langsam. »Natürlich. Dann sollten wir unsere Mädels zusammentrommeln, Max, um die holländische Mannschaft zum Bahnhof zu begleiten.«

»Ja, das sollten wir.« Er klang rasch wieder geschäftsmäßig, der innige Ausdruck, der während des Tanzes in seinen Zügen gelegen hatte, war gewichen. Luise lief zum Tisch, um ihre dort abgestellte Sporttasche zu holen. Eben noch war sie fast betrunken vor Glück gewesen – gut, das war wahrscheinlich zumindest teilweise den Margaritas zu verdanken –, nun war es, als hole die Realität sie mit einem harten Schlag in den Magen wieder ein. Der kleine Urlaub von ihrem Alltag war vorbei, sie musste nun heimkehren, den Brüdern vorflunkern, sie habe Annemieke die Stadt gezeigt. Tief in ihr drinnen hatte sich kaum merklich etwas verschoben; durch den Besuch aus dem Ausland war ein frischer Wind durch ihren Kopf geweht, und der Tanz mit Max hatte Sehnsüchte in ihr geweckt, die ihr bisher absolut unbekannt waren. Sie wollte nicht nach Hause, alles in ihr sträubte sich dagegen. In der Aufregung des Aufbruchs suchte sie Max' Blick. Er sah sie an, ein Lächeln in den braunen Augen, das ihre gedrückte Stimmung auflöste wie Frühnebel im Herbst. Der Tag in Ramstein war nicht das Ende, eher ein Anfang. Wovon? Nun, sie würde sich überraschen lassen.

»Ich finde Damenfußball unästhetisch.«

Paul Breitner, ehemaliger deutscher Fußballnationalspieler

Kapitel 16

»Klaus, das war ein eiskaltes Foul!«, rief Luise quer über die Weidenstraße, als sie am Dienstagabend nach Hause schlenderte. »Du hast Tillmann unübersehbar das Bein gestellt.«

Der elfjährige Nachbarsjunge lief rot an und vergrub die Hände in den Hosentaschen. »Als ob du da Ahnung hättest, Luise. Das war nie im Leben ein Foul, Tillmann ist eben so doof, dass er über seine eigenen Füße gestolpert ist.«

»Bin ich nicht, bin ich nicht, du lügst!« Klaus' Freund – Luise wusste, dass er in der Parallelstraße wohnte – stampfte wütend auf und stellte sich hilfesuchend neben sie. »Luise hat recht, nur weil sie ein Mädchen ist, heißt das nicht, dass sie von Fußball nichts versteht.«

»Pfft.« Klaus stieß verächtlich die Luft aus. »Jetzt macht nicht so einen Wirbel, spiel weiter, Tillmann.«

»Du bekommst die rote Karte.« Tillmann ließ nicht locker und sah, um Bestätigung heischend, zu Luise auf. Diese konnte sich ein Schmunzeln über den blutigen Ernst, mit dem die Jungs spielten, nicht verkneifen.

»Eine Entschuldigung reicht vielleicht auch, oder, Klaus?«

Klaus erkannte wohl, dass er sich in der Minderheit befand, und bat nuschelnd um Verzeihung. Luise betrat den Gemischtwarenladen seiner Eltern. Frau Stolle stand wie immer in gestärkter weißer Schürze hinter der Kasse, während ihr Gatte Regale einräumte.

»Guten Abend, Frau Stolle, Herr Stolle, packen Sie mir bitte zweihundert Gramm bunte Bonbons und Lakritzschnecken in eine Tüte.«

»Na, heute gönnen wir uns aber was, Fräulein Luise.« Frau Stolle nickte wohlwollend und entnahm den Gläsern auf dem Tresen allerlei zuckrige Süßigkeiten, um sie mit ihrem silbernen Schäufelchen in eine braune Dreispitztüte aus Papier zu befördern.

»Das muss manchmal sein.« Am liebsten hätte sie sich sofort einen der fruchtig duftenden Himbeerdrops in den Mund geschoben, wollte aber bis nach dem Abendessen warten. Tatsächlich stellte die bis obenhin gefüllte Tüte eine Art Belohnung dar, die sie sich selbst versprochen hatte, denn seit heute durfte sie wieder an der Nähmaschine arbeiten. Die vier Wochen Frondienst waren zwar noch nicht ganz vorüber, doch Anita Nagelschmidt hatte sich unerwartet großzügig gezeigt und sie am Morgen, als sie wieder nach dem Putzeimer greifen wollte, an den Nähtisch gescheucht. »Die ganze Wohnung blinkt und blitzt, ich lasse es mal gut sein und nehme dich in Gnaden wieder auf.«

Margrit und Catrin hatten ihr zugegrinst, als sie ihren üblichen Platz zwischen ihnen bezogen hatte.

»Vielleicht rührt der Sinneswandel der Chefin daher, dass sie vor lauter Aufträgen ganz schön ins Schwitzen kommt – jeden Tag trudeln mehrere Bestellungen für Herbst- und Wintergarderobe ein«, flüsterte Margrit mit funkelnden Augen. »Aber wie sagt meine Oma immer: Ein Schelm, der Böses dabei denkt.«

Im Grunde war es egal, was die Nagelschmidt dazu bewogen hatte, sie wieder nähen zu lassen. Bestens gelaunt lief Luise nach Hause. Es war herbstlich frisch, die Abendsonne hing wie blasses Eigelb am Himmel.

Schnell brachte sie ihre Süßigkeiten vor Peter in Sicherheit – das Geheimversteck in ihrer Wäscheschublade hatte er bisher noch nicht aufgespürt – und half Edith beim Zubereiten des Essens.

»Grundgütiger, was soll das denn sein?« Peter starrte wenig später auf seinen mit Käse, Schinken und Ananas belegten Toast, offenbar unschlüssig, ob die Mahlzeit ihn anekelte oder lediglich verwirrte.

»Toast Hawaii – der neueste Schrei«, versetzte Mutter stolz. »Das Rezept habe ich von Frau Stolle. Im Fernsehen läuft diese Kochsendung, von der ganz Deutschland spricht. Clemens Wilmenrod heißt der Koch. Eine seiner neuesten Kreationen ist der Toast Hawaii.«

»Weiß doch jeder, dass seine Frau kocht, er selbst bringt nichts zustande«, brummte Georg.

Peter spießte mit der Gabel die Cocktailkirsche auf, die den Toast krönte. »Neumodisches Zeug.«

Luise lachte laut heraus. »Du hörst dich an, als wärst du achtzig Jahre alt, Peterchen.«

»Was ich euch noch erzählen wollte.« Ulrich biss herzhaft in seinen Toast. »Mein Kollege hat mir eine merkwürdige Geschichte erzählt. Vergangenen Sonntag läutete morgens ein Nachbar bei ihm, der sich dringend sein Auto ausleihen wollte. Er musste zu einem wichtigen Termin, und sein Opel Kapitän war gerade liegengeblieben und fuhr keinen Meter mehr.«

»Was bedeuten die Buchstaben von Opel noch mal?« Georg feixte. »Ohne Plan einfach losgebaut.«

»Wie auch immer«, fuhr Ulrich heiter fort. »Auf jeden Fall bekam der Kollege seinen Wagen am Nachmittag zurück und ließ sich berichten, was vorgefallen war. Der Nachbar hat eine halbwüchsige Tochter, die anscheinend recht kühne Vorstellungen von ihrer Rolle in der Gesellschaft hat. Sie hat Abitur gemacht und will nun studieren, diese Mädels haben ja bekanntlich Flausen im Kopf.«

»Komm zum Punkt.« Luise stach mit der Gabel auf ihren Toast ein. Ulrichs und Peters vertrauliches Gelächter, so als verfügten sie über ausreichende Erfahrungen mit *diesen Mädchen*, um sich ein Urteil über sie erlauben zu können, ließ Wut in ihr hochschäumen. Gleichzeitig keimte ein schrecklicher Verdacht in ihr auf, Ulrichs Erzählung kam ihr nur allzu bekannt vor. Sollte sie schon wieder auffliegen, würde dies nie ein Ende nehmen?

»Das junge Ding nahm an einem Fußballspiel auf dem Air-Base-Gelände drüben in Ramstein teil, und der Herr Papa, der dies auch noch unterstützt, wollte sie unbedingt chauffieren.«

»Ein Fußballspiel in Ramstein?« Georg runzelte die Stirn, während Luise die Zähne zusammenbiss und mit ihrem Besteck den Toast hin und her schob; der Appetit war ihr gründlich vergangen. Es war, als sehe sie dabei zu, wie eine Bombe gezündet wurde, die im Begriff war, in die Luft zu fliegen. Edith streifte sie mit einem besorgten Blick, natürlich hatte sie sich gleich einen Reim auf Ulrichs Bericht gemacht. »Unterhalten die Amerikaner eine Damenmannschaft? Das ist mir neu.«

»Natürlich nicht.« Ulrich schüttelte vehement den Kopf. »Sie stellten bloß ihr Fußballfeld zur Verfügung, was Sportstätten angeht, sind sie ja bestens ausgerüstet. Die Spielerinnen kamen von hier, sagte der Kollege.«

Einen Moment herrschte Schweigen am Tisch, nur das gleichförmige Ticken der Küchenuhr war zu vernehmen. Luise kämpfte mit sich, dann jedoch holte sie tief Luft und verschränkte die Arme vor der Brust. Was half es, ihr Geständnis hinauszuzögern, die Augen ihrer Brüder ruhten längst erwartungsvoll auf ihr.

»Das ist alles richtig. Letzten Sonntag hat meine Mannschaft gegen ein holländisches Team gespielt. Auf dem Gebiet der Amerikaner. Sie sind zum Glück nicht so verklemmt, dass sie uns die Bitte, ihr Feld benutzen zu dürfen, abgeschlagen hätten.«

»Holländisches Team?« Peter kratzte sich am Kopf, und sie konnte geradezu beobachten, wie es hinter seiner Stirn arbeitete. »Dann war diese flotte Biene, die bei uns übernachtet hat, gar nicht deine Brieffreundin ...? Sie kam mir gleich vor wie eine Kampflesbe.«

»Dafür hast du aber ganz schön mit ihr geflirtet«, fuhr Luise ihn an. Am liebsten hätte sie ihm mit dem Spüllappen das Grinsen aus dem Gesicht gewischt. »Außerdem ... außerdem ist sie wirklich meine Brieffreundin. Wir haben uns in den letzten Wochen öfter geschrieben und werden das auch beibehalten.«

»Mal sachte.« Georg, der bisher stumm gewesen war, wahrscheinlich hatte er Zeit benötigt, die neuen Erkenntnisse sacken zu lassen, hob eine Hand. »Hier geht es nicht um Annemieke oder darum, ob ihr euch schreibt oder nicht. Tatsache ist, dass du uns wieder einmal gewissenlos hinters Licht geführt hast, Luise. Deine Lügengeschichten nehmen immer enormere Ausmaße an, merkst du das nicht? Schon wieder hast du uns ein Märchen aufgetischt ... Ich fasse es nicht, was du uns über diese Holländerin vorgeschwindelt hast ...! Eine Freundin, die uns für ein Wochenende in Deutschland besucht!«

»Was hätte ich denn sagen sollen? Die Wahrheit?« In ihrer Brust brannte es, scharfe Säure schien ihre Kehle zu verätzen.

»Du sollst überhaupt kein Fußball spielen, das ist der springende Punkt.« Ulrich fixierte sie mit zusammengekniffenen Augen. »Deine ungesunde Leidenschaft ist der Ursprung allen Übels in unserer Familie, begreifst du das nicht? Du lügst und betrügst und sorgst ständig für Ärger.«

»Jetzt mach mal halblang.« Edith Pfeifer, die bisher nur besorgt zugehört und die Teller mit Toast aufgefüllt hatte, schaltete sich mit fester Stimme ein. »Noch immer stellt ihr Jungen es so dar, als ob Luise einer kriminellen Bande angehört oder sonst etwas Unrechtes anstellt. Das ist nicht der Fall. Sie ist sportlich, und sie soll ihr Hobby ausleben dürfen, trotz dieses unsinnigen Verbotes.«

»Sag bloß, du hast gewusst, dass sie am Sonntag zu den Amerikanern gefahren ist.« Peter feixte, ihn schien die ganze Angelegenheit köstlich zu amüsieren. »Du hast es faustdick hinter den Ohren, Mutti.«

Georg und Ulrich sahen Edith fragend an.

»Ja, ich war im Bilde«, räumte diese ein. Ihre Wangen verfärbten sich flammend rot, doch sie senkte den Blick nicht. »Wie die ganze Zeit bereits unterstütze ich Luise gerne, wie gesagt kann ich nichts Verwerfliches an ihrem Steckenpferd finden.«

Georg schob seinen Stuhl zurück, dass er quietschend über den Linoleumboden schabte, trat ans Küchenfenster und schaute hinaus, die Miene fassungslos. Als er sich ihnen wieder zuwandte, klang seine Stimme rau. »Ihr enttäuscht mich sehr. Die Regeln und Gesetze sind nun einmal, wie sie sind, und wir haben sie zu akzeptieren. Habt ihr nur einmal daran gedacht, wie ich als Polizist dastehe, wenn am Ende die ganze Wache weiß, dass meine Schwester sich null um Vorgaben schert? Dass sie macht, was ihr in den Sinn kommt, ohne Rücksicht auf Verluste? Mutti, ich kann verstehen, dass du aus reiner Mutterliebe heraus handelst und Luise so einiges durchgehen lässt, das war ja schon immer so. Sie ist das einzige Mädchen, die Prinzessin. Aber in Ordnung ist es trotzdem nicht, dass du vor ihren Sperenzchen die Augen verschließt.«

»Ich weiß.« Edith streckte ihm eine Hand hin, um ihn zurück an den Tisch zu bitten. »Aber – Regeln hin oder her, manchmal muss man einfach auf seine innere Stimme, sein Gewissen hören. Ich glaube, gerade für uns Deutschen mit unserer Vergangenheit ist das eine wichtige Lektion.«

Georg ignorierte ihren ausgestreckten Arm. »Mit dieser Denkweise machst du es dir sehr einfach, Mutti. Aber wir wollen keine Grundsatzdiskussion führen, schließlich geht es um Luise.« Er starrte seine Schwester mit zusammengezogenen Augenbrauen an. »Ich möchte nicht mehr, dass du Fußball spielst, Luise. War es nicht schlimm genug, als Robert und ich letztens euer Spiel im

Park auflösen und eurem Trainer sogar eine Geldstraße auferlegen mussten? Es ist mein bitterer Ernst. Du. Spielst. Nicht. Wieder. Fußball.«

Trotz schoss wie Galle ihre Speiseröhre hoch, setzte sich wie ein harter Klumpen in ihrem Hals und Rachen fest, sodass sie glaubte, daran zu ersticken. »Sonst was?« Sie wusste, ihr herausfordernder Tonfall heizte die ohnehin bereits hochgekochten Emotionen noch stärker an, doch sie konnte nicht anders. »Was wirst du tun, wenn ich weiterhin Fußball spiele? Wirfst du mich hinaus?«

»Vielleicht steckt er dich in eine seiner Gefängniszellen.« Peter war der Einzige, der dem Streit noch etwas Lustiges abgewinnen konnte, aber Mutter brachte ihn mit einem mahnenden Blick zum Verstummen.

»Ich weiß noch nicht, was ich tun werde, aber lass dir gesagt sein, ich akzeptiere nicht, dass du auf diese Weise weitermachst.« Georgs Miene war hart und verschlossen, so als habe sich ein Vorhang davorgeschoben. »Irgendeine Konsequenz wird dein impertinentes Verhalten haben, ich überlege mir was.«

»Nur zu.« Luise lachte spöttisch auf, obwohl ihr eher nach Weinen zumute war. »Lass mich raus, Peter.« Überrascht über ihren entschlossenen Tonfall rutschte der jüngere Bruder auf der Eckbank beiseite, damit sie über ihn hinübersteigen konnte. »Überleg dir was, du Familientyrann. Aber ohne mich, ich bin weg.«

»Luischen!« Edith schnellte erschrocken von ihrem Stuhl empor. »Was heißt das? Wohin willst du? Bleib hier und lass uns reden.«

»Es ist alles gesagt.« Kopflos stürzte Luise aus der Küche, die Treppe hoch in ihr Zimmer, wo sie ihre Sporttasche unter dem Bett hervorzog und alles, was ihr in die Hände kam, hineinstopfte. Ihr Nachthemd, Unterwäsche, ein Kleid, einen dünnen

Pullover, Zahnbürste und Kamm, das musste genügen. Wohin sie wollte, war ihr selbst unklar, Hauptsache, raus aus diesem Haus, weg von Georg mit all seinen Beschränkungen, seiner ewigen Bevormundung. Er war ihr Bruder, verflixt noch mal, nicht ihr Vater! Keine drei Minuten später rumpelte sie mit der bepackten Tasche – sie war so voll, dass der Reißverschloss nicht mehr zuging – nach unten und blieb kurz vor der völlig aufgelösten Edith stehen, die sie an den Schultern nahm, um eindringlich auf sie einzureden.

»Bitte, Luischen, bleib! Tu nichts Unüberlegtes! Wohin willst du denn?«

»Das werde ich sehen.« Luise drückte Mutter einen Kuss auf die Wange, ein stechender Schmerz darüber, sie in ihrem aufgewühlten Zustand zurückzulassen, begann sich in ihrer Brust einzunisten. Gleichzeitig drängte die Frage, wo um Himmels willen sie unterkommen sollte, immer stärker in ihr Bewusstsein, doch sie schob sie beiseite. Darüber würde sie an der frischen Luft nachdenken, hier drinnen war die Stimmung derart aufgeheizt, dass kein Raum für kühle Überlegungen blieb. »Ich melde mich bei dir, Mutti.«

»Typisch Luise – es ist wohl wieder an der Zeit für eine deiner typischen Kurzschlussreaktionen, was?« Selbst in dieser angespannten Situation konnte Peter sich eine Bemerkung nicht verkneifen, auch wenn er weitaus weniger selbstsicher klang als sonst.

Georg stellte sich ihr in den Weg, seine Kiefermuskeln mahlten. Eine Mauer aus Härte und Unnachgiebigkeit schien ihn zu umgeben. »Wenn du jetzt gehst, wird das noch schlimmere Konsequenzen haben als dein leidiges Insistieren, Fußball zu spielen. Spar dir dein backfischhaftes Trotzgebaren und setz dich an den Tisch …!« Die letzten Worte schrie er.

Luise sah ihn lediglich ausdruckslos an, umrundete ihn und ging. Die pfefferminzgrüne Haustür fiel laut hinter ihr ins Schloss.

Im Vorgarten hielt sie inne und lauschte. Ob ihr jemand nachlaufen, auf sie einwirken und nach drinnen ziehen würde? Aus dem Inneren des Hauses drangen laute, streitende Stimmen, alle redeten durcheinander, so als sei auf einmal ein Gewitter losgebrochen. Doch niemand kam, um sie aufzuhalten. Durch die dünne Hausmauer vernahm sie Mutters Schluchzen, deshalb gab sie sich einen Ruck und marschierte los, bevor sie es sich noch einmal anders überlegen konnte.

Bereits als sie in die Mannheimer Straße einbog, lastete die Sporttasche schwer auf ihrer Schulter. Wo sollte sie hin? Ihrer Mutter hatte sie diese Frage nicht beantwortet, und auch sie selbst besaß, nun, wo ihre stoßweise Atmung sich allmählich wieder beruhigte, nicht den leisesten Schimmer, wo sie unterschlüpfen konnte. Bei Catrin? Aber deren strenger Vater, der noch immer unter Kriegsdepressionen litt, wäre gewiss nicht einverstanden, dass sie zur Abendzeit bei seiner Familie aufschlug, vor allem, wenn er den Grund für ihre Flucht erfuhr. Margrit? Wenn sie sich recht entsann, hatte diese just zu dieser Zeit ein Stelldichein mit einem jungen Mann, den sie letztens in der Milchbar kennengelernt hatte.

Trägen Schrittes setzte sie ihren Weg fort. Ob es die richtige Idee gewesen war, aus ihrem Elternhaus zu fliehen? Noch dazu, wo sich immer dunklere Wolken am Himmel zusammenknäuelten und der Wind, der den ganzen Tag bereits gepustet hatte, immer stärker wurde? Der Wetterbericht im Radio hatte einen Sturm vorhergesagt, wieso hatte sie das vorher nicht bedacht? Peter hatte ja recht, sie neigte zu Kurzschlussreaktionen.

Schluss jetzt! ermahnte sie sich, es war völlig in Ordnung, ein Zeichen zu setzen und türenschlagend das Weite zu suchen, sonst würden ihre Brüder, allen voran Georg, niemals begreifen, dass sie Grenzen überschritten.

Ihre Erkenntnis löste allerdings noch immer nicht das Problem, wohin sie gehen konnte. Eine scharfe Windbö riss an ihrer offen stehenden Jacke, doch sie trabte weiter. Ihre Fußballkameradinnen stellten eine Option dar. Allerdings schied Dorothea von vornherein aus, denn als Krankenschwester arbeitete sie oft in Nachtschicht, wer wusste, ob sie zu Hause war. Die Spielerinnen, die verheiratet waren oder bei ihren Eltern lebten, schieden auch aus, deren Familien würden sich schön bedanken, wenn eine aufsässige junge Frau, die mit ihren Brüdern im Clinch lag, bei ihnen strandete. Marlies besuchte gerade eine Freundin in Frankfurt, wie sie wusste. Blieb noch Vera. Deren Eltern unterstützten ihre Fußballleidenschaft, sicher würden sie Verständnis für ihre Lage aufbringen, das einzige Problem war: Sie kannte ihre Adresse nicht.

Erschöpft stapfte sie weiter. Der Wind ließ die Markisen eines Blumengeschäftes und eines Cafés in die Höhe flattern, eine Mutter scheuchte gerade ihre Kinder, sommersprossige Jungs in Lederhosen, die auf dem Gehweg Fangen spielten, ins Haus.

Die Füße schmerzten in ihren dünnen Ballerinas, sie war es nicht gewohnt, so lange Strecken darin zu laufen; hoffentlich zog sie sich keine Blasen zu. Plötzlich stand sie vor einem Straßenschild, das im aufkommenden Sturm schaukelte. *Friedensstraße*, las sie und krampfte die Finger um die Riemen ihrer Tasche. Eine Erinnerung rauschte durch ihren Kopf.

»*Name und Adresse?*«, hatte Georg im Park gefragt, als er gemeinsam mit Robert das Training des *FC Petticoat* gesprengt hatte.

»*Friedensstraße 53*«, hatte Max gemurmelt.

Es war, als habe ihr Unterbewusstsein sie direkt hierhergeführt. Mit den Augen suchte sie die Hausnummern ab, ihr Herz pumpte ihr das Blut dabei so kräftig durch die Adern, dass es in ihrem Sichtfeld flimmerte. Schließlich entdeckte sie das Haus, in dem Max wohnte, es war ein schmales Reihenhaus aus rotem Backstein, der Vorgarten hatte diesen Namen kaum verdient. Lediglich ein paar verblühende Astern bogen sich darin in der steifen Brise.

Zögerlich öffnete sie das niedrige Gartentor, das quietschte wie eine Maus, und trat an die Haustür, um zu läuten. Aus dem Gebäude drang kein Laut, und sie klingelte noch mal, wartete wieder ein, zwei Minuten.

Es schien niemand daheim zu sein. Die Enttäuschung sackte wie ein Felsbrocken in ihren Magen hinab. Niedergeschlagen ließ sie sich auf die ausgetretene Stufe sinken, die zur Tür führte, und stützte den Kopf auf die Hände. Was nun?

Sie würde warten, was anderes blieb ihr übrig? Beim besten Willen fiel ihr niemand anderes ein, bei dem sie unterkriechen konnte.

Allmählich dämmerte es, und der Wind nahm zu, entwickelte sich zum angekündigten Sturm. Sie zog ihre Jacke eng um sich, dennoch fror sie so, dass sie am ganzen Leib bebte. Einige Astern knickten an den Stängeln ab, während es in den Bäumen brauste und rauschte. Ein ganzer Blätterregen segelte herab und trudelte im Rinnstein die Straße hinab. Wo Max nur blieb? Vielleicht befand er sich gar nicht in Kaiserslautern, sondern war zu seiner Mutter gefahren, die in einem Dorf im Pfälzerwald wohnte? Sie konnte unmöglich die Nacht auf der zugigen Treppenstufe verbringen, sie würde erfrieren. Bereits jetzt fühlten sich ihre Finger taub an, und ihre Füße kribbelten in den Schuhen, die sich eher für Sommertage eigneten.

Tränen prickelten hinter ihren Lidern, und sie lehnte den Kopf gegen den Rahmen der holzgefassten Haustür, als eine vertraute Stimme sie aus ihrer Lethargie riss.

»Luise?« Max stand vor ihr, ein Schemen vor der Straßenlaterne, die ihr milchiges Licht über die Häuserreihe warf. »Um Himmels willen, was tust du hier?«

»Ich … ich habe auf dich gewartet.« Ihre Füße gaben nach, als sie versuchte, aufzustehen, doch er packte sie rasch am Arm und half ihr hoch.

»Dienstagabends spiele ich immer Tennis an der Uni.« Ihr entging der besorgte Seitenblick nicht, mit dem er sie musterte, während er aufschloss und sie hineinließ. »Gib mir deine Tasche, du siehst ja völlig fertig aus. Die Treppe hoch, ich wohne in der Dachkammer. Mein Vermieter, der hier unten und im ersten Stockwerk wohnt, ist zurzeit nicht da, er besucht seine Tochter in München.«

»Das ist gut«, murmelte sie. Auf unsicheren Beinen stakste sie ihm voran nach oben. Das Treppenhaus zierte eine Tapete mit orange-braunen geometrischen Mustern, ein leichter Zigarrenrauch hing herb in der Luft; der Vermieter musste Raucher sein. »Bestimmt ist dir per Mietvertrag Damenbesuch verboten. Das wäre unmoralisch und verwerflich.«

Max lachte. »Herrn Sperling schert so etwas nicht. Er erzählt bei jeder Gelegenheit von den amourösen Abenteuern seiner Jugend. Die Damen könnten hier ein- und ausgehen, es würde ihn nicht stören. Nicht, dass das der Fall ist«, beeilte er sich hinzuzufügen.

Nun war es Luise, die lächelte. Max öffnete die Tür zu seinem Zimmer und bat sie herein.

»Mein Reich. Winzig und bescheiden, aber was will man mehr als bedürftiger Student?«

Dies erinnerte sie wieder an die Geldstrafe, die immer noch ausstand; sie musste unbedingt mit ihm darüber sprechen und beratschlagen, wie sie die Summe aufbringen konnten; noch immer war sie der Meinung, dass die gesamte Mannschaft dafür geradestehen musste. Aber erst einmal musste sie Max beichten, was sie hergeführt hatte.

»Verzeih mir bitte meinen Überfall.« Verstohlen sah sie sich um. Hier oben war nicht tapeziert, dennoch war es gemütlich. Die Wände waren so schräg, dass man unmöglich einen Schrank aufstellen konnte, dafür gab es mehrere niedrige Regale. Ein Schreibtisch aus Kirschholz stand direkt unter der Dachluke, die den Blick auf den nun dunklen Himmel zeigte, über den die Wolken jagten. Der Sturm rüttelte an den Mauern des Hauses, ächzte im Gebälk des Daches. Doch in Max' Gegenwart fühlte sie sich sicher und geschützt. »Du denkst sicher, ich bin nicht mehr ganz bei Trost, zu nachtschlafender Zeit bei dir aufzutauchen. Oder überhaupt zu dir zu kommen.«

»Nein.« Max hielt sie mit seinem Blick fest. »Das denke ich nicht, ich freue mich, dich zu sehen. Wirklich. Obwohl ich mich natürlich frage, wie ich zu dieser unerwarteten Ehre komme.«

Er rückte ihr seinen klapprigen Schreibtischstuhl zurecht, den einzigen Stuhl im Raum, und setzte sich selbst auf das Bett. An der Wand darüber hing ein signiertes Foto der deutschen Nationalelf, auf dem Nachttisch stand ein verblichenes Foto eines kleinen Mädchens mit hellen Zöpfen.

»Deine Schwester.« Luise berührte mit den Fingerspitzen sachte den silbernen Rahmen.

Max schluckte, seine Stimme klang heiser. »Ja, das ist sie. Das Bild wurde aufgenommen, kurz bevor sie starb.«

Auch nach all den Jahren schwang dumpfe Trauer in seinen Worten mit; ihr fiel nichts Tröstliches ein, was sie ihm sagen konnte, wahrscheinlich gab es ohnehin nichts, was ihn aufgeheitert hätte.

»Sie sieht dir ähnlich«, murmelte sie nach einer ganzen Weile, in der sie beide stumm das Portrait betrachtet hatten.

»Ja.« Max räusperte sich, dann deutete er auf den Tauchsieder, der mit zusammengewickeltem Kabel auf dem Schreibtisch lag. »Soll ich uns einen Tee kochen? Du siehst durchgefroren aus.«

»Gerne.« Sie beobachtete ihn dabei, wie er im winzigen Waschbecken Wasser in einen Topf füllte und den Tauchsieder in die Steckdose stöpselte. »Ich bin dir eine Erklärung schuldig. Zu Hause kam es zu einem gewaltigen Streit – Thema war der Dauerbrenner Fußball –, und da sind bei mir die Sicherungen durchgebrannt und ich bin gegangen.« War es nicht ein wenig überstürzt gewesen, solch einen theatralischen Abgang hinzulegen? Auf der anderen Seite wäre es inakzeptabel gewesen, Georgs Drohung, es werde Konsequenzen für sie geben, einfach zu schlucken. Wie sollte er merken, dass er zu weit gegangen war, wenn sie sich lediglich brav in ihr Zimmer zurückzog? Nein, es war schon richtig gewesen, die Flucht zu ergreifen, vielleicht brachte dies Georg zum Nachdenken.

Max schmunzelte. Seine Augen ruhten aufmerksam auf ihr, während das Wasser zu blubbern begann und Dampfschwaden gegen die schrägen Wände stiegen. »Fußball ist dir so wichtig, dass du dich dafür mit deiner Familie überwirfst?«

»Das weißt du doch«, antwortete sie mit Nachdruck. Der Sturm ließ das Dachgeschoss erzittern, es ächzte wie ein altersschwaches Gespenst.

»Ja, ich weiß. Natürlich weiß ich das.« Seine Stimme klang weich, trotzdem beschlichen sie erneut Zweifel, ob es recht gewesen war, ihn einfach zu überfallen.

Er hängte Teebeutel in zwei angeschlagene Becher und goss das kochende Wasser darüber, setzte sich wieder und klopfte einladend neben sich. Zögernd stand sie auf und ließ sich auf die verschossene Bettdecke neben ihn sinken. Der Tee schmeckte nach Früchten und wärmte sie von innen, und Max' unmittelbare Nähe tat ein Übriges, ihre Körpertemperatur wieder steigen zu lassen. Sein Oberschenkel berührte fast den ihren, und sie sah die blonden Härchen auf seinem Unterarm. Am liebsten hätte sie ihren Kopf, der immer schwerer wurde – nun, wo sie im Trockenen saß, holte die Müdigkeit sie wie mit einem Holzhammer ein –, gegen seine Schulter gelehnt; als ob er ihr Bedürfnis ahnte, schlang er den Arm um sie und drückte sie an sich, leicht, vorsichtig, als sei sie zerbrechlich.

Fast flüsternd erzählte sie ihm Einzelheiten ihres Streits mit Georg, während sie immer wieder an ihrem heißen Tee nippten.

»Du bist eine wahre Kämpferin, Luise«, sagte er, als sie ihren Bericht beendet hatte, und sah mit einem merkwürdigen Ausdruck – Stolz, Bewunderung, Zuneigung? – auf sie herab. »Das finde ich toll. Du stehst für die Dinge ein, die dir wichtig sind.«

»Ach was«, wehrte sie verlegen ab und zupfte an einem losen Faden des Bettüberzugs.

»Frauen wie dir wird es irgendwann gelingen, etwas in der Gesellschaft zu verändern«, fuhr er fort, ohne auf ihren Einwand zu achten. »Irgendwann wird der DFB das lächerliche Fußballverbot aufheben, und dann kommt deine Stunde.«

Luise schnaubte. »Bis dahin bin ich bestimmt schon Großmutter.«

Um seine Mundwinkel zuckte es. »Dann spielst du im weißen Haar.«

Aus einem plötzlichen Impuls heraus presste sie ihren Kopf fester gegen ihn, und er stellte seine Tasse ab und schlang auch noch den anderen Arm um sie. Seine Körperwärme floss auf sie über, erfüllte sie bis in die Fingerspitzen; er hielt sie einige Momente lang, bis ihre Atemzüge den gleichen Rhythmus fanden und tiefer wurden.

»So lange habe ich diesen Augenblick herbeigesehnt«, murmelte er mit geschlossenen Augen, und sie fühlte sich umfangen von seiner Zuneigung, während das Verlangen nach mehr in ihr pochte. Sie hob ihm ihr Gesicht entgegen, und er küsste sie innig, vergrub seine Hände in ihren rotblonden Locken. Seine Lippen waren weich und warm und schmeckten süß nach Früchtetee. Nie wieder würde sie das Getränk mit ihrer Chefin verbinden,

von nun an würde es sie immer an Max erinnern, an diesen lei-
denschaftlichen und so zärtlichen Kuss, die raue Wolle seines
Pullovers, den Sturm, der über ihnen heulte. Das Unwetter
konnte ihnen nichts anhaben, nichts vermochte ihr etwas zu tun,
solange sie nur in Max' Armen lag.

Der Duft von frisch gebrühtem Kaffee weckte sie. Der Sturm war
in der Nacht abgeflaut, fahles Morgenlicht drang durch die Dachluke. Luise stützte sich auf die Ellenbogen und beobachtete Max,
wie er ihre Tasse vorsichtig zum Bett balancierte. Sein blondes
Haar war verstrubbelt, sein Oberteil hing zerknittert über der
Pyjamahose.

»Guten Morgen.« Er setzte sich auf die Bettkante, reichte ihr
das dampfende Getränk und küsste sie zärtlich und so behutsam,
als habe er Angst, das, was sich am Abend zuvor abgespielt hatte,
könne sich inzwischen aufgelöst haben wie Zauberpulver, das
man achtlos in die Luft geworfen hatte.

»Danke.« Sie rekelte sich und schlang beide Hände um die
heiße Tasse. Er rückte ein Stück näher, schob die Beine unter die
Decke, wodurch sich ihre Oberschenkel berührten. Seine Haut zu
spüren, fühlte sich an, als mache ihr Herz einen gewagten Sprung,
um gleich darauf auf etwas Weichem, einem Meer aus Blüten oder
einer Wolke zu landen. »Du Armer, ich hoffe, die Nacht auf dem
Fußboden hat dir keine Kopfschmerzen beschert?«

Max grinste schief und rieb sich seine Stirn; er hatte darauf
bestanden, lediglich auf einer dünnen Decke auf dem Boden zu
schlafen und ihr das Bett zu überlassen. Es gefiel ihr, dass es ihm
wichtig war, sich wie ein formvollendeter Gentleman zu verhalten, auch wenn dies aus ihrer Sicht nicht nötig gewesen wäre; er
hätte gerne neben ihr schlafen können. »Halb so wild.«

»Heute Nacht schläfst du wieder in deinem eigenen Bett. Das
geht so auf Dauer nicht.« Er rückte näher, und sie schmiegte den

Kopf an seine Brust. War es anmaßend, sich für eine weitere Nacht bei ihm einzuquartieren? Sicher, zwischen ihnen kribbelte es ganz gewaltig, und sie spürte, dass er genauso wie sie den ständigen Drang hatte, sie zu berühren, zu küssen, zu liebkosen. Aber sie war zu sehr Kind ihrer Zeit, um ohne Gewissensbisse in den Tag zu leben. Sich bei einem ledigen jungen Mann einzunisten wie die Made im Speck galt als verwerflich … Außerdem – Mutter verging sicherlich vor Sorgen, wo sie steckte. Ob Georg bereits eine Vermisstenmeldung herausgegeben hatte? Sie hatte ihr Elternhaus aus freien Stücken verlassen, doch sie traute ihrem großen Bruder durchaus zu, dass er im Streifenwagen die Straßen durchkämmte; er sah in ihr noch immer das kleine Mädchen mit den dünnen Zöpfchen, das er beschützen musste. Die Situation war verflixt. Sie war taumelig vor Glück und Verliebtheit, dennoch nagten Schuldgefühle an ihr.

»Na ja …« Max gab vor, angelegentlich die Breite des Bettes zu inspizieren. »Platz genug für uns beide ist da … Wenn es dir nichts ausmacht?«

Ob es ihr etwas ausmachte? Zur Demonstration, wie wenig es ihr ausmachte, schlang sie den Arm um ihn, wobei sie etwas Kaffee verschüttete – was sie ebenfalls herzlich wenig interessierte –, und küsste ihn stürmisch. Er presste sie fest an sich, und sie hörte sein Herz durch den Schlafanzug wummern. Plötzlich wusste sie, dass es vollkommen richtig war, hier zu sein. Dies war der Ort, an den sie gehörte.

»Wir könnten heute Abend etwas kochen«, flüsterte er. Sein warmer Atem streifte ihr Ohr, und sie schloss die Augen, ging vollkommen im Augenblick auf.

»In deiner Luxusküche?«, zog sie ihn auf.

»Beleidige meinen Gaskocher nicht.« Er verteilte leichte Küsse auf ihrem Hals und wanderte mit den Lippen ihren Nacken herab. »Für ein paar Nudeln ist er gut genug.«

»Einverstanden.« Ein dicker Kloß setzte sich in ihrer Kehle fest. Er rechnete damit, dass sie blieb. Eine Woge stürmischer Zuneigung überrollte sie, und sie barg ihren Kopf an seiner Brust. Sie aßen zusammen, und sie teilten das Bett, die Seifenblase mit dem Bild eines unzertrennlichen Paares stieg schillernd in Luise auf. Den Gedanken, wie sie das Zerwürfnis mit ihrer Familie lösen sollte, schob sie erst einmal weit von sich.

Nach dem Frühstück machten sie sich Hand in Hand auf den Weg; Max begleitete sie zur Schneiderei. Seine Finger in ihren erweckten ein geradezu berauschendes Gefühl der Zusammengehörigkeit, das sie mit Robert nie erlebt hatte. Ohnehin war die Zeit mit ihm bereits verblasst wie eine sepiabraune Fotografie, die in einem alten Album verstaubte.

»Was steht heute bei dir an?« Nach dem Sturm in der Nacht war der Gehweg übersät von abgebrochenen Zweigen, und welke Blätter sammelten sich zu bunten Haufen. Die Luft roch stechend frisch, so als habe das Unwetter den letzten Rest des Altweibersommers, der noch wie ein traumverlorener Schleier durch die Tage geschwebt war, endgültig weggeweht.

»Nichts Besonderes. Drei Theorieseminare, dann Sportpraxis, heute Handball.«

»Ich freue mich auf heute Abend.« Sie hatten die Schneiderei inzwischen erreicht und küssten sich zum Abschied. Ein vom Sturm von einem Fensterbrett gefegter Blumentopf lag in Scherben auf dem Gehweg.

»Ich zähle die Stunden.« Er umarmte sie noch einmal lächelnd und voller Sehnsucht, und Luise merkte, wie sie ihn bereits jetzt zu vermissen begann. Wie rasch man sich an die Gegenwart eines geliebten Menschen zu gewöhnen begann!

Sie sah ihm gedankenversunken nach, als sie von hinten angerempelt wurde.

»He, Luise, was stehst du herum wie bestellt und nicht abgeholt?«

Margrit riss sie unsanft aus ihrer Schwelgerei, und eine Minute später stieß auch Catrin hinzu. Zu dritt betraten sie das Atelier, in dem es bereits nach Früchtetee duftete.

»Wer war das, der dich gebracht hat? Wohl nicht etwa der fesche Fußballtrainer?« Margrit blinzelte ihr anzüglich zu, während sie ihre Jacken in dem schmalen Flur an die Garderobenhaken hängten.

»Höchstselbst.« Luise errötete bis an den Haaransatz, trotzdem lächelte sie. Am liebsten hätte sie ihr Glück in die Welt hinausgesungen.

Margrit pfiff anerkennend durch die Zähne. »Bei diesem Prachtexemplar von Mann würde sogar ich mir überlegen, Fußball zu spielen. Habt ihr noch Plätze frei in eurer Mannschaft?«

Zwar war ihre Mannschaft in letzter Zeit erheblich geschrumpft, dennoch sprudelte ein heftiges »Nein!« über Luises Lippen, bevor sie es zurückhalten konnte.

Sie erntete schallendes Gelächter.

»Wir sind wohl ein bisschen eifersüchtig, was?« Margrit betrachtete sie breit grinsend. Sie ließen sich an ihren üblichen Plätzen nieder und nahmen die Kleidungsstücke hervor, an denen sie gerade nähten. »Wäre ich auch bei diesem attraktiven Burschen.«

»Du hast doch selbst erst eine neue Bekanntschaft gemacht.« Luise trat auf das Fußpedal der Nähmaschine und säumte einen Wollrock mit Zickzackkante. »Wie hieß er noch gleich? Norbert?«

»Lenk nicht ab, jetzt reden wir über dich«, feixte Margrit. »Im Übrigen ist Norbert nicht halb so gut aussehend und interessant wie dein Fußballer. Er ist Steuerberater mit einer Leidenschaft für Zahlen, muss ich mehr sagen?« Stöhnend heftete sie einen himmelblauen Futterstoff mit Stecknadeln an einen Rock, der das untere Stück eines gefütterten Kleides bilden würde.

»Hat dein Verehrer dich heute Morgen schon zu Hause abgeholt, um dich zur Arbeit zu begleiten?«, fragte Catrin aufgeregt. Ihre Augen klebten förmlich an Luise; noch immer hatte die Jüngste des Kleeblatts noch kein eigenes Rendezvous erlebt, weswegen sie nach wie vor von den Erzählungen ihrer Freundinnen zehrte.

»Ähm, nein.« Luise senkte den Kopf tief über den marineblauen Wollstoff. »Gestern hat es bei mir zu Hause gewaltig gekracht, und ich habe mich bei Max verkrochen.«

Margrit starrte sie mit offenem Mund an. »Du meinst, du hast bei ihm übernachtet?«

Luise nickte mit brennenden Wangen.

»Aber …« Auch Catrin riss die kornblumenblauen Augen auf, ihr Weltbild schien gehörig zu wanken. »Aber … Das ist absolut unmöglich, ihr beiden seid nicht …«

»Das weiß sie selbst«, fuhr Margrit sie ungeduldig an. »Verschon uns mit deinen altjüngferlichen Moralpredigten.« Sie stützte das Kinn auf die Hände und fixierte Luise wie eine strenge Gouvernante. »Ich hoffe, du warst vorsichtig, ich meine …«

Nun glühte Luises Gesicht endgültig wie ein Feuerballon. »Wir haben nicht … ihr wisst schon.«

»Puh.« Catrin stieß die Luft aus. »Gott sei Dank, dann kannst du wenigstens nicht schw…«

»Aber ich denke, heute Nacht ist es so weit«, unterbrach Luise sie. Der Gedanke daran, was sich möglicherweise in einigen Stunden zwischen ihr und Max abspielen würde – sie spürte, dass Max dies ebenfalls mit jeder Faser seines Herzens herbeisehnte, dem Abend entgegenfieberte –, machte sie einerseits völlig kopflos, das Blut brauste geräuschvoll in ihren Ohren, andererseits senkte sich zwischendurch immer wieder für einige Sekunden eine tiefe Ruhe über sie. Das mit Max und ihr, das musste, sollte so sein. Wahrscheinlich hatte sie es von Anfang an in sich gespürt, von Beginn an hatte eine Art Magie zwischen ihnen bestanden.

»Wahrscheinlich führt kein Weg daran vorbei.« Margrit nickte bedeutungsschwer, während Catrin sich völlig aufgelöst durch die hellbraunen Haare fuhr. »Du weißt, was zu tun ist?«

»Hm, ja, ich glaube …« Bange lauschte Luise den Schritten der Nagelschmidt, die sich bisher noch nicht gezeigt hatte, jedoch geräuschvoll in der Küche hantierte. Jeden Augenblick würde sie hereinschneien.

»Du glaubst, du glaubst.« Margrit schnalzte missbilligend mit der Zunge. »Was denkst du, wie viele Frauen seit Jahrtausenden schwanger werden, weil sie irgendetwas glauben. Also, hör zu, Schäfchen. Es gibt die Möglichkeit, mit Essig zu spülen …«

»Vorher oder nachher?« Catrins Stimme klang atemlos, so als habe sie seit geraumer Weile vergessen, Luft zu holen.

Margrit maß sie mit einem mitleidigen Blick. »Hinterher natürlich, lebst du auf dem Mond? Statt Essig schwören manche Frauen neuerdings auf Coca-Cola, ich stelle mir aber vor, dass das eine ziemlich klebrige Angelegenheit ist. Ich weiß nicht, ob ich das ausprobieren würde.«

Luise zog die Nase kraus. Um Himmels willen, was musste frau nur auf sich nehmen, wenn sie verliebt war und Küsse und Liebkosungen nicht mehr ausreichten? »Nein, danke. Aber gibt es nicht die Möglichkeit, sich in der Apotheke etwas …«

»Wie immer nur am Schnattern, die Damen!« Wie ein unerwarteter Erdrutsch stand Anita Nagelschmidt plötzlich im Türrahmen, in der Hand ihren Frühstücksteller, der mit dick gebuttertem Hefekranz beladen war; der Bund ihres grauen Rocks schnitt tief in ihre Speckrollen ein. »Gedenken wir heute auch zu arbeiten? Ich muss mich noch ein wenig stärken, in einer Viertelstunde erscheint Frau Direktor Wagenbeck, sie möchte Maße nehmen lassen für die kommende Ballsaison. Husch, husch, an die Arbeit.«

»Aber natürlich, Frau Nagelschmidt«, flötete Margrit und zwinkerte Luise und Catrin verschwörerisch zu. »Wir reden in der Mittagspause weiter.«

»Es knallten haushohe Kopfbälle
von Dauerwelle zu Dauerwelle.«

*Münchner Merkur über ein inoffizielles
Frauenfußball-Länderspiel zwischen
Deutschland und den Niederlanden, 1957*

Kapitel 17

Luise durfte am nächsten Tag erst eine halbe Stunde später Feierabend machen als ihre Kolleginnen, da sie noch eine Bluse fertignähen sollte, die eine Kundin für eine dringende Reise benötigte. Als sie endlich ihre Jacke überstreifte und ihre Tasche über die Schulter hängte – Anita Nagelschmidt war mit ihrem Mann längst im angrenzenden Wohnzimmer verschwunden, wo der Fernsehapparat in brüllender Lautstärke lief –, hing sie in Gedanken letzter Nacht nach. Noch immer spürte sie Max' Mund auf ihren wunden Lippen, auf ihren Brüsten, auf ihrem Bauch, zehrte von den Berührungen seiner Finger, die sie zärtlich an Stellen angefasst hatten, die noch niemand zuvor, selbst sie nicht, erkundet hatte. Dieses unvertraute, im ersten Moment schockierende, dann umso überwältigendere Gefühl, als er in sie eingedrungen war und sie ihm so nah wie nie war. Wie sich ihre aufeinandergepressten Körper im gleichen Rhythmus hoben und senkten, wie er sie dabei ansah, seine braunen Augen die ihren festhielten, so als sei sie ein Wunder, zumindest etwas so verstörend Schönes, dass er kaum zu begreifen vermochte, dass sie sich mit Herz, Haut und Haar auf ihn einließ. Dann dieser köstliche Schmerz, der sie zerriss, anschließend die reine Euphorie, die sie überflutete …

Leichtfüßig sprang sie die wenigen Treppenstufen auf den Gehweg hinab, konnte es kaum erwarten, zu Max in die Friedensstraße zu kommen. Der Himmel war eierschalenfarben, färbte sich an den Rändern jedoch zartrosa. Es war herbstlich kühl, und in den Häusern flammten erste Lampen auf.

»Luischen!«

Sie zuckte zusammen und schnellte herum. Edith stand vor ihr, die Arme um die Brust geschlungen, als fröstele sie. Tiefe Schatten lagen unter ihren Augen, und sie sah müde, ja, verhärmt aus.

»Mutti! Was machst du hier?«, stammelte sie und umarmte ihre Mutter unbeholfen. Es war tröstlich, ihren vertrauten Duft nach Putzmitteln und Seife einzuatmen und das weiche Haar zu spüren, das an ihrer Wange kitzelte.

»Ich muss doch schauen, wie es dir geht. Und hören, wo du untergekommen bist. Seit du das Haus verlassen hast, schlafe ich keine Sekunde mehr, sondern vergehe vor Sorge über deinen Verbleib.« Edith löste sich sanft von ihr, legte ihr die Hände auf die Schultern und sah sie mit geröteten Augen an.

Luise senkte den Kopf, von glühender Scham gepeinigt. Wie egoistisch von ihr, nicht an Mutti zu denken. War es wirklich nötig gewesen, Knall auf Fall von zu Hause zu flüchten? Auf der anderen Seite hätte sie dann all das Wunderbare, das gerade zwischen ihr und Max geschah, nicht erlebt; keineswegs wollte sie das innige Zusammensein mit ihm missen, von daher hatte sie wahrscheinlich trotz allem die richtige Entscheidung getroffen ... »Tut mir leid, Mutti, wirklich. Ich hab nicht so ganz nachgedacht und wollte nur noch weg, nachdem es zu diesem Streit kam. Ich ertrage Georgs Bevormundung einfach nicht mehr, verstehst du?«

Edith seufzte tief. »Ich verstehe dich, Luischen, das habe ich schon immer, das weißt du. Aber weglaufen bessert die Situation nicht, im Gegenteil, nun ist die Lage noch verfahrener.«

Luise knabberte an ihrem Daumennagel. Mutter hatte recht, alles sah düster aus, heute vielleicht noch mehr als vorgestern, als sie sich auf und davon gemacht hatte. Sie konnte ja schlecht wieder nach Hause marschieren, als sei nichts gewesen, oder? Wäre Georg zu einer Aussprache bereit? Wollte sie das überhaupt selbst? »Was sagt Georg?«

Edith legte ihr den Arm um die Taille, und sie gingen gemächlichen Schrittes den Gehweg entlang. Überall waren noch Spuren des Sturms sichtbar, umgefallene Mülleimer, der kräftige Ast einer Kastanie, der quer über dem Weg lag, Unrat, der in die Ecken geweht worden war. »Georg tut dies alles sehr leid, glaub mir. Wir haben mehrmals darüber gesprochen. Er bereut es, dass eure Meinungsverschiedenheit so eskaliert ist, und vor allem, dass er dich angeschrien hat. Du weißt, das ist normalerweise nicht seine Art. Komm nach Hause, Luischen. Wir alle vermissen dich.«

»Aber die Probleme mit Georg werden nie aufhören. Er wird nie akzeptieren, dass ich Fußball spiele.« Heftig kickte Luise einen Stein aus dem Weg.

»Aber ihr könnt darüber sprechen und eine Lösung finden, die für euch beide akzeptabel ist. Zumindest wünsche ich mir das. Und du weißt, dass Georg es alles nicht böse meint. Er fühlt sich für dich verantwortlich und sorgt sich um dein Wohlergehen.«

Luise brummte vor sich hin. »Er soll sich um Marlenes Wohlergehen oder um sein eigenes kümmern.«

Edith blieb stehen und sah sie eindringlich an. »Kommst du mit heim? Du wohnst zurzeit bei Max, deinem Trainer, nicht wahr?«

Luise nickte errötend; wie gut Mutter sie doch kannte! Aus dem Wenigen, was sie über Max erzählt hatte, hatte sie geschlossen, dass da etwas war, was ihre Tochter mit dem Trainer verband. Sie war froh, dass Mutter ihr keine Vorwürfe machte, bei einem ledigen Mann untergekrochen zu sein, natürlich gehörte sich dies in den Augen der Gesellschaft überhaupt nicht. Nur Damen von zweifelhaftem Ruf taten dergleichen.

Sie gab sich einen Ruck. »Ich komme mit nach Hause. Aber zuerst muss ich noch einmal zu Max, ihm Bescheid sagen und meine Tasche holen.«

»Natürlich.« Ein feines Lächeln umspielte Ediths Lippen.

Sie verabschiedeten sich, und Luise schlug den Weg in die Friedensstraße ein. Das Herz tat ihr weh, wenn sie an den bevorstehenden Abschied dachte. Die zwei Nächte und Tage, die sie miteinander verbracht hatten, hatten sie aneinandergeschweißt; alles in ihrem Leben schien sich verändert, verschoben zu haben, die Prioritäten anders gesetzt. Nichts und niemand erschien ihr wichtiger als Max, um ihn drehte sich ihr ganzes Denken und Fühlen. Wieder fraß die Sehnsucht nach ihm ihr ein großes Loch in die Brust.

Aber es war von vornherein klar gewesen, dass die wilde Ehe, die sie gerade führten, nicht von Dauer sein konnte. Eine junge Frau musste auf ihren Ruf achten, wollte sie in der Gesellschaft etwas wert sein. Womöglich würde die Nagelschmidt sie hochkant hinauswerfen, sollte sie von ihrem Übernachtungsbesuch in Max' Studentenbude erfahren. Der Gedanke, dass sie Max dadurch, dass sie wieder nach Hause zog, nicht verlor, sondern den Grundstein für eine feste Beziehung legte, tröstete sie ein wenig über den Trennungsschmerz hinweg.

Max begleitete sie nach Hause, deshalb gelang es ihr, den Weg leichteren Schrittes zurückzulegen. Der Himmel hatte sich inzwischen purpurrot verfärbt, der Abend war friedlich und leise. Hinter den Fenstern der Häuser hörte man die gedämpften Laute weniger Fernsehapparate und vieler Radios, die beschwingte Musik oder ein Hörspiel wiedergaben. Ihre Hand in Max' fühlte sich vertraut an, so als hätten sie bereits viele Wege miteinander beschritten.

»Du fehlst mir jetzt schon«, gestand er und strich ihr mit dem Daumen über die Handfläche. »Was können wir dagegen tun?«

Sie lachte leise. »Wir können uns morgen wiedersehen. Gleich nach der Arbeit. Holst du mich ab?«

»Klar.« Er lächelte schief. »Schade, dass du dich so bald wieder mit deiner Familie versöhnen möchtest. Einige Tage hätte der Kriegszustand gerne noch anhalten können.«

Luise gluckste. »Ja, das stimmt. Aber mir ist es erheblich wohler, wenn ich mit niemandem im Clinch liege. Außerdem – kommt dein Vermieter nicht morgen zurück? Ob er wirklich so begeistert darüber gewesen wäre, dass ich mich heimlich ins gemachte Nest gesetzt hätte?«

»Das hätten wir durchaus austesten können.«

Sie passierten Stolles Gemischtwarenladen, der seine Tür bereits geschlossen hatte. Aus dem oberen Stockwerk vernahmen sie Klaus und Cordula, die sich um ein Spielzeug stritten, und die beschwichtigende Stimme ihres Vaters, der sich auf Klaus' Seite stellte.

Vor dem spärlichen Vorgarten der Pfeifers mit den verwelkten Blüten, die der Sturm über dem Gras verteilt hatte, blieben sie stehen, dicht beieinander. Max umschlang sie und hielt sie minutenlang fest, als wolle er sie nicht mehr loslassen. Luise schloss die Augen und vergrub die Fingerspitzen in seiner weichen Jacke.

»Möchtest du mit hineinkommen?« Bitte sag Ja, bitte sag Ja, hämmerte ihr das Herz durch den ganzen Körper.

Max ließ seinen Blick sehnsüchtig an dem kleinen Haus entlangwandern, von der pfefferminzgrünen Haustür bis hin zum Schornstein, aus dem ein dünner Rauchfaden stieg und sich im flammenden Abendhimmel auflöste. »Ein anderes Mal. Heute solltest du mit deiner Familie allein sein, damit du dich mit deinem Bruder aussprechen kannst. Wir sehen uns morgen.«

»Ist gut.« Niedergeschlagen lehnte sie sich noch einmal gegen ihn, und sie küssten sich zärtlich. Sie wusste, sie würde die ganze Nacht wach liegen und frieren, nicht vor Kälte, sondern aus Einsamkeit. Wie schnell man sich innerhalb weniger Tage an einen Menschen gewöhnen konnte, wenn man ihn liebte!

Die Familie saß im matten Schein der Wohnküche zusammen, als sie eintrat und ihre Tasche abstellte. Mutter lächelte glücklich, ließ von ihrer Strickmaschine ab und eilte ihr entgegen, um sie in den Arm zu nehmen.

»Luischen, du bist wieder da, wie schön! Es ist noch ein Rest vom Abendessen übrig, wenn du möchtest.«

»Danke, Mutti, ich habe mit Max noch eine Kleinigkeit gegessen, ich habe keinen Hunger mehr.« Verunsichert sah Luise in die Runde. Georg und Marlene saßen dicht beieinander auf der Eckbank und betrachteten einen Brautmodenkatalog – ihr Bruder gähnte verhalten –, während Peter seine Fußballzeitschrift las und Ulrich ein Kreuzworträtsel löste. Eine dampfende Kanne mit Tee stand auf dem Tisch sowie ein Teller mit Schokoladenkeksen.

Georg richtete sich auf. »Ich freue mich, dass du wieder da bist, Luise.«

Kein Vorwurf klang in seinen Worten mit, was sie erst einmal beruhigte. »Ich freue mich auch«, versicherte sie, auch wenn das nur zur Hälfte der Wahrheit entsprach; am liebsten wäre sie weiterhin bei Max geblieben.

»Setz dich.« Ulrich rückte ihr bereitwillig einen Stuhl zurecht, und sie ließ sich darauf plumpsen und nahm sich einen Keks, um nervös daran zu knabbern.

»Mein Verhalten tut mir leid, ich war zu hart zu dir«, gab Georg zu. »Entschuldige bitte.«

In Luise wurde alles weich. Genüsslich steckte sie sich ein Stück Schokolade in den Mund, das von dem Keks abgebröckelt war. Georg konnte stur sein, aber er vermochte durchaus Fehler einzugestehen. Um ehrlich zu sein, war sie ihm schon längst nicht mehr böse. Vielleicht musste sie ihm insgeheim dankbar sein, denn nur seinetwegen war sie zu Max geflohen und hatte diese wundervolle Zeit mit ihm erleben dürfen?

»Entschuldigung angenommen.« Sie leckte sich den Finger ab, die Schokolade zerging auf ihrer Zunge, einfach köstlich. »Wir müssen aber trotzdem darüber sprechen, wie es nun weitergehen soll. Denn dir muss klar sein, Georg, dass ich auch in Zukunft nicht darauf verzichten werde, Fußball zu spielen.«

Georg sah sie mit einer steilen Falte zwischen den Augenbrauen an.

»Oh-oh, da ist wieder Ärger im Anmarsch.« Peter, der sein Fußballheft zugeschlagen hatte, als würde ihm am Tisch bessere Unterhaltung geboten, grinste und schaute von einem zum anderen.

»Luise, sei nicht so dumm! Hör endlich auf, wie ein trotziges Kind auf seinem Lieblingsspiel zu bestehen!«, beschwor Marlene sie.

Luise konnte sich nicht verkneifen, unmutig die Augen zu verdrehen. Musste Marlene sich einmischen? Noch gehörte sie nicht zur Familie, auch wenn sie im Brautmodenkatalog stöberte, um sich die geeignete Ausstattung für die kommende Feier auszusuchen. Sie hegte altbackenere Ansichten als ihre eigene Mutter!

»Es ist schon gut, Liebes.« Georg legte die Hand beschwichtigend auf den Arm seiner Verlobten, woraufhin ihn diese pikiert ansah. Er ignorierte sie geflissentlich. »Vielleicht könnten wir dem Thema Fußball eine Zeit lang aus dem Weg gehen, Luise.«

»Wie meinst du das?«, fragte sie argwöhnisch. Aus dem Augenwinkel nahm sie wahr, dass Edith zufrieden lächelte.

Mit einer entwaffnenden Geste hob Georg die Hände hoch. »Nun … Ich denke, wir kommen auf keinen gemeinsamen Nenner, was deinen Sport angeht. Oder siehst du das anders?«

»Nö.« Sie goss sich einen Becher Tee ein und trank einen großen Schluck.

»Wir klammern das Thema einfach aus, zumindest, bis es kein

so heißes Eisen mehr ist. Etwas Besseres fällt mir nicht ein.« Die stumme Bitte, die in Georgs Augen lag, rührte sie.

Sie nickte heftig. »Einverstanden, das ist eine gute Idee.«

»Waffenstillstand?« Er zwinkerte ihr zu und streckte ihr über Marlenes Katalog hinweg seine Hand hin, die sie dankbar ergriff und drückte.

»Waffenstillstand, Brüderchen«, echote sie.

»Zu diesem Ergebnis hättet ihr schon viel früher kommen können.« Ulrich schien zufrieden mit dem so mühelos herbeigeführten Ende der Verhandlungen.

»Aber bitte verschwinde nie wieder über Nacht.« Georg fixierte sie, doch sie hielt seinem Blick stand. Natürlich war er im Bilde, wo sie sich aufgehalten hatte, aber sie rechnete es ihm hoch an, dass er ihr keine Szene machte und mit keinem Wort darauf einging, was sich mit Max abgespielt haben mochte, auch wenn er sich für ihre Tugend verantwortlich sah.

»Nein, das nächste Mal gebe ich vorher Bescheid.« Sie grinste frech, und Georg schlug ihr mit dem zusammengerollten Brautmagazin gespielt erzürnt auf den Oberarm. Alle lachten, nur Marlene zog eine Grimasse und verlangte nach ihrer Zeitschrift.

Als die Brüder später nach oben gegangen waren, Mutter ihre Strickmaschine in die dazugehörige Kiste räumte und Luise die Teetassen spülte, trat die Schwägerin in spe mit einem Handtuch zu ihr, um abzutrocknen.

»Ich hoffe nur, du hast dir von deinem Aufenthalt bei deinem neuen Galan kein Andenken mitgenommen.«

»Hm?« Luise hing zu sehr in traumverlorenen Erinnerungen an Max, seine braunen Augen, seine innigen Berührungen fest, als dass sie Marlenes Anspielung auf Anhieb verstanden hätte.

»Na, du weißt schon.« Marlene versuchte ihr mithilfe derart verlegener Gesten klarzumachen, worauf sie hinauswollte, dass Luise sich auf die Zunge biss, um nicht laut herauszulachen.

Sie hätte sich noch immer unwissend stellen können, doch sie beschloss, Marlene zu erlösen. »Keine Angst, wir haben vorgesorgt.«

»Aha.« Marlene ließ eine tropfende Tasse und das Handtuch in der Luft schweben. »Wie denn?«

Luise stöhnte innerlich auf. Musste Marlene sich wie ihre zukünftige große Schwester aufführen und sie mit Intimitäten behelligen, die sie nichts angingen? So vertraulich würde ihr Verhältnis sicherlich nie sein. »Ich habe etwas in der Apotheke besorgt.«

Marlene musterte sie einen Moment mit geweiteten Pupillen, während sie mit stoischen Bewegungen fortfuhr, das Geschirr abzutrocknen. »Oh nein. Ich hoffe, der Apotheker hat dich nicht für eine Schlampe gehalten.«

»Was?« Luise, die beide Hände im Spülwasser hatte, drehte sich ruckartig zu Marlene um. Jetzt ging ihr aber die Hutschnur hoch, was erlaubte die zukünftige Schwägerin sich? »Aber wenn ein Mann für die Verhütung sorgt und in die Apotheke geht, ist das in Ordnung, oder was?«

Marlene lief rot an und presste die Lippen zusammen. »Du weißt, wie ich das meine. Die Leute denken halt so. Am allerbesten verschiebt man … gewisse Dinge auf nach der Hochzeit.«

Luise stemmte die Hände in die Hüften, dass ihr Rock feucht wurde, störte sie wenig. »Erzähl mal, wie Georg und du das handhabt, schließlich seid ihr schon eine ganze Weile zusammen. Du kannst mir nicht erzählen, dass ihr immer nur Händchen haltet, oder?«

Marlene warf das durchnässte Handtuch auf die Anrichte. »Du bist wirklich unmöglich, Luise.«

Auch im Wald hatte der Sturm deutliche Spuren hinterlassen, obwohl er bereits einige Tage zurücklag. Luise hatte Max mit dem Fahrrad an der Universität abgeholt, nun saß er auf dem Sattel, während sie auf dem Gepäckträger hockte, die Füße zur Linken gestreckt, und sich an seinen Hüften festhielt. Die Zweige, die der heftige Wind von den Bäumen geweht hatte, brachen knirschend unter den Reifen, und die Pfützen standen voller Regenwasser. Es spritzte frisch an Luises Beinen hoch, als Max durch ein Schlagloch brauste, und trotz des unangenehm klammen Gefühls musste sie lachen.

»Ganz schön rasant unterwegs, der Herr Sportstudent.«

»Wir sind zu spät dran, die anderen warten schon. Auf das letzte Stück Kuchen in der Uni-Cafeteria hätten wir verzichten sollen«, keuchte Max, während er geschickt einen jungen umgestürzten Baum umschiffte.

»Auf Kuchen sollte man niemals verzichten.« Luise kicherte, vielleicht weil das heutige Training sie mit Nervosität erfüllte. Es war das erste Mal, dass sie sich dem *FC Petticoat* als Paar präsentierten, auch wenn die Woche, in der sie sich selig ihrer Verliebtheit hingegeben hatten, ihnen selbst bereits wie eine Ewigkeit vorkam. Würden die Team-Kolleginnen seltsame Bemerkungen von sich geben?

Sie hätte sich keine Sorgen zu machen brauchen. Als sie vom Fahrrad stieg und Max den Drahtesel gegen eine Birke lehnte, blickten ihnen die bereits anwesenden Spielerinnen – Dorothea, Vera, Marlies und Marion – schmunzelnd entgegen.

»Was ist?« Mit rotem Kopf setzte sich Luise auf einen wurmstichigen Baumstumpf, ihren üblichen Platz.

»Wir hatten bereits Wetten abgeschlossen, wann ihr zwei euch endlich zusammentut.« Marlies grinste sie freundlich an.

»Wieso?« Auch Max schien nicht folgen zu können; mit fragender Miene setzte er sich neben Luise und nahm seine Notizen, auf denen er Ballübungen aufgeschrieben hatte, zur Hand.

»Na, so, wie ihr beiden euch seit Monaten anseht, war uns allen sofort klar, dass ihr zusammengehört«, erklärte Dorothea erheitert. »Wir befürchteten schon, ihr merkt es nie und wir müssten euch irgendwie mit der Nase darauf stoßen.«

»Nicht nötig, danke schön«, erwiderte Luise vergnügt. Wie ungewohnt und dennoch vertraut es war, so eng neben Max zu sitzen, dass sie seine Körperwärme durch sein Sporthemd spürte; sie schien mit all seiner Zuneigung direkt auf sie hinüberzufließen.

Vera betrachtete sie und Max so forschend, als untersuche sie ein seltenes Insekt unter der Lupe. »Wann ist euch klar geworden, dass ihr Gefühle füreinander habt?«

»Ähm.« Max faltete raschelnd seine Unterlagen zusammen, ihm standen Schweißtropfen auf der Stirn, die nicht nur vom schnellen Radfahren rührten. »Könnten wir mit dem Training beginnen? Wir sind nicht hier, um über Herzensangelegenheiten zu salbadern.«

In Luise stieg ein Glucksen auf, das sie rasch unterdrückte. Sie warf den Freundinnen einen verschwörerischen Blick zu, der so viel wie *Später* bedeutete.

»Ah, da kommt der Rest der Truppe. Erhebt euch, Mädels, los geht's. Zum Aufwärmen gibt's diesmal eine Fang-Staffel. Inge, du bist die erste Fängerin. Diejenige, die du abschlägst, jagt euch als Nächstes nach.« Er pfiff in seine Pfeife, und die Frauen verstreuten sich auf der Lichtung. Ihre Schuhe sanken in das feuchte Moos und die regenweiche Erde ein.

»Nun sag schon«, flüsterte Dorothea Luise zu, als sie nebeneinanderher liefen, »wann hast du gemerkt, dass du in ihn verschossen bist?«

»Ich glaube, das war gleich, als ich euch das allererste Mal beim Training zugeschaut habe.« Luise wandte den Kopf, um nach Inge Ausschau zu halten, begegnete dabei jedoch Max' Blick, der den ihren mit einem zärtlichen Lächeln festhielt. Ihre Augen leuchteten. »Da war ich sofort verloren. Auch wenn es mir natürlich erst ein gutes Jahr später klar wurde.«

»Wer quatscht, wird schneller gefangen, als ihm lieb ist.« Atemlos schlug Inge ihr auf den Arm. »Du bist dran, Quasselstrippe!«

Lachend lief Luise los, sprang über einen abgebrochenen Ast und hechtete Marion hinterher; sie spürte, dass Max' Augen die ganze Zeit an ihr hingen, und fühlte sich so geborgen und glücklich wie nie.

»Frauenfußball-WM ist, wenn man trotzdem Spaß hat.«

Michael Antwerpes, ZDF-Moderator, 2011

Kapitel 18

KAISERSLAUTERN, OKTOBER 1955

»Bis heute Abend, mein Schatz.« Georg, in gebügelter und gestärkter Uniform, trat zu seiner frischgebackenen Ehefrau, die in adretter Schürze, die Haare noch auf Lockenwicklern, das Gesicht bereits makellos geschminkt, Brote belegte und in Blechdosen steckte.

»Vergiss deinen Imbiss nicht.« Marlene hielt ihrem Ehegatten lächelnd eine Dose hin, die er dankbar entgegennahm. Auch Ulrich wurde mit Proviant ausgestattet, bevor er sich auf den Weg zur Arbeit machte, schließlich waren nur noch Peter und Luise übrig. Vor einer Woche hatte die Hochzeit stattgefunden, seitdem wohnten die Neuvermählten auf dem Dachboden, der im letzten Moment fertiggestellt worden war.

»Schön, dass wir seit Neuestem eine zweite Mutti haben, die uns Pausenbrote schmiert.« Peter grinste Marlene schelmisch an, die ihm mit dem Finger drohte.

»Nicht so frech, sonst zieh ich dir den Hosenboden lang. Und nun ab in die Schule, sonst kommst du wieder zu spät. So kurz vor dem Abitur macht sich das nicht gut. Hast du deine Lateinhausaufgabe eingesteckt?«

»Ja, Mami.« Gespielt unterwürfig schaute Peter zu Boden, bevor er sich seine Brote und die Schultasche schnappte und äußerst gemächlich davonzog. »Ich werde mich bemühen, im Unterricht recht artig zu sein und mich oft zu melden.«

»So ein Schlingel.« Belustigt sah Marlene Peter nach; gleich darauf schlug die Haustür zu, die beiden jungen Frauen waren allein. Edith war bereits vor einer Stunde zu einer ihrer Putzstellen aufgebrochen. »Hier, Luise, dein Essen für die Mittagspause.«

»Danke. Nett von dir, wie du uns alle umsorgst, aber du musst das nicht machen.« Luise setzte an, ihre Kaffeetasse auszuspülen, doch die Schwägerin nahm sie ihr resolut aus der Hand und schrubbte sie selbst mit viel Seifenschaum. Eigentlich war es gar nicht so schlecht, eine dritte Frau im Haus zu haben, denn Marlene packte in jeder Beziehung kräftig mit an, sodass Mutter und sie nicht so viel zu tun hatten. Die Versorgung der stets hungrigen Männerschar ließ sich so viel schneller bewerkstelligen.

»Unsinn, ich tue, was ich kann. Ich arbeite ja nun nicht mehr. Außerdem möchte ich euch gerne zeigen, was ich in dem Kursus in der Bräuteschule gelernt habe.« Mit energischen Bewegungen trocknete Marlene die Tasse ab und stellte sie in den Schrank. Bei ihrem Einzug hatte sie es sich nicht nehmen lassen, alle Küchenschränke auszuwischen und das Geschirr platzsparender anzuordnen, eine Idee, auf die weder Luise noch Mutter je gekommen wären. Manchen Frauen schien Hausarbeit tatsächlich Freude zu bereiten.

»Musst du dich nicht schonen?« Als Marlene begann, eine Schüssel Kartoffeln in Rekordgeschwindigkeit zu schälen, fühlte sich Luise mehr und mehr wie ein Gast in ihrem eigenen Elternhaus. Es war erst kurz vor acht am Morgen, und Marlene bereitete bereits schwungvoll das Mittagessen zu, während die Wäsche auf der Leine trocknete und die Küche blitzte und blinkte vor Sauberkeit. Marlene war wirklich eine Wucht.

»Wieso?« Die Schwägerin zuckte die Schultern. »Mein Arzt ist sehr modern eingestellt, er sagt, eine Schwangerschaft ist keine Krankheit, und solange es keine Komplikationen gibt, darf ich alles tun, was ich möchte.«

»Ach so.« Luise blieb einsilbig, zu diesem Thema wusste sie nichts beizutragen. Die gesamte Familie Pfeifer war vollkommen aus dem Häuschen, seit Marlene kurz vor der Hochzeit verkündet hatte, guter Hoffnung zu sein. Mutter war aus den Freudentränen gar nicht mehr herausgekommen, und Georg hatte gestrahlt vor Glück.

Nur Peter hatte sich seine üblichen Anspielungen nicht verkneifen können und sich Verwirrung vortäuschend am Kopf gekratzt. »Wie ist das möglich? Ihr seid doch noch gar nicht verheiratet? Hat sich mein Bruder, der ehrenwerte Polizeiinspektor in spe, etwa nicht an den gängigen Moralkodex gehalten? Nein, das glaube ich nicht.«

Georg war tatsächlich errötet, was Peters Spott nur noch entfacht hatte. »Wie süß, mein großer Bruder ist verlegen.«

»Nimm den Mund nicht zu voll, Peter!«

Belustigt hatte Luise das Geplänkel mitangehört. Soso, das war ja wirklich interessant. Marlene war also nicht so unschuldig, wie sie immer vorgab. Im Nachhinein waren die Moralpredigten, die sie ihr gehalten hatte, die reinste Lachnummer!

»Komm nicht so spät nach Hause«, riss die Schwägerin sie nun aus ihren Gedanken, »zum Abendessen bereite ich gefüllte Schmorgurken zu, die mögt ihr doch alle so.«

»Nur Ulrich nicht«, murmelte Luise.

Marlene lachte. »Keine Sorge, dem mache ich einen Toast Hawaii.«

Unglaublich, wie Marlene sie alle verwöhnte! Impulsiv umarmte sie die Schwägerin, deren aufgedrehte Haare nach zitronigem Schaumfestiger dufteten. »Georg und du müsst euch auf lange Sicht keine eigene Wohnung mieten. Ihr könnt gerne für immer hierbleiben.«

Marlene drückte sie einen Moment an sich und strich ihr über den Rücken. »Nett von dir, aber spätestens, wenn das Kleine mobil wird und mehr Platz beansprucht, brauchen wir etwas Größeres. Aber bis dahin bleiben wir euch erhalten.«

»Da kommt er ja, der Mann deines Herzens.« Mit vollem Mund wies Margrit auf Max, der in einiger Entfernung auftauchte und auf die drei Freundinnen zuhielt. Wie so oft in ihrer Mittagspause saßen sie auf dem Rand des Fackelbrunnens und verzehrten ihre mitgebrachten Brote. Die letzten Tage waren kühl und regnerisch gewesen, aber heute war es mild und der Herbst zeigte sich von seiner schönsten Seite. Das Laub der Bäume leuchtete flammend, und die Sonne badete die Dächer in goldenem Glanz.

Luises Herz hüpfte, als sie Max entgegensah. Sie trafen sich so oft wie möglich, wenn Max es mit seinen Vorlesungen und praktischen Übungen an der Uni einrichten konnte, sogar zu Mittag.

»Guten Tag, die Damen.« Max deutete eine Verbeugung an, woraufhin Catrin hummerrot anlief und Margrit die Augen verdrehte; geschmeichelt war sie trotzdem, das war nicht zu übersehen. Luise schmunzelte in sich hinein; ihre beiden Freundinnen schwärmten offen für Max, obwohl Margrit seit Kurzem mit dem Steuerberater Norbert ausging, dessen Kanzlei sich in der Parallelstraße befand, auch wenn er so langweilig wie ein vertrockneter Regenwurm war, wie Margrit nicht müde wurde zu betonen. »Darf ich euch ein Stück Marmorkuchen aus der Mensa anbieten?«

»Da sage ich nicht Nein.« Margrit zerbrach das Stück geschickt in vier Teile. »Im Gegenzug hätte ich Apfelschnitzen und Trauben anzubieten.«

Max setzte sich neben Luise und küsste sie zur Begrüßung zärtlich. Erneut bekam Catrin glühende Ohren, rasch wandte sie den Blick ab.

»Hier, dein Brot.« Luise kramte in ihrer Blechdose und reichte Max einen Teil ihres Mittagessens. Es war aufregend und fühlte sich wunderbar intim an, täglich mit ihm zu teilen. Marlene hatte gar saftige Radieschen zu Röschen geschnitten und zu den Broten in die Dose gelegt, eine liebevolle Geste, die sie geradezu rührte. »Lass es dir schmecken.«

Catrin brach jedem ein Stück ihrer Brezel ab, und so saßen sie eine ganze Weile in einträchtigem Schweigen zusammen und aßen, während das Wasser von einer Brunnenschale in die nächstuntere plätscherte. Manchmal traf sie ein kühler Tropfen mitten ins Gesicht, wenn ein frischer Windhauch das Wasser der Fontänen, die von der obersten Schale kraftvoll wie Gischt in die Höhe spritzten, davontrug.

»Ich habe eine tolle Neuigkeit. Ist dir kalt, Luise?« Max zog seine Jacke aus und legte sie Luise über die Schultern, was sehnsüchtige Blicke bei Catrin und Margrit verursachte.

»Meinem Norbert würde in hundert Jahren nicht einfallen, zu fragen, ob ich friere. Hauptsache, ihm ist schön warm.«

»Ich könnte dir meine Trainingsjacke leihen.« Max deutete belustigt auf seine Sporttasche, die zu seinen Füßen lag.

Margrit schnaubte. »Danke, aber behalte das verschwitzte Ding lieber selbst.«

»Was ist denn nun die tolle Neuigkeit?« Luise biss in eine Radieschenblüte, während sie in Max' braunen Augen festhing.

»Mir ist es gelungen, ein neues Länderspiel zu organisieren.« Max lächelte triumphierend und sah Luise erwartungsvoll an.

»Oh nein, jetzt schwadronieren sie schon wieder über Fußball.« Abermals zog Margrit eine Grimasse, anscheinend war sie aber dennoch neugierig, denn wie Catrin lauschte sie Max' Ausführungen gespannt.

»Gegen die Schweiz. Über die Uni habe ich Kontakt zu einem Trainer aus Genf hergestellt. Ist das nicht wunderbar?«

»Das ist es.« Luises Freude fiel verhalten aus. Die Zeiten, in denen sie einem solch bedeutenden Spiel in naiver Erwartung entgegengefiebert hatte, waren längst vorüber. Wo fand das Spiel statt, hoffentlich nicht zu weit weg? Und bitteschön am Wochen-ende, denn noch immer herrschte Ebbe in ihrer Kasse, seit sie im September nur den halben Lohn bezogen hatte. »Aber sag mir bitte nicht, wir müssen dafür in die Schweiz reisen!«

»Nein, müssen wir nicht.« Max tupfte ihr liebevoll einen Was-sertropfen, den einer der Bronzefische ausgespien hatte, aus der Stirn. »Die Schweizerinnen sind bereit, zu uns zu kommen. Ich bin noch dabei, mich um ein Spielfeld zu kümmern, aber ich finde schon eines, sei ganz beruhigt.«

»Gut.« Ein Teil ihrer Anspannung löste sich, auch wenn noch weitere Fragen durch ihren Kopf schossen. »Wann soll das Ereig-nis steigen?«

»Hm.« Max runzelte betreten die Stirn und strich mit dem Dau-men über ihren Handrücken. »Das ist ein bisschen ein Problem. Der Genfer Trainer und ich haben Mittwoch in drei Wochen ver-einbart, zu einem anderen Termin ging es für die Schweizer nicht.«

Luise blieb eine von Margrits Apfelschnitzen im Mund stecken. »Nein, das darf nicht wahr sein! Max! Ich kann nicht bei der Arbeit fehlen, wie stellst du dir das vor? Ich habe im Sommer Urlaub genommen, und die noch verbleibenden Tage habe ich mir für Weihnachten aufgespart …! Du weißt, welch ein Theater es damals gab, als ich mich krankgemeldet habe. Noch mal darf ich mir so einen Fauxpas nicht erlauben, die Nagelschmidt wirft mich hochkant hinaus, wenn sie davon erfährt!«

»Und sie wird davon erfahren, verlass dich drauf«, verkündete Margrit düster.

»Du darfst auf keinen Fall wieder blaumachen.« Catrin ver-schluckte sich vor Aufregung an einer Traube und hustete keu-chend, bis Margrit ihr kräftig auf den Rücken schlug. »Was sollen Margrit und ich anfangen, wenn du entlassen wirst? Unser Klee-blatt muss zusammenbleiben!«

Luise stützte den Kopf auf die angewinkelten Arme und brütete vor sich hin. Es war eine verflixte Situation. Ein Länderspiel ohne sie war undenkbar, denn sie stellte die beste Torschützin dar, über die der *FC Petticoat* verfügte; das Team wäre aufgeschmissen ohne sie. Vor allem war sie nicht bereit, auf eine derart elektrisierende Erfahrung wie ein weiteres Länderspiel zu verzichten. Oft dachte sie an das Spiel gegen die Niederländerinnen zurück, sie und Annemieke schrieben sich wöchentlich, um sich auszutauschen, so sehr fühlten sie sich seitdem verbunden. Aber es half alles nichts. Anita Nagelschmidt würde ihr niemals erlauben, der Arbeit fernzubleiben.

»Das Spiel wird ohne mich stattfinden«, murmelte sie. Niedergeschlagenheit schlug wie eine hohe Welle über ihr zusammen, alles in ihr fühlte sich schwer und dunkel an.

»Wird es nicht.« Max schlang einen Arm um sie, mit der anderen Hand drehte er ihr Kinn zu sich herum, um ihr in die Augen zu schauen. »Wenn du nicht mitspielst, sage ich das Spiel ab.« Der Ernst in seinem Blick, die wilde Entschlossenheit, brachten einen Saite in ihr zum Klingen. Plötzlich wusste sie, dass sie es verschmerzen würde, könnte sie tatsächlich nicht teilnehmen; waren die Liebe und das Vertrauen, das zwischen Max und ihr herrschte, nicht viel wichtiger als ein einmaliges Sportereignis?

Max brach sich ein letztes Stück Marmorkuchen ab und lächelte sie an. »Aber noch ist nicht das letzte Wort gesprochen. Ich lasse mir etwas einfallen, wie wir das Problem lösen können.«

»Na, wen haben wir denn da? So hübschen Damenbesuch am Abend?« Herr Sperling, Max' Vermieter, der wie stets zwischen den Gardinen hervorblinzelte und das Kommen und Gehen in der Straße beobachtete, riss schwungvoll die Haustür auf. »Herr Hollinger ist ja wirklich ein Glückspilz!«

»Sie machen mich ja ganz verlegen, Herr Sperling.« Luise zwinkerte dem alten Mann kokett zu. Welch ein Glück, dass er sie so gerne mochte und generell nichts dagegen hatte, dass sein Mieter einen weiblichen Gast in seiner Dachkammer empfing; aus Erzählungen mit ihren Freundinnen wusste sie, dass diese freizügige Einstellung noch immer die Ausnahme war.

»Immer hoch mit Ihnen, Fräulein Luise. Ihr Herr Verehrer scheint gekocht zu haben, so köstlich, wie es im ganzen Treppenhaus riecht. Fragen Sie ihn, ob für den greisen Hausherrn auch noch was abfällt.« Herr Sperling zwirbelte die Enden seines Schnauzbarts und amüsierte sich köstlich über sich selbst.

Luise fiel in sein Gelächter ein. »Das mach ich, ich bringe Ihnen einen Teller runter.«

Oben öffnete Max ihr die Tür, ein Küchenhandtuch über der Schulter. Er umarmte sie fest, die Wange an ihrem Haarschopf, und sie schmiegte sich an seine Brust. Es war wie ein Nach-Hause-Kommen. Dies hier war ihr Nest, in dem sie sich geborgen fühlten, ihr ganz eigenes Reich, das nur ihnen gehörte.

»Was duftet denn hier so lecker?« Luise spähte auf den kleinen Gasherd, auf dem das Essen in einem Topf köchelte. »Du verwöhnst mich ja richtig.« Mittlerweile hatte es sich eingespielt, dass sie an manchen Abenden nach der Arbeit zu Max ging und mit ihm aß. Dank Marlene brauchte sie sich keine Sorgen zu machen, Mutter daheim mit der Zubereitung des Essens allein zu lassen. Sie hätte es niemals vermutet – doch Georgs Ehe mit Marlene brachte ungeahnte Vorteile für sie alle mit sich.

»Kartoffelsuppe mit Würstchen nach dem Rezept meiner Oma.« Stolz hob Max den Topfdeckel hoch und gewährte ihr einen Blick auf die dicke Suppe. »Es dauert noch ein paar Minuten.«

»Herr Sperling möchte mitversorgt werden.« Luise stellte sich hinter ihn und umschlang mit den Armen seine Taille, das Gesicht an seinen Rücken gepresst. Seine Nähe tat so gut, sein Körper fühlte sich so stark und verlässlich an, ein fest verwurzelter Baum im Sturm.

Max schmunzelte. »Das habe ich mir fast gedacht. Ich habe schon einen dritten Teller gerichtet. Vielleicht kannst du ihn gleich runterbringen? Ich glaube, dich sieht der alte Herr lieber als mich.«

»Das glaube ich auch.«

Max rührte in der Suppe und begutachtete sie fachmännisch, während Luise sich rücklings auf das schmale Bett warf. Vor der Dachluke glühte die Abendsonne noch ein letztes Mal auf, doch grauviolette Schlieren zogen bereits über den Himmel und trieben die Dämmerung voran. Ihr Blick fiel auf ein amtlich aussehendes Schreiben auf dem Nachttisch, als sie den Stempel der Polizeiinspektion auf dem Kuvert entzifferte, pochte ihr Herz schneller. Abrupt setzte sie sich auf und nahm den Brief in die Hände.

»Hast du noch einmal Post von der Polizei bekommen?«

Flüchtig sah er zu ihr, bevor er sich wieder der dampfenden Suppe widmete. »Ja«, antwortete er dumpf. »Es ist eine Mahnung. Die zweihundertfünfzig Mark habe ich noch immer nicht bezahlt. Ich war letztens auf der Wache und habe mich nach einer Ratenzahlung erkundigt. Meine Mutter würde mir etwas Geld zuschießen, aber es reicht einfach nicht. Zwar spare ich mir buchstäblich jeden Pfennig vom Mund ab, doch ich musste mir ein paar neue Lehrbücher für die Uni kaufen, da blieb nichts mehr übrig.«

»Und?« Ein flaues Gefühl schwappte wie eine dunkle Brühe durch Luises Magen. »Hat sich die Polizei auf Ratenzahlung eingelassen? Mit wem hast du gesprochen? Nicht etwa mit meinem Bruder?« Sie würde Georg gehörig die Leviten lesen, wenn er Max kein Entgegenkommen gezeigt hätte!

»Deinem Bruder bin ich gar nicht begegnet. Nein, ich habe mit diesem anderen Polizisten gesprochen, der Georg in den Park begleitet hat. König hieß er, seinen Namen habe ich mir gemerkt, weil er so einprägsam ist.« Max tauchte den Rührlöffel in die Suppe und schmeckte sie ab. »Hm, vielleicht gebe ich noch ein bisschen Salz hinzu. Setz dich schon mal an den Tisch, ich bin gleich so weit.«

Luise knirschte mit den Zähnen und krampfte die Hände um die Zipfel der Bettdecke. »Herr König, interessant. Nun sag schon, was hat er geantwortet?«

Max drehte sich zu ihr um, die Miene traurig und hoffnungslos. »Er hat meine Bitte abgelehnt. Bis zum 31. muss ich die Geldstrafe bezahlen, er hat sogar damit gedroht, Strafzinsen zu erheben, wenn ich nicht pünktlich zahle. Ich weiß nicht, was ich tun soll.«

Wieso überraschte sie es nicht, dass Robert sich unnachgiebig gezeigt hatte? Wut auf ihn brannte in ihrer Brust, aber sie schob sie rasch beiseite; sich zu ärgern würde die Situation nicht lösen. Sie krabbelte vom Bett, ging die wenigen Schritte zu Max und umarmte ihn zärtlich. »Wir kriegen das hin, versprochen. Ich habe dir angeboten, etwas beizusteuern, und die anderen sind auch gerne dazu bereit.«

»Ach, Luise.« Max löste sich von ihr und gab mit der Schöpfkelle Suppe in die Teller. »Damit kommen wir nicht weiter. Du bist selbst klamm, hast du letztens gesagt. Erstens knabberst du noch daran, letzten Monat nur den halben Lohn bekommen zu haben, zweitens hast du für die Hochzeit deines Bruders einiges ausgegeben. Der schöne Stoff, aus dem du dein Kleid genäht hast, war teuer, und die Pumps dazu auch, nicht wahr?«

Luise nickte betreten.

»Und die anderen Frauen sind zwar alle hilfsbereit, aber woher sollen sie Geld nehmen, wenn nicht stehlen? Vera studiert und verdient keine müde Mark, und Marlies hat sich letztens über eine saftige Mieterhöhung beschwert, erinnerst du dich? Dorothea muss den Kredit für ihr Goggomobil abstrampeln. Jede hat auf ihre Art zu kämpfen, niemand aus unserer Truppe hat etwas auf der hohen Kante.«

»Das stimmt wohl.« Plötzlich erschöpft rieb Luise sich über die Stirn. »Trotzdem. Es muss eine Möglichkeit geben.«

Max lächelte schief und drückte ihr einen Teller Kartoffelsuppe in die Hände. »Bist du so lieb und bringst den Herrn Sperling?«

»Hm.« Vorsichtig balancierte Luise die heiße Suppe aus dem Dachzimmer die Treppe herunter. Die Frage, wie sie das Geld für Max' Strafe auftreiben konnte, nagte an ihr, wie ein Rätsel, das es unbedingt zu knacken galt.

Der alte Herr riss die Tür auf, bevor sie überhaupt zu klopfen vermochte. »Da sind Sie ja, mein Kind. Oh, die Suppe … da läuft einem ja das Wasser im Mund zusammen.«

»Lassen Sie es sich schmecken.« Luise hatte sich bereits wieder umgedreht, um die Treppe hochzulaufen, als Herr Sperling sie zurückrief.

»Stellen Sie sich vor, Fräulein Luise, ich habe im Lotto gewonnen!«

»Wirklich? Wie viel denn?« Von der dritten Treppenstufe blickte Luise gebannt auf den Vermieter herab, doch sogleich schalt sie sich innerlich, zu indiskret zu sein.

»Ach«, Herr Sperling winkte verlegen ab, wobei der Suppenteller gefährlich schwankte, »kaum der Rede wert. Hundert Mark. Aber damit kann ich meinem Enkel die Grundgebühr für den Führerschein spendieren. Der Junge wird sich freuen.«

»Das ist prima. Herzlichen Glückwunsch zu Ihrem Gewinn.« Während sie gemächlich nach oben ging, mahlten in ihrem Kopf sämtliche Mühlräder. Herrn Sperlings Geschichte hatte eine Idee in ihr gezündet, die es möglicherweise wert war, weiterverfolgt zu werden.

»Viele Männer waren nur gekommen, um den Trikot-Tausch
nach dem Spiel zu sehen. So ein Schwachsinn!«

Silvia Neid, deutsche Fußballspielerin

Kapitel 19

»Heute wird es gar nicht hell.« Missmutig biss Margrit den Faden ab, ihrer Chefin war es bisher noch nicht gelungen, ihr diese Unart abzugewöhnen. Zum Glück schenkte diese ihren Angestellten gerade wenig Aufmerksamkeit. Mit einem Teller voller schokoladenüberzogener Kekse und ihrem Früchtetee setzte sie sich in den Besuchersessel und ließ es sich schmecken. »Da sagst du was, Margrit. Als ob schon der Winter vor der Tür steht. Es ist erst Oktober, und schon brauchen wir im Atelier Schlossbeleuchtung, um was erkennen zu können, so duster ist es. Da muss ich mich erst mal stärken.«

Sie hielt den Mädchen den Keksteller hin. »Möchtet ihr einen? Greift zu. Ihr jungen Dinger habt ja alle nichts auf den Rippen.«

Luise, Margrit und Catrin warfen sich überraschte Blicke zu. Was war denn mit der Nagelschmidt los? Seit wann zeigte sie sich so spendabel? Vielleicht hatte sie einfach einen guten Tag. Jedenfalls ließen sie sich nicht zweimal auffordern, sich zu bedienen, und jede nahm sich einen Keks.

»Aber nicht auf die Stoffe krümeln!« Anita Nagelschmidt drohte ihnen mit erhobenem Zeigefinger. »Ach Gott, diese modernen Stoffe heutzutage. Irre ich mich, oder gehen die Kleidungsstücke beim Waschen immer mehr ein?« Unbehaglich zupfte sie an ihrem zu engen Rockbund.

Luise presste sich die Hand vor den Mund, um nicht laut herauszuprusten, und auch ihre Freundinnen unterdrückten ein Lachen.

»Ich gebe Ihnen recht, Frau Nagelschmidt.« Margrits Miene war todernst, als sie sich das letzte Stückchen Keks in den Mund schob. »Der blau getupfte Rock, den ich mir letztens genäht habe, ist in der Wäsche so geschrumpft, dass er jetzt meiner achtjährigen Cousine passt.«

»Tatsächlich?« Die Schneidermeisterin sah Margrit mit neu erwachter Hoffnung an und rückte ihren Rockbund gerade. »Interessant, was du da sagst, meine Liebe.«

Margrit nickte bestätigend, während Luise verzweifelt versuchte, ihr Kichern in ein Husten umzuwandeln, und Catrin an ihrem aufsteigenden Glucksen fast zu ersticken schien.

Die Tür wurde geöffnet, und ein Kunde trat mit einem Schwall kalter, feuchter Luft in die Stube. Luises Herz bekam Flügel und flatterte wie ein Kolibri in ihrem Brustkorb umher, als sie Max erkannte. Er trug eine seriöse dunkle Hose, die sie noch nie an ihm gesehen hatte, und ein dazu passendes Jackett, die blonden Haare ordentlich gescheitelt und zurückgekämmt, auch wenn sie sich bereits wieder in Wellen legten. Er nickte den Freundinnen lächelnd zu, bevor er sich äußerst liebenswürdig an Frau Nagelschmidt wandte und ihr galant die Hand hinstreckte.

»Guten Tag, gnädige Frau.«

Gnädige Frau? Nun war es mit Luises Selbstbeherrschung endgültig vorbei; rasch nahm sie das Taschentuch entgegen, das Catrin ihr hinhielt, und verbarg ihr Gesicht dahinter. Selten hatte sie auf der Arbeit so viel Spaß gehabt. Aber was wollte Max überhaupt in der Schneiderei?

»Ich bin der … nun, man könnte sagen, Luise und ich sind so gut wie verlobt. Mein Name ist Max Hollinger.«

»Enchantée.« Das Französisch der Nagelschmidt klang furchtbar falsch, als sie Max geziert die mollige Hand gab und sein herausgeputztes Erscheinungsbild wohlwollend zur Kenntnis nahm. »Du hast mir bisher verschwiegen, dass du verlobt bist, nicht wahr, Luise?«, tadelte sie kokett und wiegte sich in den Hüften, was bei einer Frau jenseits der fünfzig etwas deplatziert wirkte.

»Ich ... nun ...« Luise geriet ins Stammeln und brach ab. Die Chefin hörte ihr ohnehin nicht zu, der seltene Anblick eines Mannes in ihrem Atelier – schließlich waren ihre Kunden ausnahmslos weiblich –, noch dazu eines so gut aussehenden mit geschliffenen Umgangsformen, schien eine euphorisierende Wirkung auf sie auszuüben.

»Ist mir selbst neu, dass ich verlobt bin oder so gut wie«, raunte Luise Margrit und Catrin zu.

»An deiner Stelle würde ich diese Aussage nicht weiter hinterfragen, sondern als gegeben hinnehmen«, riet Margrit ihr flüsternd.

»Was kann ich für Sie tun, Herr Hollinger?« Anita Nagelschmidt verknotete die Finger wie ein junges Mädchen beim ersten Rendezvous. »Setzen Sie sich – dahin, in den grünen Samtsessel. Möchten Sie einen Gigolo?«

»Einen was?« Max lachte und kratzte sich irritiert am Kopf.

»Egal.« Die Meisterin setzte sich ihm gegenüber und sah ihn erwartungsvoll an. Dass Max nicht nur gekommen war, um ihr seine Aufwartung zu machen, sondern etwas auf dem Herzen hatte, war offensichtlich. Luise verfolgte die Interaktion der beiden angespannt; an Nähen war nicht zu denken, der Stoff ruhte unter dem Nähfuß der Maschine, auch ihre Freundinnen verfolgten neugierig den Wortwechsel in der Besucherecke.

»Luise erzählt immer, wie wohl sie sich in Ihrer Schneiderei fühlt, deshalb dachte ich, ich wende mich einfach persönlich an Sie, Frau Nagelschmidt.« Max' Stimme klang weich wie Honig. »Die Sache ist die – Luise spielt Fußball, eine äußerst progressive Sportart für junge Frauen, die sich leider in Deutschland noch nicht so recht durchsetzen konnte. Andere Länder sind da schon viel weiter. Auf jeden Fall steht ihrer – unserer – Mannschaft ein wichtiges Spiel bevor. Leider an einem Werktag, am Mittwoch nächster Woche.«

Max zog eine betrübte Miene, während die Nagelschmidt an seinen Lippen hing. Luise hielt die Luft an – wie würde ihre Chefin reagieren? Als sie letztes Jahr erfahren hatte, dass ihre Angestellte zu jenen überkandidelten Frauen gehörte, die einem Ball nachjagten, hatte sie ihr Verhalten geradezu verteufelt. Wahrscheinlich würde sie Max' Anliegen kurzerhand abschmettern, wieso sollte sie ihr dieses Mal erlauben, der Arbeit fernzubleiben?

»Sie trainieren die Mannschaft?« Die Meisterin beäugte Max in einer Mischung aus Argwohn und Bewunderung.

»Ganz recht. Ehrenamtlich. Mir ist es wichtig, Frauen zu gleichen Chancen wie den Männern zu verhelfen.«

»Natürlich, natürlich.« Anita Nagelschmidt nickte so heftig, dass ihre grauen, in Löckchen gelegten Haare wippten. »Sehr beeindruckend von Ihnen, junger Mann, vor allem, wo Sie keinen Pfennig dafür bekommen. Aber was hat das mit mir zu tun?«

»Wie gesagt findet die Veranstaltung unter der Woche statt. Es ließ sich nicht anders organisieren. Luise müsste einen Tag in der Schneiderei fehlen. Und da kommen Sie ins Spiel, Frau Nagelschmidt.« Max beugte sich vor, sein Blick saugte sich an der Chefin fest. »Ich bin mir sicher, dass Sie absolut nichts dagegen haben, meine Verlobte für einen Tag freizustellen. Luises Erzählungen nach zu urteilen, sind Sie eine modern denkende Frau, die stolz auf eine Mitarbeiterin ist, die sich als sehr erfolgreich auf ihrem Gebiet erweist. Luise ist nämlich der Star des Teams, müssen Sie wissen.«

Anita Nagelschmidt warf einen flüchtigen Blick zu Luise, die am Nähtisch saß wie erstarrt. »Sie schmeicheln mir, junger Mann, aber … aber selbstverständlich haben Sie recht.« Sie geriet ins Stottern, fing sich jedoch rasch wieder. »In der heutigen Zeit müssen wir alles tun, um die jungen Mädchen zu fördern. Sie dürfen nicht nur zu Hause herumsitzen und Hausarbeit erledigen, sie müssen in die Welt gehen und ...«

Luise bohrte die Fingernägel in die Handflächen. Musste sich die Nagelschmidt ausgerechnet jetzt in ihrer Salbaderei verlieren, statt ihr ohne große Worte die Erlaubnis zu erteilen, am Mittwoch Fußball zu spielen?

»Sehr schön«, schnitt Max ihr das Wort ab. »Ich wusste, dass wir uns auf Sie verlassen können. Vielen Dank, dass Sie Luise für das Spiel freigeben; es ist ein ganz besonderes Spiel, müssen Sie wissen, wir treten nämlich gegen eine Schweizer Mannschaft an.«

»Müsste es nicht Frauschaft heißen?« Die Meisterin schmunzelte, dass sie von Max überrumpelt worden war, schien ihr nicht bewusst zu sein.

»Sehr clever gedacht.« Um Max' Mundwinkel zuckte es erheitert. »Noch einmal herzlichen Dank. Wir wissen Ihr Entgegenkommen zu schätzen, nicht wahr, Liebling?«

Luise sprang auf, als wäre ihr Sitzkissen mit Stecknadeln gespickt. »Ja, sehr! Ich bedanke mich auch, Frau Nagelschmidt ...« Sie spürte die ungläubigen Blicke ihrer Kolleginnen auf sich ruhen, vermochte es ja selbst kaum zu fassen. Ihr selbst hatte die Chefin einen freien Tag verwehrt, ihr später vorgeworfen, als fußballspielende Angestellte die Kundinnen zu vergraulen, und nun spazierte Max herein, wickelte die Nagelschmidt um den Finger und erreichte sein Ziel mit Leichtigkeit. Sie seufzte tief. Ein Mann müsste man sein!

»Was darf es denn heute sein?« Frau Stolle stand mit in die Hüften gestemmten Händen hinter dem Ladentresen und sah ihr freundlich entgegen. Die kleine Cordula hielt sich dicht neben ihr, Körperhaltung und Schürze waren identisch; sie wirkte wie eine Miniaturausgabe ihrer Mutter. Klaus spielte derweil vor dem

Geschäft mit einem Ball, dessen hartes Aufprallen auf dem Betonboden durch die Gasse hallte.

»Wir haben Mandelkuchen im Angebot«, sagte Cordula und sah verunsichert zu ihrer Mutter hoch, die ihr ermutigend zunickte.

»Ganz recht. Darf's ein Stück sein, Fräulein Luise? Es sind nur noch drei Stücke da.«

»Da sage ich nicht Nein.« Luise sog genüsslich den Duft des frisch gebackenen Kuchens ein, der den ganzen Ladenraum erfüllte. »Eigentlich bin ich wegen etwas anderem gekommen. Ich möchte Sie fragen, ob Sie an einer Art Spiel – oder besser, einer Wette – teilnehmen wollen.«

Frau Stolle nahm das größte Stück Kuchen aus der Glasvitrine und schlug es in Papier ein. »Eine Wette? Du machst mich neugierig. Um was geht's denn?«

Luise legte ein paar Münzen auf den Tresen und bemühte sich, die Ladeninhaberin möglichst unbefangen anzulächeln; vor Nervosität rumorte es jedoch in ihrem Magen. Frau Stolle war nicht die Erste, die sie mit ihrem Anliegen behelligte. Bei den Arbeitskolleginnen war sie bereits erfolgreich gewesen, und sie plante, auch alle Häuser in der Weidenstraße abzuklappern und ihre Mission, wie sie es insgeheim nannte, vorzustellen. »Eigentlich geht es um eine gute Sache …«

»Eigentlich, soso.« Frau Stolle schmunzelte.

»Ganz recht.« Luise lächelte entwaffnend. »Es handelt sich um Folgendes …«

Hand in Hand betraten Luise und Max am Morgen zur Frühstückszeit das *Hotel Schwan* am Fackelrondell. Das Ambiente stellte eine Mischung aus stilvoll und gemütlich dar, in der Eingangshalle wechselten sich Marmorsäulen, Kübel mit mediterranen Pflanzen und durchgesessenen Chaiselongues ab. Mehrarmige Tütenlampen mit pastellrosa goldgefassten Schirmen beleuchteten die stillen Winkel, in denen man ungestört Zeitung lesen konnte, und in silbernen Schalen lagen Äpfel und Bananen für die Gäste bereit.

»Nobel geht die Welt zugrunde«, flüsterte Luise Max beeindruckt zu. Wie bei seinem Besuch in der Schneiderei hatte er sich in Schale geworfen. Luise trug ein neu geschneidertes Kleid mit steifem Petticoat und dunkelblauen Punkten auf melonenfarbenem Untergrund. Sie hatte sich ein neues Paar Nylons gegönnt und sorgfältig den akkuraten Sitz der Naht überprüft. »Wenn ich an den Besuch der Holländerinnen denke – wir haben sie zu Hause beherbergt! Was war Georg wütend, als er rausbekommen hat, dass Annemieke nicht in erster Linie meine Brieffreundin ist!«

»Tja, die Schweizerinnen sind anscheinend betucht genug, um sich im Hotel einzumieten«, gab Max schmunzelnd zurück, während er seine Krawatte zurechtrückte. »Ist doch eine feine Sache, so kommen auch wir zu einem leckeren Frühstück.«

Im Speisesaal, den sie durch breite Glastüren betraten, herrschte ein angenehmer Geräuschpegel. An allen Tischen wurde gedämpft geplaudert. Der Duft nach frisch gebrühtem Kaffee und ofenwarmen Backwaren schwebte in der Luft.

»Hier sind wir!« Dorothea erhob sich von einem Platz in der Ecke und winkte ihnen aufgeregt.

Das Gros des *FC Petticoat* war bereits zugegen und schien sich angeregt mit den Schweizerinnen zu unterhalten. Ihr Deutsch war recht französisch gefärbt, und sie benutzten Ausdrücke, die man hierzulande nicht kannte. Vera und Marion schüttelten sich aus vor Lachen, als ihre Tischnachbarinnen mit einem *Cüpli* – einem Glas Champagner – anstießen oder ein *Gipfeli* bestellten, was sich als ein Hörnchen herausstellte. Im Gegensatz zu den Deutschen tranken sie keinen Milchkaffee, sondern eine *Schale*. Die Heiterkeit schlug hohe Wellen.

Luise bemühte sich, gleichzeitig den lustigen Gesprächen der Spielerinnen und Max' ernstere Unterhaltung mit dem Genfer Trainer zu folgen. Dieser hieß Luc Rochat und mochte wohl Mitte zwanzig sein; sein Gesicht war von unzähligen Sommersprossen übersät, im Übrigen wirkte er ausgesprochen athletisch.

»Das Spiel findet im hiesigen Stadion statt?« Lucs Akzent klang so französisch, dass man ihn nicht auf Anhieb als Schweizer eingeordnet hätte.

Max nickte. »Ja, auf dem Betzenberg. Der 1. FCK, unser lokaler Fußballverein, stellt uns freundlicherweise sein Gelände zur Verfügung, worüber wir sehr froh sind.« Mit einem Lächeln in den Augenwinkeln zwinkerte er Luise zu, die natürlich im Bilde war, wie es zu diesem glücklichen Umstand gekommen war.

»Ist es den deutschen Frauen nicht verboten, in offiziellen Stadien zu spielen?«, fragte eine stämmige Schweizerin namens Héloise, die bereits eine Unmenge dick mit Honig bestrichene Brotscheiben verschlungen hatte.

»Ist es.« Luise legte ihre Hände um die wärmende Kaffeetasse. »Aber Max ist das Unmögliche gelungen. Obwohl uns der Verein seit einem guten Jahr nicht mehr im Stadion trainieren lässt, wurde eine Ausnahme für uns gemacht.«

Noch immer glühte der Stolz über Max' beherzte Initiative in ihr; zu ihrer aller Überraschung war er letzte Woche zur Post marschiert, wo Werner Liebrich im Hauptberuf als Beamter arbeitete, und hatte ihn durch die trennende Glasscheibe gefragt, ob der Verein für ein Damenländerspiel die Regeln einmal außer Acht lassen und ihnen ungestörten Zutritt zum Feld gewähren würde. Liebrich, der für seinen stark ausgeprägten Gerechtigkeitssinn bekannt war – Luise hatte in Peters Fußballzeitschriften bereits mehrmals gelesen, dass er sich deswegen oft mit Schiedsrichtern oder Trainern anlegte –, hatte sofort seine Unterstützung zugesagt und versprochen, die Vorstände des FCK zu überreden.

»So leicht ist es dir gelungen, das Stadion benutzen zu dürfen? Das klingt nach einem Kinderspiel«, hatte Luise überrascht ausgerufen, als Max die freudige Nachricht beim letzten Training verkündet hatte. »Warum sind wir nicht schon früher auf die Idee gekommen, die Spieler der National-Elf zu fragen? Die sind nicht so verbohrt wie der Vorstand.«

»Weil es eine absolute Ausnahme darstellt«, hatte Max geduldig geantwortet. »Eine einmalige Sache. Die Weltmeister werden den Teufel tun und sich dauerhaft strafbar machen.«

»Meine Güte.« In Veras Augen hatte ein schwärmerischer Glanz gelegen. »Wenn man bedenkt, dass Werner Liebrich in unserer Stadt wohnt … Es ist kein Problem, ihn mal persönlich zu treffen, man muss nur zur Post und sich am richtigen Schalter in die Schlange stellen …«

Dieser Gedanke war auch in Luises Kopf umhergewirbelt. Sie beneidete Max, dass er ihrem Idol so nah gekommen war; auf der anderen Seite wollte sie den Weltmeister natürlich nicht bedrängen und sah daher von einem Besuch auf der Post ab.

»Wirklich toll.« Luc Rochat blickte beeindruckt von Max zu Luise. »In einem Stadion spielen zu dürfen, in dem die Weltmeister von Bern trainieren … Wir fühlen uns geehrt, nicht wahr, Héloïse?«

Diese nickte mit vollem Mund, während Luise und Max sich vergnügt zublinzelten.

Nach dem Frühstück trennte man sich, um sich noch ein wenig Ruhe zu gönnen und sich mental auf das Spiel vorzubereiten, und kurz nach Mittag trafen sich die beiden Mannschaften auf dem Betzenberg.

Die Stimmung war großartig. Zur allgemeinen Freude hatte sich bereits Publikum eingefunden, und dem begeisterten Winken und den freundlichen Rufen nach zu urteilen, die von den Rängen schallten, ging Luise nicht davon aus, dass es sich um

Nörgler oder Störenfriede handelte, die das Spiel zu beeinträchtigen versuchten.

»Meine Mutter ist da!« Luise spähte aus der Umkleide nach draußen, von warmer Freude erfüllt. Und sogar Marlene hatte sich eingefunden, obwohl sie Damenfußball vor noch nicht allzu langer Zeit verächtlich abgetan hatte. Ungeachtet der Tatsache, dass ihr frisch Angetrauter, Georg, noch immer nicht viel von Luises Treiben hielt – es herrschte nach wie vor Waffenstillstand zwischen ihnen, das Thema Sport klammerten sie so gut es ging aus –, hatte sie es sich nicht nehmen lassen, ihre Schwiegermutter zu begleiten. Vielleicht würde Marlene mit der Zeit doch noch so etwas wie eine Schwester für sie werden? Luise war recht zuversichtlich.

»Meine Eltern auch!« Vera rief ihrer Familie eine lautstarke Begrüßung zu, was diese aufgrund der großen Entfernung natürlich nicht hörten.

»Viel Glück, mein Schatz!«, flüsterte Max Luise ins Haar, als er sie fest umschlang und sie sich an ihn schmiegte. Die anderen Spielerinnen sahen diskret zur Seite. »Gib alles, du schaffst das!« Sie sah den Stolz auf sie, der in seinen Augen glitzerte, und schluckte einen Kloß der Rührung hinunter.

Wie beim letzten Länderspiel war es unbeschreiblich, in einer Reihe ins Stadion einzulaufen und Aufstellung zu nehmen, während die Viermann-Kapelle, bestehend aus Kommilitonen von Max, die er eigens für diesen Anlass engagiert hatte, die Nationalhymnen spielte. Seit drei Jahren war es in Deutschland üblich, bei Sportereignissen zwischen zwei Ländern die Hymne zu spielen, und Max hatte lange gesucht, bis er eine geeignete Musikgruppe gefunden hatte; es sollte alles stilecht vonstattengehen.

Ganz still standen die Frauen der beiden Teams im Gras und lauschten den bewegenden Klängen der Blechbläser. Die Schweizerinnen sangen ihren Text gut vernehmlich mit, die Deutschen dagegen hörte man kaum, es war, als flüsterten sie die Zeile *Einig-keit und Recht und Freiheit* lediglich verschämt. Zwar war der Zweite Weltkrieg seit zehn Jahren Geschichte, aber noch immer genierte man sich, so etwas wie Nationalbewusstsein zu zeigen. Nichtsdestotrotz war dies ein Moment größter Euphorie. Hinter Luises Augen brannten Tränen, die sie rasch wegzwinkerte; sie spürte, dass auch Marion zu ihrer Rechten schniefte.

Die Herbstsonne warf goldene Reflexe auf den noch saftigen Rasen, der sich weich unter ihren Schuhsohlen anfühlte, als jede der deutschen Spielerinnen den Mitgliedern der anderen Mann-schaft freundschaftlich die Hand reichte. Sie waren keine Gegne-rinnen im eigentlichen Sinne, die Liebe zum Fußball einte sie.

Die Schweizerinnen hatten Anstoß, und ab der Sekunde, als der Ball rollte, übernahm wie stets Luises Körper; ihre Beine und Füße wussten instinktiv, was zu tun war. Die Luft im Stadion schien zu knistern, und die Zuschauer, auch wenn sie zahlen-mäßig nicht allzu gut vertreten waren, feuerten die Teams an und jubelten.

In der zweiundzwanzigsten Minute schoss die Schweizerin Irène das erste Tor, zehn Minuten später Luise das zweite; Marion gelang ein Doppelpass, und Luise schoss den Ball an Héloise vorbei ins Tor. Sie sah Max am Spielfeldrand begeistert die Arme hochwerfen, und Marlene auf der Tribüne offenbarte ganz neue Wesenszüge, indem sie in die Höhe sprang und jubelte. Dann umschlangen sie Vera, Dorothea, Marion und der Rest des *FC Petticoat* und hoben sie in die Höhe, als sei sie schwerelos. Genauso fühlte sie sich auch – schwerelos, als habe sie Flügel und könne mühelos davonfliegen, getragen von einer Welle der Ekstase.

Nur allzu bald pfiff der Schiedsrichter – wie Max ein Sport-student der Kaiserslauterner Universität – ab, es war Halbzeit. Luise taumelte hinter den anderen her zum Spielfeldrand, ihre

Kehle war wie ausgedörrt, ihre Lungen stachen, aber das nahm sie kaum zur Kenntnis. Gleichstand! Ob sie wohl noch die Führung übernehmen würden?

»Du warst große Klasse!« Max umarmte sie innig und küsste sie auf das verschwitzte Haar. »Du bist mein Star!«

»Meiner auch!« Marlene, die sich mit Edith näherte, hatte die letzten Worte mitangehört. Fürsorglich reichte sie ihrer Schwägerin eine Wasserflasche. »Hier, trink das, Luise. Sonst bekommst du noch einen Kreislaufkollaps, so sehr, wie du dich verausgabst.«

»Danke, Mutti«, keuchte Luise amüsiert, gehorchte aber und trank gierig ein paar Schlucke. »Toll, dass du mitgekommen bist. Das weiß ich sehr zu schätzen! Weiß Georg davon?«

Marlene setzte eine harmlose Miene auf. »Wir sind zwar verheiratet, trotzdem muss er nicht alles wissen.« Sieh an, ihre Schwägerin hatte es anscheinend faustdick hinter den Ohren. Luise lachte und legte einen Arm um sie. »Du bist mir eine.«

»Was steht ihr hier herum wie Salzsäulen? Es geht weiter.« Marion schlug Luise von hinten kameradschaftlich auf den Rücken, und sie rannten voller Tatendrang zurück auf das Feld.

Als sie auf den Anpfiff des Schiedsrichters warteten, sah Luise in den Zuschauerrängen einen Mann stehen, der etwas Klobiges ans Auge hielt; was war das denn – es sah aus, als filme er das Spiel! Fragend sah sie Marion an, die bereits ihre Position eingenommen hatte, aber die zuckte nur mit den Schultern. Doch dann begann die zweite Halbzeit, und sie vergaß alles um sich herum, sah nur noch den Ball und die Hindernisse zwischen sich und dem Tor.

Der *FC Petticoat* holte den Sieg, als der Schiedsrichter abpfiff, stand es 3:2. Luise hatte ein weiteres Tor geschossen, Veras Schuss hatte die gegnerische Torfrau ebenfalls nicht halten können. Alle befanden sich in Siegerstimmung, man fiel sich in die Arme und feierte ein gelungenes, faires Spiel. Selbst die Schweizerinnen waren guter Dinge und grämten sich nicht über ihre vertane Chance, zu gewinnen.

»Du hast wie immer grandios gespielt.« Mit leuchtenden Augen küsste Max Luise auf die Lippen, und sie schmiegte sich an ihn. Wie nach jedem Spiel fühlte sie sich wie betrunken, fast berauscht. Marlene und Mutter gratulierten ihr ausgelassen.

»Ich habe bei Stolles eine Pflaumentorte bestellt«, verkündete Edith stolz. »Zur Feier des Tages. Max, Sie sind herzlich eingeladen, mit uns nach Hause zu gehen.«

»Gerne.« Max errötete ein bisschen, es war das erste Mal, dass er mit Pfeifers an einem Tisch sitzen würde. Dann schien er hinter Luises Rücken etwas zu entdecken. »Luise – ich glaube, da möchte dich noch jemand beglückwünschen.«

»Wer?« Luise fuhr herum, und abermals war ihr, als friere sie zu Eis, unfähig, sich zu rühren, geschweige denn einen Satz herauszubringen.

Werner Liebrich, einer der Helden von Bern, stand vor ihr und amüsierte sich offensichtlich über ihre Fassungslosigkeit. Luise hatte ihn bisher nur in Sportkleidung bei der Übertragung der Weltmeisterschaft im Fernsehen oder in Peters Fußballzeitschriften gesehen; heute trug er legere Kleidung. Die welligen rotblonden Haare waren nicht wie bei den Spielen zerzaust, sondern lagen ordentlich am Kopf an. »Ich gratuliere Ihnen, Fräulein Luise, so heißen Sie doch, nicht wahr? Ihr Freund hat mir viel von Ihnen erzählt, als er mich bei der Post besucht hat. Und wie ich heute gesehen habe, hat er nicht zu viel versprochen. Ihnen liegt Fußball im Blut.«

Tausende von Worten tanzten durch Luises Kopf, aber keines von ihnen wollte ihre Lippen erreichen, die sich wie taub anfühlten. Abwechselnd sah sie von Max, der ihr lächelnd zunickte, zu Liebrich, der lässig die Hände in die Hosentasche steckte.

»Ich … danke«, brach es schließlich aus ihr heraus. Noch immer vermochte sie es kaum zu glauben; ihr Idol stand leibhaftig vor ihr, mehr noch, er schien sie beim Spiel beobachtet zu haben …! »Ich habe Sie vorhin gar nicht gesehen …« Sehr schlau, Luise, schalt sie sich, da stand ein Weltmeister vor ihr, und ihr fiel nichts Geistreicheres ein?

»Ich saß ganz oben auf der Tribüne. War mal ein ganz neues Gefühl, nicht auf dem Rasen zu sein, sondern versteckt in der letzten Reihe.« Werner Liebrich hielt sie in seinem Blick fest, und ihr Magen fuhr Achterbahn, sie vermochte kaum zu fassen, mit welchem Interesse er sie ansah. Sie, die unbedeutende Luise Pfeifer, die ihre Tage in der Schneiderei von Anita Nagelschmidt verbrachte! »Sie sind sehr schnell auf dem Feld, und Sie dribbeln ausgezeichnet. Und mit welcher Präzision Sie das Tor angepeilt und in die obere Ecke geschossen haben, sodass die Schweizer Torfrau den Ball unmöglich fassen konnte – Respekt.«

»Nett, dass Sie das sagen.« Luises Gesicht brannte, während sie sich bemühte, Liebrich nicht allzu offen anzustarren; sie musste diesen seltenen Moment äußerster Glückseligkeit mit jeder Pore ihres Körpers in sich aufnehmen und abspeichern, um ihn nie wieder zu vergessen. Wahrscheinlich würde sie ihren Enkeln noch von ihrer Begegnung mit dem Weltmeister erzählen.

»Es ist die reine Wahrheit«, antwortete Liebrich schlicht. »Sie hätten das Zeug zu einem Profi – wenn Damenfußball den gleichen Stellenwert hätte wie der Männersport, was leider nicht der Fall ist.« Ein Schatten des Bedauerns glitt über seine Gesichtszüge, und erneut flog ihm Luises Herz zu. Er dachte wie sie und Max; obwohl sie Liebrich nicht kannte, fühlte sie sich mit ihm verbunden.

»Sie ist die beste Torschützin unseres, zugegebenermaßen, inoffiziellen Clubs«, warf Max eifrig ein. »Außerdem ist sie Meisterin im Flanken, sogar beidfüßig!«

Überbordende Liebe schäumte in Luise hoch; zärtlich drückte sie Max' Arm. »Das habe ich nur dem besten Trainer der Welt zu verdanken.«

Liebrich lachte über ihre offensichtliche Verliebtheit. »Ich hoffe, dass es Frauen nicht mehr lange verwehrt bleibt, die Rasenplätze dieser Welt zu erobern. Weiterhin viel Erfolg, Fräulein Luise!« Zum Abschied reichte er Luise die Hand, und sie ergriff sie wie in Trance.

»Danke schön, Herr Liebrich. Ihnen auch. Nach der WM ist vor der WM.«

Er schmunzelte, zog einen imaginären Hut und deutete eine Verbeugung an. »Auf Wiedersehen. Es war mir ein Vergnügen.«

»Vor zwanzig Jahren sind die Frauen noch über den Ball gefallen und gestolpert. Das hatte mit Fußball wenig zu tun. Mittlerweile spielen die Spielerinnen einen technisch und taktisch sauberen Fußball. Einige finde ich auch sehr hübsch.«

Lothar Matthäus, deutscher Fußballspieler, 2011

Kapitel 20

Luise klappte ihren tropfenden Schirm zu und betrat den Laden der Stolles. Wenigstens war es beim gestrigen Länderspiel gegen die Schweizerinnen – noch immer dachte sie mit glühendem Stolz an die Beglückwünschung durch Werner Liebrich zurück! – trocken geblieben; heute schüttete es bereits den ganzen Tag wie aus Kübeln, und ein eisiger Wind pfiff um die Häuser. Der Herbst wurde immer ungastlicher, spürbar lag der raue Atem des nahenden Winters in der Luft.

»Ach, das Fräulein Luise!« Frau Stolle blickte ihr in ihrer blütenreinen Schürze munter entgegen. Cordula saß auf einem Hocker neben dem Verkaufstresen und kämmte die goldblonden Haare ihrer Puppe, während ihr Bruder Klaus in dem engen Flur zum Wohnbereich kniete und mit seinen Blechautos eine geräuschvolle Massenkarambolage nachstellte. »Ich habe dich bereits erwartet. Deine Frau Mutter war heute Morgen bereits bei mir und hat mir und Männe begeistert von deinem Spiel erzählt.«

»Ach, tatsächlich?« Luise trat an den Tresen; ihr Blick wurde magisch von frisch gebackenen Schneckennudeln mit saftigem Mohn und dickem Zuckerguss angezogen; sie musste sich einfach eine gönnen, auch wenn Mutti und Marlene sicherlich bereits das Abendessen zubereitet hatten. »Ich hätte gerne eins dieser absolut köstlich aussehenden Stücke.«

»Gerne.« Frau Stolle lächelte. »Geht aufs Haus. Und das hier ist ebenfalls für dich.«

Sie reichte Luise zuerst eine in Papier eingeschlagene Schneckennudel, dann einen zusammengefalteten Zwanzigmarkschein.

»Dankeschön.« Luise verstaute das Geld sorgfältig in ihrer Rocktasche. Max würde Augen machen!

»Ich muss schon sagen, am Anfang fand ich Damenfußball grässlich. Hübsche Mädchen, die kopflos über ein Spielfeld toben wie kleine Jungs! Aber deine Mutter hat mir so viel von deinen Erfolgen berichtet, dass ich es gar nicht mehr so schlimm finde, wenn Frauen ein bisschen handfesteren Sport ausüben.« Frau Stolle betrachtete Luise, die es sich nicht verkneifen konnte, einen ersten Bissen von dem süßen Backwerk zu nehmen, wohlwollend.

»Freut mich, dass Sie Ihre Meinung geändert haben.« Mutti war wirklich toll, trotz der allgemeinen Stimmungslage in Deutschland ließ sie es sich nicht nehmen, ein bisschen Werbung für Frauenfußball zu machen.

»Wie viel Geld hast du nun zusammen?«

Luise griff in ihre Tasche und spürte, wie die Scheine darin verlockend knisterten. »Einiges, Frau Stolle. Zu Hause muss ich erst mal zählen. Meine beiden Kolleginnen haben ihre Wettschulden bereits beglichen, Mutti und meine Schwägerin ebenso. Sie sind die erste Nachbarin, die ich abklappere. Bei den anderen Anwohnern läute ich gleich. Einige Verwandte meiner Mannschaftskolleginnen haben sich auch beteiligt, ihren Anteil bekomme ich noch.«

»Ich muss schon sagen, du bist mir wirklich eine ganz Clevere.« Die Ladeninhaberin drohte ihr scherzhaft mit dem Zeigefinger. »Wer außer dir käme auf die Idee, mit halb Kaiserslautern darum zu wetten, ob du es schaffst, bei deinem Spiel mindestens ein Tor zu schießen?«

Luise wischte sich einen Krümel aus dem Mundwinkel und lächelte. »Zum Glück sind mir sogar zwei Tore gelungen, so bekomme ich von jedem, der mitgewettet hat, nicht nur zehn, sondern zwanzig Mark!«

»Ich hoffe, damit ist dein junger Freund aus dem Schneider.«

»Das ist er.« Luise holte tief Luft, vor Erleichterung, genug Geld beisammen zu haben, damit Max endlich die noch ausstehende Strafe bezahlen konnte, zitterten ihre Hände. »Ich werde ihn nachher damit überraschen, er ahnt noch nichts.«

»Er kann sich glücklich schätzen, eine Freundin wie dich zu haben, die sich derart für ihn ins Zeug legt.«

»Danke, Frau Stolle.« Glücklich verließ Luise den Laden und spannte draußen wieder ihren Schirm auf. Doch es regnete so heftig, dass ihr die Regentropfen wie weiße Gischt ins Gesicht spritzten. Binnen Sekunden war sie völlig durchnässt. Aber das war ihr gleichgültig. Sie war so selig, dass ihr die Kälte und Feuchtigkeit absolut nichts anhaben konnten. Wie Max wohl reagieren würde, wenn sie ihm nachher das Geld überreichen würde? Vor Freude, ihn heute Abend noch zu sehen, schlugen Tausende von Schmetterlingen mit aufgeregten Flügeln in ihrem Bauch.

Eine Woche später hatte Marlene köstliche Möhreneierkuchen gebacken, deren Duft noch lange in der Wohnküche hing. Nach dem Essen zog sie sich mit Georg in ihre Räume auf dem Dachboden zurück, während Ulrich mit Elsbeth ins Kino ging. Edith saß nach dem Abwasch wie immer an der Strickmaschine, um warme Pullover für den kommenden Winter anzufertigen, Peter brütete über seinem verhassten Lateinbuch, und Luise saß mit Max am Fenster, wo sie einen heißen Tee tranken und dem Regen lauschten, der rhythmisch gegen die Scheiben schlug. Von der Straße her drang das Rauschen der Wassermassen zu ihnen, doch im Haus war es trocken und gemütlich.

»Danke noch mal für die Einladung zum Abendessen«, wandte Max sich an Edith, die kurz von ihrer Maschine aufsah und lächelte.

»Sehr gerne.«

Max' Hand lag warm in ihrer, und Luise war rundum glücklich. Ihr Freund war mittlerweile gern gesehener Gast bei Pfeifers, selbst Georg, der es vorgezogen hätte, wenn sie mit Robert zusammengeblieben wäre, schätzte den Sportstudenten aufgrund seiner besonnenen und liebenswürdigen Art. Außerdem merkte wohl jeder in der Familie, wie innig Max und Luise einander zugetan waren; selbst Peter gingen inzwischen die Witze darüber aus, und er akzeptierte Max vorbehaltlos. Dass dieser rundum über Fußball Bescheid wusste, half natürlich.

»Ich habe etwas für dich.« Luise suchte Max' Blick und kramte in ihrer Rocktasche nach dem Umschlag mit dem Geld. »Hier.« Erwartungsvoll beobachtete sie seine Reaktion.

Max schaute verwirrt auf den Umschlag, dann hoch zu ihr. »Was ist das?«

»Na, mach es auf.«

Er öffnete das Kuvert, und seine Finger griffen nach den Zehn- und Zwanzig-Mark-Scheinen, die ordentlich gebündelt darin lagen. Unverständnis huschte über seine Miene. »Was soll das viele Geld? Wie viel ist es überhaupt?«

»Zähl es einfach.« Luise nickte aufmunternd.

Zögerlich blätterte er den Stapel durch. »Zweihundertsechzig Mark … Woher …« Er brach ab, dann fuhr er mit rauer Stimme fort. »Du überlässt mir doch wohl nicht deine Ersparnisse, damit ich endlich meine Geldbuße begleichen kann?«

»Welche Ersparnisse?« Sie gab ein verlegenes Lachen von sich. »Nein, wo denkst du hin? Das Geld ist mein Wettgewinn.«

»Was hast du jetzt wieder ausgeheckt?« Peter schien nicht so sehr in sein Lehrbuch vertieft, wie es den Anschein hatte. »Nimm dich vor meiner Schwester in Acht, Max, sie hat mehr abstruse Einfälle, als eine Kuh Fladen hinterlässt.«

»Also hör mal!« Entrüstet drehte Luise ihrem Bruder den Rücken zu, um ihn fortan zu ignorieren.

»Du hast gewettet?« Max fuhr sich fassungslos durch sein verwuscheltes Haar. »Ich verstehe noch immer nichts.«

»Es ist ganz einfach. Ich habe mit Margrit, Catrin und ein paar Nachbarn gewettet, dass ich es schaffe, beim Länderspiel gegen die Schweiz ein oder mehrere Tore zu schießen. Sie haben natürlich dagegen gewettet. Für jedes geschossene Tor mussten sie mir zehn Mark auszahlen. Und da ich zwei Tore erzielt habe, bekam ich pro Person zwanzig Mark. Macht zusammen zweihundertsechzig Mark, zehn mehr, als du eigentlich brauchst.« Sie strahlte ihn an, auch wenn ihre Gesichtszüge drohten, zu verrutschen. Was, wenn er ihre Idee so gar nicht gut fand? Wenn all ihre Mühe umsonst gewesen war?

»Merkwürdige Wette, muss ich sagen.« Max schob das Geldbündel wieder in den Umschlag, als verbrenne er sich die Finger an den Scheinen. »Den Leuten muss doch klar gewesen sein, dass sie ihr Geld verlieren, so gut, wie du spielst.«

»Egal.« Luise winkte ab. »Sie hatten alle Spaß daran, mitzumachen. Außerdem ging es ja um einen guten Zweck. Dass es absolut unangemessen war, dir eine Geldstrafe aufzubrummen, weil wir im Park ein bisschen Fußball gespielt haben, war jedem klar.«

»Das kann ich nicht annehmen.« Resolut drückte er ihr das kleine Päckchen wieder in die Hand.

Luise holte tief Luft und sah ihn eindringlich an. »Und ob du das annehmen kannst! Du musst! Die Wette war eine Art Spiel, wie gesagt, haben alle Beteiligten gern daran teilgenommen, niemand wurde gezwungen.«

»Nimm es an«, brummte Peter vom Esstisch her. »Eher gibt sie keine Ruhe. A propos, Luise: Für mich könntest du auch mal gerne eine Sammlung machen. Ich bräuchte ein bisschen Knete, um nach dem Abi eine Woche zelten zu gehen.«

Luise verzog das Gesicht. »Träum weiter. Also …« Sie wandte sich wieder Max zu und beobachtete sein Mienenspiel, sah, wie er mit sich kämpfte. Der Geldbetrag würde sein Problem lösen, die Strafe wäre ein für alle Mal vom Tisch, obwohl sie natürlich verstand, wie schwer es ihm fiel, das Geschenk, das er als eine Art Almosen empfinden musste, anzunehmen. »Akzeptierst du das Geld?«

Plötzlich verstummte das rhythmische Klappern von Mutters Strickmaschine. »Greifen Sie zu, Max. Luise hat sich die zweihundertsechzig Mark durch ihre Tore redlich verdient, und was sollte sie damit anstellen, wenn Sie es nicht nehmen? Sie kann es schlecht wieder zurückgeben.«

Max schluckte, Luise konnte förmlich mitanschauen, wie es in seinem Kopf ratterte. »Na schön«, gab er sich schließlich geschlagen. »Ich habe wohl keine andere Wahl, als das Geld zu nehmen. Ich danke dir, Luise, für all die Mühe, die du auf dich genommen hast, um mir zu helfen. Das weiß ich sehr zu schätzen.« Seine Stimme wurde leiser, ging im Regen unter, der gegen die Scheibe prasselte, sodass nur Luise ihn hören konnte. »Du hast es aus Liebe getan, das werde ich dir nie vergessen.«

»Du hättest das Gleiche für mich getan«, flüsterte sie. Er küsste sie, seine Lippen schmeckten nach Möhrenkuchen und Tee, und seine Brust, an die sie sich schmiegte, war warm. Sie glaubte, seinen Herzschlag durch seinen kratzigen Pullover hindurch zu spüren, aber vielleicht war es nur ihr eigener.

Er löste sich von ihr und strich ihr sanft eine rotblonde Locke aus der Stirn. »Begleitest du mich morgen auf die Polizeiwache?«

Sie nickte. »Ich gehe überall mit dir hin.«

»So schön müsste man es haben.« Margrit versuchte, ihre Missgunst darüber, dass Max Luise zu Beginn der Mittagspause vor der Schneiderei erwartete, nicht allzu deutlich zu zeigen. »Mein Norbert würde in hundert Jahren nicht auf die Idee kommen, mich mal abzuholen. Was macht ihr zwei denn Schönes? Geht ihr essen?«

»Nein, wir gehen zur Polizeidienststelle, um Max' Bußgeld abzuliefern. Etwas weniger Romantisches gibt es wohl kaum. Bis später.« Luise nickte Margrit und Catrin, die sich in der neu eröffneten Milchbar am Ende der Straße eine Limonade kaufen wollten, zum Abschied zu, dann hakte sie sich bei Max unter. Er trug seine seriöse dunkle Hose und ein frisch gebügeltes Hemd unter der Jacke; offensichtlich wollte er auf der Wache einen möglichst guten Eindruck hinterlassen.

»Vielleicht erwischen wir Georg, dann können wir die Sache rasch hinter uns bringen«, überlegte Luise. Ein rauer Wind fegte buntes Laub von den Bäumen am Straßenrand, wo sie sich zu knisternden Haufen übereinanderlegten; wenigstens war es heute trocken, auch wenn in den Pfützen noch das trübe Regenwasser von gestern stand.

»Hoffentlich.« Max seufzte. »Das Polizeipräsidium ist kein Ort, an dem man sich länger als nötig aufhalten möchte.«

Das rot gestrichene Haus, in dem sich die Wache befand, wirkte eher wie ein Wohnhaus denn wie ein offizielles Gebäude. Luise stieß die Eingangstür auf und atmete den Geruch nach dem Staub alter Akten und Bohnerwachs ein, der in der Luft lag. Hinter einem Tresen saß ein älterer Polizist, der stirnrunzelnd einige Papiere las, jedoch sofort aufsah, als sie zu ihm traten. Sie erläuterten ihm ihr Anliegen, und er schickte sie den Flur entlang in ein Zimmer, hinter dessen Tür eine Schreibmaschine vereinzeltes Klappern von sich gab.

»Da schreibt jemand mit dem Ein-Finger-Suchsystem«, raunte Max Luise zu, und sie lächelte. Auf ihr Klopfen hin erklang ein Brummen, und sie betraten den Raum.

Die zwei aneinandergeschobenen Schreibtische aus billigem Holz, die durstige Zimmerpflanze auf dem Fensterbrett und der Blick auf einen Hof, auf dem sich ein Polizeiwagen an den anderen reihte – all das verschwamm vor Luises Augen. Sie nahm nur

Robert wahr, der sich auf seinem knarrenden Schreibtischstuhl zu ihnen umdrehte. Kaum hatte er erkannt, wer in sein Büro geschneit war, verdüsterte sich sein Gesicht; gleichzeitig huschte ein Funken fassungsloser Hoffnung darüber – der Regenbogen an Gefühlen, die sich auf seinen Zügen abwechselten, versetzte Luise einen Stich. Von allen Polizeibeamten, mit denen Kaiserslautern aufwarten konnte, musste ausgerechnet Robert vor ihnen sitzen? Wo war Georg, wenn man ihn brauchte? Die Traurigkeit, die sich in Roberts grünblaue Augen stahl, tat ihr im Innern weh. Diese Augen, in denen sie sich damals so oft verloren hatte, bis sie gemerkt hatte, dass ihr nicht reichte, was Robert ihr gab.

»Luise!« Robert erhob sich und heftete seinen Blick auf sie, Max ignorierte er.

»Hallo, Robert.« Ihre Stimme klang dünn. »Wo ist mein Bruder?«

»Bei einer Zeugenbefragung. Du musst mit mir vorliebnehmen.« Sein Tonfall klang bemüht locker, aber Luise kannte ihn gut genug, um zu wissen, dass er gerade um Haltung kämpfte. »Wie kann ich euch helfen?«

Nun streifte er Max endlich mit einem kühlen Blick. Dieser griff nach Luises Hand und drückte sie. Noch nie war sie so froh über den Halt gewesen, den er ihr schenkte. Natürlich war Max mittlerweile im Bilde über die Beziehung, die sie mit Robert geführt hatte, sie hatte ihm an einem ihrer gemeinsamen Abende alles erzählt.

»Ich möchte die noch ausstehende Geldstrafe begleichen.«

Sie war froh, dass Max das Reden übernahm; ihre Knie fühlten sich weich wie Schaumstoff an.

Robert spielte irritiert mit den Knöpfen seiner Uniformjacke, so als erinnere er sich nicht an die Strafe, die er gemeinsam mit Georg verhängt hatte. Dann schien der Groschen zu fallen. »Ach so, ja. Natürlich.«

Max zog den Umschlag aus seiner Jackentasche und legte ihn auf den wurmstichigen Schreibtisch; offenbar mochte er sich nicht dazu überwinden, ihn Robert in die Hand zu drücken. »Sie können nachzählen. Zweihundertfünfzig Mark.« Den überschüssigen Zehner hatte er zuvor herausgenommen und darauf bestanden, dass Luise Margrit und Catrin damit zu einem Eis oder einem Kaffee einlud.

Robert berührte das Kuvert, als wolle er Max' Aufforderung nachkommen, sah dann aber davon ab. Ein unbehagliches Schweigen herrschte; man hörte nichts als eilige Schritte auf dem Korridor und die Sirene eines Polizeiautos, die sich schrill entfernte. In Luises Ohren rauschte es, als befände sie sich unter Wasser.

»Danke.«

»Dann wäre die Sache also erledigt?«

Robert nickte widerwillig, die Hände unschlüssig in den Hosentaschen. »Georg hat mir erzählt, dass ihr beiden jetzt zusammen seid.« Seine Augen brannten sich in Luise.

In ihr zog sich alles zusammen. Georg war die reinste Quasselstrippe! Wieso hatte er seinem Freund von ihrer Beziehung zu Max erzählen müssen, war ihm nicht klar, dass ihm die Neuigkeit wehtat?

»Das ist richtig«, flüsterte Luise. »Ich hoffe, deiner Mutter geht es gut?«

Robert zuckte die Achseln. »Mal besser, mal schlechter.« Sie rechnete ihm hoch an, dass er nicht darauf hinwies, wie enttäuscht die ältere Dame gewesen sein musste, als Luise ihn abserviert hatte.

Max schlang seinen Arm um ihre Taille, wie um zu demonstrieren, dass sie endgültig zu ihm gehörte, dass ihre Zeit mit Robert unwiederbringlich zu Ende war, einer lange entschwundenen Vergangenheit angehörte.

»Richte ihr meine Grüße aus.« Sie wusste, sie sollte sich verabschieden, aber sie vermochte ihre Füße nicht vom Fleck zu bewegen; sie spürte Roberts Verlorenheit, seine Trauer über ihren Verlust, so als sei es ihr eigener Schmerz. Bilder längst vergangener Tage mit Robert zogen wie ein Kinofilm an ihr vorbei, Cafébesuche, Waldspaziergänge. Er war nicht der Richtige für sie gewesen, im Grunde hatte sie dies von Anfang an gespürt, jedoch nicht auf ihre innere Stimme gehört, die ihr dies unablässig einzuflüstern versuchte.

»Mach ich.« Robert biss die Zähne zusammen, eine Ader an seiner Schläfe trat deutlich hervor und pochte.

Aus einem plötzlichen Impuls heraus löste sie sich von Max, ging einen Schritt auf Robert zu und umarmte ihn, atmete ein letztes Mal seinen unverwechselbaren Duft nach Seife und Rasierwasser ein. »Begleite Georg gerne wieder mal zu uns nach Hause.«

Sein Körper, der sich eben noch an ihr festgeklammert hatte, versteifte sich. »Besser nicht.«

»Ist gut.« Sie verstand. Langsam löste sie sich von ihm. »Auf Wiedersehen, Robert.«

Seine Augen, dunkel und unergründlich wie ein Waldsee, ruhten auf ihr.

Sie griff nach Max' Hand; die ganze Zeit hatte er geduldig gewartet, dafür liebte sie ihn.

»Lass uns gehen.«

Er schlang den Arm um sie, drückte sie fest, wusste, dass die Situation sie überforderte und sie Trost bedurfte.

Auf dem Flur stießen sie auf Georg, der offenbar auf dem Rückweg ins Büro war.

»Hoppla.« Er legte Luise, die beinahe in ihn gelaufen wäre, die Hände auf die Schultern. »Was macht ihr hier?«

Max berichtete kurz, dass sie Robert das Bußgeld übergeben hatten.

Georg wirkte erleichtert. »Sehr schön, dann können wir die Sache ad acta legen. Ach, Luise ...« Bereits im Umdrehen begriffen blieb er noch einmal stehen. »Ein paar Kollegen haben mich heute gefragt, ob meine kleine Schwester Fußball spielt ... Wie kommen sie darauf? Ich meine, woher wissen sie davon?«

Luise, noch immer aufgewühlt von der Begegnung mit Robert, zuckte unbeteiligt die Schultern. »Keine Ahnung.«

Georg betrachtete sie grübelnd. »Hm. Die Sache ist seltsam. Ich habe bisher niemandem von deiner Fußballbesessenheit erzählt, das ist ja nichts, dessen man sich rühmt. Und in der Zeitung stand dieses Mal kein Artikel, ich habe sie von vorne bis hinten durchgeblättert. Ich wusste gar nicht, was ich den Kollegen erwidern sollte, ich habe eine nichtssagende Antwort gegeben.«

»Wieso hast du nicht die Wahrheit gesagt?«, fragte Max freundlich, und Luise verbiss sich ein Lachen. Zwar herrschte zwischen ihr und ihrem Bruder in puncto Fußball noch immer ein fragiler Waffenstillstand, dennoch war Georg weit davon entfernt, ihren Sport als etwas Normales zu betrachten, worüber man mit Bekannten sprechen konnte.

»Das kannst du nur als Scherz meinen.« Georg wirkte brüskiert, dann seufzte er. »Aber ich befürchte, es ist dein voller Ernst, schließlich trainierst du die Damen. Bis heute Abend. Sehe ich dich beim Essen, Max?« Der letzte Satz war seine Art, Max zu zeigen, dass er ihm nicht böse war, mochte er noch so merkwürdigen Freizeitbeschäftigungen nachgehen.

»Heute nicht. Ich habe Luise zum Essen und danach ins Kino eingeladen«, gab Max zurück.

»Dann ein anderes Mal.«

Der Himmel war bereits dunkel, als sie am Neuen Filmpalast auf dem Altenhof ankamen, und erste Sterne funkelten über den

Dächern. Luise fröstelte, doch Max' Arm, der sich um sie legte, wärmte sie.

»Was hättest du gerne? Schokolinsen, Eiskonfekt? Heute machen wir mal so richtig einen drauf.« Max nahm sein Portemonnaie aus der Hosentasche, nachdem er seine Schulden beglichen hatte, schien er viel gelöster, fast ausgelassener Stimmung.

»Ist mir egal. Ich bin wunschlos glücklich.«

Max bezahlte die Kinokarten, und Hand in Hand betraten sie den Saal.

»Bald wird es wieder zu kalt sein, um im Freien zu trainieren«, überlegte Luise, während sie in die Plüschsitze geschmiegt auf den Beginn des Filmes warteten und mit schmelzender Schokolade überzogenes Eiskonfekt lutschten. »Dann beginnt die Saure-Gurken-Zeit wieder. Ich habe so gar keine Lust, im eiskalten Wald zu kicken …«

»Wer weiß …« Max lächelte geheimnisvoll. »Vielleicht lässt uns der 1. FCK wieder im Stadion spielen, zumindest manchmal. Werner Liebrich schien mir ganz offen zu sein.«

Luise tupfte ihm liebevoll einen winzigen Schokokrümel aus dem Mundwinkel. »Wieso, hast du noch mal mit ihm gesprochen?«

»Nein. Aber du hast doch gehört, dass er sich dem Frauenfußball gegenüber positiv geäußert hat.«

»Das stimmt.« Nachdenklich sank Luise in die weichen Polster zurück und knabberte ihr Eiskonfekt. Wie lange würde der Deutsche Fußballbund dieses idiotische Verbot noch aufrechterhalten? Dass es wirkungslos blieb, sah wohl jeder. Noch immer gab es an vielen Orten Frauenfußballclubs, und nicht nur der *FC Petticoat*, auch viele andere Frauenmannschaften trafen sich zu Länderspielen. Wann würden diese verbohrten alten Männer, die im Fußballverbund das Sagen hatten, endlich einsehen, wie antiquiert ihre Meinung war? Dass sie die vielen jungen Frauen, die aufs Feld strebten, nicht zu stoppen vermochten?

Aber nun wollte sie sich auf den Film konzentrieren. Es wurde *Himmel ohne Sterne* mit Gustav Knuth und dem feschen Horst Buchholz gespielt, ein Drama, das die Deutsche Teilung thematisierte.

»Vielleicht solltest du Liebrich noch einmal auf der Poststelle besuchen.« Obwohl der weinrote Vorhang über der Leinwand sich teilte, wanderten ihre Gedanken zum Fußball zurück. »Und ihn geradeheraus fragen, ob er etwas für uns tun kann. Als Fußballweltmeister kann er beim Vorstand vielleicht ein gutes Wort für uns einlegen.«

»Pscht!« Max drückte ihr zärtlich die Hand. »Ja, das können wir tun, aber jetzt geht es los.«

Der Anfang der Wochenschau flimmerte über die Leinwand. Für Luise und Max, die keine Tageszeitung abonniert und keinen Zugang zu einem Fernsehgerät hatten, die einzige Möglichkeit, sich über das Weltgeschehen und Neuigkeiten aus ihrer Region zu informieren.

»Vor hunderttausend begeisterten Zuschauern besiegte die ungarische Fußball-Nationalmannschaft Österreich mit einem spektakulären 6:1!«, rief ein aufgedrehter Moderator ins Mikrofon, während eine Zusammenfassung der Torszenen gezeigt wurde. »Das Spiel fand im Budapester Volksstadion statt, und die Stimmung war grandios!«

Luise überfiel Missmut. »Da sieht man es mal wieder. Die Männer werden gefeiert, dass es Frauen gibt, die Fußball spielen können, wird totgeschwiegen. Ist das nicht ungerecht?«

Sie spürte, wie Max im Halbdunkeln lächelte. »Das ist es. Aber gräm dich nicht, mein Schatz. Das Einzige, was wir tun können, um die Sache der Frauen voranzutreiben, ist, niemals aufzugeben. Immer weiterzuspielen. Irgendwann wird Frauenfußball genauso populär sein wie Männersport. Ich glaube fest daran.«

Luise seufzte. »Träum weiter.«

Ein neuer Beitrag erschien auf der Leinwand. Luise musste zweimal hinsehen, bis sie erkannte, dass das Kaiserslauterner Stadion auf dem Betzenberg gezeigt wurde. Fast verschluckte sie sich an ihrem Eiskonfekt, während sie Max aufgeregt am Ärmel zog.

»Max! Sieh nur!«

Auch Max beugte sich nach vorne, um kein Detail zu verpassen. Regungslos verharrten sie nebeneinander und verfolgten gebannt die schwarz-weiße Filmsequenz.

»Ach du meine Güte!« Ein Ruck ging durch Luise, stark wie ein Stromschlag. Ihr gesamter Körper kribbelte so stark, dass sie glaubte, aufspringen und herumhüpfen zu müssen, doch sie blieb auf ihrem Plüschsitz wie festgenagelt. »Das sind wir, Max, das sind wir!«

»Ich sehe es.« Ungläubig saugte sich Max' Blick auf der Leinwand fest.

Tatsächlich zeigte der Kurzfilm Szenen des Länderspiels zwischen dem *FC Petticoat* und der Schweizer Mannschaft. Die Kamera, die sich auf der Tribüne befunden haben musste, hatte die Tore und den nachfolgenden Jubel der Damen eingefangen. Obwohl die Bilder unscharf, teilweise gar verwackelt waren, spürte man die Spannung, die in der Luft gelegen hatte, das Knistern, das zwischen den Frauen herrschte, bevor der Ball ins Tor rollte. Der Kameramann – wer immer es auch sein mochte – kommentierte die Spielzüge sachlich, keine Spur der üblichen Überheblichkeit, die Männer an den Tag legten, wenn sie über Damensport sprachen.

»Dann habe ich mich doch nicht geirrt!«, raunte Luise Max zu. »Ich habe doch eine Kamera im Publikum gesehen!«

»Zweifellos.« Max' Stimme klang heiser. »Schade, dass von so weit weg gefilmt wurde und man dein Gesicht kaum erkennt.«

»Egal.« Luises Wangen glühten vor Aufregung. »Hauptsache, es wird überhaupt über unser Spiel berichtet und die Zuschauer erfahren, was wir können!«

Von der hinteren Reihe beugte sich ein dunkler Haarschopf zu ihnen vor. »Könnt ihr zwei mal aufhören zu quasseln? Ich würde gerne den Bericht über diese Mannweiber hören.«

»Klar.« Luise unterdrückte ein Kichern. Ihr Herz trommelte wie ein Paukenkonzert. Unglaublich, sie und ihre Freundinnen waren in der Wochenschau! Doch der Beitrag war noch nicht zu Ende.

Werner Liebrich erschien in Großaufnahme, vor ihm ein Mikrofon, das der Filmende ihm hinhielt. Im Hintergrund umarmten und beglückwünschten sich die Spielerinnen zu dem gelungenen Spiel.

»Herr Liebrich, das ist ja wirklich außergewöhnlich, dass Sie als Fußballweltmeister das Spiel einer Damenmannschaft besuchen. Noch dazu, wo dieses offiziell überhaupt nicht stattfinden dürfte.«

Liebrich grinste. »Ach, was. Ich habe es nicht so mit übertriebener Regelkonformität. Fußball bereitet einfach Freude, egal, ob es von Männern oder Frauen gespielt wird.«

»Sind Sie mit der Leistung der Damen zufrieden? Ihnen wird oft genug vorgeworfen, dass sie rein körperlich gar nicht in der Lage sind, ein technisch sauberes Spiel abzuliefern.«

Liebrich winkte ab, als habe er diesen Einwand bereits unzählige Male gehört. »Das ist absoluter Unsinn. Wer dieses Spiel heute aufmerksam verfolgt hat, kam nicht umhin festzustellen, dass die Damen einwandfrei gespielt haben. Fair, harmonisch, technisch gekonnt. Sehen Sie sich diese junge Dame an …« Er wandte sich um, und die Kamera fing Luise ein, die von ihrer Mannschaft gerade übermütig jauchzend in die Höhe gehoben wurde. »Luise Pfeifer. Ein As auf dem Rasen. Steht meinen männlichen Teamkollegen in nichts nach. Gäbe es eine weibliche Nationalmannschaft, wäre sie einer der Stars.«

Höhnisches Pfeifen aus einer der Reihen vor ihnen ertönte, aber Luise nahm es kaum wahr.

Ihre Wangen brannten nun regelrecht, während sie Max' Arm umklammerte. Dies musste ein Traum sein. Unmöglich, dass sie gerade in Großaufnahme über die Kinoleinwand flimmerte und dass Werner Liebrich, ihr persönliches Fußballidol, sie gerade öffentlich lobte! Wie viele Zuschauer hatten diese Ausgabe der Wochenschau bereits gesehen? Es mussten Tausende gewesen sein.

»Herzlichen Glückwunsch!« Max löste die Augen einen Moment von ihrem überlebensgroßen Gesicht, um sie zu küssen. »Du bist berühmt, mein Schatz!«

»Ach, Quatsch«, wehrte sie verlegen ab. Sie spürte, wie die Augen der um sie herum sitzenden Kinobesucher sie streiften. Man hatte sie erkannt! Erstaunlicherweise drang ihr nicht nur empörtes Getuschel ins Ohr, sondern auch bewunderndes. Und noch ein anderer Gedanke brauste wie ein Wirbelsturm durch sie hindurch. »Max! Die Wochenschau ist der Grund, warum Georg von seinen Kollegen auf mich angesprochen wurde! Sie haben mich ebenfalls gesehen!«

»Höchste Zeit, dass dein Bruder selbst ins Kino geht und sich davon überzeugt, zu welchem Ruhm es seine kleine Schwester gebracht hat.«

»Ruhe jetzt!«, ertönte die erboste Stimme von hinten erneut.

Luise unterdrückte ein nervöses Lachen. Dieser Abend erschien ihr so surreal, sie musste erst einmal verdauen, was geschehen war. Vielleicht sollte sie in den nächsten Tagen zur Post marschieren, um Werner Liebrich zu danken. Heiß-kalte Wellen liefen ihr über den Rücken.

Vom eigentlichen Film bekam sie nichts mit, nicht die kleinste Szene blieb in ihrem Gedächtnis haften, so sehr beschäftigte sie die Tatsache, als Fußballerin für einige Minuten im Fokus der Aufmerksamkeit gestanden zu haben.

»Worum ging es in *Himmel ohne Sterne* noch gleich?« Nach Beendigung des Films spazierten sie eng umschlungen durch die spätabendlichen Straßen. »Man müsste glatt morgen noch mal eine Vorstellung besuchen. Dann könnten wir noch einmal in deinem Erfolg schwelgen.« Max küsste sie zärtlich auf den Scheitel, und sie schmiegte sich an ihn.

»Ein sehr kurzer Erfolg«, berichtigte sie ihn, doch obwohl sie wusste, wie vergänglich ihr Ruhm sein würde, war ihr leicht ums Herz. Vielleicht war ihr kurzer Auftritt in der Wochenschau ein erster Meilenstein für die öffentliche Akzeptanz des Frauenfußballs?

»Das macht nichts.« Verträumt sah Max in den Himmel, an dem sich inzwischen der Mond aufgeschwungen hatte, eine dünne, schief hängende Sichel, milchig und bleich. »Wir müssen alle unsere Teamkolleginnen ins Kino schicken, und deine Familie natürlich auch. Deine Brüder sollen sehen, was für eine großartige Schwester sie haben. Und vielleicht …«

Verwirrt nahm Luise wahr, dass seine Stimme zitterte. Warf es ihn derart um, dass Werner Liebrich sie in der Wochenschau gelobt hatte? »Und vielleicht …?«

»Vielleicht können wir ihnen noch eine weitere gute Nachricht mitteilen.« Er blieb abrupt stehen und legte beide Arme auf ihre Schultern.

Luise schluckte. Ihr Herz befand sich im freien Fall, stürzte haltlos ins Bodenlose. »Und die wäre?«

Sie wusste, was er fragen wollte, natürlich wusste sie es. Sie waren einander so verbunden, ihre Seelen so miteinander verschmolzen, dass sie durch seine warmen braunen Augen in ihn zu schauen vermochte.

Sein Blick hielt ihren fest, und sie blendete alles ringsum aus, die vorbeifahrenden Automobile, zwei Jugendliche, die einen Ball vor sich her kickten, die Fensterläden eines Hauses, die geräuschvoll geschlossen wurden.

»Wir sind nicht nur auf dem Fußballplatz, sondern auch im Leben ein gutes Team, findest du nicht? Wir könnten uns für immer zusammentun, wir könnten…« Seine Worte klangen, als habe er sie sich zuvor bereitgelegt und geübt. Sie beendete sein Gestammel, indem sie ihn kurzerhand küsste – er schmeckte so wunderbar nach Eis und Schokolade – und sich wieder von ihm löste, nur lange genug, um »Ja, lass uns heiraten!« zu rufen. Dann küssten sie sich wieder, länger und intensiver nun. Sie spürte seine Wärme, die sie von nun an immer begleiten würde – ein Leben lang.

»Du bist eine Wucht.« Ausgelassen hob er sie hoch und wirbelte sie einmal im Kreis umher. »Wir werden sehr glücklich sein, Luischen. Und unsere Kinder werden begnadete Fußballer und Fußballerinnen sein.«

»Das werden sie selbst entscheiden.«

Den zwei Halbstarken, die sich noch immer den Ball zuspielten, wahrscheinlich, um die längst fällige Heimkehr hinauszuzögern, entglitt das runde Lederteil. Geschickt stoppte Luise es mit der Fußinnenseite, dann setzte sie an und schoss den Ball kraftvoll zurück. Beeindruckt nahmen die Jugendlichen ihn entgegen. »Nicht schlecht, der Schuss!«

»Ich bin ja auch Fußballerin.« Lachend hakte sie sich bei Max unter, und sie gingen beschwingt nach Hause, um ihrer Familie von ihren glänzenden Zukunftsplänen zu erzählen.

»Die Frauenfußball-Nationalmannschaft ist ja schon
Fußballweltmeister, und ich sehe keinen Grund,
warum Männer nicht das Gleiche leisten können wie Frauen.«

*Angela Merkel, deutsche Bundeskanzlerin, in ihrer
Neujahrsansprache 2006 anlässlich der bevorstehenden
Fußball-Weltmeisterschaft der Männer*

Epilog

KAISERSLAUTERN, OKTOBER 2003

»Oma, jetzt setz dich endlich zu uns, die Spielerinnen sind schon eingelaufen.« Julia winkte ihre Großmutter ungeduldig herbei, aber Luise ließ es sich nicht nehmen, erst noch Schüsselchen mit Nüssen, Keksen und Bananenchips auf dem Wohnzimmertisch zu verteilen.

»Ich komme ja schon.« Luise goss ihrer Enkelin, Max und sich selbst gekühlten Fruchtsecco in hohe Gläser, bevor sie es sich endlich zwischen ihren Lieben auf dem Sofa gemütlich machte. Draußen regnete es in Strömen, Rinnsale liefen an den Fensterscheiben herab, doch hier drinnen prasselte ein behagliches Feuer im Kamin, das angenehm wärmte. Luise legte sich zudem eine Wolldecke über die Knie, ein Geschenk ihrer Tochter Esther zu ihrem letzten Geburtstag; seit sie auf die siebzig zuging, fror sie leicht, aber da dies die einzige Alterserscheinung war, unter der sie litt, konnte sie gut damit leben. Aus dem Augenwinkel warf sie einen schmunzelnden Blick auf Max, der sich aufgeregt durch das weiße Haar wühlte und auf den riesigen Fernseher starrte, den sie sich zur Goldenen Hochzeit gegönnt hatten.

Auf dem Bildschirm begann das Spiel. Die deutschen und schwedischen Spielerinnen gaben sich kameradschaftlich die Hände, um sich danach mit ihrer Mannschaft auf den Sieg einzuschwören. Die Stimmung im kalifornischen Carson knisterte geradezu. Die Sonne knallte vom wolkenlos blauen Himmel, laut Kommentator herrschten hohe Temperaturen.

»Weißt du noch, mein Schatz, die Weltmeisterschaft von 1954?« Luise klang sehnsüchtig. Was war sie damals jung gewesen! Sie erinnerte sich noch daran, als sei es erst gestern gewesen, dass sie mit ihren Brüdern und ihrer Mutter in der guten Stube der Stolles gesessen, Schnittchen gegessen und dem Wunder von Bern zugeschaut hatte! Kurz darauf hatte sie Max kennengelernt, der seitdem an ihrer Seite war. Sie streifte ihn mit einem zärtlichen Blick. »Ganz Deutschland war damals aus dem Häuschen! Alle waren im Fußballfieber. Nach dem Schrecken des Krieges gab es endlich mal wieder einen Lichtblick, etwas, auf das man stolz sein konnte.«

»Das muss eine aufregende Zeit gewesen sein, Oma.« Julia stopfte sich eine Handvoll Bananenchips in den Mund. Himmel, was das Kind essen konnte! Bei ihr war es früher ähnlich gewesen, dank des vielen Sports, den sie betrieben hatte, war sie immer rank und schlank geblieben. Heute besaß sie einige Rundungen, aber mit siebenundsechzig war sie nun wirklich zu alt, um über das Fußballfeld zu laufen; ihre alten Knochen würden nicht mehr mitmachen.

»Und heute sind es die Frauen, die im Finale der Weltmeisterschaft stehen.« Max lächelte ihr zu, die Augen in dem runzligen Gesicht leuchteten wie eh und je. »Ist das nicht unglaublich? Wenn wir das gewusst hätten, als wir mit unserem *FC Petticoat* all diese Unannehmlichkeiten auf uns genommen haben … Ausgebuht haben sie die Frauen damals, von den Plätzen verjagt, einmal tauchte sogar dein Bruder in Uniform auf, weißt du noch?«

»Natürlich erinnere ich mich.« Luise schob sich verträumt eine Nuss in den Mund. Was waren das für bewegte Zeiten gewesen! Sie bereute keine Sekunde, immer an ihrem Traum, Fußball zu spielen, festgehalten zu haben.

Julia fixierte die Spielerinnen, die über das Feld liefen, die Deutschen in schwarz-weißer Fußballkleidung, die Schwedinnen in Gelb. »Du warst eine Pionierin, Oma! Du und deine Freundinnen habt damals sicher den Weg geebnet für all die Frauen, die nach euch kamen.«

»Vielleicht.« Luise verfolgte das Spielgeschehen auf dem Bildschirm, in Gedanken jedoch tauchte sie in längst vergangene Zeiten ab. Auch nach ihrer Heirat hatte sie neben der Arbeit in der Schneiderei weiterhin Fußball gespielt, als Max nach seinem Studium eine Stelle als Dozent an der Sportfachschule in Edesheim erhalten hatte, hatte sie den Club sogar eine Zeitlang trainiert. Erst als Anfang der Sechziger ihr Sohn Torben und danach ihre Tochter Esther geboren waren, fand sie immer weniger Zeit für Fußball; andere Dinge standen dann im Vordergrund. Ihre beiden Kinder schienen das Interesse ihrer Eltern für den Sport nicht geerbt zu haben. Ihr Sohn spielte leidenschaftlich gern Schach, ihre Tochter, Julias Mutter, strickte und nähte – nun, wenigstens diese Tätigkeit hatte Luise ihr wohl mitgegeben. Julia hingegen war von klein auf fußballbegeistert gewesen und hatte darauf gedrängt, in einem Verein spielen zu dürfen, Seite an Seite mit anderen Mädchen und Jungen. Gott sei Dank hatte in den Achtzigerjahren niemand mehr etwas Verwerfliches darin gefunden. Wobei – Luise erinnerte sich durchaus an herablassende Sprüche, die manche Mütter und Väter geäußert hatten, als sie mit ihnen zusammen am Spielfeldrand stand, um den Nachwuchs anzufeuern. »Sollte die Kleine nicht besser Ballett tanzen oder reiten?«

Als engagierte Großmutter hatte sie es sich natürlich nicht nehmen lassen, ihr Gegenüber zurechtzustutzen.

»Wann wurde es den Frauen wieder erlaubt, Fußball zu spielen?« Der Jubel über ein Tor von Maren Meinert, das zum 1:1 führte – Gleichstand – ebbte ab, und während der Kommentator die Spielszene, die noch einmal in Zeitlupe ablief, besprach, schenkte Julia Fruchtsecco nach.

»1970.« Luise rückte die Wolldecke auf ihren Knien, die etwas verrutscht war, zurecht. »Es kam in den Jahren davor immer öfter zu unerlaubten Spielen, das rigorose Fußballverbot ließ sich einfach nicht durchsetzen. Die Stadt München stellte ihr Stadion 1957 sogar einem Länderspiel zwischen Deutschland und Holland zur Verfügung. Ganz offiziell! Das war natürlich ein Skandal für die alten Herren vom Deutschen Fußballbund.«

»Deshalb ließ sich der DFB zähneknirschend darauf ein, Frauenfußball wieder einzuführen.« Max lächelte in sich hinein, während er im Kamin herumstocherte, um das Feuer am Erlöschen zu hindern. »Allerdings nur unter bestimmten Bedingungen.«

Luise kicherte. »Die Spielzeit wurde für Frauen auf zweimal dreißig Minuten verkürzt. Mehr wollte man dem zarten Geschlecht nicht zumuten. Wir mussten einen leichteren Ball benutzen – einen Kinderball sozusagen.«

Julia verdrehte die Augen. »Ich glaube es nicht. Und das fand tatsächlich im Jahr 1970 statt? Das alles klingt nach finsterstem Mittelalter.«

»Außerdem wurde den Frauen empfohlen, keine Stollenschuhe zu tragen, sondern lediglich Laufschuhe«, warf Max amüsiert ein.

»Als ob wir uns damals Stollenschuhe hätten leisten können.« Luise schüttelte lachend den Kopf; selbst heute, gut dreißig Jahre später, erschien es ihr unglaublich, was damals für eine Mentalität geherrscht, wie man Frauen bevormundet und gegängelt hatte – und das in den wilden Siebzigern!

Doch Julia hörte längst nicht mehr zu. Gebannt starrte sie auf den Fernseher. Noch immer stand es 1:1, das Spiel ging in die Verlängerung. Das ganze Stadion schien wie elektrisiert, selbst der Kommentator war angespannt. Die Deutschen hatten den

Ball, das Spielgeschehen fand vor dem Tor der Schwedinnen statt. Luise umklammerte ihr Glas, Erinnerungen an längst entschwundene Spiele rauschten durch ihren Kopf, zogen an ihr vorbei, so lebensecht und nah, als sei nicht inzwischen ein ganzes Leben vergangen. Das Adrenalin, das auf dem Spielfeld durch ihre Adern pumpte, die glasklare Konzentration, wenn sie auf das Tor zielte, der Moment, in dem sie traf, der Jubel der Kameradinnen, die Arme, die sie in die Höhe rissen, der Triumph, als Siegerin vom Feld zu gehen … Sie würde ihre Zeit auf dem Rasen nie vergessen. Und auch nicht Max' Augen, die sich voller Liebe auf sie hefteten, damals genauso wie heute.

»Ein astreiner Kopfschuss!«, jauchzte Julia und sprang auf. »Nia Künzer hat es geschafft! 2:1! Wir sind Weltmeister!« Sie tanzte um den Sofatisch herum, wobei die Schüsseln mit dem Knabberzeug und die Gläser bedenklich wackelten. Mit Tränen in den Augen betrachtete Luise, wie die Spielerinnen in Kalifornien aufeinander zuliefen und sich in einem ausgelassenen Haufen übereinanderwarfen, wie gefällte Bäume im Gras lagen. Max schien ebenfalls bewegt, er räusperte sich und murmelte mit belegter Stimme: »Eine erstklassige Leistung.«

»Spektakulär.« Strahlend prostete Luise erst ihrer Enkelin, dann ihrem Mann zu. »Aber wir wussten bereits 1954, dass Frauen genauso gut Fußball spielen können wie Männer, nicht wahr?«